O FILHO DA PERDIÇÃO

Wendy Alec

O FILHO DA PERDIÇÃO

Tradução
MARCELLO BORGES

JANGADA

Título do original: *Son of Perdition*.

Texto de acordo com as novas regras ortográficas da língua portuguesa.

1ª edição 2015.

Editor: Adilson Silva Ramachandra
Editora de texto: Denise de Carvalho Rocha
Gerente editorial: Roseli de S. Ferraz
Preparação de originais: Alessandra Miranda de Sá
Produção editorial: Indiara Faria Kayo
Assistente de produção editorial: Brenda Narciso
Editoração eletrônica: Join Bureau
Revisão: Vivian Miwa Matsushita

Dados Internacionais de Catalogação na Publicação (CIP)
(Câmara Brasileira do Livro, SP, Brasil)

Alec, Wendy
O filho da perdição / Wendy Alec ; tradução Marcello Borges. – São Paulo : Jangada, 2015.

Título original : Son of perdition.
ISBN 978-85-5539-033-3

1. Ficção inglesa I. Título.

15-08940 CDD-823

Índices para catálogo sistemático:
1. Ficção : Literatura inglesa 823

Jangada é um selo editorial da Pensamento-Cultrix Ltda.

Direitos de tradução para o Brasil adquiridos com exclusividade pela
EDITORA PENSAMENTO-CULTRIX LTDA., que se reserva a
propriedade literária desta tradução.
Rua Dr. Mário Vicente, 368 – 04270-000 – São Paulo, SP
Fone: (11) 2066-9000 – Fax: (11) 2066-9008
http://www.editorajangada.com.br
E-mail: atendimento@editorajangada.com.br
Foi feito o depósito legal.

O DESTINO DE MILHÕES POR NASCER VAI DEPENDER AGORA, SOB DEUS, DA CORAGEM DESTE EXÉRCITO. NOSSO INIMIGO, CRUEL E IMPLACÁVEL, DEIXA-NOS APENAS A ESCOLHA DA VALENTE RESISTÊNCIA OU DA MAIS ABJETA SUBMISSÃO.

PORTANTO, RESOLVEMOS CONQUISTAR OU MORRER.

(GW1, Ordem Geral ao Exército Continental, 2 de julho de 1776)

Sumário

Os Personagens

TERRA: 2021
A DINASTIA DE VERE – FAMÍLIA

Jason De Vere – (quarenta e poucos anos) irmão mais velho da dinastia De Vere. Local de nascimento: Nova York, Estados Unidos. Magnata da imprensa norte-americana. Presidente, proprietário e CEO da multibilionária corporação de comunicações VOX Entertainment. Proprietário de um terço dos impérios televisivos e jornalísticos do mundo ocidental. Foi casado com Julia St. Cartier por vinte anos. Tem uma filha: Lily De Vere. Divorciado. Residência atual: cobertura no Central Park, Nova York.

Adrian De Vere – (trinta e tantos anos) irmão do meio da dinastia De Vere. Local de nascimento (segundo registro): Londres, Inglaterra. Ex-primeiro-ministro do Reino Unido (pelo Partido Trabalhista – dois mandatos), recém-indicado como presidente da União Europeia (mandato de dez anos). Indicado para o Prêmio Nobel da Paz. Atualmente, em negociações para o Acordo Ishtar – o Tratado de Paz da Terceira Guerra Mundial. Casado com Melissa Vane-Templar durante cinco anos. Melissa morreu ao dar à luz seu filho, Gabriel, também falecido. Residência atual: Palácio de Inverno do Presidente Europeu, Monte São Miguel, Normandia, França.

Nick De Vere – (vinte e tantos anos) irmão mais novo da dinastia De Vere. Local de nascimento: Washington, DC, Estados Unidos. Arqueólogo. *Playboy* e celebridade. Contraiu aids e está morrendo. Sem filhos. Atualmente, em um relacionamento com Jotapa – princesa da Casa Real da Jordânia. Relacionamento anterior: Klaus von Hausen – curador sênior do Departamento do Oriente Médio, Museu Britânico. Residências atuais: coberturas em Los Angeles, Nova York e Londres.

James De Vere – Pai de Jason, Adrian e Nick De Vere. Falecido.

Lilian De Vere – (setenta e tantos anos) presidente da Fundação De Vere. Mãe de Jason, Adrian e Nick De Vere. Residências atuais: cobertura em Nova York; mansões em Oxfordshire e Londres.

Julius De Vere – Grão-mestre da Fraternidade. Feiticeiro. *Chairman* da Fundos de Continuidade De Vere AG (1954-2014). Pai de James De Vere. Avô de Jason, Adrian e Nick De Vere. Falecido.

Julia St. Cartier – (quarenta e poucos anos) ex-editora da revista *Cosmopolitan*. Atualmente: fundadora/CEO da Lola RP. Principais clientes: seleção inglesa de futebol e gabinete do presidente da União Europeia. Casada com Jason De Vere durante vinte anos. Mãe de Lily De Vere. Divorciada. Tem saído com Callum Vickers. Residências atuais: Seafront Townhouse, Brighton, Inglaterra; Colônia dos Artistas, New Chelsea, Londres.

Lily De Vere – (16 anos) filha de Julia e de Jason De Vere. Confinada a uma cadeira de rodas após um acidente automobilístico; Nick De Vere era o motorista. Aluna da Escola Rodean para Moças, Brighton, Inglaterra.

Melissa Vane-Templar De Vere – Esposa de Adrian. Morreu ao dar à luz.

Rosemary De Vere – Meia-irmã de James De Vere, amiga de Lilian.

Maxim – Mordomo de James e Lilian De Vere.

Pierre e **Beatrice Didier** – Respectivamente, motorista e governanta de James e Lilian De Vere. Atualmente trabalham para Adrian De Vere no Monte São Miguel, na Normandia.

A DINASTIA DE VERE – CÍRCULO ESTENDIDO AMIGOS E PESSOAS PRÓXIMAS

Lawrence St. Cartier – (oitenta e poucos anos) padre jesuíta; agente aposentado da CIA; negociante de antiguidades – tio de Julia St. Cartier. Residência atual: Cairo, Alexandria, Egito.

Alex Lane-Fox – (20 anos) filho de Rachel Lane-Fox, que morreu em 11 de setembro de 2001. Jornalista investigativo em início de carreira. Atualmente trabalha no *Guardian*, em Londres. Começa a trabahar no *New York Times* em janeiro de 2022. Amigo íntimo de Julia, Jason e Lily De Vere.

Rachel Lane-Fox – *Top model*. Melhor amiga de Julia. Morreu em um dos aviões do 11 de Setembro.

Rebekah e **David Weiss** – Pais de Rachel Lane-Fox.

Polly Mitchell – (17 anos) melhor amiga de Lily De Vere. Namorada de Alex Lane-Fox.

Klaus von Hausen – Mais jovem curador sênior do Departamento do Oriente Médio, Museu Britânico. Ex-amante de Nick De Vere.

Charles "Xavier" Chessler – (oitenta e tantos anos) feiticeiro. Ex-presidente do banco Chase Manhattan. Presidente do Banco Mundial. Aposentado. Padrinho de Jason De Vere.

Callum Vickers – (30 e poucos anos) grande neurocirurgião londrino. Tem saído com Julia De Vere.

Dylan Weaver – Gênio especialista em TI, com funções de alto nível como *freelance* junto a bancos globais, instituições e diversas empresas de software. Antigo colega de escola de Nick De Vere.

Jontil Purvis – (50 e tantos anos) assistente-executiva de Jason De Vere há dezenove anos.

Levine e **Mitchell** – Assessores de Jason De Vere.

Kurt Guber – Trabalha há anos com Adrian. Primeiro-chefe de segurança no gabinete do primeiro-ministro britânico, agora diretor de operações especiais de serviços de segurança da União Europeia. Além disso, especialista em armas exóticas.

Neil Travis – Antigo chefe de segurança do Serviço Aéreo Especial de Adrian De Vere.

Anton – Mordomo de Adrian De Vere.

Padre Alessandro – Sacerdote e cientista do Vaticano.

Waseem – Assistente de Lawrence St. Cartier em sua residência em Alexandria, no Egito.

***Frau* Vghtred Meeling** – Funcionária austríaca da família De Vere: babá de Jason, Adrian e Nick. Também chamada abadessa Helewis Vghtred.

Irmão Francis – Monge em Alexandria, Egito.

A FRATERNIDADE (ILLUMINATI)

Sua Excelência, Lorcan De Molay – Ex-superior-geral da Ordem Jesuíta. Sumo sacerdote da Fraternidade; padre jesuíta. Local de nascimento: indeterminado. Idade atual: indeterminada. Atuais locais de residência: Londres, Washington, DC, Roma.

Kester von Slagel (barão) – Emissário de Lorcan De Molay.

Piers Aspinall – Chefe da Inteligência britânica/MI6.

Charles "Xavier" Chessler – Ex-*chairman* do banco Chase Manhattan. Presidente do Banco Mundial. Aposentado.

Ethan St. Clair – Grão-Mestre dos Irmãos Escoceses.

Dieter von Hallstein – Ex-primeiro-ministro alemão.

Naotake Yoshido – *Chairman* da dinastia bancária Yoshido do Japão.

Raffaello Lombardi – Patriarca da família da Nobreza Negra de Veneza. Diretor do Banco do Vaticano.

Julius De Vere – Grão-Mestre da Fraternidade. Feiticeiro. *Chairman* da Fundos de Continuidade De Vere AG. Pai de James De Vere. Avô de Jason, Adrian e Nick De Vere. Falecido.

Jaylin Alexander – Ex-diretor-executivo da CIA.

Omar B. Maddox – General-comandante do Comando de Defesa Aeroespacial da América do Norte (Norad).

Gonzalez – Membro do grupo de proteção presidencial do Serviço Secreto dos Estados Unidos.

Lewis - Vice-secretário de Defesa.

Drew Janowski - Assistente especial do presidente para assuntos estratégicos e política de defesa.

Werner Drechsler - Presidente dos Bancos Mundiais.

Vincent Carnegie

CASA REAL DA JORDÂNIA

Rei da Jordânia - Pai de Jotapa, Faisal e Jibril. Falecido; ataque cardíaco.

Jotapa - (22 anos) princesa da Jordânia. Está em um relacionamento com Nick De Vere. Homônima da antiga princesa Jotapa, que viveu há mais de dois mil anos.

Jibril - (16 anos) filho mais novo do rei da Jordânia. Possui o título de Príncipe Herdeiro.

Faisal - Filho mais velho do rei da Jordânia.

Safwat - Chefe de segurança e guarda-costas pessoal de Jotapa.

Príncipe Herdeiro Mansoor, da Arábia.

OUTROS PERSONAGENS

Professor Hamish MacKenzie - Cientista genético escocês e especialista mundial em clonagem animal e híbrida.

Jul Mansoor - Neto de Abdul-Qawi, arqueólogo beduíno.

Waseem - Assistente de Lawrence St. Cartier.

Abdul-Qawi Aka Jedd - Arqueólogo beduíno.

Matt Barto - Chefe do escritório da VOX em Teerã.

Jordan Maxwell III - Banqueiro de investimentos da corretora Neal Black.

Powell - Vice-presidente de tecnologia da informação (TI) da Neal Black.

Von Duysen - Colega de Jordan Maxwell.

Laurent Chasteney - Assistente de Adrian De Vere.

PRIMEIRO CÉU

Jesus - Christos; o Nazareno.

Miguel - Príncipe-chefe da Casa Real de Jeová; comandante dos exércitos do Primeiro Céu; presidente dos conselhos de guerra.

Gabriel – Príncipe-chefe da Casa Real de Jeová; presidente da Suprema Corte dos Reveladores Angelicais.

Jether – Guerreiro imperial e líder dos Vinte e Quatro Reis Anciões do Primeiro Céu e intendente-chefe do Supremo Conselho dos Mistérios Sagrados de Jeová.

Xacheriel – Curador de ciências e dos universos do Ancião dos Dias, e um dos Vinte e Quatro Reis Anciões sob a liderança de Jether.

Lamaliel – Membro do Conselho Regente de Anciões Angelicais.

Issachar – Membro do Conselho Regente de Anciões Angelicais.

Matusalém – Membro do Conselho Regente de Anciões Angelicais.

Maheel – Membro do Conselho Regente de Anciões Angelicais.

Joktan – Líder das Águias Reveladoras de Gabriel.

Obadiah, Dimnah – Aprendizes, pertencentes a uma antiga raça angelical caracterizada pela juventude eterna e por sua notável curiosidade. Auxiliam os Anciões a cuidar das incontáveis novas galáxias criadas por Jeová.

Sandaldor – General de Gabriel.

Zadkiel – General de Gabriel.

Zalialiel – Guarda do Portal de Sinar.

OS DECAÍDOS

Lúcifer – Satã, rei de Perdição. Tentador; adversário; governante soberano da raça dos homens, da terra e das regiões inferiores.

Charsoc – Apóstolo sinistro, principal sumo sacerdote dos Decaídos. Governador dos Grandes Magos da Corte Sombria e dos terríveis Reis Feiticeiros do Ocidente.

Marduk – Líder dos Conselhos Sombrios e comandante das forças de Lúcifer.

Os magos gêmeos de Malfecium – O grande mago de Phaegos e o grande mago de Maelageor. Talentosos cientistas.

Mulabalah – Governante dos Murmuradores das Trevas.

Astaroth – Comandante supremo da Horda Sombria. Ex-general de Miguel.

Moloch – Príncipe satânico; "açougueiro" de Perdição.

Sargão, o terrível da Babilônia – Defensor de Geena; grande príncipe da Babilônia.

Balberith – Principal assistente de Lúcifer.

Nisroc, o Necromante – Guardião da Morte e da Sepultura.

Os Grandes Magos da Cabala Sombria – 666 Murmuradores das Trevas.

Dracul – Líder dos Reis Feiticeiros do Ocidente e antigo líder dos Senhores do Tempo.

Nefilim – Híbrido entre os angelicais e a raça dos homens.

De Messias – O primeiro julgamento – As Crônicas dos Irmãos Celestiais – Livro II

2021
Alexandria, Egito

Nick estava só de jeans, sem camisa, no balcão do velho e grandioso hotel Cecil, na praça Saad Zaghlou, observando a vista contínua da baía oriental e do ancoradouro dos iates. Respirou fundo, sentindo o cheiro salgado da brisa do Mediterrâneo.

Naquela noite, estava entregue a um raro sentimentalismo, pois, como inglês no Egito, divertia-se com o fato de que tanto Somerset Maugham quanto Noël Coward teriam ficado num balcão ali, antes dele, e que até o Serviço Secreto britânico tivera uma suíte no velho hotel Cecil para suas operações. Uma ótima razão para ficar lá. Além disso, havia o interesse adicional da arquitetura mourisca do hotel, uma lembrança constante de que antes Alexandria fora sede de opulentas extravagâncias.

Nick sorriu indolente para a incessante gritaria e a feroz tagarelice que provinham dos lendários cafés e *pâtisseries* de Alexandria, embora já fosse quase uma da manhã. Ele tinha ido de Roma até o Cairo no último voo, depois dirigira pela importante estrada que ligava o Cairo a Alexandria, tendo chegado à velha cidade fazia uma hora. No dia seguinte, ao nascer do sol, iria visitar aquele que considerava o único sítio interessante para antiguidades da área – Kom el-Dikka, onde fora escavado um pequeno teatro romano –, antes de ir de carro até o monastério do deserto, no qual o professor Lawrence St. Cartier estaria esperando por ele.

Nick dirigiu o olhar, naquela que deveria ser a sexta vez naquela noite, para a lua cheia que reluzia alto no céu noturno do Egito e para a estranha aparição branca; depois, se virou e entrou no quarto do hotel, tão inexpressivo a ponto de lhe causar desapontamento. Suspirou, estudando o papel de parede previsível e a colcha sobre a cama, feita em série. Deitou-se pesadamente no colchão duro e fechou os olhos. Seu corpo estava ficando cada vez mais fraco; dava para sentir isso. Olhou para as costelas, parcialmente visíveis sob o tórax. Tinha perdido quase quatro quilos nos últimos quinze dias. Seus jeans desbotados estavam largos nos quadris, presos apenas por um cinto caro de couro macio, já afivelado no último furo.

Ele sabia o dia e a hora exatos em que tinha acontecido. Fora numa noite de domingo em Amsterdã. Eram ricos, jovens e entediados. O material de que são feitas as celebridades. Sete deles tinham usado a mesma agulha naquela noite – quatro rapazes, três moças, todos com a vida inteira pela frente. A heroína fora uma forma de sair do marasmo, mas o vírus sobrevivera à adrenalina. Fora a cepa mais letal de aids já encontrada – perniciosa, invasiva. O sexto tinha morrido na segunda-feira anterior. Estava em todos os jornais ingleses. Era uma modelo. De Manchester. O mundo a seus pés. Seus pais estavam arrasados.

Nick procurou o controle remoto e ligou a TV. Foi mudando de canal, passando por uma obscura novela egípcia, até encontrar a Al Jazeera.

Lá, numa gravação, estava seu irmão Adrian De Vere, sorridente, em Damasco. Ele agradecia a Deus por Adrian. Nick sabia que nunca teria conseguido chegar até aquele dia sem ele. Estudou o irmão mais velho. Adrian devia ter se valido da ajuda de Julia, que lhe teria conseguido um bom esteticista. Estava bronzeado, magro, os cabelos escuros e brilhantes, muito parecido com um sofisticado astro de Hollywood – só que ele era o recém-nomeado presidente da União Europeia e o mais jovem pioneiro em um acordo de paz no Oriente Médio de toda a história.

Nick bocejou, exausto, e depois entrou no inquieto mundo dos sonhos com monges, antiguidades, seus irmãos Jason e Adrian De Vere, o controle ainda na mão... e com a princesa jordaniana.

☆ ☆ ☆

2021
WASHINGTON, DC

Jason De Vere observou, do telhado do prédio da Câmara de Comércio, o Marine One levantar voo do gramado da Casa Branca rumo a Camp David. O presidente e o ministro das Relações Exteriores da China tinham saído da festa de gala meia hora antes, seguidos pelos últimos senadores do Capitólio e pelo grupo da embaixada da China. Só os habituais retardatários de Washington e os interessados em aparecer nos noticiários tinham ficado para trás, afastados de Jason pelos assistentes bem pagos e extremamente eficientes.

Largou o copo de uísque com força na mesa de banquetes improvisada e caminhou pelo telhado, passando pelas tendas de mídia pertencentes à VOX Communications, seu império pessoal. As equipes chinesas e de outros países já tinham desmontado os equipamentos; só a BBC e a SKY ainda estavam enrolando os cabos.

Jason sorriu. Um gesto raro. Eufórico. Dois anos antes, a VOX estava pronta. Embora possuísse a maioria das ações de plataformas de transmissão nos EUA, Europa, Ásia e Oriente Médio, ele tinha comprado a Direct TV, seguida três meses depois pela FOX News e sua equivalente inglesa, a SKY, obtendo enfim a aquisição da 21st Century Fox. E ontem a VOX havia assinado uma das maiores aquisições globais de sistemas de transmissão de todos os tempos com Pequim – o maior risco já assumido por Jason De Vere, levando-se em conta todos os elementos. Agora, ele parecia incontrolável. Nada mal para a madura idade de quarenta e quatro anos.

Olhou para a Casa Branca e conseguiu distinguir o familiar perfil de atiradores de elite no telhado. Seu celular tocou.

– Sim – respondeu secamente. – Não, não vamos nos mexer. É o máximo a que vamos chegar. Minha posição não muda.

Conferiu as mensagens. Nenhum telefonema pessoal. Na verdade, não tinha recebido um só telefonema pessoal desde o divórcio com Julia, treze meses antes... exceto de sua mãe... e de Adrian.

Julia. Jason ficou paralisado.

Ficara chocado. Mais do que chocado. Na verdade, atônito com o intenso fluxo de emoções que sentira ao ver Julia na semana anterior em Damasco. Seu encontro o irritara muito. Deixara-o alucinado. Ele ainda a amava; sabia disso agora. Mas não ousara correr o risco de ter de lidar novamente com emoções tão intensas. Nunca mais veria Julia novamente em pessoa – nunca, jurou em seu íntimo, a menos que fosse uma questão de vida ou morte.

Guardou o telefone e deu mais uma olhada na Casa Branca, que transmitia ao vivo para a rua M, que repassava os sinais para os satélites da VOX espalhados sobre a Terra. Depois, relanceou o olhar para a estranha imagem branca que ainda era visível sobre os telhados de Washington. Passou os dedos pelos cabelos curtos e grisalhos. Julia teria detestado aquilo. E esse pensamento lhe deu uma sensação infantil de prazer.

Olhou para o relógio e franziu a testa. Adrian faria aniversário no dia seguinte. Quarenta.

Fez um lembrete mental para telefonar para a França pela manhã.

☆ ☆ ☆

2021
MONTE SÃO MIGUEL
NORMANDIA, FRANÇA

Um homem alto, trajando um terno impecável da Savile Row, estava em pé do lado de fora das enormes portas de cerejeira que davam para o balcão da biblioteca do palácio europeu de verão. Nas mãos, tinha um pergaminho com estranhas letras aramaicas. Observou as centenas de policiais militares patrulhando o perímetro da cerca dupla de arame, as metralhadoras giratórias do telhado, e fixou o olhar na aparição esbranquiçada, visível contra a lua cheia, no céu noturno sobre o Atlântico.

Um sacerdote jesuíta, trajando o hábito fluido de sua ordem dos Mantos Negros, caminhou até ele, a bengala com castão de prata batendo cadenciadamente nas tábuas de mogno do piso. Parou alguns metros atrás do homem.

– O Cavaleiro Branco.

O homem assentiu. Seus cabelos negros eram longos, como pedia a moda, caindo pouco abaixo do colarinho, e tinham um brilho preto-azulado ao luar.

– Nosso sinal está no céu. – Virou-se devagar e, de súbito, o contorno com feições cinzeladas ficou visível ao luar. Seu perfil era encantador... estranhamente belo. – Esperamos mais de dois mil anos por nossa vingança.

O homem contemplou a vista monumental do outro lado da baía. Parado sob um feixe de luar, observou a aparição. Suas mãos tremeram de raiva contida enquanto acendia uma vela negra e a encostava no pergaminho, ateando-lhe fogo.

– Agora, vingamos nossa desonra – murmurou Lúcifer. – Nossa humilhação nas mãos do Nazareno. – O príncipe decaído alisou o traje jesuíta, acariciando a serpente de prata entalhada no cabo da bengala, e sorriu lenta e maliciosamente. – Nós nos vingamos do Gólgota.

"ACREDITO QUE AS INSTITUIÇÕES BANCÁRIAS SEJAM MAIS PERIGOSAS PARA NOSSA LIBERDADE DO QUE EXÉRCITOS DE PRONTIDÃO."

Thomas Jefferson,
terceiro presidente dos Estados Unidos (1743-1826)

NESTE MOMENTO, UM GOVERNO SEM SOMBRA EXECUTA SEUS PLANOS PARA CRIAR UMA NOVA ORDEM MUNDIAL.
TRATA-SE DE UMA CONSPIRAÇÃO SECRETA DE GOVERNANTES MAIS PODEROSA DO QUE QUALQUER GOVERNO HOJE EXISTENTE.
ELES CONTROLAM: O COMPLEXO INDUSTRIAL MILITAR; OS SISTEMAS BANCÁRIOS DO MUNDO; AS UNIDADES OPERACIONAIS MILITARES SECRETAS; FACÇÕES ARROJADAS DAS COMUNIDADES DE INTELIGÊNCIA; O FEDERAL RESERVE.
O PLANO DELES É TÃO ANTIGO QUANTO O TEMPO...
SUA INTENÇÃO, TRAIÇOEIRA.
MESMO HOJE, A EXISTÊNCIA DELES É POUCO CONHECIDA.
AINDA ASSIM, O PLANO CONTINUA.

PRÓLOGO

ELES NÃO TÊM SOMBRAS

2001
WORLD TRADE CLUB
107º ANDAR, WORLD TRADE CENTER
SUL DE MANHATTAN, NOVA YORK

Era 10 de setembro, um dia como outro qualquer, refletiu o sacerdote jesuíta. Precisamente às 8h46 do dia seguinte, o mundo inteiro mudaria.

Ele também ponderou sobre isso enquanto observava, da vasta área envidraçada do clube particular a quatrocentos metros sobre a cidade de Nova York, o magnífico panorama dos arranha-céus de Manhattan.

Contemplou em silêncio a espetacular vista do porto de Manhattan, os olhos fixos no incessante tráfego dos esguios aviões 757 e 747 que chegavam e saíam dos aeroportos de La Guardia, JFK e Newark.

Enfim, o sacerdote parou de contemplar o panorama e se virou.

Seu rosto, embora estranhamente marcado por cicatrizes, era imperial. As feições eram notáveis. A testa ampla e o nariz reto como o de um senador romano emolduravam imperiosos olhos cor de safira, que tinham uma beleza fantasmagórica, hipnótica. Os grossos cabelos negros estavam prateados em alguns pontos.

Num dia comum, ele os usaria meticulosamente puxados para longe das maçãs altas do rosto, numa trança presa por uma simples faixa preta.

Num dia comum, ele usaria os trajes fluidos dos Mantos Negros, sua ordem jesuíta.

Mas *aquele* não era um dia comum, e nesse crepúsculo as brilhantes tranças negras do sacerdote caíam soltas sobre os ombros, que envergavam um terno sob medida de Domenico Vacca, com cavas altas e talhe perfeito, acentuando o corpo bem modelado sob ele.

O sacerdote acariciou a serpente de prata entalhada no cabo da bengala. Inspecionou lentamente os homens sentados diante dele.

O Conselho dos Treze, as mais elevadas ordens do Comitê dos 300, a Nobreza Negra Veneziana, o Supremo Conselho Mãe dos Maçons do Grau 33 do Rito Escocês.

Inspecionou a fisionomia dos presidentes do Clube de Roma, do Federal Reserve, do Grupo Bilderberger, do Fundo Monetário Internacional, do Bohemian Grove, do Lucius Trust, até seu olhar se deter no Frater Superior e no Grande Tribunal do Ordo Templi Orienti.

Os Grandes Mestres dos Illuminati.

Os *illuminatus* secretos que controlavam o governo norte-americano.

Que controlavam todos os governos do mundo oriental e ocidental.

Um leve sorriso passou por seus lábios.

Que, por sua vez, eram controlados por ele.

Lorcan De Molay.

Ele abriu uma charuteira de prata. Kester von Slagel, seu emissário, surgiu de um canto obscuro do clube com uma guilhotina para charutos. De Molay enfiou a cabeça do charuto nela e Von Slagel cortou a ponta habilmente, antes de desaparecer novamente na penumbra.

De Molay levou o charuto aos lábios.

– La Corona, 1937... – Soltou baforadas com satisfação e removeu lentamente o charuto da boca, permitindo que o olhar se detivesse nos rostos impassíveis dos presidentes dos bancos mais poderosos do mundo sentados diante dele.

Eram simplórios. Déspotas com fome de poder.

Mas, segundo os fundamentos da lei eterna, os Conselhos Angelicais de Terror dos decaídos não tinham jurisdição direta sobre a raça dos homens.

Seus lábios se endureceram ao se lembrar do Nazareno.

Não tivera alternativa. Após seu humilhante fracasso no Gólgota, a presença do decaído naquele orbe coberto de lama era ilegal.

A única opção fora usar as massas ignorantes. Seduzi-las, engajá-las em seu plano magistral. Eram escravos sombrios dos decaídos.

Pelo menos, até a Grande Batalha.

Até a derrota do Nazareno.

Depois disso, todos seriam descartáveis. Esse pensamento provocou nele uma onda de prazer insuperável.

Enfim Jerusalém seria dele.

Agora, porém, tinha de voltar aos negócios.

De Molay falou com suavidade, a voz baixa e estudada. O sotaque era claramente britânico, mais precisamente de um bairro sofisticado de Londres, mas com uma sutil inflexão exótica que não se podia definir.

– Exatamente às oito e quarenta e seis de amanhã, nossa operação para subverter e desestabilizar os Estados Unidos da América vai começar. – Acariciou devagar o charuto entre os dedos finos, elegantemente cuidados. Todos os olhares estavam cravados nele. – Por volta do meio-dia, haverá o fechamento das Nações Unidas, da Comissão de Valores Mobiliários, das bolsas de valores... – murmurou. – Teremos atingido as bases de todo o mundo ocidental. – Virou-se para Charles Xavier Chessler, o grisalho presidente do Chase Manhattan.

– Nossa conta de negociação interna atingiu a casa de quinze bilhões de dólares – esclareceu Chessler. – Ninguém vai relacioná-la com a Fraternidade.

De Molay tragou o charuto até que a linha das cinzas começasse a brilhar.

– As torres vão desmoronar como o proverbial castelo de cartas – ele prosseguiu.

– Em queda livre – acrescentou Jaylin Alexander, ex-diretor executivo da CIA. – As evidências de implosão controlada ficarão soterradas para sempre em meio aos escombros.

De Molay fez um gesto para uma figura imponente – com uniforme militar e um punhado de cabelos brancos – sentada à sua direita. O general-comandante Omar B. Maddox, do Comando de Defesa Aeroespacial da América do Norte, o Norad.

– O Guardião Vigilante está funcionando, general?

O general bateu continência.

– O Norad está em alerta, Vossa Excelência. Ao nascer do sol, vamos realizar o maior exercício de defesa aérea de nossa história, simulando um ataque aos Estados Unidos. – O general sorriu, mas os olhos miúdos como os de uma águia tinham um brilho duro. – Guardião Vigilante – prosseguiu lentamente. – A simulação vai criar a distração e a confusão necessárias enquanto os verdadeiros ataques estiverem acontecendo. Os técnicos da Agência Federal de Aviação no Norad ficarão quase cegos.

De Molay virou-se para Gonzalez, do grupo de proteção presidencial do Serviço Secreto dos Estados Unidos.

– Os terroristas estão de posse dos códigos?

– Dos códigos e dos sinais do Força Aérea Um, além dos principais códigos da Casa Branca, Vossa Excelência.

– E o acesso aos sistemas de observação da Agência de Segurança Nacional?

Gonzalez assentiu.

– Em ordem, Vossa Excelência.

– Não podemos deixar rastros. – De Molay virou-se para Alexander.

– O carro registrado em nome de Nawaf al-Hazmi será deixado no estacionamento do Aeroporto Dulles na manhã do dia doze – informou Alexander. – Dentro dele, haverá uma cópia da carta de Atta para os sequestradores, um cheque administrativo feito para uma escola de aviação em Phoenix, quatro desenhos da cabine de um jato 757, um estilete e mapas de Washington e Nova York. Os terroristas aceitaram nossa versão da história; morderam a isca direitinho. Vão sequestrar os aviões e seguir com a missão "falsa" deles: voltar para os aeroportos onde aviões abastecidos os aguardarão, e a seus reféns. Quando ativarmos o canal de controle primário, vão perceber que foram enganados. Um sequestro de solo. Será tarde demais. – Alexander esboçou um sorriso com seus lábios finos. – Serão mártires involuntários da Fraternidade. Bodes expiatórios, tal como descrevem os livros de instrução militar.

– E Bin Laden? – perguntou Julius De Vere, *chairman* da Fundos de Continuidade De Vere.

– Osama bin Laden voou do Paquistão para Dubai no dia 4 de julho – respondeu Lewis, vice-secretário de Defesa. – Estava acompanhado de seu médico pessoal, quatro guarda-costas e um enfermeiro argelino, tendo sido admitido no Departamento de Urologia do Hospital Americano. A evacuação de sua família está sendo providenciada.

– Dois Boeings 777 estão de prontidão, conforme combinamos – falou Alexander. – Os Bin Laden serão evacuados em 18 de setembro, durante o apagão aéreo.

– E, *então*, invadiremos o Iraque – exclamou Drew Janowski, assistente especial do presidente para assuntos estratégicos e política de defesa. – A resistência de Saddam ao nosso programa de petrodólares será erradicada permanentemente. Criaremos a crise e depois a administraremos com boa vontade. Introduziremos o programa de Segurança Doméstica, depois o Ato Patriota...

– E, no outono de 2008, derrubaremos o mercado – disse com muita suavidade Werner Drechsler, presidente do Banco Mundial. – O dólar vai despencar. Haverá uma contração proposital de créditos. Instigaremos a maior crise econômica desde 1929. Entre quarenta e quarenta e cinco por cento das riquezas do mundo serão destruídas em menos de dezoito meses.

Julius De Vere estudou o grupo com satisfação.

– Por volta de 2025, nossa tarefa vai terminar. Durante o assédio aos bancos, derrubaremos propositalmente o Federal Reserve e o substituiremos pelo nosso Banco Central Mundial. Vão nos implorar para que façamos algo a fim de deter o sofrimento deles.

Um homem ossudo e cheio de rugas, com cinquenta e poucos anos e óculos de aro de casco de tartaruga, levantou os olhos do jornal.

– ... então, cavalheiros, será nosso *coup d'état*: a eliminação permanente da soberania dos Estados Unidos. – Piers Aspinall, chefe do Serviço de Inteligência Britânico, removeu os óculos e bafejou as lentes. – A primeira fase da União Norte-Americana. Lançaremos uma nova moeda, o amero. E introduziremos o controle obrigatório sobre armas. – Ele se apoiou confortavelmente na poltrona. – Depois, dividiremos o mundo em dez superblocos. Encenaremos um falso incidente, nuclear ou de bioterrorismo, com uma gripe aviária, ou varíola, transformada em arma, e instituiremos uma lei marcial e a vacinação obrigatória. – Ele tirou do bolso do paletó um lenço de linho perfeitamente passado e dobrado, com seu monograma, e poliu as lentes. – Erradicaremos quem resistir. Patriotas. Constitucionalistas. – Ele e Lorcan De Molay trocaram olhares fugazes. – Cristãos...

– Nossa conspiração será considerada pelo povo norte-americano, em décadas futuras, como nada além de uma *lenda urbana*. – De Molay sorriu debilmente para os executivos da Petróleos do Mar do Norte e da Corporação Holandesa de Petróleo, sentados à sua direita. – Brindemos a mais de quatrocentos bilhões de barris de reservas de petróleo iraquiano – declarou, segurando um copo de Porto Vintage. – Ao ouro negro, cavalheiros.

A Fraternidade ergueu os copos. De Molay aproximou-se da janela que ocupava a parede toda e mirou o Atlântico.

– Ao Iraque – murmurou. Em seguida, virou-se da janela com a expressão estranhamente distante. – *Depois*, Jerusalém...

Os homens se levantaram a um só tempo, os copos levantados.

– A Jerusalém.

– À nossa Nova Ordem Mundial – declarou Lorcan De Molay. – *Novus ordo seclorum*.

As vozes de todos os homens no recinto ecoaram em uníssono:

– *Novus ordo seclorum*.

Lorcan De Molay levantou o copo pela segunda vez em direção a uma Manhattan que de nada suspeitava e reluzia sob o fraco sol outonal. Sua voz era pouco mais que um sussurro ao murmurar:

– E ao reinado do meu único filho gerado...

☆ ☆ ☆

11 DE SETEMBRO DE 2001
VOO 11 – AMERICAN AIRLINES
AEROPORTO INTERNACIONAL LOGAN, BOSTON
7H40

A morena atraente que usava imensos óculos escuros Prada sorriu e se virou para o nervoso jovem de pele olivácea e camisa azul sentado ao lado dela. Ele olhava para a frente. Com semblante impassível.

Ela deu de ombros, passando as unhas pintadas à francesa pelos longos cabelos com luzes, e depois correu o olhar pelo avião, cuja ocupação mal chegava à metade. Bocejou.

Desde o nascimento de Alex, doze semanas atrás, Rachel Lane-Fox estava *obcecada* pelo sono.

Esticou as pernas longas e bem torneadas, mexeu os dedos dos pés e mergulhou na poltrona da classe executiva, na fileira 8 do Boeing 767.

Revirando a bolsa, encontrou o celular e percorreu a lista de contatos até encontrar o número de Julia De Vere. Discou. Foram dois toques, apenas.

– Oi, Ju – falou com um sorriso. – É, estou voltando. Estamos na pista do Logan. – Ela olhou pela janela. – Tivemos um pequeno atraso. Sim... papai já saiu da UTI. Olha, nem sei como agradecer por ter cuidado do Alex.

Uma comissária de bordo se aproximou dela. Rachel olhou para cima.

– Desculpe-me, senhora, seu celular e também... – A moça fez um gesto na direção do cinto de segurança.

Rachel atou o cinto desajeitadamente, segurando o celular com o queixo.

A comissária franziu o cenho. Estudou Rachel com atenção.

– Você não é aquela modelo famosa, Rachel... Rachel Lane-Fox?

– Sou; você me pegou. – Rachel soltou um suspiro. – Culpada. – Ela tirou os óculos escuros e apoiou a mão livre no braço da comissária. – Olha – pediu –, é meu bebê. Tem só doze semanas. Meu pai teve um ataque cardíaco. Meu bebê está com uma amiga. Não tinha ficado longe dele ainda. – Ela apontou para o telefone. – Por favor? – Sorriu de modo a desmontar objeções, os dentes brancos e perfeitamente esmaltados reluzindo.

A comissária de bordo olhou para o relógio. Suspirou.

– Tudo bem. – Fez um gesto na direção das portas do avião. – Mas, assim que as portas se fecharem...

– Obrigada – murmurou Rachel, dando-lhe uma piscadela.

O homem de camisa azul olhou para ela com ar de desaprovação.

– Ju... – Ela olhou para o homem e baixou um pouco o tom de voz. – Diga: o Alex dormiu a noite toda ou deixou o Jason *maluco*? – Nesse ponto, abafou uma risada. O homem ao lado dela a encarou, evidentemente irritado. – Certo. Vou tomar um táxi direto para o escritório da *Cosmo* quando chegarmos a Los Angeles. Vou levar vocês para almoçar.

A comissária de bordo voltou a se postar ao lado dela.

– Senhorita Lane-Fox...

– Preciso desligar, Ju. Dá um beijo no Alex por mim.

Rachel desligou o telefone, colocou-o na bolsa e a guardou com pressa sob o assento. Relanceou o olhar para o lado. "Estranho", pensou. O jovem de pele olivácea agarrava o braço da poltrona como se sua vida dependesse disso. E transpirava copiosamente.

Ele devia detestar aviões.

– Olhe – ela falou com suavidade, tocando o braço dele –, quando você voa regularmente, não é tão mal assim. Você se acostuma. – Sorriu para o moço. – Eu me acostumei.

Mohammed Atta olhou *através* dela.

Rachel deu de ombros, pegou uma revista de moda e folheou-a languidamente enquanto o avião taxiava do portão 32 para a pista 4R.

Oito minutos depois, Rachel Lane-Fox olhou pela janela e contemplou a espetacular vista do porto de Boston enquanto o Boeing ascendia ao céu límpido de outono.

Eram exatamente 7h59 da manhã de terça-feira, 11 de setembro.

☆ ☆ ☆

Lorcan De Molay olhou com tranquilidade para o visor do cronógrafo do relógio de ouro Patek Philippe Grogan, feito em 1925, no pulso direito. "O único do tipo já produzido para um canhoto", pensou com indolência.

Eram exatamente 8h14 na Costa Leste dos Estados Unidos. O sequestro do voo 111 da American Airlines estava em andamento.

Em poucos minutos, Mohammed Atta e seus tolos contatos na CIA perceberiam que tinham sido traídos.

Não haveria nenhum avião esperando por eles.

Esboçou um sorriso sutil e limpou a boca com o guardanapo de linho monogramado, deixando-o ao lado do almoço inacabado – um folheado de lagosta catalã.

O protocolo de controle remoto seria ativado a qualquer momento.

Olhou para além dos leões de bronze que sustentavam o obelisco egípcio de granito vermelho com mais de quarenta metros de altura; para além da Via della Conciliazione; para além das turvas águas esverdeadas do Tibre, até as sete colinas de Roma, e conferiu novamente o relógio.

Em quatro minutos, as funções do 767 ficariam sob controle direto do "posto de comando" em terra.

Alisou o hábito jesuíta e fechou os olhos, erguendo o rosto para a suave brisa de outono em Roma.

O sistema de controle de voo do Boeing estava prestes a ser reconfigurado, para que rumasse diretamente ao World Trade Center, na cidade de Nova York.

A primeira fase do Governo Mundial Único estava em andamento.

☆ ☆ ☆

CORRETORA DE VALORES NEAL BLACK, ESTADOS UNIDOS WORLD TRADE CENTER 8H40

Jordan Maxwell III, banqueiro de investimentos, conferiu a tela do computador pela terceira vez no mesmo minuto.

– Ei, chefe! – Damien Cox, recém-formado em Harvard, reclinou-se contra a porta de vidro do escritório de Maxwell, um café da Starbucks na mão. – Tem alguma coisa acontecendo. Não estamos conseguindo acessar o sistema, ele está travado.

Maxwell sorriu.

– Que estranho. – Acenou para Powell, vice-presidente de tecnologia da informação da Neal Black, um homem de uns cinquenta anos, agora na porta atrás de Cox.

– É isso mesmo: o sistema está travado – murmurou Powell.

– Todos? – Maxwell arqueou as sobrancelhas.

– Todos os computadores. Dos três andares. Trezentas e dezoito estações de trabalho, para ser preciso. Fomos completamente invadidos. E alguma coisa, ou alguém, está baixando todos os nossos arquivos. – Powell fez uma pausa. – Alguém de fora do prédio.

– *Hackers*?

– Não. – Ele deu de ombros. – É sofisticado demais. Fomos invadidos por um programa que nunca vi antes. – Powell meneou a cabeça. – E olhe que já vi de tudo...

Maxwell se levantou e caminhou com rapidez para o escritório de plano aberto da Neal Black, sendo seguido por Powell e Cox. Observou as telas dos computadores enquanto passava por elas e depois olhou para as portas de vidro da sala da diretoria, onde o diretor-geral e dois sócios da corretora estavam envolvidos em uma conversa intensa e repleta de sons abafados.

– Já informou o Morgan?

– Ele está numa teleconferência com a Europa. Com os grandes. Não querem ser perturbados.

– Certo, eu o informarei pela linha interna. – Maxwell virou-se bruscamente, voltou para seu escritório e se acomodou na cara e elegante poltrona de couro, os olhos ainda grudados na tela do computador. Inclinou-se para apertar o botão da linha interna, mas hesitou.

Os arquivos ainda estavam sendo baixados.

Teoricamente, ele não sabia de nada, mas acompanhava o tráfego anormal de transações desde o dia 6 de setembro.

Mais de 200 milhões de dólares em transações ilegais tinham passado pelos computadores do escritório da Neal Black, no World Trade Center, só nas últimas quarenta e oito horas.

Depois, houvera aquela transação com títulos do Tesouro no valor de cinco bilhões, mencionada no dia anterior por Von Duysen após alguns drinques.

Observou a sala da diretoria pelas portas de vidro de seu escritório, o semblante perturbado.

Aquilo tinha alguma conexão com a Europa. Com os *poderosos*, que jamais podiam ser desobedecidos. Disso tinha certeza.

Maxwell bateu numa tecla do teclado com impaciência e tornou a olhar para a tela do computador.

Não havia dúvida. Tratava-se de uma ampla operação de saque financeiro em andamento.

Alguém acobertava o próprio rastro. Todos os arquivos estavam sendo baixados para fora do prédio à velocidade da luz. Diante de seus olhos. Para fora do sistema. "Mas para onde?" Meneou a cabeça, pegou a xícara com café morno e caminhou até a janela.

Olhou para o límpido céu de Manhattan. "E por quê?"

Franziu a testa. Ouviu um som estranho. Se não fosse tão ridículo aquele pensamento, poderia jurar que era o rugido das turbinas de um avião.

Virou a cabeça para a esquerda.

A xícara de café escorregou de sua mão e caiu no elegante tapete bérbere.

O 767 vinha diretamente em sua direção.

VINTE ANOS DEPOIS

CAPÍTULO I

O CARRO DE ALÁ

DEZEMBRO DE 2021
CISTERNA NÚMERO 30
MONTE DO TEMPLO, JERUSALÉM

— Vovô! Vovô! – Jul Mansoor puxou a túnica do velho beduíno enquanto ele caminhava a passos decididos pelo labirinto de entradas de cisternas da superfície rumo ao Portão de Warren. – Vovô! – ele repetiu. – Não devíamos estar aqui; é território proibido... A radiação!

Abdul-Qawi se virou, franzindo sinistramente a testa para o neto de treze anos, e de repente o rosto vincado e sombrio irrompeu em um amplo sorriso banguelo.

– Jul. – Exasperado, levantou as mãos enrugadas e queimadas de sol para o ar e tirou um medidor de radiação do cinto, segurando-o. – Viu?

Nada de radiação! – exclamou. – Isso é coisa da ONU. Como se diz? Conversa fiada? A radiação está em Tel Aviv; em Jaffa, *não* em Jerusalém.

– Os soldados não vão deixar, vovô.

– Está vendo algum israelense? Está vendo algum muçulmano? – Abdul-Qawi fez um gesto dramático abrangendo o monte deserto e cercado. Cuspiu no chão e limpou a boca com o dorso da mão. – Eles se foram; se *foram*, desde o fim da guerra. – O velho continuou avançando pelos quarenta e cinco metros que o separavam do portão.

– Os soldados se foram, mas ainda assim é uma INVASÃO, Jadd.

Ao ouvir seu nome em árabe, Abdul-Qawi se deteve.

– Ah! – ergueu as mãos para o ar, agora em desespero. – Escolas particulares, tutores europeus, e tudo o que ensinam é o desrespeito aos mais velhos. Agora, deixe seu Jadd ser seu professor. – Virou-se para ficar de frente para Jul, as mãos nos quadris ossudos. – Este velho arqueólogo beduíno sabe que neste momento os israelenses e os muçulmanos estão mortos e feridos em hospitais de Jerusalém, enquanto os europeus se aconchegam em seus palácios opulentos, dividindo este monte enquanto falamos. – Levantou uma das mãos de forma teatral. – Isto é para os judeus; isto é para os árabes; isto é para a ONU. Ah! Vamos nos arriscar.

Apontou para os escombros à frente deles.

– Os israelenses e os muçulmanos selaram o Portão, mas o terremoto o abriu novamente. Por amor a Alá; por amor a minhas escavações arqueológicas nestes últimos sessenta e cinco anos, eu *preciso* procurar.

Com cautela, o idoso começou a subir pelos escombros, entrando em um grande salão com cerca de vinte e cinco metros de comprimento, com muitos túneis de saída em diversas direções. Seus olhos de águia brilharam de excitação.

– Corra, corra. – Fez um gesto impaciente para Jul, que estava três metros atrás dele, e começou a descer pelas escadas de pedra. Depois parou, acendeu sua lâmpada e se agachou sobre um mapa amassado.

Jul suspirou, inquieto. De repente, o velho agarrou sua mão com tanta força que ele se contorceu.

– O Santo dos Santos! – Os olhos de Abdul-Qawi reluziram com um brilho de estranho êxtase. Trêmulo, levantou-se e foi caminhando sobre os escombros recentes rumo a um túnel já escavado. Franziu o cenho. Seu olhar fixou-se a dez metros de distância, sobre um reluzente objeto dourado que se projetava de uma pequena ravina.

Abdul-Qawi aproximou-se, hesitante, acenando para o neto atrás dele. Atônito, contemplou o metal brilhante.

– O Carro de Alá – murmurou. Continuou a caminhar, murmurando coisas para si mesmo em árabe, como se estivesse em um transe hipnótico – a mão estendida até estar a apenas alguns centímetros da ornamentada haste de ouro que se projetava superfície acima. Esticou a mão, trêmulo.

Jul observou, maravilhado, enquanto Abdul-Qawi tocava a haste. No mesmo instante, um selvagem raio azul emergiu da caixa.

– Alá Akbar! – gritou Abdul, enquanto sua mão envolvia a alavanca de ouro. A terrível corrente elétrica percorreu seu corpo. Jul viu, aterrorizado, o corpo do avô sendo lançado de um lado para o outro em espasmos violentos.

– Jadd! – Jul correu em sua direção.

O velho olhou para Jul, também aterrorizado, os olhos brilhando em êxtase, e, reunindo todas as suas forças, afastou a mão da caixa, sendo arremessado bruscamente ao chão. Jul arrastou-o, em meio aos escombros, para longe da caixa reluzente.

– Jadd... Jadd! – Jul aninhou a cabeça do avô em suas mãos, trêmulo, as lágrimas escorrendo pelo rosto enlameado.

Abdul se esforçou para erguer o tronco e, olhando para além de Jul, soltou um grito estrangulado.

– O selo de Daniel – falou, e tombou para trás.

Fulminado pela Arca da Aliança.

CAPÍTULO 2

CONSEQUÊNCIAS

JASON
DEZEMBRO DE 2021
IATE DA VOX COMMUNICATIONS
BAÍA DE NOVA YORK

Fora a quarta das campanhas de lançamento do VOX Entertainment Group, só naquela semana.

E a mais exuberante.

Apesar da temperatura abaixo de zero, Nova York estava no clima de comemoração. E o mesmo se podia dizer de Jason De Vere, presidente e proprietário da multibilionária empresa de mídia VOX Entertainment.

A Terceira Guerra Mundial tinha terminado catorze semanas antes, com o ataque nuclear do Ocidente sobre Moscou. E os incontáveis conglomerados multinacionais em Manhattan ressurgiam, hesitantes. A ameaça constante de um ataque nuclear ao centro de Nova York era uma lembrança que se esvanecia com rapidez, e o mais inferior dos deques do maior dos cinco iates de Jason De Vere estava literalmente lotado.

Financistas de meia-idade de Wall Street, gerentes e donos de fundos de investimento, âncoras de noticiários da TV que já passavam da idade e agentes do mundo do entretenimento lotavam a pista de dança, misturando-se à elite da indústria da televisão, da moda e das publicações, todos entre vinte e trinta e poucos anos, movimentando-se ao som da música fustigante.

Jason De Vere tinha chegado de helicóptero dez minutos atrás – um acontecimento incomum, que aqueles que trabalhavam intimamente com ele sabiam que só poderia ser justificado pela presença de cinco bilionários de Pequim, investidores da área de comunicação, envolvidos no mais recente empreendimento de Jason.

Seu mais recente motivo de orgulho. O lançamento de diversas redes de mídia e de conglomerados cinematográficos da VOX na China.

Com quarenta e quatro anos, Jason De Vere possuía uma beleza rústica, embora bem-acabada. O rosto bronzeado tinha rugas, e os cabelos curtos, abundantemente grisalhos, conferiam-lhe severidade.

Assim como seu estado de espírito atual.

Estava preso, sem muito entusiasmo, nas garras de uma loira esbelta e excessivamente bronzeada, na pista de dança, ondulando o corpo em movimentos desgraciosos, um copo de uísque na mão.

Olhou ao redor. Todos eram tão *jovens*. Mais próximos da idade de Lily que da dele. O *que* acontecera com o tempo? A loura falsa, a mais recente apresentadora da premiação musical da VOX, apertou ainda mais os braços em volta do pescoço de Jason, impossibilitando-lhe *por completo* de sorver as últimas gotas de seu onipresente copo de uísque.

"Que se dane a necessidade de relações públicas." Revirou os olhos, frustrado, tentando localizar um de seus três assistentes executivos. A mais recente funcionária e também mais jovem, uma elegante beldade asiática recém-transferida do escritório da VOX em Singapura, conversava animadamente com seus clientes de Pequim. Esquadrinhou em desespero o recinto, à procura de sua leal assistente-executiva, já a seu lado havia dezenove anos – a senhorita Jontil Purvis, de cinquenta e sete anos, natural de Charleston, Carolina do Sul.

Jontil era totalmente indispensável para Jason. Estava na VOX desde sua criação e atravessara o período caótico e difícil dos primeiros anos. Ao longo das duas últimas décadas, estivera envolvida na inesgotável tarefa de se esforçar para tornar suportável cada aspecto da existência brutal e implacável de Jason De Vere.

Desde a complexidade das fusões multibilionárias até a organização da hospitalização e terapia de Lily De Vere após o acidente, e, mais recentemente, lidando com os detalhes pouco palatáveis do divórcio de Jason e Julia, um assunto amargo e altamente divulgado.

Jontil Purvis oferecera a Jason um ombro amigo por um ano inteiro durante a separação. Ela adorava Julia St. Cartier desde que conhecera a agitada e jovem jornalista que se casara com Jason dezenove anos antes. Ela e Julia haviam forjado uma amizade profunda, e Jontil Purvis era extremamente leal. Além disso, era batista devota e acreditava com fervor na santidade do matrimônio. E acreditava de fato em Jason e Julia.

E havia também a situação com seu irmão mais novo, Nick. O semblante de Jason se transformou em uma expressão de reprovação. Jontil Purvis não tinha intenção de facilitar o assunto para Jason De Vere, e ele sabia muito bem disso. Mas ela filtrava os telefonemas de Nick e mantinha sua opinião para si mesma. Jason confiava implicitamente em Jontil. E Jason De Vere confiava em pouquíssimas pessoas.

Enfim, localizou seu anjo da guarda loiro, impecavelmente penteado. A assistente encontrava-se em um canto com seu inseparável Blackberry, dois cadernos de anotações na mão esquerda e sua figura matronal envolvida em um conjunto de seda lilás. Muito apresentável, como de costume.

– Purvis! – Jason gritou por sobre o ombro. – Purvis!

Jontil Purvis desviou o olhar do telefone e avistou uma loira e Jason, este subindo e descendo em sua linha de visão. Assentiu de imediato e depois sumiu.

Uma fração de segundo depois, uma morena alta e magra apareceu e livrou Jason das garras furiosas da loira. Orientando-o até o bar, ela apertou um botão numa tela. Nela, apareceu o rosto de um homem.

– Jason... – Ela agarrou o braço dele com firmeza, mal podendo conter sua excitação. – Jason! – empurrou a tela na direção dele. – Matt está na linha, de Teerã; é seu irmão. Conseguimos a *exclusiva*. Notícia quente. A data final para o acordo de paz. Confere, Jason.

– Está brincando, não está, Maxie? – Jason franziu o cenho. – Isso aqui é apenas o plano de resgate de Purvis.

Ela o encarou sem se alterar. Os olhos de Jason se estreitaram.

– O Acordo Ishtar. – Ele agarrou o braço de Maxie com tanta força que ela estremeceu.

– Israel, Iraque, Irã, Rússia – Maxie assentia vigorosamente.

– O Tratado de Paz da Terceira Guerra Mundial? Tem certeza? – Jason tirou o Blackberry da cintura e deslocou o visor até chegar a uma mensagem marcada A.D.V. Abriu a mensagem de texto, enviada uma hora antes: *Irã concordou. Acordo Ishtar. 7 janeiro. Seu furo. EXCLUSIVO.*

– Nossa! – Jason afastou Maxie para o lado. – Matt, o que está acontecendo? – Seus olhos se fixaram na tela, com a imagem de Matt Barton, chefe do escritório de Teerã.

– Não sobrou muita coisa aqui, chefe. Teerã é a única cidade em pé. Mashhad e Tabriz foram incineradas. Ataques nucleares diretos. Mas os iranianos ainda se mantiveram teimosos como o inferno. Até seu irmão chegar. Eles concordaram uma hora atrás. Está confirmado – Matt assentiu. – O acordo vai coincidir com a inauguração das Nações Unidas na Babilônia. Daqui a três semanas.

– Babilônia, e não Damasco? – Jason arqueou as sobrancelhas. – *Interessante*. – Depois, franziu a testa. – E Israel?

– Intratável, como sempre. Melanie vai lhe passar a história.

Melanie Kelly, correspondente sênior da VOX no Oriente Médio, apareceu na tela.

– Israel *está* preparada para se desnuclearizar, senhor. Temos certeza.

– Quanta certeza?

– Tanta quanto pode ser uma certeza, ó grande magnata. Mas estão falando que seu genial irmão mais novo conseguiu, de algum modo, assinaturas prévias de Israel, dependendo de algumas concessões importantes que só ele conhece; desculpe dizer isso, você sabe como ele é reservado, mas parece um pouco com um acordo pré-nupcial. Mas olhe, acredite em mim: o Irã está dentro. Israel estará na semana que vem. É confirmado. Vamos ao ar em dez.

Jontil Purvis colocou sua mão calmamente sobre o braço de Jason.

– A VOX Central está na linha, senhor. Eles o aguardam lá embaixo.

Jason desligou o pequeno monitor de TV e foi se esgueirando pelo bar, em meio ao salão lotado, depois descendo pela escada em espiral até os aposentos executivos no deque inferior. Parou diante de uma porta forrada de couro.

– Lily – disse diante do sistema.

– *Confirmação da palma.*

Jason estendeu a palma da mão sobre o leitor e, um segundo depois, a porta se abriu. Ele caminhou até o grande conjunto de monitores de televisão que ocupava uma parede inteira do deque.

O controlador de sinal acionou uma chave, e o centro de transmissão da VOX em Manhattan entrou no ar.

Jason observou dezenas de produtores com feições de bebê, recém-saídos da faculdade de Comunicação, entrando e saindo do ar e carregando discos de vídeo enquanto berravam instruções nos celulares. Uma moça de cerca de vinte e cinco anos, bronzeado da Costa Oeste e cabelos compridos com luzes apareceu na tela.

– Olá, chefe. Vamos receber o sinal de seu irmão ao vivo na VOX a qualquer momento...

– AUMENTE. – Jason jogou o paletó no elegante sofá de couro preto e dobrou lentamente as mangas da camisa, o olhar fixo nos caracteres que corriam na tela da TV.

Jontil Purvis ficou à porta observando seu chefe com atenção. Vinte anos no ramo, e ele ainda se entusiasmava quando havia uma notícia exclusiva e ao vivo – Jason De Vere estava em seu elemento natural quando lidava com noticiários.

Jason assistia com avidez enquanto a VOX de Nova York se preparava.

– Dez... prepare; nove...

– Jason, estamos com a China.

– Onde está a Al Jazeera? – Jason gritou ao microfone.

– A Al Jazeera acabou de entrar no ar, Jason. – Um executivo alto e magro, com aparência de estudante das faculdades mais prestigiadas, mantinha-se em observação, todo animado. – Estão desesperados por nosso sinal: Reuters, Associated Press, CNN, ABC...

– Ganhamos dinheiro – murmurou Jason. – É bom. Desespero é bom. A BBC...?

– Estamos fazendo conexão com Londres agora, passando para a Mel em Teerã.

Melanie Kelly, correspondente no Oriente Médio, visível em duas das várias telas, fez conchas com as mãos sobre o fone de ouvido.

– Clay acabou de preparar o microfone do presidente; estaremos prontos em oito.

Jason observou Melanie na tela de televisão, empolgado. Ao lado dela estava Adrian De Vere, recém-empossado presidente da União Europeia.

– Dê um alô a meu irmão – murmurou ele ao microfone.

– Pode deixar, chefe.

Jason observou com atenção: Adrian sorriu na tela e levantou a mão em sinal de reconhecimento.

– Pergunte-lhe se Israel é mesmo uma certeza.

Adrian assentiu e depois levantou o polegar.

Jason meneou a cabeça, sorriu e estendeu a mão para Jontil Purvis. Ela preparou um uísque com gelo e passou-lhe o copo. Ele o pegou e sorveu um grande gole da bebida, a atenção fixa no âncora do noticiário de Nova York, transmitindo dos estúdios da VOX em Manhattan.

– As últimas notícias são de que se chegou a uma data final para o mais delicado tratado de paz da história do mundo ocidental: o acordo de paz após a Terceira Guerra Mundial. O Acordo Ishtar, do Oriente, foi estabelecido há meia hora em Teerã, no Irã.

Jason sentou-se no sofá, os olhos cravados nas telas.

– Os principais participantes da mais sangrenta guerra nuclear da história, a Guerra Russo-Israelense-Pan-Árabe, assinaram o acordo: Iraque, Irã, Síria, Turquia, Egito, bem como Rússia, Israel, Estados Unidos e União Europeia. Vamos passar para Melanie Kelly, nossa correspondente no Oriente Médio, em reportagem para a *VOX News*, ao vivo de Teerã.

A câmera se aproximou da figura esguia e loira de Melanie Kelly.

– Comigo, em Teerã, tenho o principal negociador das Nações Unidas para o acordo e recém-nomeado presidente do Superestado europeu. Com apenas trinta e nove anos, e saudado como o novo John F. Kennedy, Adrian De Vere.

A câmera enquadrou Adrian. Jason assistia, eufórico.

– Este é um dia memorável na história do Oriente Médio... – Adrian esboçou um sorriso brilhante, dotado de seu encanto natural e discreto – ... e do mundo.

Jason estudou o irmão. O rosto de Adrian era perfeitamente adequado para a câmera. Forte. Cinzelado. Maçãs do rosto altas. Quase belo. Ele era um homem cosmopolita. Refinado. Os cabelos negros eram quase azulados e roçavam seu traje perfeitamente talhado. Exibia o habitual bronzeado do verão caribenho.

Jason franziu o cenho.

Os dentes dele pareciam um pouco diferentes, com um esmalte perfeito, mais claro. Influência de Julia, sem dúvida. Sua nova agência de relações públicas sediada em Chelsea, Londres, conseguira dois clientes importantes, duas celebridades, em menos de dois meses: a seleção inglesa de futebol e Adrian De Vere, recém-nomeado presidente da União Europeia. A expressão de Jason mudou. Após vinte anos de casamento, orgulhava-se do fato de que, após o divórcio, resistira com teimosia a todas as tentativas feitas por ela para mudar sua imagem. Mas até ele precisava admitir que, graças aos esforços de Julia De Vere, agora Adrian De Vere era a expressão suprema de um moderno astro do cinema.

– Tanto o Oriente quanto o Ocidente têm ansiado pelo dia em que será possível descansar, sabendo que nossas famílias e as gerações futuras não enfrentarão mais a ameaça de uma guerra nuclear, de bombas suicidas, de reféns sendo assassinados... – Adrian hesitou. – Dos filhos do Oriente e do Ocidente sendo mortos em combate.

Jason meneou a cabeça. Alguém precisava dizer aquilo. Nunca, na história da televisão, nenhum político, âncora ou astro de cinema havia chegado perto da intensa conexão pessoal que Adrian despertava em cada telespectador. Era instantânea. Hipnótica. Inegavelmente convincente... e sem esforço.

Adrian De Vere era o queridinho do telespectador mundial. A mesma coisa havia acontecido durante seus dois mandatos recentes como primeiro-ministro britânico. Estivessem assistindo a seus pronunciamentos no Iraque, na Síria, na Alemanha, na Inglaterra, nos Estados Unidos, na China ou na França, ele era o filho do telespectador, seu pai, irmão, vizinho, amigo. Na verdade, ele era... Jason meneou a cabeça, incrédulo. "Adrian é quem eles querem que ele seja."

Sorveu mais um longo gole e acabou com o uísque do copo. Os olhos captaram a manchete na seção de negócios do *New York Times*. Ela dizia: *PIB da União Europeia em 2021 deve ser o dobro do PIB dos Estados Unidos.*

– Meu... meu irmãzinho – murmurou, os olhos grudados na tela –, você é o homem mais poderoso do mundo ocidental.

☆ ☆ ☆

NICK
DEZEMBRO DE 2021
SOHO, LONDRES

Nick De Vere encontrava-se reclinado na poltrona vermelha de pele de crocodilo. Tinha feições harmoniosas, quase belas, os olhos cinzentos, inteligentes e profundos sobre um nariz aquilino e maçãs do rosto altas. Os cabelos finos, queimados de sol, roçavam a gola da jaqueta de couro.

Deu um gole em seu *espresso*, desfrutando o alarido da interminável clientela de executivos que selecionavam artistas e repertórios, produtores de discos, além dos costumeiros aspirantes a astro de rock que perambulavam pelo bar.

Soho. A noite londrina.

De volta a seu ritmo intenso após o término da Terceira Guerra Mundial.

Londres vivera sob a ameaça de aniquilação nuclear do Irã e da Rússia durante oito meses de se roerem as unhas. A instalação de armas atômicas em Aldermaston, a trinta e oito quilômetros da cidade, e a base de submarinos nucleares de Faslane na Escócia tinham sido arrasadas pelo equivalente russo da minibomba nuclear B61-11. Quanto a Manchester e Glasgow... Nick suspirou.

Todos estavam tensos, aguardando a ratificação do Acordo Ishtar. Porém, mesmo levando em conta todos os fatores, os teatros haviam novamente aberto as portas ao público na semana anterior, e dezenas de agências de propaganda, produtoras, estúdios de pós-produção e de gravação funcionavam a todo vapor.

No Soho, os negócios continuavam como antes.

Nick afastou dos olhos cinzentos a franja cor de palha queimada, sempre rebelde, e inspecionou o restaurante do andar térreo, as habilidades inatas de arqueólogo sendo acionadas. O hotel-butique tinha sido o fruto da reforma e fusão de duas casas do Soho antes ocupadas pelo MI5. Tinha cinema particular. Jardim no telhado. Banquetas de couro e metal em estilo *vintage*. Revestimento de parede Altfield em ouro *rosé*.

Analisou os rostos na entrada à procura de Klaus von Hausen. Nem sinal ainda do esbelto e elegante especialista em antiguidades. Von Hausen, fiel à sua ancestralidade alemã, era fanático pela pontualidade. E também pelos detalhes. Fora o mais jovem curador do Departamento do Oriente Médio na história do Museu Britânico, com a responsabilidade de supervisionar a mais completa coleção de antiguidades assírias, babilônias e sumérias do mundo. Pouco antes, Klaus mostrara-se reservado ao telefone, algo que não era característico dele. Nick descobriria o motivo após alguns drinques.

Fechou os olhos, uma rara tranquilidade invadindo suas feições.

Nenhum dos invasivos *paparazzi* ingleses que acompanhavam cada passo seu à vista. Naquele dia, ele lhes aplicara um golpe. Quatro anos atrás, aos vinte e quatro, Nick De Vere, brilhante arqueólogo, herdeiro da dinastia bancária e petrolífera De Vere e ícone da cultura pop londrina, fora símbolo sexual do ano, celebrado por todas as revistas de fofocas do hemisfério ocidental. Olhou para as telas de televisão que pendiam sobre o bar de couro vermelho, cada uma com o familiar logotipo da VOX no canto superior direito.

VOX. A monolítica e bilionária empresa de comunicações de seu irmão mais velho.

Soltou um suspiro.

Jason.

Jason nunca o perdoara pelo acidente.

Nick afastou a xícara de café, trocando-a pela cerveja amarga John Smith da mão esquerda.

Por outro lado, ele próprio nunca se perdoara.

Lily De Vere, filha de Jason, na época com sete anos, ficara paralítica. Julia, como a irmã mais velha que ele nunca tivera, o havia perdoado na hora. Mas Jason... Jason jamais tornara a falar com ele desde aquele dia. O rico, jovem e belo *playboy* tinha dissipado as mágoas e uma grande parcela de seu imenso fundo fiduciário numa sucessão de clubes particulares que iam desde Londres e Monte Carlo até Roma.

Suas peripécias haviam sido estampadas nas primeiras páginas de tabloides sensacionalistas como o *News of the World* e *The Sun*, para apreensão do pai e desespero da mãe – e o horror do irmão mais velho.

Seu pai, James De Vere, rígido e tradicionalista, descobrira seu caso com Klaus von Hausen e bloqueara o fundo de Nick na semana anterior à sua morte, causada por um ataque cardíaco fatal.

E agora Nick tinha aids. Uma noitada a mais – sexo, heroína, a adrenalina da sedução.

Nick De Vere estava morrendo.

– Olá! – um suave sotaque alemão interrompeu seu devaneio.

Klaus acomodou o corpo alto e magro na poltrona de couro de crocodilo em frente à de Nick. O relacionamento deles fora intenso, mas breve; mesmo assim, continuavam amigos.

– Oi! – respondeu Nick. – Que bom ver você.

Klaus olhou para o relógio.

– Não posso demorar muito. Preciso fazer as malas. Fui transferido.

Nick arqueou as sobrancelhas.

– Escavação confidencial no Oriente Médio... – Klaus aproximou a poltrona da mesa. – Descobriram um antigo artefato histórico de importância internacional. – Ele baixou o tom de voz. – Olha, Nick, não sei o que descobriram, mas é coisa grande. MI6 e Interpol. Estavam... – franziu a testa. – Como se diz em inglês? Estavam *aos bandos* no museu hoje. O Vaticano está envolvido.

– E você não sabe onde é?

Klaus meneou a cabeça.

– Iraque... Síria... Israel. O começo da civilização. Sei como eles trabalham; o objeto vai ficar oculto até eu chegar. – Seus olhos brilharam de euforia. – Sem celular, sem notebook, todas as comunicações confiscadas até que eu volte para solo britânico.

– O que deve acontecer em...?

Klaus meneou a cabeça.

– Vou ficar quanto tempo for preciso. – Fez um gesto para uma garçonete. – Um *espresso*. Quando vai para o Egito?

– Amanhã – respondeu Nick. – Passo a noite em Alexandria e depois me encontro com St. Cartier no mosteiro.

– Ah, Lawrence St. Cartier. – Klaus arqueou as sobrancelhas. – O *enigma*... – Fez um gesto em direção aos vários aparelhos de televisão sobre o bar. – Parece que seu irmão realmente levou os iranianos para a mesa de negociação. Está em todos os noticiários.

Nick olhou para os seis monitores, todos transmitindo as belas feições angulosas de Adrian De Vere.

– Agradeço a Deus por Adrian – murmurou Nick.

Klaus apoiou a mão suavemente no braço frágil de Nick.

– Ele ainda está pagando sua medicação?

Nick assentiu.

– Remédios, clínicas, meus apartamentos em Monte Carlo, Londres, Los Angeles, o Jaguar, a Ferrari... Ele salvou minha vida. Literalmente. O dinheiro dos jordanianos sai nesta semana. Vou voltar a ser independente. Ah, meu Deus. – Nick meneou a cabeça. – Papai odiava a gente. O nosso relacionamento.

– É coisa do passado, Nicholas – Klaus falou em um tom de voz gentil. – Agora, o importante é mantê-lo forte. Você sabe que sempre pode contar comigo se precisar de alguma coisa.

Nick abriu um meio sorriso.

– Obrigado, Klaus. Você sempre foi o máximo.

– Como está a princesa, a jordaniana?

– As coisas vão bem – Nick respondeu com suavidade.

– Sérias?

Nick deu um gole na cerveja.

– Muito sérias.

– E Jason?

– Você conhece Jason. – Nick deu de ombros. – Para ele, eu não existo.

– Disseram *você tem mais seis meses de vida*, e nem um telefonema. Largue mão dele. – Klaus franziu a testa, incomodado. – Ele tem problemas. – De novo, ele apontou para os monitores de televisão. – Na Alemanha estão chamando Adrian de *Der Wunderkind*, o Prodígio. Até minha avó, em Hamburgo... – Meneou a cabeça, empalidecendo. – Foi terrível o que aconteceu em Berlim... – Klaus ficou em silêncio.

– Ei, aumenta o volume! – Um executivo de uma gravadora, com barba por fazer e uma roupa justa e brilhante, berrou para o *barman*.

Nick observou, intrigado, o modo como o restaurante silenciou. Todos os olhares estavam grudados no ex-primeiro-ministro britânico, Adrian De Vere.

– Pela primeira vez na história do planeta, desde Hiroshima, cidades importantes sofreram a grave devastação de um ataque nuclear. – A voz de Adrian era baixa, mas parecia de aço. – Moscou, São Petersburgo, Novosibirsk, Damasco, Tel Aviv, Mashhad, Tabriz, Alepo, Ancara, Riad, Haifa, Los Angeles, Chicago, Colorado Springs, Glasgow, Manchester, Berlim. A lista continua.

Ele hesitou.

– Cidades inteiras erradicadas da face da Terra. Comunidades. Famílias. Pais. Mães. Filhos. Filhas. Seus corpos reduzidos a cinzas. – Adrian olhou diretamente para a câmera. O restaurante permanecia em silêncio. – No mês que vem, na Babilônia, será assinado um pacto entre a Rússia, as nações árabes, as Nações Unidas, a União Europeia e Israel; um pacto de desarmamento nuclear que vai durar quarenta anos. Seu primeiro estágio, o Acordo Ishtar, que vigorará por sete anos, será assinado na Babilônia. É minha aspiração pessoal e fervorosa, e com isso quero dizer que estou determinado... – Fez uma pausa. – Vou repetir: estou *determinado*... – os olhos com intensidade, com paixão – ... a fazer com que, sob a orientação e proteção de nossa formidável e recém-constituída Força de Defesa Militar da União Europeia, e sob minha liderança como presidente da União Europeia, a ameaça de conflitos nucleares entre Oriente e Ocidente seja erradicada não só por uma geração, mas para sempre.

Ele silenciou por alguns instantes.

– Não consigo pensar em um modo melhor de encerrar este discurso do que citar literalmente o trigésimo quinto presidente dos Estados Unidos. O discurso de John F. Kennedy em 10 de junho de 1963 na Universidade Americana: *A que tipo de paz eu me refiro? Que tipo de paz buscamos? Não uma* Pax *norte-americana imposta ao mundo por armas bélicas norte-americanas. Não a paz da sepultura ou a segurança do escravo. Refiro-me à paz autêntica – o tipo de paz que torna a vida na terra digna de ser vivida; o tipo que permite aos homens e às nações crescerem, terem esperança, construírem uma vida melhor para seus filhos; não apenas a paz para os norte-americanos, mas a paz para todos os homens e mulheres – paz não só em nossa época*... – Adrian olhou fixamente para a lente da câmera, os olhos de um azul-safira reluzindo como aço – ... *mas a paz para* todos os tempos.

Nick olhou, intrigado, para os rostos voltados para cima, em contemplação a Adrian.

O público britânico, crítico e em geral cético, estava adorando cada uma de suas palavras.

Meneou a cabeça, atônito.

Era um fato indiscutível.

Seu irmão mais velho era, naquele momento, a figura pública mais influente do mundo civilizado.

Nick tinha prometido a Adrian que o visitaria quando tivesse voltado do Egito.

Marcou um voo para Paris na manhã seguinte.

☆ ☆ ☆

Lorcan De Molay estava em pé, olhando para a tela de televisão, um lento sorriso se espalhando pelo rosto.

– *Quando o Acordo dos Homens for assinado* – murmurou –, *e quando os Portões de Zion se mantiverem firmes, o Primeiro Selo será rompido... A Tribulação começará...* – Deu uma grande baforada no charuto. – Três semanas até o acordo ser assinado na Babilônia – Apertou o botão do controle remoto. O rosto de Adrian De Vere sumiu da tela. – Três semanas até o Primeiro Selo da Revelação ser rompido – ponderou, virando-se para os presidentes do Irã e da Síria.

Kester von Slagel apareceu a seu lado.

– Tudo está correndo de acordo com o planejado, Vossa Excelência. Em breve, este fragmento de poeira não será mais uma pedra em seu sapato.

De Molay caminhou até o balcão da suíte presidencial do hotel King David, os cabelos negros como a noite roçando-lhe o rosto sob os gélidos ventos de Jerusalém que vinham do oeste.

Apertou o roupão de seda em torno do corpo e ficou olhando para além do muro ocidental e da parte leste de Jerusalém; para além da Cidade Velha, em direção a uma colina rochosa e sem maiores atrativos rumo ao norte. Gólgota.

Ele venceria o Nazareno em seu próprio quintal. A Última Grande Batalha.

Uma linha fina e cruel desenhou-se em seus lábios, como um sorriso.

– Em Jerusalém.

CAPÍTULO 3

IRMÃOS

2021
MEMORIAL DE LINCOLN
WASHINGTON, DC

Miguel puxou a capa jade contra o corpo esguio e imperial, vasculhando o horizonte provavelmente pela oitava vez até aquele momento. As feições imperiais compunham um semblante firme. Gabriel encontrava-se alguns passos atrás dele, os olhos claros, cinzentos, dotados de rara intensidade. Os cachos cor de platina esvoaçavam sob rajadas inesperadas de vento.

O intenso aroma de olíbano permeou o ar. Miguel franziu o cenho. Ali, caminhando na direção deles e subindo a escadaria palaciana, enquanto passava pelas monolíticas colunas com nervuras que se erguiam acima dos pórticos, via-se um sacerdote. Seus cabelos estavam afastados das maçãs do rosto por uma fita simples, e ele trajava o hábito negro da Ordem Jesuíta.

Lúcifer levantou a mão para os irmãos em sinal de reconhecimento.

– Eu me *converti* – declarou. Depois, riu alucinadamente, olhando para Miguel. – Sou um soldado de Cristo.

Miguel o encarou com seriedade.

Lúcifer parou sob a imensa figura de Abraham Lincoln sentado, seu metro e oitenta minimizado pela estátua entalhada em mármore branco da Geórgia.

Todo o seu corpo começou a se transformar naquilo que pareciam ser bilhões de átomos projetando-se à velocidade da luz, e seis monstruosas asas de serafim se ergueram sobre os ombros dele. Ele se empertigou. Dois metros e setenta de altura. Imperioso. Lúcifer. Serafim. Arcanjo decaído.

Miguel estudou o irmão mais velho. Ainda magnífico.

As feições de alabastro esculpido de Lúcifer haviam ficado retorcidas, quase irreconhecíveis, no tórrido inferno de seu banimento do Primeiro Céu. Naquela noite, porém, postado sob o suave luar de Washington, DC, a impressionante beleza de eras passadas exibia-se estranhamente clara: a testa alta, lisa como mármore, as maçãs do rosto altas e imperiais, o nariz reto, romano. As tranças negras e brilhantes estavam soltas, sem as complexas fitas de ouro habituais, e encontravam-se mais longas, pendendo abaixo da cintura.

Os imperiosos olhos de Lúcifer, azuis como aço, sustentaram o olhar de Miguel. De súbito, ele afastou os longos cabelos negros do rosto, virou-se e contemplou o décimo sexto presidente dos Estados Unidos, que olhava pensativo para o leste, rumo à lagoa diante do monumento.

Curvando-se de maneira melodramática para Lincoln, Lúcifer ergueu os braços para o ar, em direção ao nascer do sol sobre Washington, os diamantes de gelo em sua capa de veludo branco flamejantes como fogo. Um sorriso iníquo se desenhou quando os cantos dos lábios grossos e passionais curvaram-se para cima.

– *Eu tenho um sonho...* – berrou, a voz afinada ecoando pelo templo em estilo dórico. – *Eu tenho um sonho que, um dia todo vale será exultado, e todas as colinas e montanhas virão abaixo...* – Observou Miguel com o canto do olho. – *No qual os lugares ásperos serão aplainados e os lugares tortuosos serão endireitados...*

Ele caminhou até a frente do memorial, contemplando a lagoa, o manto de seda índigo embaixo da capa ondulando sob as brisas repentinas que sopravam do Atlântico.

– *Que a liberdade ressoe da Montanha de Pedra da Geórgia. Que a liberdade ressoe dos cumes cobertos de neve das Montanhas Rochosas do Colorado. Que a liberdade ressoe de cada montanha e de cada pequena elevação do Mississippi; que de cada localidade, a liberdade ressoe!*

Soltando uma risada enlouquecida, virou-se com um floreio e aproximou-se de Gabriel.

– *E, quando isto acontecer, meu irmão...* – Lúcifer agarrou os ombros de Gabriel com ambas as mãos, a voz suave, mas carregada de emoção –; *quando permitirmos que a liberdade ressoe, quando a deixarmos ressoar de cada vila e cada aldeia, de cada estado e de cada cidade...* – ele soltou Gabriel bruscamente e fechou os olhos, o rosto imperial voltado para o céu, a voz tomada pela paixão –, *seremos capazes de apressar o dia em que todos os filhos de Deus, negros e brancos, judeus e gentios, protestantes e católicos, poderão dar-se as mãos e cantar as palavras da antiga canção negra: "Liberdade finalmente! Liberdade finalmente".*

Ficou em silêncio durante quase um minuto. Depois, virou-se para Miguel, um sorriso irreverente no rosto.

– *Graças a Deus Todo-Poderoso, estamos livres, afinal.* – Lúcifer curvou-se em um novo floreio. – A Martin Luther King, sob cuja sombra simbólica estou postado agora.

– Uma pedra em seu caminho, suponho – falou Gabriel, olhando fixa e duramente para ele.

– Uma pedra, é verdade, Gabriel. Mas eu me livrei do encrenqueiro. – Curvou-se para Abraham Lincoln. – Quanto a Lincoln – murmurou –, suas notinhas verdes tornaram-se um verdadeiro empecilho para a criação de um banco central. Tornou-se essencial removê-lo.

– Tal como fez com John F. Kennedy e tantos outros, que sequer posso enumerar. – Os olhos de Gabriel se estreitaram.

– Recompenso a elite com o poder, e ela me serve sem pestanejar. A raça dos homens vende a própria alma *tão* indiscriminadamente. – Lúcifer deu de ombros. – Poder. Riquezas. Bens. Reservas... – hesitou por um segundo, em seguida sorrindo lenta e depravadamente para Miguel. – ... *Sexo.*

– Você é desprezível.

Lúcifer aproximou-se de Miguel.

– Meu santo irmão Miguel.

– Nem todos sucumbem – disse Gabriel, olhando para Lincoln.

Lúcifer sorriu. Um ardor perverso iluminou seus olhos.

– Noventa e nove por cento sucumbem. E exterminamos o que sobra.

– Você se ilude, meu irmão. – Miguel o encarou com frieza. – Seu reinado terminou no Gólgota. O Nazareno desferiu-lhe um golpe mortal.

– Mas ninguém valoriza esse *fato*, Miguel – respondeu Lúcifer com ar condescendente. – Nos últimos dois mil anos, tomei todos os cuidados para garantir que o sacrifício do Gólgota não passasse de um simples mito para fracos e trôpegos. Algo para o jardim de infância. Só que, graças a meus fervorosos discípulos, nem alunos do *jardim de infância* rezam para o Nazareno. – Riu com desdém, observando o Monumento a Washington além da lagoa e o Capitólio, bem à frente. – Sua influência está se esvaindo – murmurou. – Vou apagar o nome e o rosto Dele para sempre do registro da raça dos homens. Assim como fiz antes com a Europa, vou deixar os Estados Unidos de joelhos.

Miguel mostrou uma missiva com o Selo Real da Casa de Jeová.

– Jeová ofereceu Sua misericórdia.

Lúcifer olhou para a missiva na mão de Miguel e depois fitou com ênfase os olhos claros, cor de esmeralda.

– *Misericórdia?* – Franziu o cenho, momentaneamente surpreso.

– *Se* você e os decaídos abandonarem os planos de aniquilação da raça dos homens. – Miguel desviou seus olhos dos de Lúcifer.

– Sua compaixão infalível é infinitamente maior do que aquilo que você merece, Lúcifer. – A voz de Gabriel tinha um tom duro.

– Vejamos... – falou Lúcifer, recuperando de imediato a compostura. Um sorriso desrespeitoso surgiu em sua boca. – Vejo que há coroinhas por aqui hoje. – Ele agarrou a missiva da mão de Miguel e a abriu. Leu-a e se virou, os olhos estudando o rosto de Gabriel.

Gabriel sustentou seu olhar. Assentiu e baixou a cabeça.

Lúcifer caminhou até a extremidade da escada e contemplou o céu de Washington, que começava a clarear. O olhar se fixou em um ponto além da lagoa, no Monumento a Washington, cuja luz vermelha piscava sob a aurora.

Manteve-se assim por um longo tempo, de costas para os irmãos, a missiva presa na mão com firmeza.

Enfim, falou:

– Ele oferece misericórdia... – sussurrou. – Mas Ele, mais do que ninguém, sabe que estou bem além da redenção. Ele está me provocando. – Seus olhos estudaram o firmamento. – Digam a meu Pai que esta é uma guerra para se levar até a morte. Vou lutar. A cada momento. A cada oportunidade. *Jamais* vou me render.

Miguel o encarou por um bom tempo, os olhos verdes e intensos cravados nas costas de Lúcifer.

– Então, que seja a guerra, irmão.

Lúcifer ficou em silêncio. Depois, virou-se.

– E houve peleja no céu! – berrou. Ergueu as retorcidas feições imperiais para o céu, em êxtase. – Miguel e seus anjos pelejaram contra o dragão. Também pelejaram o dragão e seus anjos. É a versão do rei James. – Ele abriu um dos olhos. – As frases são sugestivas... não acha? – Olhou para Miguel com um sorriso debochado.

Miguel o encarou com fúria.

– Todavia, não prevaleceram – respondeu Miguel entredentes.

– Guerra entre dois irmãos. – Lúcifer aproximou-se de Miguel. – Uma coisa *assim*... – murmurou –, uma coisa assim *nunca* deveria existir. – Segurando-o pelo ombro, aproximou os lábios do ouvido de Miguel. – *Dentre todos* nós, príncipes chefes e irmãos, jamais deveriam pedir que fizéssemos escolhas.

As feições de Lúcifer se contorceram em uma máscara de desdém.

– É malévolo. – Ele amassou a missiva em sua mão. – Mostra a fraqueza Dele. Seu calcanhar de Aquiles – silvou. – É justamente por isso que Ele deveria desocupar o trono... o trono que eu pretendo ocupar, Miguel.

Miguel afastou a mão de Lúcifer do seu ombro.

– Esse seria um dia bem frio no inferno – replicou.

Lúcifer curvou-se com ironia, em deferência a Miguel.

– Diga a Jeová... – murmurou, a voz conduzida a Miguel em meio à brisa – ... que Ele ainda pode se render a mim, caso assim decida. – Esfregou o queixo, pensativo. – Posso até Lhe oferecer misericórdia. – De súbito, virou-se para Gabriel. – Mas não ao Nazareno! – silvou.

Lúcifer inclinou a cabeça durante alguns instantes, estudando os irmãos com firmeza.

– Não, não haverá rendição – respondeu, mostrando-se subitamente objetivo. – Meu plano para aniquilar a raça dos homens está bem mais adiantado do que Jeová ousaria admitir. Meu filho se eleva, nestes tempos, nos corredores dissolutos e maliciosos do poder político. – Apertou o manto de veludo contra o corpo. – Informem a mim quando for chegada a hora de nossa batalha.

– Você vai receber uma missiva dos Tribunais Reais – Miguel respondeu com frieza.

– Em meio à Tribulação – a voz de Gabriel se fez suave –, quando o Filho de Perdição romper sua aliança com Israel, a guerra entre Miguel e o dragão estará próxima. – Os olhos de Gabriel se fixaram em Lúcifer. – Você vai perder, assim como perdeu no Gólgota.

Lúcifer fitou com os olhos baços as feições impecáveis de Gabriel.

– Isso, meu ingênuo irmãozinho, é o que veremos. – Puxou a capa contra o corpo e se virou. – Digam a Ele que, se eu perder, vou estabelecer um reino para mim no território deles. No *meio* deles; um centro de poder. Babilônia. – Deu de ombros. – Embora Washington tenha certo atrativo, pela imaturidade... Seja como for, Miguel, vou levar o caos à raça dos homens.

Miguel observou enquanto Lúcifer se dirigia ao Memorial.

– Antes que o Primeiro Selo seja aberto – falou com suavidade –, você será convocado por missiva real para testemunhar a leitura dos fundamentos da lei eterna concernentes aos Sete Selos da Revelação.

– Aguardarei a convocação Dele. – Os olhos de Lúcifer emitiram um ardor sombrio e maléfico. Seis monstruosas asas escuras de serafim ergueram-se atrás dele. E, diante dos olhos dos irmãos, ele desapareceu à velocidade da luz no céu límpido sobre o Distrito de Colúmbia.

Capítulo 4

Saqueadores da Arca

Monte do Templo
Jerusalém

O exterior do Monte do Templo fervilhava de atividade. Fileiras de veículos reluzentes da ONU, com tração nas quatro rodas, além de caminhões e helicópteros, alinhavam-se em torno do perímetro do monte. Uma área de um quilômetro e meio ao redor do local fora evacuada e encontrava-se isolada com cercas altas de arame farpado, e forças armadas especiais, usando os familiares capacetes azuis da ONU, guardavam o perímetro com seus pastores-alemães. Dentro da zona de segurança, funcionários do alto escalão israelense, palestino e da ONU conversavam espartanamente entre eles. Perto da escavação havia uma área menor de isolamento.

A relíquia sagrada estava descoberta, sob uma tenda em uma plataforma da segunda área de isolamento. Podia ser vista com clareza. Era uma caixa ornamentada, com cerca de um metro e vinte de comprimento e oitenta centímetros de altura, feita de madeira e revestida de ouro. Um aro de ouro decorado envolvia a tampa e nos quatro cantos havia aros pelos quais era possível passar hastes a fim de carregá-la. Na tampa havia duas figuras de anjos, um de frente para o outro – querubins de ouro batido, as asas estendidas para a frente.

Oito arqueólogos conferiam meticulosamente as medidas, comparando-as com diagramas.

Padre Alessandro, um cientista do Vaticano de cabelos brancos, observou o imenso selo dourado que lacrava a caixa.

– O selo de Daniel – sussurrou. Meneou a cabeça, intrigado.

Klaus von Hausen estudou com atenção o padre do outro lado da caixa, aproximando-se um pouco.

– O que é *isto*, padre? – perguntou, o cenho franzido.

– O selo de Daniel. – O padre fitou os olhos claros de Klaus. – Olhe, preste atenção.

Klaus examinou, fascinado, o entalhe de quatro cavaleiros. Depois, voltou novamente o olhar para o padre Alessandro.

– Os Quatro Cavaleiros do Apocalipse... – Meneou a cabeça. – Impossível.

Padre Alessandro assentiu com firmeza.

– É o selo terrestre. Ele replica os Selos da Revelação. Já ouviu falar deles?

Klaus assentiu.

– O Apocalipse de São João, padre. Antes de cursar Arqueologia, estudei na Alemanha. No colégio teológico de Bethel.

– Ah... – Padre Alessandro arqueou as sobrancelhas. – Então você *compreende* que, segundo os textos do profeta Daniel, o Templo de Salomão precisa ser reconstruído na época do Fim. *O Filho da Perdição confirmará uma aliança com muitos durante uma "semana"; e pelo tempo de meia "semana", fará cessar o sacrifício e a oblação...*

Klaus olhou para a arca, em seguida completando em voz baixa a frase do sacerdote:

– E sobre a nave do templo estará a abominação da desolação, até o fim, até o termo fixado para o desolador...

Padre Alessandro sorriu em sinal de aprovação.

– As lendas antigas dizem que, quando o Primeiro Selo da Revelação estivesse prestes a ser rompido, o Primeiro Selo do Rolo de Sete Selos, a Arca da Aliança seria redescoberta. Ela prenuncia o Fim dos Dias.

– É só uma lenda, padre – rebateu Klaus com um sorriso. Interrompeu a frase devido ao som de tiros no reluzente horizonte de Jerusalém.

Padre Alessandro desvencilhou-se de seus instrumentos e se virou, protegendo os olhos do sol enquanto seis enormes e reluzentes helicópteros negros Sikorsky CH-53E, equipados com metralhadoras, pairavam sobre a área isolada do Monte do Templo, erguendo uma nuvem de poeira.

As forças de segurança da ONU olharam perplexas para a cena e, na confusão, apontaram as armas para os helicópteros. Seis foguetes incendiários zuniram na direção deles em sucessão. Diretamente no alvo. Destruindo tudo em sua zona de detonação.

Só a caixa e o pequeno grupo de arqueólogos que a cercava ficaram intactos. Os especialistas observavam, petrificados, os restos de metal retorcido sobre o monte.

– Estão aqui – sussurrou padre Alessandro, observando os corpos incinerados dos soldados sobre o perímetro externo.

– Quem? – sussurrou Klaus. – *Quem* está aqui? – Olhou para cima e deparou com um enorme helicóptero de ataque sobrevoando a arca.

Um grupo de mercenários treinados desceu por cordas até o solo. Padre Alessandro fez um gesto para Klaus.

– Fique perto de mim.

Os arqueólogos se encolheram, aterrorizados. Todos, exceto o sacerdote do Vaticano, que observou com atenção enquanto os mercenários executavam uma operação bem ensaiada para acomodar a Arca da Aliança em uma caixa.

Kester von Slagel apareceu em meio à fumaça. Ele assentiu para o líder dos mercenários, Guber, que se afastou da caixa e ergueu, quase com descontração, sua submetralhadora.

Guber abriu um sorriso com seus lábios finos.

Klaus assistiu, aterrorizado, aos arqueólogos sendo mortos. Um por um. Como numa execução. Até chegar no sacerdote. Que se ergueu, protegendo deliberadamente Klaus von Hausen.

– Um homem de batina... – ironizou Guber. Movendo-se ao redor do sacerdote, apontou a metralhadora para sua têmpora. Padre Alessandro afastou Von Hausen de si quando Guber acionou o gatilho à queima-roupa. As balas trespassaram o sacerdote, que ficou olhando para seu algoz, sem nenhum ferimento. Klaus olhou para o religioso, paralisado, o corpo tremendo em descontrole.

Guber virou-se confuso para Von Slagel. Este caminhou até Guber e pôs a mão sobre o cano da arma.

– Parece que temos um visitante inesperado – falou. Deu um passo na direção do velho padre, encarando-o com ódio indisfarçável.

O sacerdote o fitou sem medo. Ele fez um gesto apontando Von Hausen.

– Deixem-no viver – disse com suavidade em uma forma de siríaco arcaico. – É matança suficiente para um dia.

– Infelizmente – respondeu Von Slagel, também em siríaco –, não é *possível*... – Fez uma pausa, estudando o sacerdote. – Padre Alessandro – acrescentou com ironia –, você, mais do que qualquer um, deveria saber que *sempre* obedeço às ordens do meu mestre. – Dito isso, Von Slagel pegou uma pequena pistola, apontou-a diretamente para a cabeça de Klaus von Hausen e puxou o gatilho à queima-roupa.

Von Hausen caiu sobre o chão. Sem vida.

Os olhos do sacerdote arderam de fúria. Ele olhou com desprezo para Von Slagel e depois ficou de joelhos. Com gentileza, cerrou as pálpebras de Von Hausen e, tirando uma cruz que lhe pendia do pescoço, deixou-a sobre o peito do falecido.

– Sete anos desde seu desaparecimento no Lago de Fogo – falou, a voz suave, enquanto se levantava e endireitava o corpo. – Seu reino não vai mais existir... – padre Alessandro fez uma pausa, depois prosseguiu: – ... *Charsoc, o Sinistro*.

Um sorriso fugaz passou pelos lábios de Kester von Slagel.

– Foi mais longo que o seu, creio... – respondeu ele em siríaco – ... *Issachar, seu tolo.*

Trocaram um olhar longo e duro.

– E onde *está* seu grande mestre, Jether? – vociferou Von Slagel. – Eu senti a presença dele – sibilou. – Sei que está aqui, escondido em algum lugar deste orbe pequeno e lamacento. Quando o Primeiro Selo for rompido, vou encontrá-lo.

O sacerdote fechou os olhos, ignorando a pergunta de Von Slagel.

– Sete anos até o reinado de Christos – falou com serenidade.

– Jerusalém é nossa. – O rosto de Von Slagel contorceu-se de fúria. – *Nós, os decaídos,* somos os reis da Terra. O Nazareno *jamais* reinará.

Transformou-se então até atingir sua altura plena, dois metros e quarenta, os cabelos negros descendo-lhe até os pés, e levantou a reluzente espada necromante sobre a cabeça de Issachar.

– Você se revelou antes que o Primeiro Selo fosse rompido, Issachar. Que *descuido*. Agora, abriu mão do direito de caminhar como angelical em meio à raça dos homens.

Os olhos de Charsoc emitiram um breve brilho amarelado e maligno.

– Em nome de seu filho – disse ele. Em seguida, decepou a cabeça de Issachar com um único e preciso golpe.

A cabeça de Issachar rolou sobre a terra. Seu corpo a acompanhou, tombando ao chão e desaparecendo.

– O Corvo está aqui... – Von Slagel observou um suave brilho azulado no horizonte quando quatro máquinas voadoras em forma de domo sobrevoaram Jerusalém, desaparecendo com a mesma velocidade. Uma das máquinas estampou um estranho selo negro na forma de uma fênix na lateral da caixa. Sob o selo, lia-se: *Propriedade da Nova Ordem Mundial.*

CAPÍTULO 5

Mosteiro dos Arcanjos

19 de dezembro de 2021
Mosteiro dos Arcanjos
Egito

O jipe sem capota de Nick De Vere cruzava as areias do vasto deserto ocidental em velocidade, deixando para trás grandes nuvens de poeira.

Nick avistou a uma distância de cinco quilômetros os muros de granito da fortaleza do mosteiro entalhado na montanha. Reduziu a marcha do jipe enquanto percorria a estrada de terra, já na última parte de sua viagem.

Cinco minutos depois, o jipe freava com alarido diante do alto portão ocidental do Mosteiro dos Arcanjos. Nick apoiou-se sobre a buzina e depois esgueirou o corpo alto e frágil para fora do jipe, caminhando até o portão.

Os dois beduínos que guardavam o portão se levantaram, as longas túnicas esvoaçando atrás deles, e começaram a baixar o elevador pelo sistema de polias.

Ouviu-se um barulho alto de madeira rangendo e raspando enquanto o grande e desengonçado elevador descia pela lateral do muro do mosteiro.

Nick entrou no elevador oscilante.

☆ ☆ ☆

O professor Lawrence St. Cartier estava deitado, roncando com vigor sobre uma espreguiçadeira importada de teca nos exuberantes jardins do mosteiro, as bermudas de safári cáqui expondo pernas brancas como lírios, as sandálias quintessencialmente britânicas e meias na altura dos joelhos. Com o som da buzina, afastou o chapéu-panamá branco dos olhos e, resmungando, apoiou-se num dos braços. Franzindo o cenho, espantou com fúria, e com um grande mata-moscas de gaze, as moscas que o sobrevoavam.

Levantando-se com relutância da espreguiçadeira, caminhou até a extremidade do jardim, protegendo os olhos do sol de inverno, e espiou pelo portão.

Deu um amplo sorriso ao ver Nick saindo do elevador improvisado e foi caminhando até ele.

St. Cartier deu um abraço esmagador em Nick, o chapéu-panamá torto sobre a cabeça, e depois o segurou a certa distância de si próprio.

Nick De Vere era uma sombra do que fora antes. O belo e jovem *playboy* londrino cujo rosto aparecera durante anos nas colunas de celebridades dos tabloides ingleses mudara claramente.

As faces de Nick estavam encovadas, os olhos de um brilho inteligente, cinzentos e claros, encontravam-se fundos, e os cabelos loiros agora eram escassos. Lawrence engoliu discretamente em seco quando o olhar chegou ao contorno das costelas de Nick, visíveis sob a camiseta.

– Lawrence. – O irrepreensível sorriso juvenil ainda estava lá.

Lawrence percebeu uma área esbranquiçada na língua de Nick, cuja boca estava levemente entreaberta, e depois observou, assustado, as manchas arroxeadas e avermelhadas no corpo de Nick. O sarcoma de Karposi já tinha se instalado. Nicholas De Vere tinha poucas semanas de vida.

– Nicholas, meu velho! Você parece mais doente do que *elas* descreveram.

– *Elas* seriam mamãe e Julia? – Nick soltou um suspiro.

O professor assentiu. Conhecia Nicholas De Vere desde que o rapaz nascera. O filho caçula e sociável da dinastia De Vere. Lilian tinha descrito em detalhes a deterioração do amado filho mais novo, mas mesmo o pragmático Lawrence não estava preparado para aquilo.

– Lamento, meu caro – St. Cartier falou, meio sem jeito. – Sua mãe está desesperada de preocupação, e Julia me telefonou de Roma.

Nick tentou tranquilizar Lawrence:

– *Não* lamente, tio Lawrence. A compaixão nunca foi seu forte. Os medicamentos antirretrovirais pararam de funcionar – ele esclareceu com objetividade. – Estou no fim.

O velho assentiu, fazendo um beiço.

– A morte é uma velha companheira para pessoas como eu. – Fitou profundamente os olhos cinzentos e fundos, e franziu as sobrancelhas. – Mas uma inimiga para você, Nicholas De Vere – ele murmurou.

Nick revirou os olhos.

– Esqueça isso, Lawrence. Passamos por isso desde que eu tinha doze anos.

O professor fez um gesto distraído para afastar quatro moscas que lhe rodeavam o nariz.

– Sua teimosa insistência em refutar a existência de uma força superior não nega, de modo algum, sua existência, Nicholas. – Os olhos azuis e aquilinos de Lawrence brilharam de indignação. – Seus argumentos ignorantes de repúdio são como os lamentos infinitesimais de...

– ... um besouro no para-brisa. – Nick abriu um sorriso.

Lawrence olhou irritado para ele, mas depois sua expressão se suavizou. Nick abriu ainda mais o sorriso. "Lawrence St. Cartier, agente da CIA, especialista em antiguidades, mas, no fundo, ainda um sacerdote jesuíta."

– Você disse que era imperativo que eu o encontrasse aqui, Lawrence. Que antiguidade rara descobriu em Bali?

– Ah! – Lawrence fez um gesto para um monge que saiu da sombra dos ciprestes. – Sabia que podia contar com sua incurável obsessão por antiguidades raras. Vou atualizá-lo no jantar. Uma soneca e um pouco de sol vão lhe fazer muito bem. Irmão Francis, acompanhe o senhor De Vere até o quarto dele. Número nove, se não me engano.

O velho monge se curvou e fez um gesto para que Nick o acompanhasse pelo bosque de ciprestes.

Lawrence St. Cartier observou, inquieto, o frágil e jovem De Vere coxeando pelo gramado meticulosamente bem cuidado dos jardins do mosteiro, apoiando-se com força em uma bengala de prata antiga. Um presente de despedida de Klaus von Hausen.

Lawrence suspirou profundamente e se dirigiu a uma pequena capela copta ao ar livre, situada a uns dez metros à sua esquerda. E, ajoelhando-se diante do belo crucifixo entalhado em pedra, o professor Lawrence St. Cartier baixou a cabeça e suplicou pela alma de Nicholas De Vere.

CAPÍTULO 6

LILY E ALEX

MANHATTAN
NOVA YORK

As linhas fixas do escritório de Jason De Vere no centro de Manhattan tocavam sem parar, filtradas pelos três assistentes executivos, notavelmente eficientes.

Jontil Purvis atendeu à linha particular de Jason pela sétima vez, com sua habitual postura de tranquilidade. Deixou a chamada em espera.

– Senhor De Vere? – Ela observou Jason no monitor à frente, percorrendo a pista do heliporto na cobertura do prédio e rumando para seu helicóptero particular. Ele colocou o fone no ouvido.

– Eu disse para segurar todas as chamadas – ele berrou acima do rugido da turbina e das hélices do helicóptero.

– Vai querer atender esta, senhor – ronronou Jontil Purvis em seu imperturbável sotaque sulista. – É Lily.

Jason subiu no helicóptero e se acomodou na confortável poltrona de couro.

– Pode passar – gritou ele. Jason olhou para a bela garota morena de dezesseis anos que apareceu no monitor do sistema de comunicações do helicóptero. – Lily! – grunhiu.

☆ ☆ ☆

Julia St. Cartier, em seus jeans Levis desbotados e camiseta branca de algodão, observava Lily entretida em uma conversa com o pai, que berrava ao telefone a dez mil quilômetros através do Atlântico.

Estava diante de imensas janelas, que iam do teto ao chão, na casa georgiana que dava para a agitada alameda de Brighton, no sul da Inglaterra. Ainda era inverno, e a temperatura estava próxima de zero, mas, como de hábito, os ingleses estavam aos montes por toda a parte, fazendo compras, trabalhando, jantando.

Ela sorriu.

Estranho como os norte-americanos é que tinham sido rotulados de espalhafatosos. Ela não tinha dúvidas, tendo morado na Costa Leste durante mais da metade da vida, de que na verdade era justamente o contrário. Os supermercados e *shoppings* norte-americanos até que tinham um nível de ruído refinado. Logo que voltara à Inglaterra, havia entrado em uma loja Sainsbury e ficara espantada e intrigada com o volume do ruído na vida britânica.

Além disso, os norte-americanos se vestiam de forma mais conservadora, exceto em centros como Nova York e Los Angeles, mas na Inglaterra encontrava-se Nova York em cada rua de cada cidade britânica. Uma idiossincrasia dos ingleses.

Interrompeu suas divagações e se afastou das janelas. Lily ainda estava ao telefone, argumentando com o pai.

– Não, pai, você sabia disso há meses! – queixou-se Lily. – Alex, Polly e eu vamos passar o verão na casa de Georgetown. Foi planejado desde setembro. – Lily revirou os olhos com impaciência. – Não, não ficaremos *sozinhas*, pai. Mamãe vai estar com a gente na segunda semana. Pare de me tratar como se eu tivesse nove anos!

Julia estudou a filha, intrigada e com certa admiração. Os cabelos longos e brilhantes de Lily emolduravam feições fortes e as maçãs do rosto altas da família De Vere. Seus olhos verdes e profundos reluziam. Eram sua única herança do lado St. Cartier, da falecida e amada mãe de Julia, Lola. No mais, tudo era o mais puro Jason De Vere, até a covinha no queixo de Lily. Não havia como negar. Aos dezesseis anos, Lily era quase uma réplica de Jason, tanto na aparência quanto no comportamento. E Julia a adorava.

Fazia quase nove anos desde o acidente que vitimara Lily.

Julia suspirou; ela sabia a data exata. Era uma das grandes festas da família De Vere. Lily, com sete anos, estava exausta, e Nick se oferecera para levá-la mais cedo para casa. Uma enorme carreta derrapara inesperadamente na frente deles. Não haviam tido chance alguma. Nick, embora abalado, sofrera apenas arranhões e ferimentos leves, mas Lily perdera os movimentos da cintura para baixo. Presa a uma cadeira de rodas – inválida pelo resto da vida. Nick havia bebido apenas uma cerveja – bem abaixo do limite legal. Julia nunca precisara ser convencida de que o que havia acontecido estava fora do controle de Nick. Mas, quanto a Jason... Com ele, a questão tinha sido diferente. Ele nunca mais falou com o irmão mais novo desde aquele dia. E a alegre menina de sete anos, cujo mundo girava em torno do balé, tivera de passar seis meses em um hospital e outros seis em fisioterapia. Os especialistas tinham sido unânimes: ela ficaria em um leito pelo resto da vida. Mas, como era típico da família De Vere, Lily mostrara que todos estavam errados.

Em menos de dois anos, encontrava-se em uma cadeira de rodas e estudando na escola Roedean para moças em Brighton, Inglaterra.

Em três meses, Lily De Vere tornara-se a vida e a alma da instituição, e Jason e Julia compraram uma casa em Brighton para que Julia pudesse ir até lá quando quisesse ficar perto de Lily.

A garota era uma verdadeira sobrevivente. Nos moldes de seu pai, Jason De Vere. Corajosa. Tenaz. Às vezes, sem muito tato. Herdara a contundência do pai, sua falta de "glacê". Julia conhecia a Lily mais suave, de temperamento mais artístico. Ambas eram grandes amigas, tão próximas quanto mãe e filha poderiam ser.

A única coisa que quase destruíra Lily fora o divórcio.

Julia mordeu o lábio ao se lembrar disso. Tinha ouvido Lily soluçar todas as noites, durante um mês, depois que ela e Jason haviam se separado.

– *Pergunte-lhe como está a Lulu* – pediu Julia.

Lily revirou os olhos.

– A mamãe quer saber como está a Lulu, pai. – Ela colocou a mão sobre o telefone. – Ele disse que a cadela é *dele*. Que vai ficar com a *ridgeback*. Não tem negociação. – Agora foi a vez de Julia revirar os olhos. Lily piscou algumas vezes. – Ele disse que ela está bem. Que está dormindo na cama dele todas as noites.

Julia arqueou as sobrancelhas.

– Isso é o que eu chamo de novidade. – Ela observou Lily desligar o telefone, espumando de raiva. A filha manobrou a cadeira de rodas até as janelas, fitando, aborrecida, o tempestuoso Canal da Mancha ao anoitecer.

Julia ocultou um sorriso e se aproximou dela.

– Ele vai se acalmar, meu bem. – Pôs a mão sobre o ombro de Lily. – Ele sempre se acalma.

Lily olhou para a mãe, os olhos felinos piscando de indignação.

– Ele quer que eu mude meus planos num piscar de olhos para passar o verão em Nova York, mesmo sabendo que Polly e eu vamos para Georgetown com o Alex. – Fitou a mãe, o olhar suplicante. – Tínhamos tudo planejado fazia séculos, mãe. A Polly faz dezessete anos. Os pais dela estão na Tanzânia. O Alex *depende* do fato de ela estar comigo; ela não pode ir sem mim.

A campainha tocou.

– Por falar nele... – Lily deu uma piscadela para Julia.

O rapaz alto e magro entrou na ampla sala de visitas, desviando de um dos diversos lustres de ouro e cristal que Julia tinha comprado em uma de suas diversas viagens para a Suécia em busca de antiguidades.

Alex Lane-Fox tinha um metro e noventa de altura. Era esguio, com cabelos escuros entremeados de mechas mais claras, e tão bonito quanto a mãe, a modelo Rachel Lane-Fox, havia sido em sua época. Vestia jeans Levis, uma jaqueta um pouco maior que seu número, e trazia um laptop Apple na mão.

– Oi, tia Ju. – Deu um beijo afetuoso no rosto de Julia e virou a cadeira de rodas de Lily. – Oi, Lils. Parece que fui aceito pelo *New York Times* e pelo *Washington Post*.

Lily apertou a mão dele.

– Nossa, Alex, é fantástico. Você sempre quis voltar para os Estados Unidos. Mãe, Alex está seguindo os seus passos.

Alex sorriu.

– *Não*... – ele respondeu enfaticamente –, eu vou ser um jornalista *sério*.

Julia o beliscou.

– Olhe aqui, trate de ser mais respeitoso. Eu o conheço desde que você usava fraldas!

Alex passou pelos imaculados sofás franceses prateados e brancos, que ficavam no caminho entre a sala e a cozinha.

– A Polly está pronta? – gritou ele.

– Está tomando banho – respondeu Lily. – Ela vai estar aqui a qualquer momento.

Polly Mitchell era a melhor amiga de Lily na escola Roedean. Lily e Polly eram amigas desde os nove anos.

Se Lily era uma líder vigorosa, Polly era o contraponto perfeito para ela. Polly Mitchell tinha sete irmãos e era filha de um ministro apaixonado por ação social que apoiava órfãos da aids na Tanzânia e no Malawi, lutando também com veemência contra o tráfico humano na China e no Leste Europeu.

Polly fora aceita na Roedean graças a uma bolsa de estudos, e no mesmo instante a discreta e meiga filha do esforçado ministro e a eloquente filha do magnata movida a duas rodas haviam se tornado inseparáveis. Julia havia percebido, espantada, como Polly, antes uma moça magricela, tinha mudado da noite para o dia, transformando-se literalmente de uma menina tímida, retraída e pálida, na sósia de uma *top model*.

E Alex Lane-Fox, filho de Rachel Lane-Fox, melhor amiga de Julia, apaixonara-se completamente por ela.

Desde então, ele e Polly eram um só.

Após a morte de Rachel Lane-Fox no voo 111 da American Airlines, em 11 de setembro, Alex ficara com Jason e Julia, e depois fora morar em Manhattan com seu pai, um corretor de ações. Pelo menos até a nova madrasta aparecer no cenário. Alex tivera uma briga séria com o pai, fizera as malas e deixara todos chocados ao ir morar com os pais de Rachel, Rebekah e David Weiss, no noroeste da Irlanda. Ele tinha apenas catorze anos.

Os avós o incentivaram bastante a seguir a carreira de jornalista, e, com dezessete anos, ele já trabalhava no *Irish Independent*, um jornal de Dublim, passando depois dois anos no *Guardian*, em Londres. Nessa época, tinha se entendido novamente com o pai e passara três verões com ele e a terceira esposa, mas ele e os avós eram muito amigos, e Alex, determinadamente leal a eles. Bem como a Jason. E a Julia.

Alex pegou uma Coca-Cola na geladeira.

– Detesto ter de desiludir as duas – a voz dele ecoou pela sala –, mas *Cosmo* não é jornalismo sério! – Voltou para a sala.

– Bem, e o que decidiu? – Julia franziu a testa. – *New York Times* ou *Washington Post*?

– *New York*, lógico. Começo dia 8 de janeiro. Grande momento de definição. Quem sabe tio Adrian não me conceda uma entrevista exclusiva sobre o Acordo Ishtar?

– Vá sonhando! – Julia jogou um molho de chaves para ele. Alex agarrou-o habilmente com uma das mãos. – Um presente do Nick. Para você. As chaves do apartamento dele em Londres.

– No South Bank? – Alex abriu um sorriso.

Os olhos de Julia se estreitaram.

– Nada de festinhas malucas, Alex. Você e as meninas ficarão lá enquanto eu estiver na Itália. Nick vai buscar vocês quando voltar da França. Vou me encontrar com vocês na mansão para o Natal.

– Não estou com muita cabeça pra festas, tia Ju. Sério, gente... Tem coisas acontecendo por aí. Coisas... – Alex hesitou. – Coisas sérias acontecendo. Coisas de que o cidadão comum nem suspeita – acrescentou profeticamente.

– Ai, Alex, não começa... – pediu Lily.

Julia arqueou as sobrancelhas.

– Não, não, vocês não estão entendendo! – Ele abriu a Coca e sorveu o refrigerante ruidosamente. – O público tem ouvido mentiras; todos estão sendo manipulados por uma elite global que tem como objetivo supremo a dominação mundial. – Olhou com preocupação para Lily e Julia. – Tem a ver com a redução da população mundial.

– Ora, vamos, Alex – disse Julia, fazendo um gesto com a mão para acalmá-lo. – Já falamos disso um milhão de vezes...

– Com todo o respeito, tia Ju, não é o 11 de Setembro. Estou perto de descobrir umas coisas explosivas. – Ele largou a Coca no aparador de mármore e abriu o laptop. – Gripe aviária transformada em arma e produzida em laboratórios de bioterrorismo em Maryland; bases militares subterrâneas e secretas espalhadas pelos Estados Unidos; quinhentos bilhões de dólares dos cartéis de drogas administrados pela CIA e desviados anualmente para um orçamento obscuro... – Os olhos de Alex ardiam de convicção. – *Todas* as estradas conduzem a um governo paralelo.

Julia e Lily repetiram ao mesmo tempo, entreolhando-se:

– Governo paralelo?

– Você precisa admitir, Alex – falou Lily. – Essa ideia é doida, mesmo em se tratando de você!

Julia deu uma piscadela quando Alex olhou para ela. Ele meneou a cabeça.

– Sua cabeça está respeitosamente enfiada num buraco de areia, senhora D. Um governo paralelo. A elite global. O Federal Reserve, o Banco Internacional de Acordos... – Seus dedos voavam com agilidade sobre as teclas do laptop: – *Vou dividir a CIA em mil pedaços e lançá-los ao vento*. – Alex ergueu os olhos do teclado. – Quem disse isso? – perguntou.

Lily deu de ombros. Julia meneou a cabeça.

Alex levantou as mãos para o teto.

– O trigésimo quinto presidente dos Estados Unidos.

– JFK? – Lily franziu a testa.

– Ora, por favor, Alex. – Julia fez um gesto com as mãos para que ele ficasse quieto.

– Você sabia que ele tinha dito isso? – Alex fitou Julia com um olhar intenso.

– Não, não sabia, mas não existem provas, Alex. O fato de que Kennedy não gostava da CIA não cria por si só uma conspiração governamental, sabemos disso. A Comissão Warren deu fim a toda essa conversa.

– Mentes fechadas. Você serve, aliás, para provar minha teoria: mente fechada para qualquer coisa que esteja além de sua zona de conforto. Mais de quarenta por cento dos membros da Comissão Warren pertenciam à elite do Conselho de Relações Exteriores. JFK despediu Allen Dulles, diretor da CIA, depois da Baía dos Porcos. Mas Dulles foi indicado para participar da Comissão Warren após a morte de Kennedy. Veja só os motivos para JFK ter sido assassinado. Kennedy tentou controlar a agência, reduzindo sua capacidade de atuação através dos Memorandos de Segurança Nacional 55, 56 e 57. – Alex apontou para a tela. – Esses documentos eliminaram literalmente da CIA a capacidade de declarar guerras. O que levou Angleton e os irmãos Dulles ao pânico. O poder deles se limitaria a pistolas. E quem se beneficiaria de uma guerra prolongada no Vietnã? Os vietnamitas se recusaram a permitir que a elite estabelecesse um banco central no Vietnã. A elite queria um banco central e acesso às vastas reservas de petróleo da costa vietnamita.

Ele olhou para Julia e Lily, frustrado.

– Não estão entendendo? Vietnã. Guerra Fria. Os banqueiros internacionais, a elite, o complexo industrial-militar, os barões do petróleo, todos membros de um governo paralelo, totalmente dependente de uma *Pax* norte-americana forçada sobre o mundo pelas armas bélicas norte-americanas. *Todos* ganhariam com a morte dele.

Alex puxou uma banqueta do balcão da cozinha e se sentou nela.

– Alguns dias após a morte de JFK, Lyndon Johnson assinou um memorando de Ação Nacional de Segurança instruindo o Pentágono a manter as tropas no Vietnã. Em 1963, Kennedy já tinha pedido o total e completo desarmamento da Guerra Fria. E, naturalmente, temos uma controvertida questão: em 4 de junho de 1963, JFK teria assinado a Ordem Executiva 11.110, instruindo o Tesouro a emitir certificados de prata do Tesouro. Certo – ele deu de ombros –, a desinformação em torno disso é de conhecimento comum, mas parece que há evidências de que um encontro da elite foi convocado imediatamente. Kennedy teria deixado os mestres secretos de Washington e de Londres numa situação difícil. Vejam *isto*. – Seus dedos voaram sobre as teclas do laptop. – Uma nota de cinco dólares americanos de 1960. Selo verde. Vejam o que está escrito lá no alto.

Lily aproximou a cadeira de rodas da tela.

– Diz: *nota do Federal Reserve*.

– Certo. Agora, estude a nota de cinco dólares americanos de 1963. Veja o selo vermelho. O ano em que Kennedy foi assassinado.

– Diz: *nota dos Estados Unidos da América*.

Julia olhou perplexa para a tela.

– Tem certeza? Não pode ser; é sempre Federal Reserve. – Ela estudou a tela do laptop novamente.

– Está aí, tia Ju. Documentado em preto e branco. Uma nota real. O ano da morte de Kennedy. Nota dos Estados Unidos da América. Agora, olhe uma nota de 1964. O ano seguinte ao do assassinato de JFK.

Julia franziu a testa.

– *Nota do Federal Reserve* – murmurou.

– Exatamente. De volta ao Fed. O fato é que a emissão de todas as notas dos Estados Unidos terminou em janeiro de 1971. Todas as que circulam hoje foram emitidas pelo Fed. Nenhuma pelo governo dos Estados Unidos. O poder oculto reassumiu o controle.

Alex fechou o laptop com força.

– Vamos deixar de lado o caso do Federal Reserve – ele continuou. – JFK assinou o Tratado de Proibição de Testes Nucleares com Moscou. Ele ia acabar com a Guerra do Vietnã e reduzir drasticamente a influência da CIA.

Deteve-se quando Polly Mitchell entrou na sala de estar, os cabelos loiros bem claros e lisos, o rosto exótico perfeitamente maquiado. Alex foi até ela e beijou seus lábios.

– Kennedy estava acabando com as bases de poder deles. – Virou-se para Julia. – Ele desafiou os governantes secretos. E eles o tornaram um exemplo claro. Executado brutalmente em plena luz do dia, diante de milhões, sem chance nenhuma de reação – concluiu Alex com objetividade. – O governo paralelo atingiu seus objetivos. Vejam as eleições de 2008. Um exemplo perfeito. Os mestres ocultos manipulam os cordões. O Congresso, o Senado... todos aterrorizados demais para sair da linha. Aprenderam a lição direitinho. *Conhecem* o preço da desobediência.

– Vamos, Alex. Chega disso – disse Polly.

– Não entendo – comentou Julia. – O que o assassinato de JFK tem a ver com o *resto*?

– Se o governo mentiu e acobertou o assassinato de JFK, tia Ju... – Alex olhou para ela com uma expressão sinistra –, e eles *fizeram* isso, sobre o que mais não terão mentido? – Ele cravou os olhos nos de Julia. – E *quem realmente está no poder*?

– Papai ficaria uma fera se ouvisse você dizer isso – rebateu Lily.

– Tio Jas. – Alex revirou os olhos para Lily. – O grande patriota norte-americano!

– Alex! – Polly arregalou os olhos em sinal de advertência.

– Se não estou enganada – Julia completou em um tom seco –, foi o grande patriota norte-americano que lhe conseguiu um emprego no *New York Times*. E trocou suas fraldas quando você estava com quatro meses. Se prosseguir nesse ritmo, você será a escória de Manhattan. – Ela olhou para ele e suspirou. – Você é *tão* parecido com sua mãe, Alex Lane-Fox.

Alex sorriu.

– Sei que sou lindo; é, ouço muito isso.

– Ia dizer *teimoso*. – Julia beliscou-o no ombro e parou no meio da frase. Congelada.

Lily olhava Alex fixamente, em um estado de reverência completa. Lily e Alex tinham crescido praticamente juntos. Feriados. Festas de família. Eram como irmãos.

Julia respirou fundo. Durante todos aqueles anos, nunca percebera nada. Sua filha, presa a uma cadeira de rodas e de personalidade tão forte e independente, estava totalmente encantada por Alex Lane-Fox.

Julia sabia, em seu instinto materno, que aquele era um sentimento que jamais seria correspondido.

Alex estava apaixonado por Polly. Lily ficaria em uma cadeira de rodas pelo resto da vida.

Como ela não vira isso?

Alex, embora sem a menor intenção, literalmente partia o coração de sua filha.

Julia recuperou o fôlego.

Teria de abrir algum espaço entre os dois.

A campainha tocou de novo. Dessa vez, oito adolescentes apareceram na entrada. Réplicas exatas de Alex, Polly e Lily, distinguíveis apenas pela cor dos cabelos.

Alex empurrou a cadeira de rodas de Lily porta afora.

– Até daqui a pouco, mãe – despediu-se Lily, acenando. Julia sorriu debilmente em resposta.

– Até mais, senhora D. – Polly se deteve. – É o hábito; acho que não devo mais chamá-la de senhora D... – ela parecia envergonhada – ... agora que o divórcio acabou.

– Tia Ju... – Julia regressou à realidade. Alex havia empurrado a cadeira de Lily para fora, e agora tinha colocado a cabeça para dentro. – Você deveria começar a namorar. Aquele amigo do meu pai que é cirurgião, aquele bonitão de Londres, Callum Vickers, sabe? Ele contou que você não responde aos telefonemas dele. – Alex piscou algumas vezes. – Ele acha que você deveria.

A porta se fechou com alarido.

Julia foi até as janelas para fechar as pesadas cortinas cor de creme.

O céu já estava escuro. Hesitou e franziu o cenho, observando a estranha aparição branca no céu sobre o Canal da Mancha.

Perguntou-se se Jason estaria namorando. Estranho pensar que Jason pudesse estar namorando. Não conseguia imaginar a situação.

Teve de admitir que ele ainda era atraente, uma beleza rústica. Incrível como ela sentia a falta dele naquela noite.

Foi até a lareira e pegou a única foto de Jason e Lily que havia na casa, depois caminhou novamente até as janelas, observando as ondas se quebrarem no litoral de Brighton. Observou a foto, estudando as feições dele. Estava como sempre fora. Sério.

Passou a ponta dos dedos sobre o rosto dele com delicadeza. Depois, virou a foto para baixo e percorreu o índice de seu Blackberry em busca do telefone de Callum Vickers.

Respirou fundo.

E ligou.

CAPÍTULO 7

Mourir de façon horrible

Nick secou os cabelos recém-lavados e o tronco com uma toalha grande.

Ouviu uma batida vigorosa à porta do quarto monástico. Nick franziu a testa, foi até lá e a abriu. Lawrence St. Cartier, agora vestindo uma camisa recém-passada e um lenço no pescoço, estava postado ali com um jornal inglês na mão, algumas páginas marcadas com as pontas viradas. Ele observou as manchas e as feridas no peito de Nick, depois baixou o olhar.

– Lawrence, este lugar está na Idade das Trevas – falou Nick, frustrado. – Não consigo sequer um sinal para o celular. Tentei ligar seis vezes para a Inglaterra pelo telefone fixo e sempre me dizem que as linhas não estão disponíveis.

– Este é o mais antigo mosteiro do Egito; ainda opera com relés. Às vezes, as linhas ficam indisponíveis durante dias – comentou Lawrence distraidamente.

– Não vai entrar? – Nick franziu o cenho. Estudou a expressão de Lawrence. O professor parecia estranhamente abalado. Pálido, na verdade. St. Cartier era uma figura inquieta e desconfortável à porta.

– Receio ter notícias desagradáveis, Nicholas. – Ele depositou o jornal sobre a mesa com um movimento desajeitado. – Vim assim que o puseram debaixo da minha porta; não tive tempo de ler o artigo inteiro.

Nick observou a manchete do jornal: *Massacre no Monte do Templo*. Seus olhos se fixaram na foto em preto e branco de um dos oito arqueólogos mortos.

– Klaus... – murmurou Nick, atônito. Ele agarrou o jornal e leu o lide. – Klaus...

– ... von Hausen – St. Cartier terminou a frase secamente. – Estrela em ascensão do Museu Britânico e amigo íntimo de Nicholas De Vere. Você foi mencionado pelo *Sun* e pelo *News of the World*, se bem me lembro.

– Ah, Lawrence – murmurou Nick –, não espero compaixão. – Sentou-se pesadamente na cama, as mãos trêmulas. – Se é que facilita as coisas, Klaus e eu terminamos faz algum tempo.

– Não se culpe, Nicholas, meu jovem. – A voz de St. Cartier estava mais suave do que o normal. – Você não pode trazer Von Hausen de volta. – Apoiou a mão com gentileza sobre o ombro de Nick.

– Eu... eu o vi há dois dias – contou Nick. – Em Londres. Nós nos encontramos para tomar alguns drinques. Não o via fazia meses. Ele foi transferido para uma escavação secreta no Oriente Médio. – Trocou um olhar com St. Cartier, sentindo-se repentinamente vulnerável. – Ele estava tão entusiasmado – murmurou. – Era um trabalho confidencial, muito sigiloso. Ele disse que o MI6 e a Interpol haviam praticamente tomado o Museu Britânico. O seu departamento em particular, o do Oriente Médio. Tinha alguma coisa a ver com o Vaticano. Klaus sabia como eles operavam: a escavação ficaria fechada até ele chegar.

St. Cartier tirou o jornal das mãos de Nick, pôs os óculos e leu o artigo na íntegra.

– Hum. O jornal diz apenas que era uma antiga relíquia do Templo – falou St. Cartier.

– Tem todo o jeito de uma grande queima de arquivo. Sete arqueólogos mortos com submetralhadoras, ao melhor estilo "execução". Forças especiais. Assassinos treinados. – Leu um parágrafo menor no meio da página. – *... e um padre do Vaticano foi decapitado...* – a voz de St. Cartier foi se esvaindo.

Nick observou o professor, os olhos estreitados. De súbito, ele ficou pálido. Sua mão direita tremia descontroladamente.

– Decapitado, Nicholas – anunciou St. Cartier com clareza, recuperando rapidamente a compostura. Dobrou o jornal com três movimentos ágeis. – Uma *barbárie*. – Os olhos do professor revelavam uma crueldade incomum.

– Terroristas islâmicos? – perguntou Nick.

– Não. – St Cartier caminhou até a janela mais distante e contemplou as vastas areias além das alas de ciprestes. – Não, não são terroristas, Nicholas – murmurou. – Isso tem a marca de alguma coisa bem mais sinistra do que terroristas. Alguém que quer que o mundo ocidental *pense* que foram terroristas.

St. Cartier ficou em silêncio, imerso nas próprias reflexões.

Nick enfiou uma camiseta branca pela cabeça. Mirou vagamente o rosto encovado no espelho.

– Se não foram terroristas, quem foi e o que deseja?

O sino da torre tocou seis vezes no mesmo instante em que soou o gongo do jantar.

– O tempo está se esgotando, Nicholas. A semana de Daniel está quase chegando. – Ele olhou com gravidade para Nick. – Receio que o Fim dos Dias tenha começado.

2021

A ponta da pena de Gabriel arranhou a folha de linho grosso encimada por seu timbre de príncipe regente. A delicada caligrafia itálica de Gabriel foi ocupando a página.

Meu atormentado irmão, Lúcifer,

Vi-o em meus sonhos nesta alvorada, uma figura solitária olhando para o Gólgota.

Tão certo de sua vitória em Armagedom.

O Cavaleiro Branco, seu Filho da Perdição, chegando para governar a raça dos homens.

Para anunciar a Tribulação do Apocalipse da Revelação de São João.

Gabriel suspirou. Afastou as longas tranças platinadas das feições impecáveis e prosseguiu em sua intensa caligrafia.

E me lembrei de outra madrugada em que você me apareceu em sonhos.

A madrugada em que seu plano iníquo foi concebido.

A madrugada em que você estava em pé e insone no Pórtico dos Ventos do Norte.

A madrugada dos Magos Cavaleiros...

QUARENTA ANOS ANTES
1981

MIL NOVECENTOS E QUARENTA E OITO ANOS APÓS O GÓLGOTA

Capítulo 8

Esquemas Diabólicos

Lúcifer encontrava-se no Pórtico dos Ventos do Norte, uma figura solitária, sob as grandes ameias de prata da Cidadela de Geena.

Ele olhou de modo sinistro para os sete cometas de Thuban, suas caudas flamejantes e cobertas de gelo deixando um rastro azul enquanto se erguiam sobre as estéreis planícies geladas de Geena. Depois, levantou a cabeça para observar as gélidas tempestades árticas vindas dos Picos Anões Brancos do Norte, soprando com fúria contra a monstruosa e imponente fortaleza.

Seu palácio de inverno.

Tinham se passado quase dois mil anos desde o Gólgota.

Desde sua humilhação nas mãos do Nazareno. Franziu o cenho. Ainda sentia o sabor amargo da derrota nas planícies de piche ardente, dentro dos monstruosos portões de ferro do inferno, como se fosse ontem.

Tinha jurado pelos Códices sombrios de Diablos que viveria no inverno eterno até chegar sua hora, segundo os fundamentos da lei eterna.

Até o julgamento final. *O Lago de Fogo*. Estremeceu.

Seu sono andara agitado nas últimas treze luas. Abalado por pesadelos estranhos, lúgubres.

Charsoc, o Sinistro dera-lhe milhares de poções para dormir, com beladona, elixir de mandrágora e outros preparados, fornecidos pelos Reis Feiticeiros do Ocidente.

Mas nada tinha amenizado os espectros ameaçadores que atormentavam seus sonhos.

Apertou o roupão de veludo contra o corpo e ficou olhando sombriamente para as rochas nevadas de Vesper.

Desde o Gólgota, seu poder na terra da raça dos homens havia sido muito reduzido pelos fundamentos da lei eterna. Sua presença naquele amontoado fútil de lama e vapor era ilegítima. A raça dos homens era atormentada por enfermidades, brigava por questões de vaidade... algo desprezível. Mas não havia alternativa. Tinha de usar a massa de covardes.

Seu tempo se esgotava. Sentia isso.

O Armagedom se aproximava.

E, com ele, mil anos de prisão no poço sem fundo, antes de seu destino no Lago de Fogo.

As unhas dele se cravaram na mão.

No Gólgota, os exércitos dos decaídos tinham sido derrotados com facilidade pelos soldados de Miguel e pelas feitiçarias do Nazareno. Isso nunca tornaria a acontecer.

Dessa vez, não haveria erro. Em um lugar além das Cúpulas de Vagen, seus cientistas vinham construindo superarmas e produzindo enormes exércitos de monstruosos híbridos nos últimos mil anos – preparavam-se para o Armagedom.

Levantou o rosto para o céu.

Ele derrotaria o Nazareno. E havia ainda um detalhe adicional ao ambicioso esquema.

Os ventos gelados arrancaram-lhe o capuz da cabeça, expondo seu semblante, antes imperial, porém agora deformado a ponto de mal permitir sua identificação, devido ao tórrido e infernal instante de seu banimento do Primeiro Céu.

Criaria uma superlegião de decaídos.

Um exército de duzentos milhões.

Sorriu com malevolência.

Venceria o Nazareno na Grande Batalha.

Armagedom.

Suas divagações iníquas foram interrompidas pelo tonitruante badalar dos monstruosos sinos de Limbo, que ecoavam da cúspide situada além das planícies desoladoras e gélidas de Geena.

Mil gárgulas demoníacas de olhos amarelos alçaram voo das torres em busca do céu de Geena, gritando alucinadamente, as asas escamosas batendo como foles gigantescos, as grandes garras riscando os céus.

Lúcifer se virou para a figura sombria que estava diante de uma das centenas de janelas com vitrais hediondos forrando o muro oriental.

– Quem me chama nesta hora infernal? – silvou ele.

Balberith. O chefe dos cortesãos angelicais de Lúcifer curvou-se profundamente.

– Vossa Excelência – disse ele, trêmulo –, Charsoc, o Sinistro – completou, a expressão fechada. – Trazendo *outra* poção ineficiente!

Uma figura alta e ossuda esgueirou-se das sombras e se posicionou à entrada do pórtico.

Charsoc, o Sinistro, principal sumo sacerdote dos decaídos, também curvou-se profundamente, os cabelos negros varrendo o chão. A queda de Charsoc do Primeiro Céu só fora superada pela de seu nefasto mestre. Antes um dos oito monarcas regentes dos Anciões do Primeiro Céu e segundo no comando, tendo acima dele apenas Jether, o Justo, Charsoc decaíra sem esforço e se tornara o mais depravado dos Reis Necromantes de Lúcifer. Era governador dos terríveis Reis Feiticeiros do Ocidente e dos Grandes Magos da Cabala Sombria.

Iníquo, sangue-frio e ardiloso, governava das catacumbas de Geena, ficando logo abaixo de Lúcifer no comando.

– Meu senhor, estimada Excelência, não é uma poção que lhe trago. – Charsoc alisou o roupão de tafetá vermelho. – São notícias... notícias agradáveis. – Ele tocou a manga de Lúcifer com os pálidos dedos recobertos de anéis.

– O que me diria, mestre, se sua dependência dos monarcas da raça dos homens chegasse ao fim? – O que me diria, mestre... – Charsoc se aproximou. Tanto, que Lúcifer pôde sentir seu hálito quente no rosto – ... se pudesse mobilizar seus exércitos sob o comando de um Messias... *seu* Messias?

Lúcifer agarrou o braço de Charsoc com tanta força que Charsoc franziu o rosto em agonia.

– Explique-se – silvou.

– Os Magos da Cabala Sombria. – Charsoc soltou um suspiro. – Estão saindo das Criptas de Nagor enquanto conversamos. – Hesitou por um instante. – Os gêmeos pediram uma audiência.

Lúcifer ficou imediatamente alerta, e seus olhos analisaram o rosto de Charsoc.

– Os gêmeos... – Libertou Charsoc da pressão em seu braço. O rei necromante massageou o local e mordeu o lábio de dor, enquanto Lúcifer passava por ele, dirigindo-se às colossais colunas jônicas do pórtico oriental.

Charsoc tirou uma missiva negra, aparentemente do ar, selada com um pentagrama prateado.

– Dos emissários dos gêmeos, Vossa Excelência.

Lúcifer agarrou a missiva e a estudou. Um instante depois, ela ardeu intensamente na palma de sua mão e evaporou.

– Solte meus abutres-xamãs das gaiolas infernais para recebê-los. Avise o grande mago de Phaegos e o grande mago de Maelageor que estou preparado para lhes conceder uma audiência. Convoque os Conselhos Sombrios sob a terra.

Charsoc fez uma reverência.

– Sua palavra é uma ordem, senhor – falou, desaparecendo em pleno ar.

Lúcifer foi até a extremidade do pórtico, imerso em profunda contemplação.

Devagar, ergueu a palma da mão para o céu.

A forma de Gabriel ficou visível, dormindo profundamente em seus aposentos no Primeiro Céu.

Lúcifer observou o irmão mais novo. Cativado.

– Gabriel... – murmurou.

As feições primorosas de Gabriel encontravam-se banhadas pelo brilho que emanava do muro ocidental. Serenas. Imperturbáveis.

– Tenha sonhos profundos, Revelador – murmurou Lúcifer.

A respiração de Gabriel tornou-se irregular. Ele passou a se revirar de um lado para o outro.

Lúcifer sorriu, lenta e malignamente.

– Que os Magos Cavaleiros infestem seus sonhos, irmão – sussurrou. – Minha redenção se aproxima.

☆ ☆ ☆

Gabriel contemplou o imponente palácio de colunas douradas que se erguia bem acima do muro ocidental do Primeiro Céu. Suas feições, normalmente tranquilas, estavam perturbadas.

Os olhos cinzentos encontravam-se embaçados.

As alas leste e norte do Palácio dos Arcanjos ainda eram habitadas por ele e por Miguel – mas a grande ala oeste, antes ocupada por Lúcifer, então príncipe regente, estava desocupada. As magníficas câmaras de madrepérola encontravam-se desertas. Suas portas douradas, altas e gravadas com o emblema do filho da manhã, tinham sido fechadas com correntes desde a madrugada de seu banimento, em mundos que havia muito tinham desaparecido.

A ala oeste só fora aberta uma vez nos últimos milênios. No dia em que Lúcifer fora convocado para o Primeiro Julgamento, quase dois mil anos atrás. Ele se vestira naqueles recintos antes de ir para as Grandes Planícies Brancas.

Gabriel deslizou os dedos pelas pálidas tranças douradas, a inquietação evidente em suas feições impecáveis. Olhou para trás e viu Zadkiel, a três metros de distância, com Sandaldor a seu lado. Assentiu.

Em sincronia, o pequeno grupo rumou pelos portões ocidentais, um quilômetro e meio acima dos diamantes reluzentes que revestiam a estrada ventosa. Gabriel hesitou ao se aproximar das vastas alamedas de Lúcifer. Antes vibrantes com os heliotrópios e lupinos de que seu irmão mais velho tanto gostava, agora estavam do mesmo jeito desde seu banimento.

Desoladoras. Lúgubres. Quase austeras.

Nada florescia, e, ao mesmo tempo, não havia decadência. Era um vácuo.

Como se até a animada e exuberante flora do Primeiro Céu sentisse a ardilosa traição de Lúcifer, recusando-se a crescer naquelas centenas de milhões de eras desde seu exílio.

Puxou com suavidade as rédeas de sua égua, Ariel. Continuaram, passando pelas Lagoas das Sete Sabedorias, agora secas, e detiveram-se em frente às duas imensas portas douradas dos aposentos de Lúcifer na ala oeste.

Gabriel apeou, seguido por Zadkiel e Sandaldor. Zadkiel foi até ele e pôs gentilmente a mão em seu braço.

– Tem certeza de que é este o seu desejo, meu príncipe? – perguntou.

Gabriel baixou a cabeça e depois a levantou para encarar Zadkiel.

– É meu desejo, sim – murmurou, os olhos em geral serenos tomados por intensa emoção.

Zadkiel estudou o príncipe com atenção e se curvou em reverência. Fez um gesto a Sandaldor, que avançou. Zadkiel assentiu. Juntos, levantaram os enormes machados de ferro e os baixaram contra os monstruosos grilhões de ferro, partindo-os em dois.

Lentamente, Zadkiel empurrou as pesadas portas douradas dos aposentos de Lúcifer. Gabriel respirou fundo. A ala oeste estava intocada.

Zadkiel seguiu Gabriel pelo átrio, observando os aposentos. Ficaram juntos, em silêncio, durante um bom tempo.

– Não posso lidar com isto, Gabriel. – Zadkiel baixou a cabeça, as mãos trêmulas. Recordando. – Traz de volta lembranças de tudo que arruinou minha alma. – Ele voltou o olhar torturado para Gabriel. – Imploro-lhe, Gabriel – a voz de Zadkiel estava trêmula, intensa –, liberte-me dessa tarefa.

Gabriel analisou Zadkiel atenta e compassivamente. Enfim, falou:

– Liberto-o, meu velho amigo. – Soltou um suspiro. – Volte com Sandaldor para meus aposentos e aguarde-me lá.

Zadkiel curvou-se profundamente.

– Que possa encontrar, reverenciado príncipe, aquilo por que procura com tanto ardor – murmurou. Então se afastou.

– Zadkiel... – Gabriel o chamou de volta. – Miguel... – Hesitou. – Ele sabe que estou aqui?

Zadkiel sustentou seu olhar.

– Ele não sabe.

Gabriel assentiu.

– Vou revelar o fato quando estiver pronto. E Jether?

– Não revelei nada a Jether. – Zadkiel abriu um leve sorriso. – Mas seu conhecimento virá de uma fonte superior. – Curvou-se mais uma vez e montou em seu cavalo. Depois saiu em velocidade pela estrada, seguido por Sandaldor. Sem olhar para trás.

Gabriel permaneceu à porta, olhando para Zadkiel até que desaparecesse completamente de seu campo de visão. Em seguida, refez o mesmo caminho, abriu as portas do quarto e entrou no átrio. Fechou as portas por dentro, inspecionando a grande câmara.

Meneou a cabeça, atônito.

Estava quase como estivera muitas eras atrás, antes de seu mundo desmoronar.

A coleção de gaitas e tamborins.

Sua Espada do Estado, ainda na magnífica bainha adornada com pedras preciosas.

Gabriel caminhou sob o grande Arco dos Arcanjos, coberto de afrescos, e se dirigiu ao santuário íntimo de Lúcifer, contemplando as magníficas pinturas realistas – obras do próprio Lúcifer, estampadas no teto arqueado que se elevava a mais de trinta metros. Tons de heliotrópio, ameixa e ametista, fundindo-se a tons de magenta e vermelho, recobriam o elaborado teto ornamentado.

Seu olhar se deteve sobre a bela escrivaninha de mármore entalhado. A mesma escrivaninha na qual o irmão mais velho tinha escrito milhares de suas belas missivas em letra itálica, em mundos havia muito desaparecidos.

Empalideceu.

Perto da escrivaninha, havia um enorme objeto de arte coberto por um pano dourado. Ele não estava ali dois milênios antes, no dia do Primeiro Julgamento.

As respostas para seu sonho perturbador da noite anterior estavam ali.

Tinha certeza disso.

Lúcifer e seus irritantes jogos de feitiçaria!

Foi à escrivaninha, inclinou-se e desatou os cordões dourados do pano. A gaze dourada deslizou da moldura para o chão, revelando uma pintura em tamanho real. Dois metros e setenta de altura. Três metros e sessenta de largura.

Gabriel estudou-a com atenção.

Bem no centro da tela, havia uma representação perfeita de Christos. Um trabalho rebuscado, cada detalhe bem captado sob a luz. Emocionante, exceto por uma espessa linha vermelha em zigue-zague que dividia o rosto ao meio na tela.

Dirigiu o olhar para a esquerda da imagem.

Lá estavam eles. Tal como esperava. Os Magos Cavaleiros da Cabala Sombria, montados em suas monstruosas criações. O destino deles: o gélido mundo de Geena.

Lúcifer tinha pintado a cena sem equívocos, nos mínimos detalhes. Exatamente o que Gabriel vira em seu sonho conturbado daquela madrugada.

Logo abaixo de Christos, havia uma reprodução exata do próprio Lúcifer postado ao grande e ornamentado balcão de pérolas daqueles aposentos. Exatamente como fazia em eras passadas, quando observava os irmãos correndo pela areia. Suas feições, como alabastro esculpido, eram perfeitas em sua beleza. Gabriel ficou hipnotizado diante dos frios olhos de safira. Eram quase reais. Seu olhar se desviou para a base do quadro, onde se via uma enorme e ameaçadora serpente que envolvia toda a figura.

Estremeceu.

– Estão cavalgando pelos Ventos do Oeste – uma voz suave rompeu o silêncio.

Gabriel virou-se lentamente.

Jether, o Justo, o angelical monarca imperial, líder dos Vinte e Quatro Reis Anciões de Jeová, estava bem diante dele, esplendoroso em seus trajes de listras escarlate. Ele estudou o antigo discípulo com atenção, as feições ancestrais e enrugadas repletas de compaixão.

Gabriel baixou a cabeça.

– Os Magos da Cabala Sombria – murmurou Jether com suavidade. – Deixaram as Criptas de Nagor antes que as luas da aurora se erguessem. Estão cavalgando neste momento, enquanto falamos.

Gabriel levantou o rosto para Jether, o semblante marcado pela angústia.

– Lúcifer falou comigo em meus sonhos, Jether – sussurrou ele. – Disse que há muitas luas não dorme. E me pediu para ir ter com ele.

Jether apoiou a mão venosa em um dos braços de Gabriel.

– Mas você não foi. – Ele abriu um sorriso gentil.

– Não. – Gabriel voltou a baixar a cabeça. – Em vez disso, ele veio até mim em meu sonho.

Gabriel, murmurou Lúcifer. *Gabriel, queria que soubesse que não ficarei mais insone. Os Cavaleiros estão vindo.* Então ele sorriu. Um sorriso maléfico, perverso. E acrescentou: *Diga a Jether que minha redenção se aproxima*. Depois disso, sumiu.

Gabriel olhou para seu mentor, o olhar suplicante.

– Que esquema vil está em andamento, Jether?

– É a plenitude do tempo – murmurou o ancião com gravidade nas feições veneráveis. Aproximou-se de Gabriel, a barba e os cabelos prateados varrendo o piso de safira. Analisou cuidadosamente a pintura.

– Estão se preparando para o Armagedom. Os Grandes Magos cavalgam pelo mundo inferior, vindos de lugares inanimados. Ele lhes concedeu uma audiência. – Caminhou até o balcão e abriu as pesadas cortinas de veludo.

– Como você sabia que eu viria aqui? – sussurrou Gabriel.

Jether o fitou com benevolência.

– O vidente mais velho discerne o mais jovem. – Procurou um grande molho de chaves na cintura e tirou uma gravada com a insígnia do filho da manhã. – Poderia ter poupado Zadkiel e Sandaldor de seus esforços, embora tenham sido magníficos – falou o ancião, sorrindo e cofiando a barba. Com dedos ágeis, destrancou as imensas portas de vidro, depois aproximou-se do balcão, contemplando a colossal porta de ouro incrustada com rubis e radiante de luminosidade, encravada nas paredes de jacinto da torre – a entrada da Sala do Trono.

Grandes rumores de trovões e raios azulados partiram da porta de rubi.

– Estão se reunindo – declarou Jether, a voz serena. Baixou a cabeça em reverência.

Gabriel caminhou até o balcão.

– Jeová, Christos e o Espírito Santo. – Jether se virou, os olhos azuis e úmidos imersos em pensamentos. – Aquilo que Lúcifer discerne e fica sabendo hoje, Jeová, em Sua onisciência, sabia havia eras. Jeová me convocou nesta lua. Lúcifer está reunindo as cortes de Perdição em um conselho enquanto conversamos. Neste instante, o plano para conceber seu próprio Messias, o Filho de Perdição, está em andamento.

O olhar de Jether tornou-se duro como aço.

– Não se iluda. Os grandes esquemas de Lúcifer são transparentes para Jeová, a cada passo. Não há nada que possa ser oculto de Seu olhar. Ele é onisciente. É onipotente. Conhece o fim e o começo da era das eras. Lúcifer sabe muito bem disso. E chega a estremecer. – As feições dele se suavizaram. – Repousamos sob o brilho da profusão de discernimentos de Jeová e de sua grande compaixão, infinitamente terna. Repousamos em Sua sabedoria infinita.

Gabriel ficou em silêncio por um longo momento. Jether tocou seu braço.

– Conseguiu o que procurava, Gabriel. Ele entregou sua mensagem. A Semente da Serpente. A semente que se tornará seu filho. O Filho de Perdição. É *isto* que perturbou seus sonhos. – Jether fechou as portas do balcão. – Agora, venha. Temos assuntos urgentes para tratar.

Juntos, percorreram o mesmo caminho pela câmara até o átrio. Gabriel relanceou o olhar para a pintura mais uma vez.

– A Semente da Serpente. Sua própria semente? Nefilim? – perguntou Gabriel.

Jether meneou a cabeça.

– Não, Gabriel. Nefilim, não. – Jether cerrou com força as portas dos aposentos de Lúcifer atrás deles e tornou a trancafiá-los.

Gabriel virou-se para ele, confuso.

– Se não é uma mistura híbrida entre os angelicais e a raça dos homens, então o que... – ele interrompeu a frase ao perceber a expressão sombria de Jether.

– Não haverá mistura das sementes. – A voz de Jether era suave, mas cortou o ar como uma lâmina. – É isso que Jeová discerniu muito bem. O Messias de Lúcifer não será feito nem da semente do homem, nem do óvulo da mulher. Lúcifer vai imitar a semente do Cristo: *ex nihilo*.

Gabriel meneou a cabeça, ainda sem entender.

– Ele vai criar um clone, Gabriel. Um clone *dele*. Não temos muito tempo. Os decaídos cavalgam enquanto conversamos.

Jether estudou as feições do antigo discípulo e suspirou, suavizando o próprio semblante.

– Diga a Miguel que vou me reunir com ele nas areias peroladas. Na aurora. – Jether tocou as maçãs do rosto de Gabriel com a própria face em um ósculo silencioso. Em seguida, montou em seu cavalo alado branco. Seus olhos piscavam com intensidade. – Vou convocar o Supremo Conselho de Jeová.

☆ ☆ ☆

Seiscentos e sessenta e seis dos Magos da Cabala Sombria ascenderam dos ardentes infernos de ácido verde dos labirintos localizados nas mais subterrâneas Criptas de Nagor. Seus escassos cabelos brancos encontravam-se puxados para trás, revelando testas achatadas, as monstruosas asas de serafim com penas cortando o ar enquanto percorriam o arco dos Ventos do Norte, montando as monstruosas criações híbridas.

Uma depravada horda fantasmagórica liderada pelos magos gêmeos de Malfecium. Os incríveis cientistas dos condenados chegariam à cidadela gélida de Geena por volta da aurora.

Capítulo 9

O Frasco da Linhagem Sagrada

Lúcifer estava sentado majestosamente no imenso trono de osso esculpido, tendo como apoio de cabeça um enorme rubi. Alisou os reluzentes trajes brancos do Estado, ornamentados com diamantes e ouro derretido.

Quatro de seus ajudantes apareceram e aplicaram habilmente diamantes, como pequenos pontos de gelo, e luzes cor de ametista nos cabelos negros, desaparecendo em seguida. Balberith depositou sobre a cabeça de Lúcifer a coroa satânica do Estado, feita de diamantes, e se curvou em reverência.

Charsoc aproximou-se do trono. Curvou-se profundamente, os cabelos negros varrendo o piso de cristal.

– Vossa Majestade, os Conselhos Sombrios foram convocados a ascender de seus recintos sob a terra. Os Reis Feiticeiros do Ocidente se reúnem enquanto conversamos.

Lúcifer acariciou o áspero pelo branco do lobo siberiano de seis cabeças a seus pés. Um presente dos gêmeos de Malfecium. Cravou os dentes em uma grande fruta dourada e depois a estendeu despreocupadamente na palma da mão para o lobo, que abanou sua cauda de serpente e a devorou com ferocidade, as presas azul-escuras visíveis.

Lúcifer sorriu em aprovação e estudou Charsoc através dos olhos estreitados.

– Esperei muito por este dia – murmurou. – Desde o tempo em que governei por intermédio de Nabucodonosor, eu esperei. – Sorveu um delicado gole da bebida em seu cálice. – Durante meu reinado através de Antíoco IV, da Síria e da Mesopotâmia, eu esperei.

Levantou a cabeça e observou os 66 serafins dourados e górgonas entalhadas sobre ele. Seu olhar se dirigiu para os magníficos afrescos sob os arcos do domo interior, representando os reinados de Nimrod, Alexandre e Antíoco.

– Antíoco me decepcionou – silvou. – Alexandre, o Grande; Carlos Magno; Stalin; Adolph Hitler... – Franziu o cenho. – Todos uns parasitas chorões e incompetentes! – Virou-se para Charsoc com um olhar sombrio. – Não vou mais tolerar erros. – Ergueu o cetro em direção às imensas portas de gelo negro que davam para a Sala do Trono. No mesmo instante, elas se transformaram em vapor, revelando 333 magos encapuzados liderados por Marduk, líder dos Conselhos Sombrios.

Marduk conduziu os demais pelas escadas até o portal ocidental do Último Julgamento. Um magnífico entalhe em marfim mostrando Lúcifer triunfante e a raça dos homens ardendo no Lago de Fogo erguia-se sobre eles. Os membros dos Conselhos Sombrios assumiram seus tronos em chifre entalhado, dois níveis abaixo do próprio trono ornamentado de Lúcifer.

Um zumbido dissonante preencheu a atmosfera da Sala do Trono quando mil Murmuradores das Trevas corcundas passaram pelos portões, as asas negras de serafim ocultas sob as capas de gaze cinza semitransparentes. Formaram uma fila lúgubre, sinistra, subindo os 666 degraus até a Galeria Sussurrante, em forma circular, diretamente sob o domo aberto. Os capuzes farfalhavam sob os rodopiantes ventos gélidos.

Os sinos de Limbo começaram a tocar. De imediato, a Sala do Trono foi ocupada por um estranho e nocivo vapor verde de enxofre. Os Magos da Cabala Sombria desceram pelo vasto domo aberto em seus monstros, frutos de engenharia genética, até que todos os 666 estivessem reunidos na ala do Vento Norte. Em sincronia, curvaram-se profundamente diante de Lúcifer. Este ergueu seu cetro.

– Convoco os gêmeos de Malfecium: o grande mago de Phaegos e o grande mago de Maelageor.

Os gêmeos deram um passo à frente. Eram extremamente corcundas, e o queixo longo e pontudo de ambos ficava a apenas quinze centímetros do chão. Cada um deles possuía duas cabeças retráteis e giratórias.

A aparência física dos dois era quase idêntica. Ficaram olhando para Lúcifer com os olhos pálidos, bulbosos e amarelados, que brilhavam malevolamente sob a testa achatada.

A pele tinha um estranho tom esverdeado, como o de um cadáver, e os escassos cabelos brancos caíam até a cintura. Sob as capas de gaze, as costas eram nodosas, e cada um deles possuía três corcovas. Sob os trajes, a cada lateral de cada corcova, somavam-se seis imensas asas de serafim com penas.

Os gêmeos eram os talentosos cientistas de Lúcifer. Sua *intelligentsia* do mal.

Esses grandes arquitetos de depravados esquemas de eugenia e biogenética passavam dias e noites recolhidos a horrendos laboratórios, situados a mil e seiscentos quilômetros sob os ardentes anéis de gelo de Mellenzia, nas estéreis terras do mundo inferior, nas Criptas de Nagor.

Era lá que realizavam os procedimentos iníquos mais depravados. Engenharia genética; venenos; amputações; transplante de membros e cabeças; lobotomias. Gritos agonizantes de tormento ressoavam dia e noite pelos labirintos de Angor enquanto as harpias de Gilmagoth, sob a tutela deles, violavam cada uma das regras de mínima decência, contrariando todos os fundamentos da lei eterna com a clonagem de feras e seres angelicais.

Os gêmeos eram puristas. Aleijavam, torturavam e arrancavam as entranhas de *banshees*, trolls, vampiros demoníacos, e faziam experimentos com tudo aquilo que passasse pelo mundo inferior sem suspeitar do risco que corria. Haviam gerado um exército de criações desastrosas. Milhões de novas espécies depravadas – monstros grotescos e deformados.

Beemots-vampiros alados, ciclopes de 66 olhos, gigantes de Brobdingnagian escamosos – eram esses os soldados rasos de Geena, monstros do exército dos decaídos preparados para serem lançados na última grande batalha travada contra o Nazareno: Armagedom.

Mas a maior concepção dos gêmeos, a obra suprema e genial de ambos, encontrava-se além das Oito Grandes Cúpulas de Vagen. Estava no Sarcófago das Fúrias.

Sob os véus translúcidos e reluzentes que caíam de colunas douradas em forma de áspide, havia um único frasco de ouro, que emitia estranhos raios negros.

O frasco que continha um genoma singular.

A Semente da Serpente.

O genoma de Lúcifer.

O DNA angelical de Lúcifer, recém-reestruturado biogeneticamente pelos gêmeos de Malfecium, para corresponder de modo preciso ao ciclo de crescimento do DNA humano.

O Frasco da Linhagem Sagrada.

Ele ficara durante milênios sob Mellenzia, aguardando o dia em que a tecnologia da raça dos homens fosse suficientemente avançada para completar a tarefa sagrada.

A vida dos gêmeos, até aquele dia, estivera conectada ao genoma.

Lúcifer percebeu esse fato com clareza. Fez um gesto para que se aproximassem.

– Maelageor – falou com suavidade para o gêmeo à sua esquerda.

– O mestre solicitou uma audiência. – O grande mago de Maelageor fitou Lúcifer com olhos avermelhados e semicerrados. – Vossa Excelência – acrescentou ele com voz gorgolejante, a língua dura e coberta por manchas.

– Diz respeito ao Frasco da Linhagem Sagrada.

Maelageor curvou-se profundamente. Lúcifer olhou fixamente para Maelageor. Esperando.

– Senhor, encontramos alguém na raça dos homens com perícia acima de qualquer outro. Sua habilidade no campo da engenharia biogenética leva-nos a crer que ele poderia estar à altura da tarefa sagrada.

Phaegos deu um passo à frente.

– Vossa Excelência, ele é o maior especialista em divisão de genes e engenharia e manipulação genética da raça dos homens. – Dito isso, curvou-se em reverência.

Lúcifer se levantou. Caminhou diante do trono, inquieto, imerso em contemplação. De súbito, voltou-se para Maelageor.

– Tem certeza? – Seu olhar capturou o de Maelageor. – Não vou tolerar mais erros. Hitler me desapontou – sibilou ele. – O programa de eugenia nazista, a manipulação de DNA humano... – Virou-se para observar o afresco que mostrava o julgamento de Nuremberg acima dele. – Mengele, Clauberg, Brandt... Demos a eles todos os planos necessários para a tarefa da clonagem. E *todos* fracassaram!

Maelageor levantou a cabeça.

– Vossa Excelência, o progresso tecnológico da raça dos homens na área da genética progrediu muito. Neste ano de 1981, ele ainda é primitivo, mas a pessoa em questão é um estudioso dedicado.

– Trata-se de um gênio?

Charsoc inclinou-se para Lúcifer.

– Ele é um gênio na raça dos homens, senhor. – Charsoc tinha um maço de documentos na mão. – Vossa Excelência, se me permite. – Curvou-se em reverência. – Estudei os textos. É como os gêmeos disseram.

Lúcifer tomou os documentos da mão de Charsoc e caminhou pela nave, folheando os papéis, com Charsoc a seu lado.

– Ele é simpático à nossa causa?

Charsoc assentiu.

– Foi o cientista encarregado do programa de clonagem em Los Alamos, senhor. Operações secretas. Ele serve a nossos escravos sombrios da raça dos homens com dedicação.

– O silêncio dele será garantido?

Pensativo, Charsoc cofiou a barba enquanto caminhavam.

– Ele é um homem ambicioso, Vossa Majestade. – Hesitou por um instante. – Mas não é curioso. Não se preocupa em saber quem são seus patrões. E também não tem nenhum deus. Seu único deus é a ciência.

Lúcifer se virou.

– Marduk! Procure uma família na raça dos homens. Vasculhe a Biblioteca Inferior de Iniquidades. Concentre-se em cem dinastias da raça dos homens. Que sejam escravos sinistros dos decaídos. Os que dotei de fortuna, que recompensei com o poder. Servos devotos dos decaídos. – Lúcifer voltou a caminhar pela nave em reflexão profunda. – Creio que vou lhe dar irmãos. Um Miguel teimoso, um terno Gabriel. Serão três, assim como nós três, irmãos angelicais. Três irmãos da raça dos homens. Um fogo insano ardeu em seu olhar. – E, *tal como foi seu Pai* – ele ergueu os braços, abrangendo o vasto domo com um gesto –, meu filho também será um revolucionário. Um renegado! – berrou.

Maelageor se aproximou.

– *Há* uma família, senhor. – Ele mostrou um grande códice negro que emitia raios prateados. Lúcifer reconheceu-o de imediato como um dos treze Códices de Diablos. – Uma família bastante *adequada*. – Voltou para Lúcifer os cruéis olhos bulbosos, que reluziam.

Lúcifer o analisou atentamente, pegando depois o códice.

– Uma das treze famílias do Grande Conselho Druida – declarou Maelageor em tom adulador. – Aqueles que reinam no mundo da raça dos homens como sumos sacerdotes dos Reis Feiticeiros.

– Esse avô me é familiar – murmurou Lúcifer, estudando o códice. – Ele tem a marca do Rei Feiticeiro. É um servo devoto dos decaídos. – Sorriu lentamente, em sinal de aprovação. – Por favor, continue, Maelageor.

– A hospedeira está grávida, senhor. De seu segundo filho. Oito semanas no ventre... um menino. O bebê será trocado ao nascer pelo próprio clone.

Seis Magos da Cabala Sombria entraram pelas portas de gelo, levando um sarcófago negro sobre os ombros. Deixaram-no no altar, diante do trono.

Lúcifer assentiu. Devagar, Maelageor abriu a caixa. Bem em seu centro, havia um único frasco de ouro que emitia estranhos raios negros. Lúcifer aproximou-se da caixa, contemplando o frasco com fascinação.

– Não há tempo a perder, Vossa Excelência – prosseguiu Maelageor. – Prevendo sua sanção da família escolhida, tornamos a alterar o DNA de seu genoma – o genoma do Frasco da Linhagem Sagrada –, para corresponder precisamente à data de nascimento projetada para o bebê humano. O reconstrutor de DNA já foi ativado. O genoma deve ser transportado ao mundo da raça dos homens por alguém de sua confiança. Sem demora.

– Como sempre, você se superou, Maelageor. – Lúcifer ergueu o cetro para Charsoc. – Charsoc, você vai levar o genoma à Terra. Instrua os feiticeiros do tempo oculto para prepararem a liberação de redemoinhos do Vórtice Oriental! – ordenou.

O grande mago de Phaegos deu um passo à frente, trêmulo.

– Vossa Majestade. – Curvou-se, o queixo duplo quase se arrastando pelo chão. – Cem luas crescentes e minguantes devem se passar antes que os redemoinhos do Vórtice Oriental sejam liberados. E outras três luas cheias antes que os portões do tempo do Vórtice Oriental passem pelo Segundo Céu e se abram sobre o mundo da raça dos homens. O tempo está contra nós. O genoma deve ser enviado à dimensão da matéria *agora*... – ele recuou dois passos – ... e por um dos nossos em *forma humana*.

– Forma humana? Impossível, Phaegeor! – exclamou Charsoc. – O Gólgota alterou as condições de nossa passagem pelo mundo da raça dos homens. Só Sua Majestade, como arcanjo, mantém a capacidade de entrar lá em forma humana, e só pelos portões do tempo. Nós, os decaídos, estamos proibidos!

– O genoma está atado ao ciclo humano de crescimento, Phaegeor. Ele *precisa* ser levado à dimensão da matéria por um dos nossos em corpo material, em forma humana. Não há outro meio.

Lúcifer aproximou-se de Phaegeor. Furioso.

– *Descubra* um meio, Phaegeor.

– Mas... os portões do tempo... É impossível, senhor.

Maelageor agarrou o braço trêmulo de Phaegeor com os seis longos dedos esverdeados e pegajosos da mão direita. Phaegeor se contorceu de dor.

– O que meu irmão gêmeo quer dizer... – voltou as feições achatadas para Phaegeor e o encarou de modo sinistro – ... é que *existe* outro meio, Vossa Excelência – falou, ciciando. – Existe outro meio para que nós, os decaídos, nos aproximemos da raça dos homens. Na forma humana. Daqui a uma lua.

– Que meio é esse, Maelageor? – sibilou Lúcifer.

Um sorriso cruel passou pelos lábios finos e escurecidos de Maelageor.

– Entraremos pelas Escadas Ascendentes...

Um silêncio horrorizado recaiu na Sala do Trono.

Lúcifer olhou com espanto para Maelageor, um estranho ar de curiosidade em suas feições.

– Os portais dos decaídos – murmurou – são campos de força; cada um tem o próprio limiar interdimensional.

Maeglageor assentiu.

– Os campos de força são reconstrutores de DNA. É o único meio de entrarmos na raça dos homens com forma humana.

Marduk aproximou-se deles, os olhos amarelos reluzindo sob o capuz da batina cinza. Curvou-se para Lúcifer.

– Meu leal senhor. – Beijou o anel de ônix negro de Lúcifer. – A travessia dos portais pelos decaídos rumo à terra da raça dos homens não só é proibida, como também impossível, Vossa Majestade. Os oito portais dos decaídos foram *selados* permanentemente após o fracasso no Gólgota. Não há maneira de passar do Segundo Céu para a atmosfera da Terra.

– Existe um... – Charsoc e Maelageor se entreolharam – ... um portal que é mais vulnerável, pois seu campo de força entre a Terra dos homens e o Segundo Céu está danificado. Rompido.

Lúcifer sentou-se em seu trono, afagando o áspero pelo branco do lobo siberiano.

– O portal angelical que foi rompido na Torre de Babel; o fiasco dos nefilins – murmurou. Um sorriso leve passeou por seus lábios. – O Portal de Sinar.

– Vossa Excelência, com o devido respeito e veneração... – queixou-se Marduk, retorcendo os dedos, semelhantes aos de um lagarto. – É proibido.

– É proibido, Marduk. – Lúcifer o olhou pelo canto do olho. – Mas é *possível*. – O lobo siberiano lambeu a palma da mão de Lúcifer. – Nimrod e os nefilins, incitados por nossas hordas demoníacas, estavam bem avançados nos planos para atravessar o campo de força de Sinar, desde a Terra dos homens até o Segundo Céu. – A expressão de Lúcifer tornou-se mais sinistra. – Gabriel e seus reveladores comunicaram o fato ao Supremo Conselho. Jeová fez que a língua deles se confundisse naquele dia. – Estendeu a mão para o mordomo. – Naquela noite, Miguel e seus exércitos expulsaram nossos batalhões, assumiram o controle de Sinar e selaram o portal.

Seu semblante se contorceu ao se lembrar da derrota, e ele agarrou o cálice dourado entregue pelo mordomo, que tremia.

– O campo de força interdimensional foi danificado permanentemente nessa batalha. – Acariciou a borda do cálice com os dedos. – Se pudéssemos controlar o portal, conseguiríamos *reverter* o processo de reestruturação e entrar pela fissura no campo de força.

– Ele vem sendo mantido bem selado pelos guerreiros de Miguel no Segundo Céu ao longo desses vinte milênios, desde Babel – comentou Charsoc, andando de um lado para outro da nave. Um ardor maléfico brilhou em seus olhos sem íris. – Mas até que ponto está sendo protegido, tantos milênios depois, Mulabalah?

Mulabalah, governante dos Murmuradores das Trevas, espiões de Charsoc, levantou-se – uma figura sombria e sinistra no centro da Galeria dos Sussurros.

– Faça um relato sobre as defesas no Portal de Sinar.

Os incessantes resmungos dos murmuradores reduziu-se a um zumbido abafado.

– Senhor, em nossas travessias pelos corredores do tempo, os batedores abutres-xamãs observaram a tranca do tempo entre o Portal de Sinar e Geena. Desde a época do levante dos nefilins e da raça dos homens em Babel, ele tem sido vigiado incessantemente por um milhar dos mais fortes batalhões do Primeiro Céu. – Mulabalah hesitou. – E pelos Leões Brancos Alados – acrescentou com preocupação.

Um arrepio de horror percorreu a Galeria dos Sussurros.

– Nestes últimos milênios, porém – prosseguiu ele –, o príncipe Miguel transferiu os exércitos da Babilônia para Jerusalém, senhor. – Hesitou, trêmulo. – Em 1947...

– Mil novecentos e quarenta e sete! – silvou Lúcifer. – Jerusalém. Ashdod foi derrotado por Miguel.

– Mas hoje só Zalaliel e um batalhão de duzentos guardam os portões – relatou Mulabalah.

– Tem certeza disso?

– Foi confirmado por Darsoc e pelos batedores abutres-xamãs, senhor. Tenho certeza – respondeu o murmurador.

Marduk esfregou o queixo marcado por buracos, agitado.

– Vossa Majestade, é meu dever solene, como comandante de suas forças e conselheiro legal, chamar sua atenção para o fato de que os fundamentos da lei eterna relativos ao Portal de Sinar acarretam consequências terríveis para nós, decaídos, caso sejam desobedecidos. – Marduk ergueu o capuz, e suas feições deformadas, pálidas e marcadas por lesões ficaram claramente visíveis. – Consequências *terríveis*...

– Conheço bem a lei eterna, Marduk. A penalidade não está disposta com clareza nos fundamentos – silvou Charsoc. – Na melhor das hipóteses, é nebulosa.

Marduk olhou com frieza para Charsoc, os olhos amarelados como se estivesse com icterícia.

– Advirto-o, Charsoc; não se iluda. Minhas fontes revelaram que foi acrescentado um adendo, por decreto de Jeová a Jether, do Supremo Conselho, para proteger a raça dos homens dos decaídos. Os rumores são de que as penalidades *mais severas* recairão sobre os decaídos que violarem os fundamentos.

– Jether e seus rumores! – sibilou Charsoc.

Maelageor meneou as duas cabeças retráteis, encolhidas naquele momento.

– O genoma – falou com sua voz gorgolejante. – Estamos ficando sem tempo, Vossa Excelência.

Lúcifer se levantou.

– Rumores... rumores! – Subiu os degraus, dirigindo-se à Galeria dos Sussurros. Os Murmuradores das Trevas foram ao chão, prostrados. – O Portal de Sinar é nosso *único meio* de levar o genoma à raça dos homens a tempo. O plano *precisa* ser colocado em prática sem demora! Precisamos retomar o controle do portal por tempo suficiente para que Charsoc e o Frasco da Linhagem Sagrada possam atravessá-lo.

Ele olhou para Marduk e Charsoc, situados trinta metros abaixo dele.

– Charsoc – prosseguiu –, vá imediatamente ao Portal de Sinar. Entre no mundo deles em eras passadas, como um sacerdote de alto nível. Você deve ir ao mundo da raça dos homens como meu emissário. Em forma humana. E também vai falar ao Conselho dos Treze sobre a família que escolhi. Faça com que cada detalhe de nossa estratégia seja executado com precisão absoluta. Não podemos nos dar o luxo de equívocos humanos. Quando o plano estiver pronto, na hora indicada para a troca do bebê humano por meu filho, eu mesmo entrarei no mundo dos homens pelos portais do tempo. Astaroth! – chamou. – Acompanhe Charsoc sem demora.

Lúcifer ergueu o cetro.

– Diga a Sargão, o Terrível – continuou –, grande príncipe da Babilônia, e às suas hordas, para acompanhá-lo ao portal e manterem-se lá até a passagem de Charsoc. Quando meu irmão Miguel perceber nossa estratégia diabólica, será tarde demais. Zalaliel e seus guardas já estarão dominados.

– Assim será feito, meu senhor. – Charsoc curvou-se profundamente.

Lúcifer observou enquanto Astaroth passava pelos portões, seguido por Charsoc e pelos Magos da Cabala Sinistra, levando a caixa que continha o Frasco da Linhagem Sagrada.

– Senhor – murmurou Marduk, um brilho maligno nos olhos amarelados –, depois que Charsoc entrar no mundo da raça dos homens pelo Portal de Sinar, ele não poderá mais voltar.

Lúcifer sustentou o olhar de Marduk.

– Ele vai descobrir isso muito em breve.

☆ ☆ ☆

Miguel encontrava-se nas areias peroladas das celestiais praias brancas do Primeiro Céu. Olhava para dois imensos portões de pérolas que se erguiam a distância – a entrada para o Éden. Os exuberantes Jardins Suspensos e cascatas de Jeová, que caíam por mais de mil e quinhentos metros, eram vagamente visíveis pelas brumas índigo que desciam rapidamente do Éden.

Miguel tinha cavalgado até as areias peroladas depois de inspecionar os batalhões nas vastas planícies de ônix. Ainda trajava a armadura cerimonial de combate.

Os espessos cachos trigueiros estavam soltos e caíam sobre a armadura de prata nos ombros largos. A Espada do Estado estava pendurada a seu lado.

Miguel tirou as luvas, fechou os olhos e inalou a suave fragrância de mirra e nardo que vinha das planícies dos Grandes Álamos Brancos do Éden com uma tranquilidade incomum em suas feições.

Jether encontrava-se no alto da escadaria dourada, estudando o guerreiro imperial.

Miguel. Príncipe-chefe da Casa Real de Jeová e comandante dos exércitos do Primeiro Céu. Jether sorriu levemente. Lúcifer tinha um adversário à altura em seu valente e nobre irmão mais jovem.

As fortes feições cinzeladas de Miguel estavam relaxadas. Jether observou Miguel em um de seus raros momentos de descontração. Suspirou. Detestava interromper aquele momento, mas tinha de fazê-lo.

– Miguel – chamou Jether.

Miguel se virou e levantou a mão para Jether em saudação.

– Reverenciado Jether – disse, caminhando rumo à figura de cabelos brancos que descia a escada dourada. – Sabe, parece que se passaram inúmeras luas desde nossa última reunião – exclamou, as covinhas incongruentes amenizando as feições cinzeladas.

Abraçaram-se afetuosamente. Jether assentiu.

– Tenho passado muitas luas no Conselho Sagrado com Jeová, Miguel. – O príncipe-chefe sentiu o aroma de mirra que as brumas do Éden emanavam. – Venha, vamos caminhar. – Jether pegou Miguel pelo braço, os chinelos de coral afundando nas areias peroladas.

Miguel olhou para Jether.

– Você veio por algum motivo grave – falou.

Jether fitou os intensos olhos cor de esmeralda de Miguel. Assentiu.

– Lúcifer escolheu a família?

– Uma dinastia. Uma das treze famílias regentes do Grande Conselho Druida. Já têm um filho. O outro tem dois meses, no ventre. – Jether se deteve e fitou com gravidade o olhar firme e inteligente de Miguel. – Ele será assassinado, morto a sangue-frio. Lúcifer vai colocar o próprio filho no lugar dele.

Jether cerrou os olhos.

– Depois nascerá outro menino – prosseguiu. – É certo. Está escrito nos Projetos de Jeová.

Os olhos de Miguel se estreitaram.

– Três irmãos...

Jether assentiu.

– Como vocês... por desígnio proposital.

– Ele é *diabólico*!

– Entretanto, há outro problema – prosseguiu Jether –; um problema que é de extrema preocupação.

Caminharam pelas areias peroladas e passaram pelas doze imensas colunas brancas da grande pérgula.

– Nossos batedores nos informaram que os decaídos idealizaram um plano para entrar no mundo da raça dos homens.

– Não há nada de novo nisso. Eles violam constantemente o direito de entrada.

Jether se deteve. Virou o rosto na direção de Miguel.

– Em forma humana.

O príncipe-chefe ficou paralisado.

– Mas isso contraria os fundamentos da lei eterna, que são aplicados desde o Gólgota.

Jether assentiu.

– Só há um meio pelo qual o DNA dos decaídos pode ser alterado para se materializar – disse. – Nossa preocupação imediata são os portais dos decaídos...

Miguel encarou Jether com espanto. Horrorizado.

– Mas eles foram selados desde nossa vitória no Gólgota.

Jether observou as ondas prateadas do Mar de Zamar. Sério.

– Nós, do Supremo Conselho, temos razões para crer que Lúcifer vai tentar abrir um dos portais adormecidos. Um deles é mais vulnerável que os outros. Este pode ser invadido com mais facilidade. – Hesitou por alguns instantes.

– O Portal de Sinar – anunciou Gabriel, a voz suave.

Miguel se virou e viu Gabriel aproximando-se deles pela areia, montado em seu cavalo alado. Ele entregou uma missiva a Miguel.

– Interceptada alguns minutos atrás por Joctã, líder de minhas águias reveladoras.

Miguel pegou a missiva da mão de Gabriel e a estudou, pálido, entregando-a depois para Jether.

– Astaroth e seu alto-comando cercam os acessos ao Portal de Sinar enquanto falamos. Vou mobilizar a guarda real. – A um gesto dos dedos de Miguel, no mesmo instante um magnífico cavalo alado negro voou sobre as areias, parando a um metro de onde ele estava.

Jether levantou o rosto da missiva, o rosto enrugado também pálido.

Miguel enfiou o pé no estribo dourado e montou no cavalo preto.

– Mil de meus melhores batalhões, além dos Leões Alados, já guardaram a Babilônia nesses dezenove milênios. Nos últimos setenta anos, porém, foram duzentos guerreiros, na melhor das hipóteses.

Gabriel pousou a mão no braço de Miguel.

– Meu irmão, isso não é o pior. Sargão, o Terrível, o grande príncipe que é o monstro da Babilônia, viaja pelo céu com suas hordas neste momento. Para se encontrar com Astaroth em Sinar.

– Sargão... Zalaliel e seus guardas serão dominados – sussurrou Miguel. – Sargão vai massacrá-los a sangue-frio.

Jether percorria as areias com seus passos.

– Não. – Meneou a cabeça. – Astaroth lidera a Horda Sombria. É o comandante supremo. Ele vai manter o protocolo angelical.

– O tempo corre contra nós, Gabriel – disse Miguel. – Seja rápido com meus exércitos. Devo partir com minha guarda real. – Abaixou a viseira. – *Agora*, preciso ir.

– Que Jeová esteja com você, Miguel – sussurrou Jether enquanto Miguel subia ao céu com seu cavalo alado. Suspirou fundo, fechando os olhos. – Ele está atrasado – murmurou, as feições ainda empalidecidas. – Vejo a batalha sendo travada enquanto falamos... Zalaliel está cercado; estão se rendendo. Charsoc vai entrar no mundo da raça dos homens. Vá, Gabriel. Lidere os exércitos do Primeiro Céu.

Jether encarou Gabriel.

– É a nova estratégia de Lúcifer – prosseguiu. – Ele planeja enviar Charsoc em forma humana até a raça dos homens. Mas por quê? – Um gélido arrepio de mau agouro inundou sua alma. – Vou me consultar com Jeová – murmurou.

CAPÍTULO 10

O PORTAL DE SINAR

A imensa porta de entrada das escadas ascendentes fora arrancada das dobradiças. Zalaliel e duzentos guerreiros estavam alinhados contra as paredes de platina, do lado de fora da entrada, tornozelos e pulsos presos por grandes grilhões de ferro.

As grandes escadas de prata estavam suspensas num cordão dourado, ondulantes contra o céu azul-escuro. No alto do milésimo degrau de prata, apoiados nos braços arqueados de uma galáxia em espiral, ficavam os imensos portões do Portal de Sinar, selados na base pelo grande selo dourado da Casa Real de Jeová.

Astaroth, comandante dos exércitos de Geena, virou-se para Charsoc:

– Miguel já deve ter recebido a notícia de nosso ataque. Não teremos muito tempo antes que os exércitos dele desçam. – Deu um passo à frente, as mãos em luvas pretas segurando a espada. – Sargão da Babilônia, defensor de Geena!

O grande príncipe da Babilônia se apresentou. Seus cabelos ruivos e fartos desciam soltos até as pernas. Uma saliva espessa e amarelada gotejava de seus lábios azulados e finos, os olhos avermelhados brilhando. Astaroth acenou para ele.

– Guerreiros do inferno! – gritou Sargão.

A Horda Sombria deu um passo à frente, as tranças negras cobrindo as costas de todos. Estavam dotados de poderosas armas, desenvolvidas pelos gêmeos de Malfecium, prontos para agir.

– Abram o selo!

Os guerreiros avançaram e, juntando forças, ergueram os enormes canhões táticos a laser. Como se fossem um só, canalizaram os ardentes feixes de laser na direção do alvo. O ar explodiu sob o enorme selo que protegia os portões do portal. Este, no entanto, manteve-se firmemente fechado.

Charsoc franziu o cenho.

– Mais uma vez! – Sargão berrou, frustrado, e um segundo batalhão de seus guerreiros se apresentou. Miraram as avançadas armas de pulsos eletromagnéticos no selo dourado. Violentos raios ardentes cor de rubi irromperam do selo, lançando todo o batalhão ao chão. – Aaaaah! – gritou Sargão ao cair de joelhos, agarrando a cabeça em agonia. – As feitiçarias de Jeová!

Charsoc caminhou até o portal, os olhos estreitados.

– Deixe-me tentar do bom e velho modo – falou, tirando uma pedra em tons de rubi do peitoral. Segurou-a sobre o centro do selo. Ela se encaixou nele com perfeição, e ele a girou dois terços em sentido anti-horário. Depois, aguardou, enquanto se fez o mais absoluto silêncio. Em seguida, uma explosão ensurdecedora fez com que o monstruoso campo de força de cobre pulsante do Portal de Sinar subisse trezentos metros rumo ao Segundo Céu.

Charsoc sorriu. Tudo saíra exatamente como previra. Uma fenda elétrica azul e reluzente percorreu toda a seção intermediária do campo de força.

O campo de força interdimensional fora rompido.

Observou, extasiado, quando milhares de ardentes ondas eletromagnéticas vermelhas irromperam da superfície. O conversor de DNA do campo de força estava sendo reativado.

Charsoc se virou. Sargão e seus batalhões corriam em direção a Miguel e sua guarda real, que travavam feroz combate com os soldados da retaguarda de Astaroth, posicionados a cerca de mil degraus abaixo, na entrada das escadas ascendentes.

Charsoc observou com atenção os batalhões de Sargão chegando aos portões. Com Astaroth e seus guerreiros, atacaram brutalmente as tropas de Miguel. Sargão e dezoito membros de sua horda cercaram o príncipe-chefe. Miguel e sua guarda real combateram ferozmente, mas Charsoc sabia que estavam em franca desvantagem numérica. Assim com sabia também que Gabriel logo estaria no encalço de Miguel com os exércitos do Primeiro Céu. Ele estava a apenas alguns minutos de distância.

Charsoc tinha certeza de uma coisa: precisava entrar sem demora no mundo da raça dos homens com o genoma. O tempo urgia.

Fez um gesto para Dracul – líder dos Reis Feiticeiros do Ocidente e antigo líder dos Senhores do Tempo. Os treze Senhores do Tempo formaram um círculo completo e depois levantaram as capas negras. Raios verdes escaldantes irromperam das pontas dos dedos dos Reis Feiticeiros, atingindo a ruptura no campo de força. O limiar interdimensional do portal se abria.

– Charsoc, o Sinistro: você, o decaído, adentre a raça dos homens com a imagem deles! – sibilou Dracul.

Charsoc olhou de relance para trás no momento exato em que Miguel, ainda em combate violento, foi atingido selvagemente nas escadas ascendentes por Sargão e seus asseclas, que o lançaram com crueldade ao chão, na base do campo de força.

Charsoc ascendeu sessenta metros no ar acima de Miguel, onde ficou pairando, imerso por completo nas ardentes ondas vermelhas do campo de força, o corpo todo vibrando sob uma frequência imponderavelmente alta.

Miguel, vencido e ferido, observou com olhos enevoados a reestruturação do DNA de Charsoc.

As ardentes ondas vermelhas passaram pela forma de Charsoc, com seus dois metros e setenta de altura. Ele encolheu, reduzindo-se a apenas um metro e noventa. Sua barba, que ia até o chão, desapareceu; os longos cabelos negros ficaram grisalhos, com apenas um centímetro de comprimento. Os olhos cegos ganharam íris, e agora ele enxergava, tal como os homens.

Dracul abriu a caixa e tirou o Frasco da Linhagem Sagrada com cuidado.

Miguel observou a cena, horrorizado. Não tinha dúvidas quanto a seu conteúdo. Enquanto isso, Charsoc abriu a mão. O frasco voou até ela no instante em que o limiar interdimensional se abriu plenamente, a Babilônia ficando visível para o Segundo Céu.

Charsoc desapareceu.

Sargão agarrou Miguel pelas costas com suas grandes mãos imundas, a espada apoiada na garganta do arcanjo. Os outros que compunham as hordas de Sargão renderam os guerreiros de Miguel.

Sargão olhou para Astaroth, gotas espessas de saliva amarelada escorrendo dos tocos escuros que eram seus dentes.

– Vamos terminar a tarefa – rosnou. – Massacraremos seu príncipe e comandante. Vamos mandá-lo ao abismo.

Miguel, da posição inferior que estava, olhou para cima, furioso.

– Você está infringindo os fundamentos da lei eterna – gritou o arcanjo, debatendo-se com violência sob o jugo selvagem de Sargão. – Astaroth, Gabriel está vindo para cá enquanto falamos, com os exércitos do Primeiro Céu. Renda-se enquanto pode...

Astaroth ficou em silêncio, de costas para Miguel e Sargão.

Sargão apertou a espada na garganta de Miguel até um fluido azul, parecido com sangue, escorrer do pescoço dele.

– Astaroth... – Miguel se esforçava para respirar. – O protocolo... Você, entre tantos...

– Abaixe as armas, Sargão. – A voz de Astaroth era suave. – Concluímos nossa tarefa. Charsoc e o Frasco Sagrado passaram pelo limiar interdimensional. – Ele meneou a cabeça para Sargão. – O príncipe-chefe está sem armas. Ele se rendeu. Não viole o protocolo angelical.

Sargão olhou com ódio para Astaroth.

– Nós, os decaídos, não obedecemos o protocolo angelical – rosnou.

Astaroth foi até ele e agarrou os imundos cabelos vermelhos. Arrancando a espada de Sargão de sua mão, puxou-o para cima, até que os dois guerreiros gigantescos ficassem face a face. O rosto marcado e sulcado de Sargão estava a apenas dois centímetros das impressionantes feições imperiais de Astaroth.

– Nós, os decaídos – murmurou Astaroth entredentes –, não somos vândalos bárbaros. Somos *guerreiros*. Respeitamos a disciplina.

– Seu sentimentalismo turva seu julgamento – bradou Sargão, olhando para Miguel e depois para Astaroth. – Vai pagar com sua *cabeça*, Astaroth! – falou, chutando Miguel com brutalidade. – Você foi compatriota dele por tempo demais! – Depois, virou-se para os seus batalhões com um maléfico sorriso de escárnio no rosto. Com um golpe violento, lançou Astaroth ao chão e em seguida lambeu os lábios depravadamente. – Vamos seguir Charsoc até o mundo dos homens! Vamos nos divertir um pouco.

– Não! – gritou Astaroth.

Miguel observou, horrorizado, enquanto duas grandes asas negras se erguiam dos ombros colossais de Sargão. Este se elevou até as ardentes ondas vermelhas, seguido por quinhentos decaídos.

Astaroth se levantou, trêmulo, sem nada poder fazer enquanto fileiras e fileiras de suas tropas seguiam as forças de Sargão, até restar apenas o próprio Astaroth.

Ele fitou o horizonte. Gabriel e os exércitos do Primeiro Céu desciam em direção a eles.

– É tarde demais – sussurrou Astaroth. – Não posso me render. – Ele caminhou lentamente até o portal.

– Você está infringindo a lei eterna! – gritou Miguel. – Não será nada bom para você. Há um adendo!

Astaroth postou-se à entrada do portal, virando-se ligeiramente para encarar Miguel.

– Meu caminho está traçado.

– Astaroth! – Miguel tentou segurar o braço dele, mas Astaroth já estava além de seu alcance, adentrando o limiar do Portal de Sinar.

Em seguida, desapareceu.

Rumo ao mundo da raça dos homens.

CAPÍTULO II

CONSELHO DOS TREZE

1981
UMA SEMANA DEPOIS
"A MILHA QUADRADA"
RIO TAMISA, MARGEM NORTE
LONDRES, INGLATERRA

Charsoc detestava a cor negra. Detestava o ar lúgubre da Terra. Detestava a raça dos homens. No momento, porém, estava a serviço de seu mestre, e suas opções encontravam-se seriamente limitadas.

Perguntou-se como Jether estaria reagindo à notícia de seu ingresso no mundo da raça dos homens. Como um deles. Enterrou as unhas na palma da mão. Pensar em Jether, por mais fugaz que fosse o momento, irritava-o. Quanto tempo precisaria passar naquele infernal corpo humano inferior? Sua pressão arterial devia estar nas alturas. Suspirou.

O fim justifica os meios. E os fins de seu mestre eram, sem dúvida, diferentes dos fins dos treze homens que aguardavam em silêncio no recinto.

Inclinou-se em seu trono minuciosamente entalhado e inspecionou os treze, que trajavam vestes cor de carvão e estavam sentados ao redor da grande mesa encerada.

O Grande Conselho Druida dos Illuminati.

Treze sumos sacerdotes e Reis Feiticeiros.

Os mais poderosos bruxos e magos que existiam no mundo da raça dos homens, com linhagens ancestrais calcadas nas mais hediondas práticas satânicas e ocultistas, que remontavam ao próprio Nimrod.

À noite, conspiravam e se dedicavam a práticas ocultistas dissimuladas e iníquas, realizando milhares de rituais e abusos satânicos, sequestros de crianças, sacrifícios de sangue, tráfico humano e de drogas e assassinatos rituais.

Eram arquitetos cruéis e frios de incontáveis atrocidades terroristas; assassinatos e golpes sangrentos que ocupavam as primeiras páginas dos jornais do mundo oriental e ocidental.

De dia, retomavam as respectivas existências respeitáveis e estabelecidas em Londres, Berlim, Nova York, Washington, Los Angeles, Roma, Tóquio e Zurique.

Eram financistas globais, especialistas em espionagem, barões do petróleo, magnatas da comunicação, CEOs em setores militares e industriais, banqueiros do Vaticano.

Os controladores dos Illuminati.

Treze famílias regentes da Nova Ordem Mundial, que só respondiam a uma pessoa.

O grande mestre deles: Lúcifer.

Suas cabeças encontravam-se abaixadas, os olhos cerrados.

O único movimento era o tremular de 66 velas negras que cercavam o Sigilo dourado de Baphomet, depositado no centro da mesa.

"A raça dos homens e suas feitiçarias infantis", pensou Charsoc.

Piers Aspinall se levantou.

– É nosso privilégio ter conosco o barão Kester von Slagel, emissário de Lorcan De Molay, nesta ocasião tão importante. – Curvou-se para Charsoc. – Barão Von Slagel, pode nos conceder o privilégio de fazer a oferenda do cálice?

– A família foi escolhida por nosso mestre, Sua Excelência – declarou Charsoc. – Mas, antes de revelar a escolha de Sua Excelência, compartilharemos o Cálice de Diabolus.

Ele tirou devagar as luvas cinza-claras, um dedo de cada vez, e depois ergueu o cálice.

– Ao bebermos o sangue dos inocentes que foram sacrificados para a oferenda nessa mesa, reafirmamos nosso compromisso com o Caminho da Esquerda. Juramos nos vingar do Gólgota. Juramos eliminar o sacrifício de sangue do Nazareno. – Sorveu o sangue fresco do bebê recém-sacrificado. – Ao Gólgota.

Os treze Reis Feiticeiros ergueram seus cálices.

– Ao Gólgota!

Beberam ao mesmo tempo.

Charsoc assentiu, e dois homens em libré dirigiram-se às janelas e puxaram as pesadas cortinas de veludo carmim, revelando o característico clima depressivo do céu pesado de Londres. Depois, saíram, deixando ali um guarda-costas de um metro e oitenta de altura com feições marcantes tomando conta da porta.

Sir Piers Aspinall, chefe da Inteligência britânica, o MI6, levantou-se. Olhou para o guarda e arqueou as sobrancelhas para Charsoc.

– Travis é um dos nossos. – Charsoc olhou para Astaroth. – Forças Especiais.

Aspinall assentiu, tirando da maleta uma pasta preta com o timbre dos Illuminati, marcada também com a informação "altamente sigiloso". Entregou-a a Charsoc.

– Esperamos séculos e séculos. Enfim, a família foi escolhida.

Charsoc observou os treze homens ao redor da mesa. Todos os olhares convergiam para a pasta em sua mão.

– O "príncipe" será colocado na família escolhida pessoalmente por Sua Reverência. – Kester von Slagel sorriu. – Na família de alguém que está conosco nesta mesa. – Hesitou. – Na família de um servo *muito dedicado* dos decaídos. – Dirigiu o olhar para um homem alto e de aparência distinta, com cinquenta e tantos anos, feições imperiosas e um bigode grisalho, sentado bem diante dele.

Julius De Vere. Presidente do conselho das empresas da dinastia bancária De Vere e da indústria de comunicações da família, com escritórios na Europa e em Nova York.

– Na família De Vere.

Xavier Chessler assentiu.

– Um início vantajoso para a semente de nosso mestre. As decisões de nosso mestre são impecáveis.

Raffaele Lombardi, patriarca da família da Nobreza Negra de Veneza e diretor do Banco do Vaticano, franziu o cenho.

– Julius... – disse Lombardi. Julius De Vere encontrava-se sentado longe de Lombardi. O semblante inescrutável. – Como todos sabemos, você é um estimado referencial do Caminho da Esquerda – prosseguiu Lombardi em seu forte sotaque italiano.

– E serei, eternamente – murmurou o velho –, um discípulo dedicado do nosso mestre. – Passou os dedos de leve sobre o pulso. No mesmo instante, uma estranha marca azul se iluminou ali.

A marca do Rei Feiticeiro. Julius De Vere era um dentre apenas três pessoas que tinham essa marca: um pacto entre Lúcifer e alguns membros da raça dos homens. Ele se voltou para para Lombardi, o olhar indecifrável.

– Infelizmente – falou Lombardi, devolvendo-lhe o olhar frio –, seu próprio filho, concebido por seu sangue, parece não seguir as ambições da Fraternidade com o mesmo... hum... – acariciou o broche maçônico com pedras preciosas na lapela – ... *fervor*. James De Vere é essencial ao nosso plano. – Fez uma pausa. – Pelo menos por ora.

Julius De Vere olhou para Lombardi sob as sobrancelhas grisalhas e espessas. Seus olhos negros tinham o lume da inteligência. Os lábios finos se abriram em um sorriso.

– Suas ambições fervorosamente alimentadas para seus próprios quatro filhos não passam em branco nesta mesa, Raffaelle. Lombardi se contorceu na cadeira.

– Estou bem a par do fato de que meu único filho, lamentavelmente, segue os passos de minha primeira esposa – continuou. – Embora ela fosse uma de nós, tornou-se... digamos... *pouco receptiva* ao nosso modo de vida. Sofreu um acidente desafortunado. Meu filho é fraco, tal como a mãe dele foi. Ele tem tendência à idoneidade. – Os olhos de Julius De Vere se endureceram. – E nenhuma propensão para sujar as mãos. Estou bem ciente de suas deficiências. Vou me assegurar de que sejam usadas em nosso proveito. Depois, ele se tornará dispensável. Assim como meu pai e o pai dele – prosseguiu –, aguardamos com ansiedade por este dia, na expectativa de que nossa família fosse escolhida para a tarefa sagrada. Para isso, construímos, ao longo de cinco gerações, bancos e empresas petrolíferas, e também de comunicações, preparando-nos para a rápida ascensão de nosso filho "adotivo" pelos escalões da raça dos homens. Todos os nossos recursos estão à disposição da Fraternidade.

Kester von Slagel abriu um tênue sorriso.

– Você é *muito* generoso, Julius. Nosso Mestre se sente grato. Assim, podemos contar com a total colaboração de sua família?

– Meu filho fará qualquer coisa para proteger a família dele. Vou me assegurar de sua total cooperação.

– O plano não deve ser revelado a James De Vere – acrescentou Vincent Carnegie. – Não podemos correr riscos. Ele não pode saber da troca dos bebês.

Julius De Vere assentiu.

– Meu filho não deve ficar a par dos fatos. Ele vai criar esse bebê como se fosse dele, sem saber do clone. Faremos nossas exigências. Embora ignore nossa estratégia velada, ele vai obedecer a todas as instruções. Sua passividade vai pesar a nosso favor.

– Ele será eliminado na hora indicada? – perguntou Lombardi.

– Caso eu morra antes, Chessler vai garantir seu silêncio.

Xavier Chessler, loiro, de olhos azuis, um norte-americano típico, recém-indicado a vice-presidente do conselho do Chase Manhattan Bank, assentiu.

– James De Vere e eu compartilhamos um quarto no *campus* de Yale. Ele foi Mestre dos Ossos. Seus ancestrais aderiram lealmente às nossas políticas. James confia em mim, Vincent. Vou ficar de olho nele. Cuidarei de nossos interesses. Ele não suspeitará de nada, nem por um segundo.

– Quando o clone de Lorcan fizer quarenta anos, o Primeiro Selo será rompido. Ele assumirá o poder mundial. – Dieter von Hallstein, ex-chanceler da Alemanha, voltou-se para De Vere. – Depois desse momento, *todos* serão dispensáveis. Seu filho, sua nora... – A voz dele era suave, mas intensa. Fez uma pausa. – Seus netos também, Julius. Todos devem ser exterminados. O primeiro será executado na troca pelo clone, e os demais, depois que o clone fizer quarenta anos. Isso é aceitável para você?

– Meus netos... – Julius De Vere baforou demoradamente seu charuto.

– Serão sacrificados em nome de um bem maior – acrescentou Von Hallstein. – Em nome da Nova Ordem Mundial. O domínio de nosso mestre.

Julius De Vere assentiu.

– Os termos me são aceitáveis.

Kester von Slagel fez um gesto de cabeça para Piers Aspinall, que pegou um documento e o entregou a Von Slagel. Este o revisou e depois o entregou a De Vere.

– Sua assinatura. As sentenças de morte de vocês.

De Vere o analisou, tirou uma caneta-tinteiro do bolso e rabiscou seu nome com tinta verde em quatro movimentos largos, um em cada uma das quatro páginas. Kester von Slagel acenou para Aspinall.

– Muito obrigado. – Aspinall tornou a guardar o documento em sua maleta.

O olhar de Ethan St. Clair se perdeu em um ponto acima dele.

– O garoto crescerá na Europa e será educado na escola de nossos pais – falou. – Nossos irmãos escoceses vão informar Gordonstoun de que receberão um pupilo “especial”.

Aspinall baixou o cachimbo.

– Nossos amigos mais chegados em Washington vão fazer a James De Vere uma oferta que ele não poderá recusar: a Embaixada no Reino Unido. Com isso, vamos nos assegurar de que o garoto chegará à maturidade na Europa. Isso é essencial para o nosso plano do Governo Mundial Único.

– Meu estimado colega, Julius, está, como sabemos, encarregado do Fundo de Seguridade Internacional. – Naotake Yoshido, presidente do conselho da dinastia bancária japonesa Yoshido, expressou com voz suave e cultivada.

Julius De Vere assentiu.

– Nas próximas duas décadas – prosseguiu Yoshido, dirigindo-se à mesa –, com a supervisão de Julius De Vere, orquestraremos a maior e mais sigilosa operação privada de aplicações financeiras da história da humanidade. Meu estimado colega Julius De Vere e eu propomos começar o fundo como um gesto de nossa boa vontade. – De Vere fez que sim para Yoshido. – Um pequeno gesto de vinte trilhões de dólares – acrescentou Yoshido.

Um murmúrio de aprovação se fez ouvir ao redor da mesa.

– Sua generosidade será grandemente recompensada por nosso mestre – disse Von Slagel com simpatia. Ambos são dedicados servidores dos decaídos.

– O fundo será baseado em Zurique – prosseguiu De Vere. – Suas conexões serão um milhar de instituições da União Europeia; com isso, ninguém poderá associá-lo à Fraternidade. Por volta de 2021, o fundo fiduciário conterá mais de duzentos trilhões de dólares. O ano em que nosso clone estará a postos. Equipado com recursos tão ilimitados, bem como com o fundo privado que amealhei para ele nos cofres da família De Vere, a Fraternidade terá recursos financeiros suficientes para corromper todos os presidentes, primeiros-ministros, parlamentares, agentes da Inteligência e figuras políticas mundiais durante o resto deste século, para o cumprimento de nossas metas.

Aspinall pegou uma segunda pasta e a passou para Von Slagel, que estudou os papéis.

– Lilian De Vere, sua nora, sofreu três abortos. Ela tem feito tratamento de fertilidade com um especialista que está a serviço da Fraternidade, o doutor Morice. Ele confirmou que ela está grávida de onze semanas. Conforme a estratégia que adotamos, a família vai de Nova York para Londres no outono, como é de costume. – Kester von Slagel desviou o olhar dos documentos. – Para que nosso mestre execute a estratégia da Fraternidade para seu futuro político, é essencial que o clone de Lorcan nasça na Grã-Bretanha. Lilian De Vere será clara e determinadamente aconselhada a dar à luz no Reino Unido, devendo parar com as viagens pelo resto da gravidez.

De Vere assentiu.

– Ela foi controlada desde a infância.

Von Slagel continuou:

– Foi planejado que o nascimento coincida com o solstício de inverno e que o parto seja feito na clínica particular e altamente exclusiva que ela frequenta em Londres. Estamos cientes de que ela vai preferir ser atendida por Rupert Percival, seu obstetra inglês. Percival será "substituído" discretamente por um sósia da Fraternidade no momento da troca. Sendo assim, o cientista genético que vai incubar o clone de Lorcan foi escolhido após uma ampla investigação para se adequar a nosso perfil. Ele é escocês. Cinquenta e seis anos. Solteiro e sem filhos. Um solitário, dedicado apenas ao campo científico. Recebeu o Prêmio Nobel de 1978 pela profunda contribuição para a pesquisa genética. Foi o cientista responsável pelos programas de clonagem de Los Alamos entre 1977 e 1979.

Ethan St. Clair franziu a testa.

– Ele não é da Fraternidade.

Os olhos de Von Slagel se estreitaram.

– Ele é a maior autoridade mundial em clonagem animal e híbrida. É essencial para a nossa tarefa. Não podemos tolerar erros. Na noite passada – prosseguiu Von Slagel –, o genoma de Sua Reverência foi posto nas mãos do cientista no laboratório em Marazion, na Cornualha. Ele recebeu os planos para a clonagem e toda a tecnologia necessária para concluir a tarefa. O DNA do genoma foi reconstruído de modo proposital para coincidir precisamente com a data de nascimento projetada para o bebê humano.

Aspinall o interrompeu:

– É uma operação secreta das Forças Especiais. A identidade do genoma não lhe será revelada.

– O cientista está ciente de que está lidando com material não humano? – perguntou Ethan St. Clair.

– Sabe apenas que é um material "alienígena" – rebateu Aspinall. – Ele passou anos lidando com experimentos híbridos entre alienígenas e humanos nas bases subterrâneas das Forças Especiais. É um homem que não faz perguntas. Tampouco espera respostas. E é brilhante. Lamentavelmente, assim que o procedimento estiver completo, terá de sofrer um acidente catastrófico.

Kester von Slagel se levantou.

– Sua Reverência indicou que está satisfeito com os procedimentos. O clone de Lorcan... – hesitou – ... será concebido como uma réplica exata de seu pai. – Caminhou de um lado para outro da sala. – E, agora, estudemos a linha do tempo, cavalheiros. O "príncipe" será iniciado nas criptas do Vaticano por Sua Reverência e pelos elementos sombrios dos jesuítas. Depois, será transferido de Londres para Roma. O bebê De Vere e o "príncipe" serão trocados na noite do nascimento do bebê: 21 de dezembro de 1981. O bebê De Vere será morto. James e Lilian De Vere nunca terão conhecimento da troca. Vão criar o "príncipe" como seu fosse o próprio filho deles.

Von Slagel voltou-se para os treze homens presentes na sala.

– Um Governo Mundial Único. Liderado por nosso messias – completou. Fez um gesto para Piers Aspinall. – Por favor, diga-nos quais são as aspirações da Fraternidade para a "cidade" nas quatro próximas décadas, Aspinall.

Piers Aspinall tirou um par de óculos com armação metálica de um estojo de couro. Colocou-os e começou a ler o conteúdo de um maço de papéis marcados com a informação: "altamente sigiloso".

– Por volta de 2008, projetamos que o giro diário de moeda estrangeira na Milha Quadrada de Londres deva exceder 1,6 bilhão de dólares; a "cidade" vai abrigar 22 por cento do mercado global de investimentos;

70 por cento do giro de obrigações em euros; pelo menos 263 bilhões de libras como receita mundial de prêmios de seguros; 1,7 trilhão de libras de ativos de fundos de pensão. Prevemos uma participação global da ordem de 43 por cento do mercado de derivativos de balcão, além de uma fatia de 18 por cento de todos os ativos de fundos de *hedging* globais no Reino Unido. Por volta de 2012, a Milha Quadrada será o principal centro ocidental para finanças islâmicas. Tudo nas mãos da Fraternidade...

Von Slagel caminhou até a janela, contemplando a extensão de 274 hectares diante dele.

– A mais valiosa milha quadrada na face da Terra – murmurou. – Atingimos as metas do nosso mestre neste século que se encerra, cavalheiros. "A cidade": uma empresa particular que não está sujeita nem à rainha nem ao Parlamento, cavalheiros – disse Von Slagel. – Contemplem nosso segredo. Lembrem-se de que o fim justifica os meios.

Os homens acompanharam o olhar de Von Slagel, enquanto ele próprio fitava o Banco da Inglaterra, a Bolsa de Valores, o Lloyd's de Londres, a rua Fleet e a Bolsa de Mercadorias de Londres.

– E que o sábio se vale de todos os meios...

Capítulo 12

Revelação

Jether percorreu a passagem secreta e anônima que levava à Sala do Trono do Primeiro Céu, até os sinuosos labirintos da Sétima Cúspide, passando sob os domos sagrados e chegando à Torre dos Ventos. Deteve-se diante da pequena porta em filigrana de prata do Jardim Murado das Tempestades, encostando o anel de ônix no buraco da fechadura. A porta deslizou e se abriu para os vastos e exuberantes jardins da Torre dos Ventos.

Obadiah, assistente de Jether, um aprendiz pertencente à antiga raça angelical com as características da juventude eterna, dotado de notável curiosidade e cachos de um alaranjado claro, encontrava-se em estado de beatitude, alheio à chegada de Jether.

Estava pendurado numa árvore com as pernas curtas e grossas enroladas em um dos galhos, colhendo avidamente docinhos de um galho baixo, repleto de flores brancas, e enfiando-os, seis de cada vez, na boca já repleta.

– Hã-hã – fez Jether, pigarreando.

Obadiah o encarou, os olhos arregalados, e despencou com um barulho alto e abafado sobre um leito de primaveras, esmagando as flores. As primaveras deixaram escapar um suspiro. Obadiah se recompôs e correu até Jether, agarrando a cauda de cetim do manto e limpando minuciosamente as mãos pegajosas no tecido.

Jether olhou-o com irritação e saiu andando rapidamente em meio às fontes de água e às sebes bem cuidadas.

Os cachos alaranjados de Obadiah esvoaçavam em desalinho enquanto ele tentava, em desespero, acompanhar seu ágil mestre. Olhou cupidamente para outra árvore enquanto passavam por ela, esta carregada de docinhos de morango; pegou um grande doce azul e abriu a boca. O doce voou de sua mão e foi parar na palma da mão de Jether.

– Já falei, Obadiah – disse Jether em um tom deliberadamente severo. – Tenho olhos na parte *de trás* da cabeça! – Jether se virou e meneou a cabeça para o lânguido Obadiah, depois levou o doce sem nenhuma pressa à própria boca, os olhos piscando de júbilo.

Obadiah continuou a acompanhá-lo, dócil, em uma mescla de alta velocidade e clara reverência, as pernas curtas quase voando. Acompanhava Jether com enlevo.

O ancião caminhava até o centro dos jardins da torre, onde havia uma grande mesa dourada em torno da qual o Conselho de Jeová estava sentado em vinte e três tronos dourados, as longas barbas e os cabelos esvoaçando sob os zéfiros azuis.

Cada ancião usava uma coroa de ouro, exceto um, Xacheriel, que usava uma touca de proteção laranja.

Com um puxão forte, Jether libertou a cauda do manto dos dedinhos grudentos de Obadiah e se sentou à cabeceira da mesa.

Olhou espantado para Xacheriel e franziu o cenho, fixando-se no chapéu. Xacheriel também franziu a testa e fez um gesto na direção de outro aprendiz, seu próprio assistente, Dimnah, que correu até ele levando-lhe a coroa dourada de ancião. Uma substância estranha, algo que se parecia com geleia com pedaços de fruta, que Jether considerou muito semelhante aos restos do desjejum favorito de Xacheriel – uma notável mistura de uma espécie de biscoito com uma substância azulada que ele havia idealizado –, estava espalhada sobre o rubi central. Resmungando, Xacheriel tirou a touca laranja que usava nos experimentos científicos mais imprevisíveis. Com um suspiro alto, pegou a coroa de ouro das mãos de Dimnah e a ajeitou sobre a cabeça.

Jether observou os anciões, curvando-se para cada um deles antes de se acomodar pesadamente em seu trono de jacinto. Levantou a mão, e no mesmo instante os zéfiros se tornaram uma brisa suave.

– Baixemos a cabeça em súplica, meus amigos e compatriotas. – E, como se fossem um só, os membros do Supremo Conselho abaixaram as cabeças brancas e coroadas.

Dimnah ainda fazia profusas reverências a Xacheriel.

Xacheriel meneou a cabeça com veemência para Dimnah, mas em vão. Os olhos do aprendiz ainda estavam cerrados com firmeza, em êxtase, enquanto prosseguia em suas fervorosas homenagens, batendo a testa na grama com força a cada movimento, causando um estranho som surdo de colisão.

Jether abriu um dos olhos para investigar a causa do ruído incessante.

– Dimnah: PARE! – berrou tão alto Xacheriel, que Lamaliel, o Gentil, sentado à direita de Xacheriel, caiu do trono sobre a grama.

Quando Xacheriel se abaixou para ajudar Lamaliel a se levantar, as galochas excessivamente grandes se enroscaram nos trajes de Lamaliel, e Obadiah e Dimnah correram para ajudá-lo. Xacheriel caiu com toda a força sobre o pobre Lamaliel, enquanto Obadiah e Dimnah desabavam sobre o primeiro.

Jether conteve o riso com um guardanapo enquanto Issachar e Matusalém auxiliavam com gentileza o esbaforido Xacheriel e o enrubescido Lamaliel a se levantarem.

– Mil perdões; mil perdões, reverenciado Lamaliel – Xacheriel balbuciou.

– Uma grande aventura. Uma grande aventura, com certeza, caríssimo compatriota. – Os olhos de Lamaliel brilhavam de euforia enquanto limpava a coroa.

– Recuperou-se, venerável Lamaliel? – Jether tentou recompor suas feições.

– Um revigorante interlúdio para minhas súplicas sagradas – respondeu Lamaliel.

– Diversões ligeiras sempre têm seu lugar no céu – suspirou Jether. – Mas hoje temos assuntos pesados para discutir. Obadiah, Dimnah, estão dispensados. – Ficou observando enquanto as perninhas roliças dos dois aprendizes desciam pela escada dourada da Torre dos Ventos. Suspirou. – Ah, como é bom ser aprendiz... uma existência tão descomplicada. Mas vamos dar início ao conselho, reverenciados compatriotas. Estamos reunidos aqui hoje para tratar de questões graves.

Jether mergulhou o rosto no imenso códice em filigrana dourada aberto à sua frente. Após alguns momentos, ergueu o rosto para os anciões.

– Faz quase dois mil anos desde que Lúcifer foi derrotado no Gólgota. – Fez uma pausa para que suas palavras surtissem efeito.

Maheel ergueu a cabeça grisalha.

– A Grande Batalha do Armagedom se aproxima.

Issachar assentiu.

– Lúcifer sabe disso. No Gólgota, um terço dos decaídos foram fragorosamente derrotados por nossos exércitos.

– Lúcifer jurou que isso nunca mais tornaria a acontecer – respondeu Jether. – E, como todos sabem, ele idealizou um esquema. Um plano diabólico. – Estudou os anciões ali reunidos. – Um plano para conceber o seu messias. O Filho de Perdição.

Todos os olhares estavam cravados nele.

– Meu reverenciado compatriota Issachar, por favor, transmita as descobertas do conselho.

Issachar, o Sábio dobrou as mãos. Suas feições, em geral gentis, estavam sérias.

– Meus honrados compatriotas, nossas descobertas são ruins para a raça dos homens. Através desse messias, a intenção de Lúcifer é controlar o mundo da raça dos homens, instituindo a Nova Ordem Mundial. Um Governo Mundial Único. Sua meta é controlar os sistemas bancários, o complexo militar-industrial, as comunidades secretas e de Inteligência dos governos, os cartéis farmacêuticos e das drogas, e a comunicação em massa. – Issachar soltou um suspiro. – Suas ambições são intermináveis. – Fez uma pausa. – Por meio desse messias, Lúcifer planeja governar pessoalmente o mundo da raça dos homens.

– Obrigado, Issachar. – Jether analisou os semblantes ao redor da mesa. – Até agora, a raça dos homens não tinha capacidade para produzir um clone. – Deteve-se por um instante. – No entanto, o progresso tecnológico humano acelerou-se muito nesta última década. Tivemos a informação de que Lúcifer criou um clone no mundo da raça dos homens – prosseguiu Jether. – Um clone que terá seu próprio DNA.

O Supremo Conselho olhou chocado para Jether.

Lamaliel manifestou-se:

– Ele não quer mais depender de Stalins nem de Hitlers desse mundo, que o desapontaram.

– Disse-o bem, honrado Lamaliel. – Jether virou-se para Xacheriel. – Como reverenciado curador de ciências e de universos de Jeová, por favor, apresente os fatos científicos do caso.

Xacheriel desvencilhou os pés calçados com enormes galochas amarelas da parte de baixo da mesa e se levantou.

– Hum-hum – pigarreou com alarido. Depois, levou o monóculo ao olho e folheou seus documentos científicos. – Honrados compatriotas, meu reverenciado Jether. – A voz do cientista estava trêmula de emoção. – Diferentemente do nascimento de Christos, o nascimento do messias de Lúcifer não será sobrenatural. Será um feito da engenharia biogenética, realizado pelos iníquos e talentosos cientistas luciferianos: os gêmeos de Malfecium, meus *próprios* protegidos durante anos aqui, nos portais científicos do Primeiro Céu. – Xacheriel ficou vermelho como uma beterraba devido à indignação.

– Por favor, *acalme-se*, meu velho amigo – ponderou Jether com gentileza. – A época de tais traições em nosso mundo pertence ao passado distante.

Xacheriel olhou fixamente para os anciões reunidos ao redor da mesa sob as grandes e espessas sobrancelhas brancas, e jogou seus documentos na mesa.

– São mascotes de Lúcifer – falou, franzindo o cenho. – Na *melhor* das hipóteses, podem ser chamados de depravados engenheiros biogenéticos.

Jether o advertiu com o olhar. Xacheriel respirou fundo.

– Bem... o fato é que... – murmurou Xacheriel, organizando novamente os papéis. – Há mais de dois mil anos, sob os domos de Vagen, a mil e seiscentos quilômetros sob os Labirintos de Angor, repousa um sarcófago guardado pelos gêmeos de Malfecium. O Sarcófago das Fúrias. Nele, encontra-se o Frasco da Linhagem Sagrada. Ele contém um único genoma. – Olhou para os anciões de forma preocupante. – O genoma *de Lúcifer*. – Xacheriel sentou-se pesadamente no trono. – A partir do que ele poderia criar um clone...

– É uma réplica de si mesmo – prosseguiu Jether. – É sua estratégia mais covarde. – Fez um gesto para o cálice que estava à direita de Xacheriel. – Por favor, beba um pouco do elixir para se acalmar e depois prossiga, meu velho amigo.

Xacheriel sorveu um gole ruidoso do néctar de campânula. Issachar tampou o ouvido com a mão enquanto Xacheriel estalava os lábios vermelhos e generosamente grandes, recolocando o monóculo.

– Os cientistas estão preparados desde quando Alexandre governava o mundo. Estiveram preparados durante os expurgos de Stalin, e chegaram muito perto durante o reinado de terror de Hitler. – Mais uma vez folheou os papéis, nos quais se viam manchas de geleia. – O Instituto Kaiser Wilhelm de Hereditariedade Humana e Eugenia foi o centro dos mais depravados experimentos genéticos e eugênicos de Hitler. Othmar von Verschuer, Grebe, Mengele... todos uns *monstros depravados*!

Jether franziu a testa.

– Todos tinham uma meta, instigada por seu mestre das sombras. *Clonagem*... Mas nem os cientistas nazistas, com sua tecnologia avançada, tiveram capacidade para criar o clone a partir da semente de Lúcifer.

Xacheriel se levantou e caminhou entre os lupinos em flor, imerso em pensamentos, as grandes galochas esmagando os botões. Assim que erguia o pé, as flores voltavam ao normal. Perfeitas.

– Em 1943, meus compatriotas, cada etapa resultou em fracasso. Era tecnologicamente impossível criar um clone no mundo dos homens. Nestes últimos anos, porém, os gêmeos de Malfecium proporcionaram esquemas tecnológicos para os elementos mais sombrios da raça dos homens, para que as unidades de Inteligência secreta pudessem começar a realizar experimentos de clonagem em instalações sigilosas dos Estados Unidos. Los Alamos. Dulce. Um cientista em particular... – Xacheriel ergueu as mãos numa mescla de repulsa e admiração. – Um gênio! – declarou por fim.

Jether suspirou.

– Mas o DNA de Lúcifer é como o nosso – exclamou Issachar. – É angelical. Não é material, meu estimado Xacheriel.

– É nisso, honrado Issachar, que a genialidade maléfica dos gêmeos se destaca. Maelageor, que foi meu *melhor* discípulo – Xacheriel percebeu o olhar de Jether e se apressou –, reajustou a sequência de DNA do genoma do Frasco da Linhagem Sagrada, de modo a corresponder precisamente ao padrão e aos ciclos de crescimento do DNA humano. O clone vai manter a capacidade espiritual dos angelicais, mas estará confinado a um corpo físico. E vai se parecer com Lúcifer. Os atributos humanos como cor de cabelo, cor dos olhos e feições do rosto serão uma réplica precisa do pai, mas seu desenvolvimento humano será o de um homem. Na matéria.

Maheel manifestou-se:

– Reverenciado Xacheriel, ele vai manter a capacidade sobrenatural dos seres angelicais decaídos?

Xacheriel assentiu.

– Seus poderes estarão mais confinados, honrado Maheel. Ele os utilizará na matéria. Mas sim: seu clone terá acesso aos poderes sobrenaturais dos angelicais.

Jether estudou os anciões e depois comentou:

– Entretanto, Lúcifer está bem ciente do poder limitador da presença dos que têm o Selo do Nazareno. Enquanto *todos* os seguidores do

Nazareno não forem removidos da Terra, os poderes sobrenaturais de seu clone ficarão muito restritos. Postergados.

– *Todos* os seguidores?

– Mesmo o mais fraco dos seguidores do Nazareno representa uma ameaça quando exerce sua autoridade sobrenatural no mundo dos homens – acrescentou Issachar.

– O transporte dos seguidores do Nazareno ao Primeiro Céu deve ocorrer na Tribulação – observou Matusalém em seu tom de voz lento e calculado. – Três anos e meio depois de ter sido rompido o Primeiro Selo.

– Sim – concordou Jether. – Até lá, o clone de Lúcifer vai exercer poderes sobrenaturais limitados. O tempo é curto, porém. Ficamos sabendo que Lúcifer já colocou seu plano em ação. Temos evidências de que seu genoma foi fornecido à elite há uma lua. E por alguém que se sentou a esta mesma mesa em eras passadas: Charsoc, o Sinistro.

Correu o olhar pela mesa. Os anciões o fitavam, espantados e calados.

– Charsoc entrou no mundo da raça dos homens para entregar o genoma – prosseguiu Jether. – Em forma humana, como um deles. Pelo Portal de Sinar. Atualmente, Charsoc não sabe do adendo acrescentado após o incidente dos nefilins em Babel.

Jether virou-se para Gabriel, que leu o códice.

– O adendo afirma que, se o Portal de Sinar for novamente rompido pelos decaídos, a forma humana que eles adotarem será irreversível – declarou Gabriel, olhando para os anciões. – No início, Charsoc vai manter a capacidade de voltar a assumir a forma angelical, mas, a cada década que passar na raça dos homens, essa capacidade vai diminuir. Até o final da Tribulação, terá perdido para sempre seu primeiro estado. No final da Tribulação de sete anos, Charsoc vai perambular por lugares desertos, assumindo uma forma que não é nem humana nem a dos angelicais decaídos... até seu banimento para o Lago de Fogo.

– Infelizmente – disse Jether –, Charsoc não foi o único que adentrou o portal. Miguel, você assistiu a esse fato pessoalmente.

Miguel olhou preocupado para a porta de rubi.

– Sargão, príncipe da Babilônia, e quinhentos de seus guardas entraram no mundo dos homens com forma humana, bem como centenas de membros da guarda real de Lúcifer. Além de Astaroth.

Ouviu-se uma interjeição de espanto pela mesa toda.

– Retomamos o controle do portal – prosseguiu Miguel. – Mas agora os decaídos caminham em forma humana antes da hora.

– Lúcifer sabe muito bem disso – afirmou Matusalém, a voz suave.

Jether acrescentou:

– Ele também já escolheu uma família para incubar seu "filho". Trata-se de uma das treze famílias regentes da sociedade oculta identificada como Illuminati. A família na qual Lúcifer decidiu incubar o Filho de Perdição é uma dessas treze. – Jether olhou para o pergaminho do códice e, no mesmo instante, linhas e linhas de texto prateado formaram-se nas páginas. – Sua designação na raça dos homens é De Vere. Três de nós, sentados a esta mesa, fomos eleitos para uma nova tarefa. – Jether se levantou. – Uma tarefa perigosa. Três de nós fomos escolhidos como intendentes, ou protetores da família De Vere; protetores que agora vão se manifestar em forma humana. *Como anjos disfarçados*.

Sorriu discretamente. E prosseguiu:

– Agora, vamos nos recolher a nossas câmaras para súplicas – disse. – O Espírito Santo de Jeová vai se encontrar nesta mesma noite com cada um dos três escolhidos. Quem estiver entre eles vai poder realizar jornadas entre o mundo da raça dos homens e o Primeiro Céu à vontade. Os três partirão do Primeiro Céu na primeira lua.

O olhar dele passou pelo rosto dos anciões.

– Fui um dos escolhidos para essa tarefa sagrada – revelou com suavidade. – A lei eterna decreta que nenhum de nós, os três escolhidos, terá permissão para revelar sua natureza angelical, exceto em condições excepcionais; e, mesmo assim, só com a autorização suprema do próprio Jeová. Até a ruptura do Primeiro Selo da Revelação do Apocalipse de São João, devemos nos manter invisíveis para os decaídos. Faremos a travessia para o mundo da raça dos homens como normalmente o fazemos: pelos portais angelicais sagrados. Agiremos como vigilantes. O Mosteiro de Alexandria, no Egito, onde o Cristo menino recebeu abrigo, será um local de proteção para todos nós que viajamos do Primeiro Céu ao mundo dos homens.

Jether fechou o códice.

– Se nossa existência for descoberta antes da abertura do Primeiro Selo – continuou –, perderemos o direito de proteger a família escolhida e seremos banidos do mundo dos homens até o Armagedom. Precisamos ser circunspectos. E controlados. Precisamos ser vigilantes. – As feições dele se suavizaram. – Vão com Deus, meus nobres compatriotas. – Sorriu com gentileza para os semblantes sérios que o encaravam. – O conselho está encerrado.

SEIS MESES DEPOIS

Capítulo 13

A Semente da Serpente

Heliporto do Vaticano
Cidade do Vaticano, Roma
21 de dezembro de 1981 – 5 da manhã

Kester von Slagel andava, impaciente, de um lado para outro sobre o asfalto gelado, os negros trajes de jesuíta flutuando com violência sob os enregelantes ventos do inverno romano que vinham intempestivamente do norte naquele ano. Hesitou por um instante diante de uma estátua de Nossa Senhora com Jesus, depois voltou a andar sem parar de um lado para outro do asfalto.

– Dezembro – murmurou com amargura. – *Corto e maledetto!*

Observou o helicóptero de assalto Sikorsky UH-60 Black Hawk que mal se podia vislumbrar em meio à neve que caía. Estava no círculo de holofotes do heliporto do Vaticano, protegido por soldados que trajavam o uniforme militar das SAS, as Forças Especiais britânicas, todos munidos com metralhadoras. A Fraternidade tinha financiado o protótipo do Black Hawk, cujo voo inaugural dera-se seis anos antes, e fora bem recompensada. Mais de novecentas daquelas naves, equipadas com armas, encontravam-se em operação nas mãos da Fraternidade. Em todos os continentes do planeta.

Sorriu brevemente em sinal de aprovação, depois franziu o cenho, olhando para a construção medieval da Torre San Giovanni.

Kester von Slagel esfregou os pálidos dedos ossudos com vigor, estudou-os e fez um muxoxo, irritado. Sentia um afeto profundo por sua vasta coleção de anéis de opala e rubi, de cores vibrantes. O fato de hoje as mãos estarem completamente desprovidas de joias, normalmente exuberantes, só serviu para potencializar seu mau humor atual. Além da raiva por ter de residir naquele corpo infernal como membro da raça dos homens.

O único fator de redenção estava no fato de aquela operação ser, sem dúvida, a mais importante da história dos decaídos.

Quatro cardeais, transportando uma caixa lacrada de prata, dirigiram-se até Von Slagel, os trajes escarlates açoitados por ventos furiosos. Ao se aproximarem dele, curvaram-se.

Von Slagel estudou a tampa da caixa, elaboradamente entalhada com um pentáculo invertido de ouro, e depois avaliou os cardeais diante dele. Ao contrário daqueles simplórios, *ele* sabia muito bem que dentro da caixa, acomodada com segurança numa almofada de veludo índigo, repousava a semente de seu mestre. O "príncipe". O clone de Lorcan.

Ali estava a única oportunidade que os decaídos teriam para destruir a ilegítima pretensão do Nazareno como rei da raça dos homens. Os olhos de Von Slagel se estreitaram com satisfação.

– A menos que *Jeová* tenha alguma moderníssima linha de ataque para tirar da manga. – Fez um gesto com a cabeça para os cardeais. Eles se curvaram mais uma vez e levaram cuidadosamente a pequena caixa até os degraus do helicóptero e, depois, para dentro dele.

A única tripulante do Black Hawk era uma freira robusta, de aparência germânica. Suas feições pálidas estavam escondidas sob um véu, deixando visíveis apenas olhos, nariz e boca. O hábito terminava logo abaixo do joelho, e meias grossas e escuras escondiam as opulentas panturrilhas. Ela ficou olhando, hipnotizada, para a imagem dourada de um bode que ocupava o pentáculo na caixa.

– O Sigilo de Baphomet – murmurou, os olhos opacos escancarados em uma combinação de júbilo e terror. – Deus das bruxas. – Agarrou o próprio crucifixo invertido com os dedos trêmulos e carnudos.

O piloto, um sacerdote jesuíta, foi até Von Slagel e se ajoelhou na neve diante dele.

– Meu filho – anunciou Von Slagel –, você foi escolhido para a mais elevada ordem. Está com suas instruções?

– *Sì*, Santo Padre – respondeu o piloto com uma reverência.

– O sistema de navegação está ajustado. Você vai transportar a caixa até o destino previamente indicado. A abadessa Helewis Vghtred vai realizar a troca. – Von Slagel pôs a mão nua de anéis sobre a cabeça do sacerdote. – *Nel nome del Padre* – falou secamente.

O sacerdote enxugou uma lágrima do rosto, fez uma saudação e caminhou para o helicóptero.

Von Slagel dirigiu-se ao mais condecorado dos seis soldados da SAS.

– Capitão Granville, suas instruções finais – falou em tom tranquilo. – Ao receber o bebê trocado na Maternidade São Gabriel, elimine-o, depois os pilotos e a tripulação.

O capitão Nicholas Granville bateu continência.

– Sim, senhor.

Granville fez um gesto para os soldados e, como se fossem um só, os mercenários levantaram as submetralhadoras MP5A3 e dispararam uma rajada de projéteis de 9 mm no peito de cada um dos quatro cardeais que de nada suspeitavam, depois jogaram os corpos na área de carga, antes de entrarem na aeronave.

Von Slagel sorriu em sinal de aprovação, bateu continência e virou-se com um gesto seco, caminhando em meio à tempestade de neve cada vez mais forte rumo às antigas fortificações do Vaticano.

De súbito, o céu de Roma foi tomado pelos gritos ásperos de cem mil estorninhos. O céu reluzente da aurora sobre Von Slagel tornou-se negro quando a coluna sombria de estorninhos, girando violentamente, ficou diante dele numa sinistra massa rodopiante, ondulando sem parar, como um grande ciclone de penas. O grupo iníquo de batedores de seu mestre.

O aroma familiar de olíbano permeou o heliporto.

Von Slagel prostrou-se no asfalto quando uma figura alta se materializou no centro do bando selvagem, bem à sua frente.

Ergueu a cabeça, trêmulo, para os dois pés que estavam diante dele, calçados num par de sapatos pretos de verniz da Tanino Crisci. Levantou um pouco mais a cabeça e viu uma bengala de prata com uma serpente entalhada no cabo, a mão que a segurava envolvida em uma luva preta.

– Ele está a caminho de Londres, Vossa Excelência. – Sua voz estava trêmula. – Os infantes serão trocados. Um deles, executado, senhor, conforme seu plano. – Tomou a mão anelada do mestre nas suas, que tremiam, e beijou o selo dourado de um imenso anel de ônix.

Lorcan De Molay sorriu lentamente em sinal de aprovação, ajustando o grande crucifixo que pendia de um cordão ao redor do pescoço. Olhou com firmeza para Von Slagel, as feições ocultas pela aba circular de seu *capello* romano preto.

– Você se superou, Charsoc, o Sinistro – murmurou. Depois, olhou sob a aba larga do chapéu de pele, os olhos cativados pelo esguio helicóptero negro que ascendia ao céu escuro de Roma. Ele sobrevoou duas vezes o Vaticano, antes de rumar para o Mar Tirreno, rumo a Londres, suas luzes se tornando apenas um ponto no lusco-fusco do horizonte azul-escuro.

Lorcan De Molay dirigiu-se à estátua de Nossa Senhora com Jesus e deteve-se diante dela, perfeitamente imóvel, os negros trajes de jesuíta esvoaçando violentamente sob os ventos furiosos.

– O Nazareno. – Passou os dedos finos e bem cuidados sobre as feições do menino Jesus, primorosamente entalhadas no ferro. – Um trabalho requintado... quase impecável – sussurrou, estranhamente fascinado pelas feições em ferro do rei menino. O intenso olhar de safira moveu-se devagar para cima, até se fixar na elaborada coroa dourada entalhada sobre a cabeça do menino.

De repente, apertou o traje contra o corpo, os olhos azuis como aço destilando veneno. Levantou o rosto para o céu.

– O reino de *Seu Filho* chega ao fim! – silvou.

O rei dos condenados ficou ali sob a nevasca, o rosto entregue a um selvagem enlevo sob o céu da aurora, os cabelos negros esvoaçando alucinadamente sob a tempestade enquanto ele se transformava em serafim. Arcanjo. Com monstruosas asas negras ondeando atrás dele.

– Agora, *meu* reinado virá! – gritou.

MAIS DE UMA DÉCADA DEPOIS

Capítulo 14

Vínculos Ancestrais

Casa Ancestral dos De Vere
Baía de Narragansett
Newport, Rhode Island
1994

A esguia limusine negra estava ladeada por quatro SUVs Lincoln pretos. Seu motor ronronou ao longo das três portarias, passando pelos portões altos de ferro fundido, adornados com o brasão da família De Vere, e seguindo pela vasta área de gramados imaculadamente preservados da mansão ancestral. A limusine deslizou com rapidez por um pavilhão, serpenteando pela estrada de acesso, atravessando belas paisagens e ornamentos, e se deteve enfim do lado de fora de uma colossal mansão em rocha calcária de Indiana com cinquenta cômodos, que dava para a Baía de Narragansett, no Oceano Atlântico.

Um homem alto e elegante, de cabelos escuros e com seus quarenta e tantos anos, saiu da parte de trás da limusine, segurando uma fina pasta preta. Quatro seguranças o seguiram. James De Vere manteve-se imóvel por um bom tempo, saboreando a vista da casa ancestral de sua família na Costa Leste.

O belo rosto estava abatido, cansado a ponto da exaustão.

James subiu os degraus de pedra no momento em que uma das enormes portas se abriu. Um idoso mordomo inglês de pernas compridas, com cabelos grisalhos e desgrenhados, curvou-se em saudação.

– Bem-vindo ao lar, senhor James – saudou-o em um elegante sotaque inglês. – É muito bom tê-lo aqui de volta, senhor.

– Foi uma viagem longa, Maxim – respondeu James com um sorriso cansado, entregando sua pasta a ele. – Também fico feliz em vê-lo. Os meninos se comportaram enquanto estive fora?

– Tudo está bem e em ordem, senhor. – Maxim estudou timidamente as mãos envolvidas por luvas brancas.

Os olhos de James se estreitaram, percebendo uma faixa queimada nas calças pretas e bem passadas de Maxim.

– Não fizeram experimentos científicos enquanto estive fora? – James observou Maxim com atenção.

De súbito, um rubor róseo surgiu no colarinho de Maxim, espalhando-se por seu pescoço.

– Maxim, quando concordei que você deveria assumir a orientação científica dos rapazes, eu me referi a explicações e hipóteses teóricas, não a experimentos avançados em bioquímica. – James suspirou.

– Estávamos apenas estudando reações bioquímicas em aparas de madeira – falou Maxim, desconcertado.

– Vejamos: no verão, Nick explodiu o aviário com nitroglicerina; no outono, Adrian explodiu uma mistura de peróxido de acetona e de serragem no quarto de *Frau* Meeling; e, no Dia de Ação de Graças, a senhora De Vere descobriu Jason montando uma bomba caseira. Os acessos de raiva da senhora De Vere são insuportáveis.

James virou-se para os seguranças, ocultando um sorriso.

– Fiquem à vontade na varanda, cavalheiros. – Olhou para Maxim como se se dirigisse a ele. – Maxim vai lhes trazer algo para se refrescarem.

Maxim franziu o cenho e olhou com um ar esnobe para o grupo trajado em ternos escuros.

– Como queira, senhor.

James adentrou o espaçoso salão de entrada, com detalhes em madeira dourada e teto situado a mais de cinco metros de altura. Parou no vestíbulo, as feições relaxando visivelmente enquanto aspirava o aroma de bergamota e mimosa que se disseminava pelos corredores. Maxim ajudou-o a tirar o sobretudo.

– Está cansado, meu senhor? – Olhou preocupado para James. – Tomei a liberdade de colocar seu robe e os chinelos ao lado da lareira, como de costume.

James pôs a mão sobre o ombro de Maxim.

– Maxim, velho amigo, a semana foi difícil. – Arqueou as sobrancelhas. – Dona Lilian?

– Dona Lilian está na sala de visitas, senhor.

– Por favor, reúna os meninos, Maxim; tenho uma novidade que diz respeito a eles.

James caminhou até as grandes portas de mogno da sala de visitas e abriu-as lentamente.

Em pé, ao lado da elegante lareira de mármore com toras em brasa, estava uma mulher esguia e elegante, de belas feições. Sua pele era lisa como alabastro e a maquiagem, perfeitamente aplicada. Os cabelos brilhantes cor de avelã, em geral pela altura dos ombros, estavam presos num coque. Ela usava um vestido de seda claro, cor de pêssego, que lhe chegava pouco acima dos tornozelos bem torneados, além de um par de sandálias de cetim da mesma cor. Não havia nela nada fora do lugar. Lilian De Vere se virou, ganhando vida no mesmo instante em que viu James. Correu até ele. Abraçaram-se. Ele fechou os olhos, mergulhando o rosto no pescoço dela, visivelmente em paz.

James ergueu a cabeça devagar, desvencilhou-se dos braços em sua cintura e caminhou até a janela, observando as nuvens escuras de chuva que se formavam sobre o Atlântico.

Lilian observou-o com atenção.

– Foi convocado? – Ela se aproximou do marido e pousou a mão em suas costas. – O Conselho dos Trezentos?

James meneou a cabeça.

– Não. – Virou-se e ficou de frente para ela, o rosto pálido. – Fui convocado por meu pai – disse em um fio de voz. – Para São Francisco. O Grande Conselho Druida.

– Julius. – Lilian afastou a mão de James como se tivesse sido queimada. – Os sumos sacerdotes feiticeiros – sussurrou, olhando assustada para James. – Uma vez, o conselho esteve em nossa casa. No Halloween. Uma missa negra na capela de meu pai. – Ela foi até o bar e preparou um martíni, as mãos trêmulas se agitando com violência. – Sacrificaram uma criança em meu nome. O que queriam dessa vez?

James respirou fundo.

– Devemos ir a Londres daqui a cinco semanas.

– Londres... – James esticou a mão para tocar o braço da esposa, mas Lilian recuou até ficar contra o balcão do bar. – Você disse... disse que faria o que tínhamos combinado. Que dessa vez você diria não a eles – falou, a voz perigosamente suave. Caminhou até as janelas em estilo francês, o copo na mão, contemplando os jardins meticulosamente tratados, depois virou-se para ele, emocionada, mas controlada. – Você não conseguiu, não é?

James assentiu, sentindo-se subitamente cansado da vida.

– Quando casamos, você sabia que haveria... – Titubeou. – Que haveria exigências, coisas que teríamos de fazer.

– Combinamos que iríamos lhes dizer NÃO. – Lilian o encarou com uma fúria perturbadora no olhar.

– Eles deixaram tudo muito claro. Se nos recusarmos – falou, o tom de voz seco –, vão nos matar, Lilian. – Hesitou. – Se nos recusarmos, vão matar os meninos.

– *Os meninos...* – sussurrou ela, horrorizada. Virou-se da janela com uma lágrima solitária escorrendo pelo rosto. – Vão matá-los, como mataram meu pai. – Os ombros esguios estremeceram de fúria.

Ela levantou a cabeça e, de repente, seus olhos, cinzentos e cálidos, tornaram-se frios.

– Minha infância toda foi "administrada": sacrifícios de crianças, controle mental, o suicídio de meu pai... E *eles* a administraram assim como administram *você*. Temos de romper com isso. – Lilian soltou um soluço estrangulado. – Pelo amor a nossos filhos, *temos* de romper com isso. – Cachos do cabelo bem penteado haviam caído sobre seu rosto.

James virou-se para ela, pálido, as mãos trêmulas.

– *Não há* como romper com isso, Lilian. – A voz de James estava anormalmente sem emoção. – Quando casamos, você sabia que eu havia nascido numa das treze famílias dos Illuminati. Sabia do alto preço que iríamos pagar.

Ela estremeceu.

– Não desejo nada disso para meus *filhos*... – soluçou.

James tomou o rosto dela entre as mãos.

– Ouça – falou, a voz firme como aço –, tenho a palavra deles. Se atendermos às exigências, a *todas* as exigências que fizerem, eles *não* vão tocar em nossos filhos. Se fizermos o que pedem, tudo o que pedem, os meninos ficarão longe das garras deles. Livres para viver uma vida normal. Livres de assembleias de bruxas e seus rituais depravados. Livres de coisas que são terríveis demais para se pronunciar.

Lilian ficou olhando para James, ofegante.

Ele prosseguiu, implacável:

– Sacrificaremos *nossa* liberdade para que nossos filhos vivam livres de subterfúgios. Para que nossos filhos vivam livres das garras deles.

O copo de martíni escorregou das mãos de Lilian e se espatifou no chão. Ouviu-se uma batida suave à porta da sala de visitas. Uma jovem bonita, com um uniforme preto de empregada e um avental branco bem passado, entrou na sala, trazendo pela mão um lindo menino de cinco anos com cara de elfo.

Nicholas De Vere a encarava por sob a longa franja. Quando seu olhar cruzou com o da mãe, deu-lhe um sorriso franco. Lilian se virou e enxugou as lágrimas do rosto, recuperando instantaneamente a compostura. Estendeu os braços.

– Nicholas, querido – disse. – Obrigada, Laura. Tive um pequeno acidente aqui. Pode me fazer o favor de limpar, sim?

Nick fez menção de correr para Lilian, mas se deteve no meio do caminho ao ver o pai. A excitação tomou conta de suas feições.

– Papai! – gritou, apressando-se a toda velocidade para os braços abertos de James. Ele pegou Nick e o levantou bem acima da cabeça. O menino gritou, eufórico. James o acomodou no colo.

Uma mulher robusta e de aparência germânica apareceu à porta, os cabelos loiros bem puxados para trás. Trajava um conjunto pouco elegante de lã xadrez e meias escuras, que cobriam as pernas grossas. Logo atrás dela vinha um menino de feições harmoniosas, quase belas, com cerca de treze anos. Os cabelos escuros e curtos emolduravam-lhe as maçãs do rosto altas. Sua fisionomia era doce. Séria.

– Adrian já fez a lição de casa, *Frau* Meeling? – perguntou Lilian, o olhar subitamente frio.

Frau Meeling assentiu com rapidez.

– O senhor Adrian acabou de estudar ciências sociais, madame. Agora vai estudar álgebra. – Lilian assentiu.

Adrian aproximou-se do pai, que o abraçou e lhe deu um tapinha nas costas.

– Que bom vê-lo, papai – falou o menino, retribuindo o abraço afetuosamente.

– Bom vê-lo também, Adrian, meu amigo. – James afagou seus cabelos. Maxim entrou com uma bandeja de canapés.

James estudou a bandeja e pegou despreocupadamente um canapé coberto por algo que se parecia com uma geleia verde e pegajosa.

– Uma nova receita, senhor James – anunciou Maxim, todo orgulhoso.

James trocou um olhar com Lilian.

– É a folga de Beatrice e Pierre. – Lilian, a contragosto, teve de ocultar um sorriso.

James resmungou, deu uma mordida e cuspiu imediatamente em seu lenço.

Adrian piscou para Nick, que começou a rir alto.

– Chili, Maxim?

– *Chili*, senhor. – O semblante de Maxim reluzia de orgulho.

James olhou ao redor e franziu a testa.

– Onde está *Jason*?

Maxim arqueou as sobrancelhas.

– Acabei de ser informado de que o senhor Jason teve um desafortunado problema técnico com seu Mustang e precisou pedir... – Maxim esboçou um leve sorriso – ... uma carona para voltar para casa, se me permite dizê-lo, senhor James.

James suspirou, irritado.

De súbito, ouviram um ruído alto de freios do lado de fora, acompanhado de risos estridentes. Lilian foi até a janela e viu o jovem de dezessete anos, magro e de cabelos escuros, tirar seu metro e oitenta com dificuldade de um Mustang verde-limão enferrujado, lotado de estudantes colegiais.

Uma loira baixinha abraçou-o sedutoramente, e Jason sorriu para ela com seu habitual charme decadente. Ele olhou para cima e viu Lilian observando a cena pela janela da sala de visitas.

Enrubescendo com intensidade, olhou enfurecido para a janela e fechou a porta do carro com força. As meninas no banco de trás jogaram beijos para ele, e os rapazes berraram insultos incompreensíveis.

Jason pendurou a mochila no ombro e galgou os degraus da entrada. No momento seguinte, abriu a porta da sala de visitas.

– Mamãe... – Olhou feio para ela, dando-lhe um beijo superficial no rosto. Seus olhos se iluminaram ao ver o pai. – Olá, papai! Você voltou! – Um sorriso genuíno se espalhou pelo rosto do rapaz. – Ei, Adrian, Nick! – Agarrou Nick pelo ombro e o puxou para ele. – Tem quatro seguranças fortões ali na varanda.

Os meninos dispararam para a porta.

– PUM! PUM! – gritou Nick, atirando em Adrian com um revólver imaginário.

James levantou uma das mãos.

– Sentem-se, meninos – falou, mostrando-se subitamente sério. – Sua mãe e eu precisamos conversar com vocês.

Com um grunhido, Jason largou a mochila no chão, enquanto os irmãos mais novos faziam, com relutância, o caminho de volta.

Jason deu um soco na lateral do corpo de Adrian. Olhando furioso para o irmão, Adrian devolveu o ataque.

– Meninos! – Lilian olhou para Jason com ar de advertência. – O pai de vocês tem uma novidade. – Ela olhou para o marido.

– Não me digam que é outra promoção – adiantou-se Jason, carrancudo. – E outra *mudança*.

James falou, a voz baixa:

– Ofereceram-me, e aceitei, o cargo de embaixador dos Estados Unidos. – Ele pegou a garrafa de uísque de uma bandeja ao lado dos canapés. – No Reino Unido.

Os meninos se entreolharam, completamente atônitos.

– Isso vai nos obrigar a uma mudança para Londres. Vamos morar na Winfield House, em Regent's Park, daqui a pouco mais de um mês.

– Puxa, pai, o meu beisebol – resmungou Adrian.

Nick disparou pela sala.

– A rainha. PUM! PUM! A rainha, PUM!

Jason se sentou, o olhar perdido no chão. Seus ombros tremiam, incitados por uma fúria fria. Lilian o fitou com ansiedade.

– Jason – chamou com suavidade.

Ele a ignorou de propósito, olhando diretamente para o pai.

– Eu não vou. – Levantou-se, as mãos trêmulas. – Vai ter de me matar e me arrastar para fora daqui.

James sorveu um gole do seu uísque.

– Então vou matá-lo e arrastá-lo para fora daqui – respondeu, sem demonstrar nenhuma emoção.

Jason virou-se para Lilian, trêmulo, submetido a uma raiva incontrolável.

– Eu *não* vou, mãe.

Lilian olhou para James, como que implorando.

– Você vai fazer o que dissermos – informou James em voz baixa.

– Fazer o que *você* diz – ironizou Jason. – *Você* não é exemplo para nada; você *nunca* está aqui. – A voz de Jason ganhou alguns decibéis. – Minha *vida é aqui*, não em algum pântano distante na Inglaterra!

– Sua vida é com esta *família*! – A voz de James também ganhou força.

– *Que* família, pai? Você nunca está *aqui*! Nós nos mudamos cinco vezes nos últimos cinco anos. – Ele pegou a mochila. – Graças a Deus, estou num colégio interno! – Ele cerrou os punhos. – E *não vou* para Yale; vou fazer faculdade de cinema em Nova York, e *você* não vai me impedir.

James aproximou-se de Jason e o agarrou com firmeza pelos ombros.

– E quem *paga* o colégio interno e a faculdade de cinema? Você vai fazer o que eu mandar, meu jovem.

– Vamos, compre minha subserviência com *dinheiro*, assim como faz com *todo mundo*.

James virou-se para Lilian. Furioso.

– Já basta, Lilian! Ele fica sentado no quarto dele durante dias a fio assistindo sabe-se lá Deus o quê. Aquele Stanley... Stanley...

– Cúbico! – gritou Nick. Depois, enfiou a cabeça nas almofadas de pluma de ganso do sofá.

Jason levantou as mãos.

– *Kubrick* – gritou, o rosto vermelho. – Kubrick, minha família pouco instruída e analfabeta em termos de mídia.

– Vai ficar de castigo e sem mesada! – murmurou Adrian, a voz abafada. Lilian lançou a ele um olhar de advertência.

– Está de *castigo* – rosnou James, afastando Jason de si com fúria.

Nick e Adrian caíram no chão, às gargalhadas. Em vão, Lilian fazia gestos para que ficassem quietos.

– E tome cuidado com esse seu *temperamento*, Jason De Vere!

Jason deixou a sala de visitas batendo com força a porta atrás de si.

– *Ninguém* da família De Vere tem esse temperamento dele – exclamou James acaloradamente.

A porta voltou a se abrir.

– *Você tem!* – gritou Jason. Em seguida, subiu correndo as escadas como um raio.

Lilian foi até a janela, escondendo o fato de estar quase se divertindo.

– ... E *SEM* MESADA! – James rosnou escada acima.

Voltou para a sala de visitas, batendo com força o copo de uísque sobre a mesa. Virou-se para Lilian como um trovão.

– Ele vai para a Inglaterra, Lilian. É minha palavra final.

☆ ☆ ☆

CINCO SEMANAS DEPOIS
PORTO DE NOVA YORK, NOVA YORK

Toda a família De Vere estava reunida diante da grande sala de embarque do Porto de Nova York. Encontravam-se em frente a uma grande pilha de malas com etiquetas nas quais se lia: "De Vere", bem perto de uma grande divisória de vidro, além da qual se via o imenso casco do *RMS Queen Elizabeth 2*.

Lilian pegou um lenço, as lágrimas aflorando nos olhos. Abraçou Jason.

– Até breve, Jason, meu querido.

Jason retribuiu fortemente o abraço.

– Até, mamãe. Cuide-se.

James deu um tapinha nas costas de Jason.

– Vou sentir sua falta. – Recuou um passo, os olhos úmidos. – Orgulhe-nos em Yale, filho. – Abraçou-o com força. – Passe em Yale e poderá fazer a faculdade de cinema, dou-lhe minha palavra.

Jason assentiu, sentindo-se subitamente emotivo.

– Obrigado, pai – falou. Despenteou os cabelos de Nick e deu um tapa no ombro de Adrian.

James e Lilian se voltaram para a frente, passando pelo controle de passaportes e subindo pelo passadiço de embarque, seguidos por Adrian e Nick, que segurava com força a mão de James De Vere.

– Ei, Nick! – chamou Jason.

Nick se virou.

– Não vou estar por perto para protegê-lo, e Adrian vai para Gordonstoun. Você vai ter que se defender sozinho dos ingleses!

Nick largou a mão do pai e correu de volta pelo passadiço, escapando do despreparado funcionário do controle de passaportes, e parou nas pernas de Jason, enterrando o rosto na Levis rasgada do irmão.

Jason se ajoelhou e, com gentileza, tomou entre as mãos o rosto em forma de coração de Nick, aproximando-o dele. O semblante de Nick estava banhado em lágrimas.

– Ei, amigão – sussurrou –, sempre estarei por perto. Não importa o que acontecer.

– Não importa o que acontecer? – murmurou Nick.

– Não importa o que acontecer – repetiu Jason. Ele estendeu a mão esquerda para Nick. – Lembre-se: pacto de irmãos.

Nick colocou a mão rechonchuda e de unhas roídas sobre a de Jason, enquanto Adrian descia pelo passadiço em direção a eles. James discutia vigorosamente com o funcionário dos passaportes, que meneava a cabeça e acenava para o garoto voltar. Ainda assim, Adrian se aproximou deles, colocando a mão esquerda sobre a de Nick.

– Irmãos – disse Jason.

– IRMÃOS! – Adrian e Nick ecoaram em uníssono.

– Por toda a eternidade! – acrescentou Nick, a voz enfática.

Jason olhou com afeto para o meigo garoto de cinco anos e abriu um sorriso torto para Nick.

– Para sempre, amigão – murmurou Jason. – Eu lhe dou minha palavra.

Nick assentiu com vigor.

Um *flash* de máquina brilhou quando Maxim apertou o botão de sua mais recente invenção: uma grande câmera digital preta com milhares de impressionantes detalhes prateados sobre ela.

O apito do navio soou.

– Meninos, venham! – chamou James. Nick e Adrian se apressaram pelo passadiço, voltando-se a fim de acenar furiosamente para Jason.

– Vou sentir falta de vocês! – gritou Jason, acima do ruído dos motores do navio.

O *flash* espocou de novo.

James e Lilian, quase a bordo, acenaram, Lilian chorando e mandando um último beijo para Jason.

O rapaz respirou fundo e ficou observando as costas do pai, James De Vere, desaparecem enfim navio adentro.

Maxim caminhou até Jason, a câmera na mão.

– Senhor Jason, agora você está sob minha responsabilidade.

– Vamos fazer as malas para Yale.

VINTE E SETE ANOS DEPOIS

CAPÍTULO 15

IRMÃOS

HOTEL KING DAVID
JERUSALÉM
SÁBADO, 18 DE DEZEMBRO DE 2021

Jason De Vere andava de um lado para outro no saguão do hotel King David, berrando instruções no celular. Conferiu a hora no relógio pela terceira vez em poucos minutos e, com relutância, mergulhou numa grande poltrona de couro, separando distraidamente a seção de Negócios do *The Washington Post*. Olhou com insatisfação para a xícara do fraco café israelense sobre a mesa. Graças a Deus, a Terceira Guerra Mundial havia terminado. O Acordo Ishtar não poderia ter saído em melhor hora para seu gosto, e ele sabia que ecoava os sentimentos de centenas de proprietários de empresas do Oriente Médio e do Ocidente. Pelo menos, a indústria de comunicações voltava com rapidez ao normal. Sorveu um gole do café morno e sorriu. Os escritórios da VOX em Jerusalém tinham escapado à pior parte da guerra, mas toda a sua equipe de Tel Aviv fora dizimada pela bomba nuclear lançada pelo Irã. Suspirou. O hotel King David conseguira escapar ileso.

Saiu de seu devaneio com os uivos de sirenes que se aproximavam do hotel.

Enfim, Adrian estava chegando.

Três vans com as portas de trás abertas, levando seis membros do Serviço Secreto da União Europeia, lideravam a caravana, seguidas pelo esguio Mercedes preto e blindado do presidente europeu. Quatro outras Mercedes e três enormes vans de proteção ao comboio, também com as portas de trás abertas, frearam de súbito à entrada do hotel, as sirenes ensurdecedoras ainda uivando.

Seis guarda-costas armados com submetralhadoras MP5 saltaram da primeira van e entraram no saguão, enquanto quatro helicópteros da polícia israelense sobrevoavam o local com alarido.

Imediatamente, seis membros armados do Serviço Secreto cercaram a Mercedes blindada quando Adrian De Vere saiu dela. Ele caminhou pela entrada do hotel rodeado por guarda-costas dotados de auriculares, indo direto pelo saguão, até onde Jason se encontrava.

Jason abaixou o jornal e sorriu, estudando Adrian enquanto o *maître* gesticulava, nervoso, para o exuberante sofá de veludo, recém-reformado em sua homenagem.

Adrian tirou o paletó, entregou-o para seu guarda-costas pessoal e se reclinou no sofá, observando Jason com afeto.

Parecia relaxado. Emanava um ar de sofisticação; era um homem à vontade em seu cargo de presidente. Com os cabelos bem cortados, bronzeado e imaculadamente apresentável, podia ser considerado com facilidade oito anos mais novo com esse ar de *playboy*. Jason sorriu. Enquanto o irmão aparentava trinta e dois anos, e não os seus quarenta, ele próprio parecia ter cinquenta, e não quarenta e tantos.

– Meu Deus, você vai muito bem, garoto! – Jason se inclinou, apertando o ombro de Adrian. – A última vez em que recebeu tanta atenção foi quando botou fogo na estufa do papai e os bombeiros de Newport vieram correndo! O centro histórico da cidade de Jerusalém está totalmente interditado. O espaço aéreo sobre o Aeroporto Ben Gurion, fechado. Toda a cidade está tomada por unidades policiais e atiradores de elite.

Adrian sorriu e afrouxou a gravata.

– Um capuccino. – Sorriu para o garçom que o cercava com ansiedade.

O garçom meneou a cabeça em um gesto nervoso.

– Sem capuccino, senhor presidente. É o *shabat* – respondeu o garçom com forte sotaque israelense.

Jason estendeu a xícara e suspirou.

– Até o presidente da União Europeia precisa se curvar ao *shabat*... – Soltou outro suspiro. – Nada de leite.

Adrian olhou para o garçom. Assentiu.

– Um café forte.

Jason arqueou as sobrancelhas.

– Vai estar morno. – Pegou o *Washington Post*. Uma foto de Adrian cobria a primeira página. – Você é a maior notícia desta cidade, meu caro. Na verdade, você é a maior notícia em *qualquer parte*. O mais histórico acordo de paz em sete décadas no Oriente Médio. O carisma de JFK, um estadista como Kissinger. – Ele pôs o jornal sobre a mesa. – Você conseguiu a presidência da União Europeia, meu amigo, e a mereceu.

Adrian abriu um sorriso.

– Nada mal para alguém que quase não passou nos exames secundários. Você devia ver o relatório da segurança. – Ele chamou por cima do ombro, virando-se para trás: – Travis.

Um homem alto, musculoso e bem barbeado, de cabelos loiros e curtos, e olhos azuis, deu um passo à frente.

Jason acenou com a cabeça em sinal de reconhecimento. Neil Travis, de fala mansa, ex-SAS e chefe de segurança de Adrian, fizera parte da equipe de segurança de Adrian durante todo o seu mandato de oito anos como primeiro-ministro britânico. Travis apresentou um dossiê com trezentas páginas e acenou respeitosamente para Jason.

– A maior operação de segurança já realizada em Israel, senhor presidente.

– Maior que a de Bush em 2008, Travis? – provocou Jason.

– Com todo o respeito, muito maior que a do presidente Bush, senhor De Vere.

– Muito obrigado, Travis – falou Adrian.

Travis se afastou alguns passos e sumiu de vista.

– É exaustivo ser presidente – riu Adrian.

– Parece mais exaustivo ser o responsável por sua segurança – completou Jason com acidez.

Adrian sorriu.

– Ele é um bom sujeito. – Olhou para o saguão. – Fazia anos que não vinha aqui... digo, ao King David.

– Ouvi dizer que lhe reservaram a Suíte Royal – comentou Jason. – Mamãe arrancaria a sua mão com os próprios dentes. – Sorriu. – Sabe, recusaram a minha reserva e a de mil outros mortais por sua causa.

– Desculpe-me, meu caro; você deveria ter dito que queria se hospedar aqui. – Adrian meneou a cabeça. – E, como sempre, você sabe... deveria ter usado o meu nome, Jason. Chastenay reservou todos os quartos com quatro semanas de antecedência; facilita a segurança. Você conhece o esquema.

– Sem problemas – respondeu Jason. – Eu reservei o quarto andar do Colony. Prefiro aquele hotel.

– Melissa e eu costumávamos ficar lá quando eu estava... – Adrian interrompeu a frase no meio. – Não quis voltar lá – acrescentou em um fio de voz.

Jason estudava o irmão mais novo quando o garçom voltou com o café. Quando fora a última vez que vira Adrian? Quatro meses atrás, no enterro de Melissa e do bebê, em Londres. Rapidamente na conferência de imprensa em Aqaba. A negócios. Mas, como irmãos, não conversavam a sós desde uma festa nas últimas férias de verão, na casa de Martha's Vineyard, quando James De Vere ainda estava vivo.

Jason estudou Adrian com mais atenção.

O irmão havia mudado. Era sutil, mas inegável. Dois anos antes, após dois mandatos como primeiro-ministro britânico, ele estava desgastado, abatido pelo implacável cinismo britânico e pelos ataques previsíveis a seu caráter e a sua política. Havia tirado um ano para descansar após sair do Partido Trabalhista e passara três meses com Melissa no Caribe. Ela estava grávida de cinco meses.

Então, quatro meses antes, o inacreditável aconteceu. Melissa Vane-Templar De Vere, esposa de Adrian, morrera ao dar à luz, e o filho que Adrian aguardava tão ansiosamente nascera morto.

Então, Adrian se lançara furiosamente à política de novo, sendo indicado como enviado europeu ao Oriente Médio durante a Guerra Russo-Israelense-Pan-Árabe. Por fim, ela terminara havia dois meses. Um mês depois, ele assumira como presidente da União Europeia, com um mandato de dez anos. O homem mais poderoso do Ocidente.

A Terceira Guerra Mundial – a guerra mais sangrenta da história – tinha acabado. E Adrian De Vere fora, quase sozinho, responsável pela estratégia do mais complexo e ambicioso processo de paz na história do mundo ocidental e do Oriente Médio.

Após cinco postergações de última hora, três por parte dos iranianos e as duas mais recentes por parte de Israel, o acordo final deveria ser assinado no dia 7 de janeiro, na Babilônia.

– De quanto tempo você dispõe, meu caro?

– Vou me encontrar aqui com o rei da Jordânia em vinte minutos. Depois com os russos. Janto com o presidente Levin, tomo café com o primeiro-ministro da Turquia e voo à meia-noite para Teerã. É bom ver você, Jas. O que veio fazer, alguma fusão da VOX?

Jason meneou a cabeça.

– Uma compra. As plataformas de TV a cabo israelenses YES e HOT estão à venda. A VOX fecha negócio amanhã. E estou pensando em adquirir o maior provedor de satélite de Israel. Depois que o acordo for assinado, o valor das ações de empresas de comunicações daqui vai para o espaço.

– Impressionante. – Adrian franziu o cenho. – Vamos torcer para que o acordo passe sem maiores percalços.

– Os israelenses ainda estão relutantes quanto ao processo de paz? – perguntou Jason.

– A *verdade*, Jas, é que, se eu não levar os israelenses à mesa de negociação desta vez, todo o processo vai por água abaixo. – Adrian abaixou a xícara. – Será destruído. – O olhar se perdeu em um ponto à frente, o semblante sombrio.

– Achei que você tivesse tudo acertado – comentou Jason, intrigado.

– E tenho. Mas é complicado. – Adrian mexeu devagar o café com a colher. – O principal desafio de todo esse processo de paz... – ele se reclinou na poltrona e suspirou – ... é que os israelenses venceram. Derrotaram sozinhos os militares russos e árabes, em vinte e dois meses. – Baixou o tom de voz. – O terremoto foi o evento que os favoreceu. Todos nós *sabemos* disso, mas, naturalmente – apontou com um gesto de cabeça o rabino residente que supervisionava a obediência às regras do *shabat* –, *eles* atribuem o fato à mão do Todo-Poderoso. E quem pode censurá-los? Foi um confronto e tanto: Irã, Rússia, Turquia e Síria dizimados nas montanhas de Israel. Uma vitória sem precedentes. Perto dela, a guerra de 1967 é um reflexo esmaecido.

Adrian aproximou a cabeça do rosto do irmão.

– Eles têm combustível nuclear suficiente para alimentar Israel por sete anos. A verdade é que os israelenses querem a rendição *total* dos árabes e dos russos. Nada menos que isso. Para eles, o acordo de paz é uma admissão de derrota. Capitulação. Por três vezes, eles quase assinaram o acordo.

Ele bebeu o resto do café.

– No que diz respeito a Jerusalém – prosseguiu –, eles não cedem um só centímetro. No entender deles, venceram os árabes e exigem algumas concessões importantes. Querem de volta todo o Monte do Templo, a devolução da Jerusalém oriental e um compromisso militar rigoroso, por parte da União Europeia, das Nações Unidas e da Otan, com a proteção de Israel e de suas fronteiras pelos próximos sete anos. – Suspirou. – As antigas fronteiras de 1967.

– Uau! Nada fácil, meu irmão. E os árabes, vão aceitar isso?

– Já o fizeram. O problema são os israelenses. Concordaram com todas as nossas exigências, mas se recusam a se desnuclearizar. – De repente, o semblante de Adrian aparentou ter mais que sua idade. – Trabalhei dia e noite para isso, Jason. – Fez um gesto na direção do garçom e apontou para sua xícara. – Mas acho que deixei tudo certo.

O garçom reapareceu e encheu a xícara de Adrian com um café escuro e morno, tirado de uma garrafa térmica.

Adrian sorriu para o garçom. Esperou até que desaparecesse rumo ao bar.

– Eu obtive... – baixou a voz. – Obtive acesso... como posso dizer? Acesso a uma coisa extremamente valiosa para os israelenses. – Fez uma pausa. – Tenho a intenção de deixá-la preparada até o final da semana. Tenho certeza de que serão persuadidos. Não tenho a intenção de permitir que algo se interponha no meu caminho.

Jason percebeu num relance a intensidade da mudança do irmão: de charmoso e tranquilo, transformara-se em um homem de ferro em menos de cinco segundos.

– Ouvi falar no fiasco do Monte do Templo. – Jason fez um gesto apontando o jornal. – Roubaram uma relíquia antiga. Estava em todos os jornais locais desta manhã.

Adrian baixou o tom de voz para não ser ouvido nem pelos funcionários, nem pela equipe de apoio da União Europeia, tampouco pelos agentes do Serviço Secreto, agora espalhados por todo o saguão:

– Tudo deveria ter ficado em sigilo. Os israelenses culpam os árabes. Os russos culpam os israelenses. Os árabes dizem que foi uma armação do Mossad. O problema é que todos os ânimos se exaltaram.

– Vocês acham que foram terroristas?

– Não achamos; temos certeza. – Sorveu mais um gole no café. – Todos os indícios apontam para um grupo terrorista.

– E nenhum sinal do artefato?

Adrian meneou a cabeça.

– Evaporou. Em pleno ar. A Interpol, todas as agências do mundo estão atrás dele. Nada. Simplesmente desapareceu. Para todos os efeitos, é como se nunca tivesse existido. E todos os cientistas enviados para analisá-lo foram mortos pelos terroristas.

– Você sabe o que é?

– Se eu lhe disser, Travis vai ter que matá-lo. – Adrian sorriu. – É confidencial.

– Mas você acha que Israel faria qualquer coisa... – os olhos de Jason se estreitaram – para o ter de volta?

– Ah, sim, acho. – Adrian abriu outro sorriso. – Posso dizer, com segurança, que venderiam a própria alma.

Jason estudou com atenção o irmão, mas, como de costume, sua expressão era indecifrável.

O alarido de sirenes se aproximando do hotel ecoou pelo saguão.

Jason viu quando o idoso rei da Jordânia saiu da limusine real. Adrian se levantou. No mesmo instante, dez homens do Serviço Secreto se materializaram pelo recinto.

– Julia está na lista dos livros mais vendidos do *New York Times* desta semana.

Jason deu de ombros. Travis surgiu das sombras e colocou o paletó de Adrian em seus ombros. Adrian sorriu.

– Poderia jurar que o impiedoso magnata das comunicações nova--iorquino, sem a menor habilidade para lidar com pessoas, foi inspirado em você.

Jason franziu o cenho, depois ambos riram.

– Passe pela Normandia numa de suas visitas a Londres.

– Vou tentar, Adrian, sério...

Adrian sorriu com afeto para o irmão mais velho.

– Você me ajudou a galgar a escada da política, Jason, e nunca vou me esquecer disso. O que puder fazer pela VOX, é só pedir. O negócio com a TV estatal da China ainda está de pé. Vou me encontrar com eles em Pequim dentro de duas semanas.

Jason se levantou e deu um tapinha nas costas de Adrian.

– Ei, para que servem os irmãos mais velhos?

Caminharam juntos pelo saguão. Adrian se virou para Jason, mostrando-se subitamente sério.

– Olhe – ele hesitou. – Tem uma coisa, Jas... – Fixou os olhos nos do irmão. – É o Nick. O organismo dele parou de responder aos antirretrovirais.

Nenhum músculo da face de Jason se moveu.

– Ele está morrendo, Jason. Deram-lhe seis meses. Ele precisa de você. – Adrian deu alguns passos, depois se virou, exasperado. – Mas que droga! Como você é teimoso, seu filho de uma... – Meneou a cabeça para Jason, virou-se e desapareceu no saguão em meio a um mar de paletós negros.

Jason viu quando Adrian e o rei da Jordânia se abraçaram. Seu queixo se retesou ao pensar no irmão caçula.

Nicholas De Vere.

Capítulo 16

A Revelação

Mosteiro dos Arcanjos
Alexandria, Egito
19 de dezembro de 2021

Nick e St. Cartier estavam sentados numa mesa de canto, no terraço do mosteiro. Dezesseis mesas redondas encontravam-se forradas com toalhas brancas imaculadas. Eles eram os únicos comensais.

Em torno do perímetro da cúpula, quatro monges egípcios encapuzados estavam em pé, silenciosos e atentos. Nick pousou a faca e o garfo no prato. No mesmo instante, dois monges apressaram-se até a mesa e, quase sem se fazer notar, tiraram seu prato e seu copo. Nick puxou mais a jaqueta de couro contra o corpo.

– Onze graus. Prepare-se, meu rapaz. É bom para o metabolismo – declarou o professor.

Um outro monge se apresentou, trazendo uma grande bandeja com melancia fresca e baklava à mesa.

– Sobremesa, senhor? – perguntou num inglês precário.

Nick meneou a cabeça. Sorveu um gole de sua água mineral.

– O de sempre, professor?

St. Cartier umedeceu os lábios e olhou com deleite para a baklava.

O monge colocou um pedaço generoso no prato dele.

– Vi Jason – comentou St. Cartier, sem demonstrar grande emoção.

Nick deu de ombros.

– Foi de passagem, enquanto deixava sua mãe em Nova York. Ela disse que você vai passar uma semana com ela – apontou novamente para a bandeja –, na mansão.

O monge assentiu respeitosamente e pôs um segundo pedaço de baklava perto do primeiro.

– Sim; vou visitar Adrian na Normandia amanhã, depois volto para Londres e passo o Natal na mansão. – Nick se recostou na cadeira, vendo o velho amigo abocanhar com fervor o primeiro pedaço de baklava. – Devia cuidar do seu colesterol, Lawrence.

St. Cartier fez um gesto com a mão, mastigando vigorosamente.

Nick olhou para a Via Láctea, brilhando no céu de um escuro nanquim.

– *Você*, que lida com astronomia, Lawrence... – Franziu o cenho. – O que é *aquilo*? – Apontou para uma estranha aparição branca que se mantinha a postos no firmamento, sob a lua cheia que iluminava o noturno céu egípcio. – Estava no céu de Alexandria na noite passada. Observei do balcão do hotel Cecil.

St. Cartier esfregou com alegria o guardanapo sobre o bigode cuidadosamente aparado.

– Sim, sim. Eu sei, meu rapaz. – Pegou um estojo de óculos do bolso interno, tirou-os dali e os esfregou com um pano macio, colocando-os sobre as orelhas para estudar a aparição. Pareceu ficar subitamente sério. – Espetacular. Seu surgimento não tem precedentes.

Nick acompanhou sua linha de visão até o domo do telescópio giratório no observatório do Mosteiro dos Arcanjos. Três monges observavam, hipnotizados, a aparição no céu noturno sobre o mosteiro através do telescópio.

– Os astrônomos têm recebido relatos de sua aparição em Londres, Washington, Berlim, e até em Pequim. Através de nosso telescópio Coronado Solar foi possível distinguir até mesmo um espectro pálido montado em um cavalo branco.

Nick franziu a testa.

– Na linguagem apocalíptica, Nicholas, é um indício. Um precursor, se preferir. Sua aparição no céu anuncia a chegada do Cavaleiro Branco – revelou com suavidade. – O Primeiro Selo está prestes a ser rompido. O Cavaleiro Branco vai aparecer. Os Quatro Cavaleiros do Apocalipse. – O professor soltou um suspiro. – Seu desdém pelos aspectos sobrenaturais da vida só serve para reforçar minha convicção: sua ignorância dos assuntos teológicos e paranormais é maior do que aparenta ser, Nicholas.

Nick o fitou com seriedade.

– Pare com isso, Lawrence.

Os opacos olhos azuis do professor brilharam com euforia. Ele tirou os óculos.

– Branco, vermelho, preto e pálido... – Enfiou mais um pedaço de baklava na boca e fechou os olhos, saboreando-o. – Sublime – murmurou. – Quase tão bom quanto um banquete. Como estava dizendo, cavalos: branco, vermelho, preto, pálido, representando a Guerra, a Fome, a Peste e a Morte – esclareceu com objetividade. – As forças da destruição dos homens, descritas no capítulo seis do Livro da Revelação.

Nick olhou para ele com um ar vago. St. Cartier baixou o tom de voz de forma condescendente, mas os olhos reluziram com malícia:

– A Bíblia...

– Eu *sei* o que é o Livro da Revelação – retrucou Nick. – Fundamentalistas furiosos portando cartazes e falando do fim do mundo, que pregam seus discursos sobre o fim dos tempos na TV. Ilusões fundamentalistas. Uma armadilha para fracos e gente vulnerável.

Um monge passou perto deles carregando um grande bule prateado com café turco.

– Suas ilusões são grosseiras, Nicholas De Vere. – St. Cartier fez um gesto para o monge, sem se deixar abalar. – Só servem para reforçar ainda mais minha convicção... – o monge despejou o líquido quente e espesso em duas xícaras pequenas e passou uma para Nick e outra para St. Cartier. O professor pegou a sua e apreciou o aroma – ... sobre sua total *ignorância* da análise histórica, filosófica e etnográfica.

Sorveu um longo gole antes de abaixar a xícara, tornando a colocar os óculos para estudar a alva aparição.

– Estudei grego e latim por mais de quarenta e cinco anos – prosseguiu St. Cartier –, desde meu primeiro cargo como doutor em Teologia Sagrada. Passei trinta e oito anos usando todas as formas de análise e de argumentação para testar e criticar as detalhadas e perturbadoras imagens de desastre e sofrimento – hesitou por um instante – do Apocalipse de São João. O Apocalipse prevê a Batalha de Armagedom, os Quatro Cavaleiros do Apocalipse, a besta infame cujo número é 666. Alguns acreditam que ele prevê a guerra nuclear, supertempestades solares e até mesmo a aids. O Livro da Revelação é um *mapa*, Nicholas... – Seus olhos arderam com fervor. – Um mapa do fim do mundo – proclamou em tom ameaçador. Em seguida, apontou a aparição branca situada ao longe, acima deles, no céu egípcio. – Quando o Primeiro Selo da Revelação for rompido – murmurou –, o Cavaleiro Branco do Apocalipse, o Filho da Perdição, aparecerá para governar o mundo.

Nick olhou para St. Cartier, perplexo. Meneou a cabeça.

– Você não entendeu nada.

St. Cartier suspirou, impaciente.

– Os sinais do final do mundo: o Apocalipse. No fim dos tempos, um governante de imensa estatura, de imenso poder, surgirá. Um governante que vai reunir dez governantes a seu redor, para criar um sistema de governo único. Um governo mundial. Esse será o Filho de Perdição.

– Meu Deus, Lawrence. – Nick ergueu as mãos, incrédulo. – Esse é o tipo de lavagem cerebral para adolescentes que *A Profecia* propagou na década de 1970. O que ele vai governar: a Coreia do Norte, com o 666 tatuado no couro cabeludo?

– Durante um breve período, ele vai governar o mundo – declarou St. Cartier, ignorando o sarcasmo de Nick e afastando o prato de sobremesa. Abriu a pasta e tirou um tablet mão, que colocou diante dele. Ligou o aparelho. – A expressão *Nova Ordem Mundial* significa alguma coisa para você?

Nick brincava distraidamente com a colher do café.

– Ah, *agora* ele ligou – exclamou St. Cartier.

– A Nova Ordem Mundial refere-se a uma crença, ou teoria da conspiração, segundo a qual um grupo secreto e poderoso criou um plano sigiloso para governar o mundo através de um único governo mundial – disparou Nick.

St. Cartier assentiu, arqueando as sobrancelhas. Com um suspiro, Nick prosseguiu:

– Alguns grupos têm motivação religiosa... – Nick ergueu acintosamente as sobrancelhas para St. Cartier – ... e acreditam que os agentes de *Satã* estariam envolvidos. Há outros tantos sem perspectiva religiosa sobre a questão.

St. Cartier assentiu lentamente.

– Impressionante – murmurou. – Gordonstoun ensinou-o bem, Nicholas. Com certeza você já ouviu falar nos Illuminati, não ouviu?

Nick deu de ombros.

– Segundo a cultura popular da década passada, era uma sociedade renascentista de grandes pensadores que foram "expulsos de Roma e perseguidos sem piedade" pelo Vaticano.

– Bobagem! Autores de ficção – o professor respondeu franzindo os lábios. – Um evidente voo da imaginação. – Seus dedos deslizaram rapidamente pelo pequeno teclado. – A Ordem dos Illuminati surgiu em primeiro de maio de 1776, séculos depois da morte de Michelangelo. Seu fundador foi Adam Weishaupt. O plano da ordem era usar as Lojas do Grande Oriente da Europa como mecanismo de filtragem para formar uma fraternidade secreta: uma elite que infestaria todos os corredores do poder com a meta do Governo Mundial Único. Weishaupt e seus Illuminati acabaram sendo banidos e forçados a atuar às escondidas.

Decidiram que o nome Illuminati nunca mais deveria ser usado em público. No lugar dele, usariam grupos de fachada para atingir sua meta: a dominação mundial. – Virou o tablet para Nick. – Leia.

Irmão Francis encontrava-se ao lado da mesa com uma grande bandeja de prata com frutas. Os olhos de St. Cartier se estreitaram em antecipação ao estudar a bandeja com atenção. A mão passeou sobre os figos frescos e as tâmaras avermelhadas. Por fim, pegou uma fruta alaranjada, do tamanho de uma maçã.

– O fruto da palmeira doum – exclamou, entregando-a a Nick. – A favorita de sua mãe.

Nick meneou a cabeça.

– Suco de laranja.

Irmão Francis fez um gesto para um segundo monge, que correu até a mesa e encheu com uma grande jarra o copo de Nick com suco de laranjas espremidas na hora, adoçado com açúcar mascavo, enquanto St. Cartier pegava um guardanapo branco imaculado e o amarrava ao redor do pescoço.

Nick olhou para St. Cartier e depois estudou a tela do tablet com um resmungo.

– Financistas, que remontam aos banqueiros da época dos Cavaleiros Templários, financiaram os primeiros reis da Europa e fundaram a ordem dos Illuminati – explicou o professor. – Eles ainda atuam hoje, fora de restrições sociais, legais e políticas. Controlam o sistema bancário internacional, o complexo militar-industrial, as agências mundiais de Inteligência, a mídia, os cartéis farmacêuticos, os de drogas, e a lista continua. Seus infiltrados estão posicionados nos bastidores, em todos os níveis de governos e indústrias. Tanto a Inteligência norte-americana quanto a britânica têm evidências *documentais* que mostram que eles financiaram os dois lados de todas as guerras, desde a Revolução Norte-Americana – prosseguiu Lawrence. Deu uma mordida na fruta. O suco escorreu pelo queixo e pelo guardanapo enquanto Nick observava e sorria. – Hum... tem sabor de biscoito de gengibre... não, de caramelo! – St. Cartier estalou os lábios e mastigou com vigor. – Abraham Lincoln – acrescentou entre bocados – freou a atividade deles.

Passou alegremente o guardanapo sobre os lábios e o bigode.

– Ele se recusou a pagar as exorbitantes taxas de juros – prosseguiu St. Cartier – e emitiu notas dos Estados Unidos com autorização constitucional, e sem juros. Por isso foi assassinado a sangue-frio. O plano deles é desalinhar o atual poder de aristocracia hereditária, substituindo-a por uma aristocracia intelectual, valendo-se de uma suposta revolta das massas. A Revolução Francesa, a Revolução Russa, o assassinato de John F. Kennedy... ele não seguiu as regras. Depois do episódio na Baía dos Porcos, Kennedy ameaçou fechar a CIA e transferir o poder novamente para os chefes adjuntos do Estado maior, tirando o poder do Federal Reserve. Foi então que os poderes paralelos deram seu aviso.

St. Cartier tirou o guardanapo do pescoço e esfregou meticulosamente as mãos. Ficou encarando Nick sob as sobrancelhas.

– Alguns dizem que o 11 de Setembro...

Nick olhou irritado para ele.

– Você estava indo bem, Lawrence. Não force a barra – advertiu. Mas St. Cartier o ignorou.

– Hoje, a mesma organização ainda existe, sem nenhuma identificação, velada e invisível. Mal podemos identificá-la em 2021. Mas está mais poderosa do que nunca. Os Illuminati são os controladores. Em conjunto com organizações, como o Comitê dos Trezentos.

– Comitê do *quê*? – Nick o fitou com olhos arregalados, incrédulo.

– Um governo paralelo e de alto nível, regido pelo Conselho dos Treze. Eles ditam políticas, determinam o foco; suas ordens são executadas pelos níveis inferiores da cadeia alimentar: o Conselho de Relações Exteriores, o Grupo Bilderberg, o Clube de Roma, a Comissão Trilateral e seus desdobramentos. Os grandes controladores não sujam as mãos. As operações mais sinistras, desde execuções, assassinatos, golpes, lavagem de dinheiro a drogas, são realizadas em segredo por facções renegadas de agências de Inteligência sob o controle deles e da rede de exércitos particulares dos Illuminati. Esses poderes governantes fornecem quantidades absurdas de armas e de dinheiro para os dois lados da guerra, a fim de atingirem seus objetivos. A meta primária: formar o Governo Mundial Único. E eliminar todas as religiões e governos nesse processo.

– E o que isso tem a ver com o restante, Lawrence?

– Enquanto os Illuminati trabalham por trás dos bastidores para criar condições favoráveis à Nova Ordem Mundial – St. Cartier engoliu o resto do café –, os Illuminus reúnem evidências e agem diretamente, influenciando grupos para impedir que a Nova Ordem Mundial se instale. Esses Illuminus acreditam que a sociedade totalitária já se instalou de forma sutil.

Nick olhou atônito para o velho amigo.

– Você... você acredita nisso?

St. Cartier assentiu.

– Tenho acompanhado o rastro deles durante mais de três décadas, tanto como sacerdote jesuíta, antes de deixar a Ordem, quanto no papel de agente da CIA. Sim, Nicholas – declarou St. Cartier –, eu sou um Illuminus. – E prosseguiu, implacável: – Hoje, há treze famílias de grande influência que governam a Ordem. São os Controladores. Eles se reúnem regularmente para discutir finanças, diretrizes e políticas. Dinastias influentes, com dinheiro VELHO. – O professor tirou uma lata de tabaco da jaqueta. Acendeu um fósforo e ateou fogo ao fumo do cachimbo. – Na verdade, a Suíça foi criada como um centro bancário neutro, para que as famílias dos Illuminati tivessem um lugar seguro para manter suas reservas sem medo da destruição causada por guerras ou olhares cobiçosos.

St. Cartier encarou Nick abertamente.

– Sua *família*, Nicholas – St. Cartier fez uma pausa –, é uma dessas financiadoras. Uma das treze famílias governantes dos Illuminati. Uma Controladora.

Nick olhou para os monges que se mantinham respeitosamente em pé e silenciosos no telhado.

– Lawrence – ele baixou o tom de voz –, você ficou completamente maluco? Enlouqueceu? Papai era absolutamente cético; jamais acreditou em teorias da conspiração, muito menos...

St. Cartier ignorou o comentário de Nick.

– A família De Vere é uma das treze que mantêm o controle da administração política, financeira e social dos Estados Unidos. Exerce enorme influência sobre os negócios globais das nações, através de um consórcio de intermediários do poder: investidores privados, fornecedores de equipamentos de defesa, facções renegadas da CIA, o Conselho de Relações Exteriores, o Fundo Monetário Internacional, o Banco Mundial. A lista é longa demais para mencionar.

– Isso é forçar muito a barra, Lawrence – advertiu Nick. – Mesmo para *você*.

– Sua família tem financiado essas operações há séculos, graças aos negócios com lingotes de metais preciosos, bancos, minas e investimentos. – Ele olhou acusadoramente para Nick. – De Vere Gerenciamento de Ativos. Leopold De Vere e Filhos Ltda.

– Olhe, Lawrence, eu cresci ouvindo essas coisas no café da manhã. – Nick estava ficando irritado. – Teorias da conspiração envolvendo a minha família sempre foi uma indústria próspera. De Vere Gerenciamento de Ativos, Nova York; De Vere Participações, Oriente Médio; De Vere Participações, Extremo Oriente; De Vere & Cie. na França; De Vere Reservas... – Ele levantou as mãos. – Todas são transparentes. Todas estão diante do público há décadas.

– Todas são subsidiárias da Fundos de Continuidade De Vere AG, controlada pela família De Vere – prosseguiu Lawrence em voz baixa –, estabelecida na Suíça no começo do século XX para proteger a participação acionária de sua família no império bancário. A Fundos de Continuidade De Vere AG, porém, *não* está no cenário público. E nunca foi transparente. – Lawrence estudou o amigo à sua frente com firmeza.

Nick franziu a testa.

– Quem controla a Fundos de Continuidade De Vere AG, Nick?

Nick o encarou, irritado.

– O que é *isso*, Lawrence? Alguma forma de inquisição obsessiva que sobrou de sua educação como jesuíta?

Lawrence sustentou com firmeza o olhar de Nick.

– Seja bonzinho. Satisfaça a curiosidade de um velho.

– Olhe, Lawrence, nunca me interessei pelos detalhes – respondeu Nick, perdendo a paciência. – Nenhum de nós se interessou. Não estávamos interessados na tradição bancária da família. Eu estudei arqueologia. Jason foi para a área das comunicações. Adrian, para a política.

Papai administrou os bancos até morrer. Quando ele morreu, deixou uma procuração para mamãe. Simples. Satisfeito?

– Infelizmente, não, Nick. – Seu tom estava mais gentil do que o normal. – A Fundos de Continuidade De Vere AG foi fundada por seu ancestral, Leopold De Vere, na década de 1790. Ele possuía um grande cofre secreto repleto de ouro sob sua casa em Hamburgo. Em 1885, Ephraim De Vere transmitiu-o a seu filho, Rupert, seu trisavô. Em 1954, seu avô paterno, Julius De Vere, assumiu as rédeas e o gerenciou com mãos de ferro. Ele, tal como seus ancestrais, controlou o estoque mundial de ouro. Com a morte de Julius De Vere em 2014, a Fundos de Continuidade De Vere AG tinha mais de cinco por cento do ouro mundial escondido em seu cofre particular. Seu pai foi autorizado, pelos poderes paralelos, a lidar com esse ouro, mas Julius não o considerou apto a assumir o comando. Antes de sua morte, Julius transmitiu o controle total aos seus curadores: membros sem nome e sem rosto da Fraternidade.

– Evidentemente, isso não é verdade. Mamãe...

– Sua mãe, apesar de ser uma mulher de negócios ousada, é uma marionete na mão deles, nada mais, e ela sabe disso. Sua mãe tem total autonomia sobre assuntos como caridade, e administra a Fundação de Caridade De Vere com seu inigualável brilho e capacidade. O resto é *clandestino*, Nick.

Nick olhou, estupefato, para o professor.

– Quanto a sua família vale, Nick?

– Cerca de quinhentos bilhões de dólares – ele respondeu. – Sei que perdemos quarenta por cento de nosso patrimônio líquido com a crise de 2008 e mais de metade da riqueza na crise dos bancos em 2018. Satisfeito?

St. Cartier o fitou profundamente.

– Os ativos da família De Vere somam duzentos *trilhões* de dólares, Nick. E estão absolutamente intactos. Nunca houve perda nenhuma. Foi um plano de marketing destinado a manter a distância os olhos curiosos de investigadores financeiros privados. Os registros secretos dos De Vere nunca sofrem auditoria, e ninguém presta contas sobre eles. E, com toda a certeza, *não* são controlados por sua mãe.

Os olhos de Nick ardiam de fúria.

– O que é *isto*, Lawrence... alguma piada *sem graça*?

– Antes fosse, meu rapaz – respondeu o velho com um suspiro. – Sua família possui mais de quarenta por cento do mercado mundial de ouro, opera um monopólio agressivo na indústria de diamantes e tem participação inimaginável nas reservas russas de petróleo, estimada em mais de cinquenta por cento. Ela está no centro do comércio ilegal de drogas e armas do planeta.

Nick se remexeu na cadeira, sentindo-se desconfortável.

– Quer que eu continue? – Lawrence tirou um maço de papéis com o selo da CIA da mala. Nick deu uma olhada na primeira página.

– Fundo Internacional de Investimentos? Nunca ouvi falar dele – rebateu o arqueólogo.

– Então não tem prestado muita atenção. – St. Cartier deslizou os papéis pela mesa em direção a Nick. – Ele foi formado na década de 1980, sob os auspícios de seu avô, Julius De Vere. Leia.

Nick percorreu as páginas com os olhos.

– Um *jornalista*, Lawrence – Nick retrucou, mordaz.

– Não – respondeu St. Cartier. – Um importante investigador de fraudes de um banco europeu, Nicholas.

Nick suspirou. Pegou de novo os papéis e leu palavra por palavra do artigo.

– Por volta de 2001, os Illuminati tinham conseguido levantar o valor almejado de cento e cinquenta trilhões de trezentas instituições internacionais, no mínimo, na maior e mais sigilosa operação privada de participação acionária do mundo. – Fez uma pausa.

– Prossiga, Nicholas.

– Infelizmente, a mídia convencional não noticiou essa operação, de modo que o público geral a ignora. A meta era proporcionar fundos para uso da Nova Ordem Mundial ao longo do século XXI – continuou Nick. – Equipado com recursos tão ilimitados, o Conselho reuniu fundos suficientes para pagar ou chantagear líderes, legisladores e agentes de Inteligência do mundo todo, pelo resto deste século, na consecução de seus objetivos.

Lawrence tomou os documentos e continuou a ler o texto em voz alta:

– Trata-se de um fundo sediado em Zurique. Não está na Bolsa. Não está nas listas oficiais. Desde sua criação, tem sido usado para engenharia geopolítica. Há fortes evidências de envolvimento com as instituições da própria União Europeia e com recursos da Inteligência em sua gestão. – Lawrence tirou os óculos. – Dito de forma simples, Nick, esse é o fundo ilegal dos Illuminati, com valor estimado hoje em mais de duzentos trilhões de dólares, dirigido em benefício da Fraternidade. Eles financiaram a maioria das guerras preemptivas do mundo. Iraque. Afeganistão. Desse modo, controlam o petróleo e as drogas. Após sua libertação do domínio do Talibã, a produção de ópio do Afeganistão passou de seiscentas e quarenta toneladas em 2001 para oito mil e duzentas toneladas em 2007. Hoje, o Afeganistão fornece mais de noventa e três por cento do mercado global de ópio.

Sua voz tornou-se pouco mais que um sussurro:

– Quem ganhou com a invasão do Afeganistão?

– Os cartéis de drogas – respondeu Nick. – O crime organizado. É óbvio.

Lawrence meneou a cabeça.

– Não. As agências de Inteligência, em conjunto com os poderosos sindicatos de negócios da elite, inclusive sua família. – Lawrence o encarou, a fim de enfatizar a informação. – A Fraternidade deposita a receita de vários bilhões de dólares provenientes dos narcóticos no sistema bancário internacional, usando empresas associadas em paraísos fiscais no exterior, para lavar grandes somas de narcodólares. Junto com facções secretas das agências de Inteligência, ela também se beneficia do tráfico de cocaína da Nicarágua. Da Colômbia. Financia redes internacionais de pedofilia, encomenda assassinatos, compra carregamentos bilionários de componentes nucleares. O assassinato de Ali Bhutto. Talvez o de Benazir. Quem sabe qual é a extensão de sua influência? São centenas de falsos ataques terroristas. Pagam exércitos secretos dentro da comunidade de Inteligência. Providenciam operações paralelas. Gladio. Departamento de Estudos Estratégicos de Antiterrorismo, o DSSA. A lista é interminável. Tudo isso para que sua máfia bancária não chame a atenção; para que o Conselho não apareça.

Ele largou os papéis sobre a mesa.

– Foram os planos orquestrados antes de sua morte pelo grande arquiteto da Fraternidade: seu avô paterno, Julius De Vere.

Nick meneou a cabeça, incrédulo. Em silêncio.

St. Cartier lançou a Nick um olhar sombrio.

– O que *não* é de conhecimento comum é o fato de seu avô ter sido um dos mais poderosos feiticeiros do século XXI.

Nick olhou, estupefato, para St. Cartier.

– Feiticeiros. Agora você perdeu o juízo, Lawrence. Está alucinando.

St. Cartier tirou uma fotografia da pasta e a fez deslizar pela mesa.

– Estude-a. É autêntica.

Nick observou a foto de Julius De Vere num manto negro, a marca em seu pulso bastante visível. Ao lado dele estava sentado James De Vere, com dezenove anos, a fisionomia relaxada.

– Seu avô foi um dos três únicos sumos sacerdotes feiticeiros do planeta a ter a Marca do Rei Feiticeiro: uma marca indelével que, quando visível, aparece literalmente como uma gravação a ferro incandescente. Foi gravada no pulso esquerdo de seu avô. Um selo desses significa obediência e devoção a um único mestre: Lúcifer. – St. Cartier fez uma pausa. – Um selo que é um indício da venda de sua alma mediante uma transação de sangue que nunca poderia ser revogada. Os ativos dos De Vere pertencem à Fraternidade. Aos Illuminati. Seu pai, James, fez um pacto com a Fraternidade: ele cumpriria quaisquer exigências nefastas que lhe fossem feitas, executando o que lhe pedissem até o último detalhe. Mas seus filhos jamais deveriam fazer parte disso.

– Só vi Julius duas vezes – disse Nick em voz baixa. – Ele morreu quando eu tinha...

– Doze anos. – Lawrence sorriu.

Nick assentiu.

– Papai nunca falava dele. Dizia que era muito reservado. Durão, era o que diziam dele. Foi por isso que o relacionamento entre meu pai e nós sempre foi aberto. Ele jurou que nunca cometeria os erros que o pai cometera.

– Seu pai era um bom homem, Nick. Seu avô, Julius, via-o como um fraco, mas não era fraqueza, Nicholas, era moralidade. Força de caráter. Ele foi um obstáculo nos planos de dominação mundial da Fraternidade.

St. Cartier colocou a foto de lado e pegou um grande envelope pardo da mala.

– Um dia antes de seu pai morrer, ele me mandou isto. – Abriu o envelope e tirou uma carta dobrada, escrita em papel de linho.

Nick pôde ver o monograma prateado da família De Vere e o selo azul, no mesmo tom da Força Aérea, sob a caligrafia itálica e precisa do pai. Ele tirou a carta lentamente da mão de St. Cartier. Pálido.

A última vez que Nick vira James De Vere vivo fora quatro verões atrás, exatamente no dia 4 de agosto – o dia em que Nick anunciara o rompimento com a modelo inglesa Devon por conta de seu relacionamento com o alto, esguio e estiloso Klaus von Hausen, estrela em ascensão do Museu Britânico.

Ele levara Klaus à festa que a mãe promovia todos os anos ao ar livre e, enquanto Klaus jogava tênis em outro local da propriedade, Nick e James De Vere haviam discutido violentamente nos gramados bem cuidados da mansão de campo dos De Vere, em Oxfordshire.

James era da velha escola. Homofóbico. Não poupou palavras, e ambos tiveram uma discussão brutal, passional, da qual nunca mais poderiam se retratar.

Naquela tarde, James mandara congelar o fundo fiduciário de Nick. Uma semana depois, havia morrido. Fora encontrado no chão do escritório, vítima de um ataque cardíaco. Nick ficara arrasado.

Desde seu nascimento, fora o predileto não declarado de James, o caçula adorado e talentoso. Nick, por sua vez, adorava o pai, um homem franco, empreendedor e de coração generoso. Mas a brutalidade do último encontro nunca chegou a se dissipar.

Nick olhou com firmeza para St. Cartier, desdobrando a carta vagarosamente. Olhou de novo para St. Cartier, franzindo o cenho.

– A data... É do dia treze, o dia em que ele morreu.

St. Cartier assentiu.

– Prossiga.

Nick afastou a franja da testa, que sempre lhe caía sobre os olhos. Pôde imaginar James sentado diante da escrivaninha de mogno, os cabelos grisalhos despenteados, escrevendo intensamente.

Meu caro Lawrence...

Nick olhou para Lawrence. St. Cartier sorriu com gentileza.

– Continue a ler, Nicholas.

... Embora nem sempre nossa convivência tenha sido estreita, apelo a você, meu amigo de longa data, para que, na eventualidade de minha morte em circunstâncias pouco naturais, revele o conteúdo a seguir para que seja feita justiça. Cuide de minha amada Lilian para mim, Lawrence. Vão acabar chegando até ela. E cuide de meus filhos.

Entregue o mal à justiça.

Proteja os inocentes, eu lhe imploro.

Sei que está a par de que, nas últimas quatro décadas, eu e meu pai, e meus ancestrais antes dele, estivemos profundamente envolvidos com o governo paralelo e seu plano para dominar o mundo sob a Nova Ordem Mundial.

Fui um homem com pouca consciência.

Agora, sou um homem com muitos arrependimentos.

Nick olhou para St. Cartier, atônito. Lawrence fez um gesto para que ele continuasse.

Amanhã, tenho uma reunião para revelar este conteúdo para X.

Se aquilo que receio for confirmado, farei o que estiver ao meu alcance para proteger os inocentes.

É minha sina revelar um dos mais baixos e nefastos planos já concebidos na história da raça humana.

Não posso mais seguir esse caminho.

Preparei um arquivo com evidências, guardado num lugar seguro e desconhecido para os demais. Um arquivo que revela os horrores orquestrados nos salões sombrios dos laboratórios de pesquisa bélica: gripe aviária transformada em arma. Planos para reduzir as populações. Tenho evidências detalhadas de trilhas de auditores financeiros que envolvem o Fundo Internacional de Investimentos. Contas bancárias em paraísos fiscais...

E isso é apenas a ponta do iceberg.

Você e eu sabemos que estou colocando em jogo a minha vida.

Tenho a intenção de divulgar isto para a imprensa, Lawrence, e salvar tanto o Reino Unido quanto os Estados Unidos da América da aniquilação certa.

Há dois dias, chegaram-me evidências. Evidências malditas. Daquilo que fizeram a sangue-frio com meu filho adorado.

Estou anexando os documentos.

Eles romperam o pacto.

Agora, o rompimento será de minha parte. Sob o risco de minha própria morte.

Volto a entrar em contato quando minhas investigações estiverem completas.

Seu amigo, sempre,

James De Vere

A carta caiu da mão de Nick para a mesa.

– Seu pai foi encontrado morto na noite seguinte – disse St. Cartier, a voz mansa. – Foi decidido que Jason seria mantido na ignorância. E você também. Ele nunca se interessou pela área bancária dos ativos familiares; não representava nenhuma ameaça. A Fraternidade ficou satisfeita com o fato de ele se contentar com o controle do conglomerado das comunicações. A diretoria da VOX é quase toda formada pelos amigos mais íntimos de seu pai. A Fraternidade, Nick. Eles têm acesso à VOX Communications no instante em que precisarem. Mas você era motivo de irritação, Nick. A obsessão dos *paparazzi* ingleses por sua vida particular chamou atenção para a família De Vere. Bem mais do que seria aceitável por parte da Fraternidade.

Com mãos trêmulas, St. Cartier entregou-lhe um papel.

– Eles precisavam se livrar de você. E seu pai descobriu tudo.

Lentamente, Nick pegou o documento e o leu. Suas mãos tremiam descontroladamente. Ele olhou para Lawrence, abalado até o último fio de cabelo.

O professor assentiu e se inclinou, tocando o braço de Nick com gentileza.

– Naquela noite, uma agulha em Amsterdã fazia parte do plano. Deram propositalmente, a você e a seus conhecidos, o vírus da aids, criado em um dos laboratórios secretos de bioterrorismo.

Nick fitou Lawrence, os olhos arregalados. Sem compreender nada. Sentindo-se subitamente nauseado.

– Quando seu pai descobriu sobre esse ato inominável, ele rompeu o pacto. Eles o mataram por causa disso.

Trêmulo, Nick olhou de novo para o documento incriminador, tornando a lê-lo.

– Foi proposital... – sussurrou. Passou os dedos pelos cabelos e olhou para Lawrence, os olhos turvos.

– Sinto *muitíssimo*, meu rapaz. – Lawrence olhou para ele com lágrimas nos olhos.

– Mas quem... *quem* quis me matar? – perguntou, a respiração ofegante. – Por quê? Quem são essas pessoas, Lawrence? – Jogou os papéis sobre a mesa. – Estão brincando com a minha *vida*. Que droga de... – Nick interrompeu a frase. O ruído da turbina de um helicóptero abafou a conversa. Ficaram observando as luzes de aterrissagem do helicóptero, que descia com rapidez. Quando ele passou diante dos holofotes da torre, Nick reconheceu a insígnia real hachemita da família governante da Jordânia.

Lawrence franziu a testa.

– O helicóptero real não estava nos registros de hoje.

Nick observou enquanto oito monges se materializaram, como que do nada, espalhando-se em três direções diferentes. No mesmo instante, luzes se acenderam por todo o mosteiro.

Ouviram-se passos pesados. Ele se virou.

Quatro soldados musculosos com submetralhadoras surgiram como se tivessem vindo do ar. As cabeças estavam raspadas, e Nick reconheceu de imediato o padrão digital nos uniformes. O comando de elite para operações especiais. A guarda real de Jotapa.

O professor colocou o guardanapo sobre a mesa. Levantou-se, afastou a cadeira e se curvou.

– Vossa Alteza... – Curvou-se novamente.

Nick se virou. Jotapa, princesa da Jordânia, estava diante dele.

– Fico feliz por encontrá-lo aqui, Nicholas. Professor... – Jotapa dirigiu-se a Lawrence St. Cartier. – Faria a gentileza de nos dar licença por alguns instantes? Tenho assuntos urgentes a tratar com Nicholas.

Lawrence St. Cartier pegou seu tablet e seus papéis, e colocou o chapéu-panamá.

– O privilégio é todo meu, Vossa Majestade. Nicholas – avisou –, vou me deitar cedo. – Lançou um olhar preocupado para ele. – Sugiro-lhe que faça o mesmo, meu rapaz. Você sofreu um golpe e tanto. Encontro com você no café da manhã. Às seis... pontualmente.

Curvando-se mais uma vez para Jotapa, apressou-se pelo telhado, descendo depois as escadas.

Nick afastou a cadeira. Pálido, sua mente girava em um turbilhão diante das revelações daquela noite.

– Nick... – Jotapa franziu o cenho. – Que golpe é esse que você sofreu?

Nick a fitou vagamente, ainda com o documento na mão.

– Você está bem? Não está com boa aparência.

– Estou bem – falou em um fio de voz. – Foi uma notícia ruim, só isso. – Olhou distraído para Jotapa. – Amanhã de manhã já estarei bem. – Dobrou o documento exatamente ao meio e o guardou no bolso interno da jaqueta de couro. Observou o rosto dela, em formato de coração.

– Você também não parece muito bem. – Franziu a testa.

A princesa voluntariosa, firme e independente parecia um pouco diferente naquela noite. No limite... vulnerável. A impecável princesa da Jordânia, de jeans e camiseta em seus vinte e quatro anos de idade, havia desaparecido. Naquela noite, Jotapa trajava um vestido de tafetá rosa-claro que se ajustava com perfeição aos quadris esguios, as pernas longas e magras cobertas por meias finas, enquanto os pés calçavam um par de sapatos de salto alto cor-de-rosa. A representação suprema de uma jovem monarca jordaniana.

– Nick... – Ela colocou sua mão, pequena e fina, sobre a mão bronzeada dele, os pulsos cobertos de pulseiras de ouro. – Sabe que eu não teria vindo, a menos que fosse realmente importante.

Nick assentiu. Jotapa fez um gesto para que os soldados se afastassem e, no mesmo instante, eles se recolheram ao perímetro do terraço.

– É o meu pai, o rei. Ele voltou no final da noite de ontem de Jerusalém. De um encontro com seu irmão. – Lágrimas afloraram nos olhos de Jotapa. – Ele faleceu às quatro horas desta madrugada. Ataque cardíaco.

Nick tomou a mão dela entre as suas. Sentiu-a trêmula.

– Seu pai... Sinto muito, Jotapa.

– Precisava ver você.

– Claro.

– Sabe, Nick, não posso ficar muito tempo, mas precisava dizer uma coisa pessoalmente. Nicholas, nunca mais vou vê-lo.

Ele ficou olhando boquiaberto para a princesa.

– Sei que nos falamos por telefone. – Jotapa baixou o olhar. – Tenho o mesmo sentimento forte por você. Nicholas, precisa confiar em mim.

– Mas nós apenas...

– Desculpe-me, Nick.

– Foi meu relacionamento com Klaus von Hausen, não foi? Você descobriu.

– Nick, tenho várias dessas pastas com a informação "altamente sigiloso" – falou ela, a voz suave. – Sabia quem você era antes mesmo de pôr os olhos em você. Sabia com quem estava lidando.

– Existe outra pessoa?

– Não, não existe ninguém – ela falou com delicadeza. – Ninguém mesmo, Nick. Estou sozinha.

Nick se aproximou dela, encarando-a com firmeza.

– Você está com algum problema?

– Minha vida está prestes a mudar por completo. – Jotapa deslizou o olhar ao redor, evidenciando seu nervosismo. – Meu pai me protegeu enquanto esteve vivo. Meu irmão mais velho, o príncipe Faisal, será coroado rei em algumas horas. Mas não era essa a vontade de meu pai. – Ela ficou andando de um lado para outro diante de Nick. – Faisal foi fruto do primeiro casamento de meu pai, há mais de trinta anos. Há dois anos, por trás das portas do palácio e diante de testemunhas, meu pai, o rei, designou como meu irmão Jibril, de dezesseis anos, seu herdeiro. Ele sabia que Faisal é cruel e ardiloso, e que não seria um bom rei para o povo jordaniano.

Ela quase engasgou com as palavras, mas conseguiu manter a custo a compostura.

– Todos aqueles que testemunharam isso – prosseguiu –, ou que são leais a meu pai, já foram silenciados com suborno ou por outros meios. Aqueles que não se venderam ou que não cederam a chantagens foram executados esta manhã, antes do amanhecer. – Seus olhos se encheram de lágrimas. – O primeiro-ministro, auxiliares de meu pai, os ministros de confiança. Todos mortos.

Jotapa caminhou até a extremidade do telhado, observando o céu noturno que cobria o Egito. Sua voz tornou-se um sussurro:

– Disse a eles que tinha assuntos arqueológicos inacabados aqui no mosteiro. Permitiram-me fazer uma última viagem. Safwat... – sua voz ficou embargada, e a frase foi interrompida.

Nick franziu a testa. Conhecia Safwat, o chefe de segurança e homem de confiança de Jotapa, que a protegera desde a infância.

– Safwat me protegeu desde que eu era um bebê. – Ela ergueu as mãos para o alto, desesperada. – Foi executado ao nascer do sol. – Virou-se para Nick, as lágrimas escorrendo pelo rosto. – Nicholas, meu pai foi um grande rei. Nobre e justo. Corajoso. Cheio de sabedoria. Sem sua proteção, tanto eu quanto meu irmão Jibril corremos sério perigo. – Ela se deteve, esforçando-se para se acalmar. – Faisal deu minha mão em casamento ao príncipe herdeiro Mansoor, da Arábia. Meu irmão, Jibril foi exilado e também vai para lá. Voaremos para a Arábia ao nascer do sol.

Nick olhou horrorizado para Jotapa, compreendendo, por fim, as palavras dela.

– Mansoor é um criminoso – exclamou. – O próprio pai dele, o rei Saud, renunciou publicamente ao filho. As histórias de suas atrocidades não param de circular pela imprensa árabe. Você *não pode* partir! – Ele a pegou pelo braço. – Não vou deixar.

– Nicholas, você não é um de nós! Não pode compreender o nosso mundo. – Ela o fitou com firmeza. – Nosso mundo não é como o mundo ocidental. Faisal odeia Jibril. Jibril é bom, generoso. Justo e reto, como o meu pai. Faisal não ousaria me matar, Nick, mas ele *vai* matar meu irmão mais novo; isso é certo. Assim que Jibril desaparecer atrás da cortina de ouro negro, sua vida estará em perigo. Jibril é o único obstáculo ao trono de Faisal. – Jotapa ficou em silêncio, a respiração ofegante. – *Preciso* protegê-lo.

– Você é a única pessoa que me restou, Jotapa! – gritou Nick. – Você nunca mais vai sair daquele inferno.

– Ele é meu *irmão*.

Um guarda-costas se aproximou discretamente deles.

– Vossa Majestade.

Jotapa assentiu e ergueu a mão.

– Um minuto – falou ela. Ele se curvou e desapareceu.

Tirando a pequena cruz de prata oculta sob o vestido, Jotapa abriu o fecho apressadamente.

– No palácio de Mansoor não há lugar para isto. – Pegou a mão de Nick, abriu-a com delicadeza e depositou a cruz em sua palma. – Mantenha-a sempre com você. – Jotapa levou a mão ao rosto de Nick. – E lembre-se de mim, Nicholas De Vere. – Ao dizer isso, afastou-se dele.

– Jotapa! – clamou Nick. Ele se aproximou dela e a abraçou com força. A princesa tocou o rosto dele com o seu, coberto de lágrimas.

– Você não compreende. – A voz dela estava tomada pela emoção.

– Você é tudo o que me resta.

Ela fechou os olhos, angustiada, e, desvencilhando-se dos braços de Nick, foi se afastando.

– Jotapa... – gritou Nick em desespero.

Ela se deteve por um instante, oito degraus abaixo, e se virou, uma torrente de lágrimas escorrendo por seu rosto.

– Nicholas – pediu –, você *precisa* me deixar partir.

E ela se foi.

Nick apertou tanto a cruz, que machucou a mão. Abriu-a e, em meio a lágrimas quentes que ardiam em seus olhos, viu-a escorregar de sua mão para o chão de pedra.

Eles o tinham assassinado. A sangue-frio. Sob a luz fria da tarde.

Tudo o que imaginava ser a verdade fora desmascarado como uma mentira.

A vida toda de Nick De Vere estava sobre areia movediça.

Capítulo 17

Noite Escura da Alma

Nick se revirava de um lado para outro na pequena cama de ferro, murmurando palavras incoerentes. O suor escorria-lhe do peito e das pernas, molhando os lençóis brancos e engomados. Devagar, apoiou-se sobre um dos braços, zonzo. Com dores. Sentiu os lençóis encharcados e suspirou, exasperado.

Uma luz branca e ofuscante iluminou o quarto e depois esmaeceu.

Fraco, arrastou os pés até alcançarem o chão e tateou à procura do relógio. Na semiescuridão, os números luminosos indicavam três da manhã. Tinha dormido apenas duas horas.

Procurou o frasco de comprimidos no criado-mudo ao lado da cama, desenroscou a tampa e jogou dois na boca. Então, ficou como que congelado.

Ouviu vozes abafadas sussurrando numa língua estranha, que não conseguiu identificar. Escutou com atenção. Não era árabe, tampouco algum dialeto local. Disso tinha certeza.

Intrigado, aproximou-se da pequena janela à direita do quarto. Conforme dissera Lawrence, o quarto nove tinha uma vista magnífica do deserto pela janela da frente, mas uma visão panorâmica do terraço no telhado pela janela à direita. As vozes abafadas vinham dessa direção.

Olhou com atenção para as três figuras que caminhavam rumo à torre de observação da cúpula. A mesma luz cegante iluminou de novo o quarto.

Não havia dúvida. A atividade vinha do domo giratório do telescópio, no observatório do Mosteiro dos Arcanjos. Pela janela aberta, conseguiu ouvir a conversa com mais clareza. Recuou um passo. Atônito. Era exatamente o mesmo dialeto da misteriosa linguagem angelical dos Anais Angelicais Secretos, que tinha descoberto em Petra, três anos atrás. Estava certo disso.

Iluminadas contra a luz, duas figuras altas ficaram visíveis na torre de observação.

Nick pressionou o rosto contra as velhas vidraças da janela da clausura e esfregou os olhos.

Deviam ter dois metros e quarenta ou dois metros e setenta de altura.

– Acorde – disse a si mesmo.

Poderia jurar, pela sepultura de seu pai, que vira projeções semelhantes a asas saindo das duas figuras.

Devia ser a medicação. Só podia estar tendo alucinações.

Tornou a olhar pela janela. As figuras haviam desaparecido.

Apressadamente, vestiu o jeans e enfiou uma camiseta pescoço abaixo, abrindo a porta e estudando os corredores da clausura. Vazios.

Caminhou a passos rápidos pelo corredor ventoso, seguindo pelo terraço e passando pelo refeitório dos monges, até chegar à cúpula. As mesas e os bancos do jantar estavam empilhados contra a parede, e a cúpula encontrava-se vazia. Nick olhou para a torre de observação, agora estranhamente deserta.

Então, percebeu uma figura alta, trajando um manto, postada do outro lado da cúpula, contemplando o céu noturno do Egito.

A figura falou, sem se virar:

– Você procura verdades antigas, Nicholas De Vere.

Nick olhou, espantado, para o monge encapuzado diante dele. Devia ter mais de dois metros e quarenta de altura. Ficaram em silêncio no telhado durante um longo momento. O monge ainda observava o espectro do Cavaleiro Branco, agora alçado até o zênite do céu egípcio, escuro como nanquim.

Por fim, tornou a falar:

– No entanto, essas verdades podem levá-lo por um caminho que talvez você não queira trilhar.

Soprou uma brisa fria. Nick estremeceu. *Devia estar fazendo menos de dez graus. Ele devia ter vestido a jaqueta.* Ficou olhando o monge enquanto este caminhava até a extremidade da cúpula.

– Este mosteiro é um portal, Nick De Vere. – O monge se ajoelhou e colheu um punhado de areia com uma das mãos. – Um portal que serve de ponte entre dois mundos.

O estranho se virou.

– O mundo dos seres angelicais e o mundo da raça dos homens – disse.

– Lawrence – Nick gaguejou. Sem dúvida, era Lawrence St. Cartier, mas, pensando melhor, Nick percebeu que este jamais poderia ser o Lawrence St. Cartier que Nick conhecera ao longo da vida. Ficou observando-o, boquiaberto. Lawrence tinha cerca de um metro e setenta e cinco.

A figura diante dele erguia-se literalmente acima dele, e Nick tinha quase um metro e noventa. "Ele deve ter..." Nick hesitou. "Pelo menos, dois metros e quarenta." Esfregou os olhos com a palma das mãos. "Com certeza, são os remédios."

– Estou tendo uma alucinação – murmurou. Haviam-no avisado de que esse tipo de coisa podia acontecer nos estágios finais.

O monge pegou a mão de Nick.

– Sinta-me, Nick. – Aproximou-se mais um pouco dele, pondo a mão em seu peito. – Sou de carne e osso.

Nick olhou, espantado – alucinado –, para o rosto ancestral de feições imperiais. Os traços lembravam os de Lawrence St. Cartier, os olhos azuis intensos e aquosos brilhando como os de uma águia sob as espessas sobrancelhas brancas. Mas o rosto que estava diante dele era mais gentil, muito mais gentil, e os olhos emanavam uma compaixão profunda, rara no olhar do velho professor.

– Não sou uma alucinação. – Nick olhou para os cabelos brancos e sedosos que chegavam quase até seus pés. A pele do estranho possuía uma luminosidade misteriosa.

– Quem é você? – Os olhos de Nick piscaram numa mescla de medo e de fúria.

Mais uma vez, o estranho sorriu.

– Meu nome é Jether – falou ele com voz mansa. – Sou líder dos Vinte e Quatro Reis Anciões Angelicais. Em mundos que você ainda não compreende, Nicholas De Vere.

Jether olhou para Nick com profunda compaixão e entendimento. Fez um gesto na direção da imagem pálida no céu acima deles.

– O Cavaleiro Branco. Ele indica o rompimento do Primeiro Grande Selo da Revelação. O momento da Grande Tribulação se aproxima com rapidez do seu mundo. Também é a chave de ativação dos portais angelicais, que ligam o mundo da raça dos homens a outros mundos. Portais que estiveram adormecidos desde o início dos tempos estão prestes a ser ativados. – Fez uma pausa. – Para o bem e para o mal.

Nick continuou a observá-lo, incrédulo.

– São passagens entre mundos, se preferir – prosseguiu Jether. – C. S. Lewis e seu guarda-roupa... Ele chegou bem perto.

– E quanto a Lawrence? – balbuciou Nick, frustrado.

– Nós, os angelicais, aparecemos em forma humana quando necessário. Você me conhece em minha forma humana como Lawrence St. Cartier.

Jether sorriu para Nick com grande benevolência no olhar. Virando-se, foi caminhando pela cúpula, e fez um gesto para que Nick o seguisse. Desceu pela escada de ferro até um jardim murado com sicômoros, percorrendo um pequeno caminho de pedras que serpenteava ao lado de um espelho d'água com exóticos lótus rosa, que se erguiam sobre as águas turvas. Nick fitou o estranho com certa frustração, mas o seguiu mesmo assim, a mente acelerada e repleta de perguntas sem resposta.

Jether deteve-se diante de uma porta metálica enferrujada: a entrada para a ampla ala antiga do mosteiro.

– Sua viagem de iluminação vai começar nesta noite, Nicholas De Vere. – Ele atravessou o portão de ferro, rematerializando-se do outro lado, e levantou a mão para abrir o sofisticado sistema de segurança. – Vai ser perigoso. – Os portões de metal se abriram bem na frente de Nick. – Mas muito mais glorioso do que você poderia imaginar.

Jether baixou a cabeça e desapareceu pelo menor dos diversos corredores antigos e sinuosos do antigo mosteiro.

Nick apenas olhava, irritado. Alucinações, enigmas. Lawrence estava por trás daquilo tudo. Alguém estava brincando com sua mente. Mas ele chegaria ao fundo daquela loucura. Lawrence... E, por falar nele, *onde* estaria? Droga!

Ele avançou pela porta aberta. Ela se fechou de imediato com um estalo atrás dele.

A cripta inferior. De algum modo, ele sabia, sem nenhum resquício de dúvida, que era para lá que Lawrence, Jether, ou fosse quem fosse aquele monge, se dirigia.

Havia estado lá com Jotapa da última vez que visitara o mosteiro e lembrava-se vagamente do caminho. Refez os passos de Jether, tomando o mais estreito dos sinuosos corredores antigos. Lembrou-se do nítido aroma de tintas e couro misturado a mirra.

Virou à direita e adentrou a imensa biblioteca do mosteiro, em geral ocupada por centenas de monges arquivando dados em sistemas de computação. Naquela noite, estava deserta.

"Portais... guarda-roupas... reis angelicais. Será que Lawrence acha que sou idiota?" Nick se apoiou contra a parede, sentindo-se subitamente exausto, o suor escorrendo pelo peito.

Esperou vários momentos até se sentir suficientemente recuperado para prosseguir, e acocorou-se em um túnel baixo e úmido, descendo por uma escada de pedra.

Continuou pelos degraus sinuosos até chegar às criptas mais baixas da ala antiga do mosteiro, detendo-se diante de uma sólida porta de aço com pouco mais de um metro e vinte de altura.

O cofre jordaniano que abrigava as inestimáveis antiguidades da família real.

Normalmente, a cripta ficava sob forte vigilância da guarda real jordaniana. Espiou pelo corredor. Estava fantasmagoricamente deserto. Nenhum sinal dos soldados jordanianos ou de Jether... Lawrence... ou fosse lá quem fosse.

Examinou a porta de aço com trinta centímetros de espessura. O único acesso a ela era um código eletrônico secreto, alterado a cada vinte e quatro horas e acessível apenas por dois guardas dos Serviços Especiais e por um monge beneditino. Além da própria Jotapa.

De súbito, Nick se dobrou com uma forte dor no corpo, estremecendo sob um violento acesso de tosse seca. Apoiou-se na porta para se recompor. Ela abriu diante de seus olhos e revelou a ancestral porta de madeira da cripta: a única entrada para o cofre arqueológico de alta tecnologia.

Nick se firmou e empurrou a porta para ver se acontecia alguma coisa.

E a viu, de imediato.

No canto esquerdo da câmara, repousando sobre o veludo azul-escuro, sob uma redoma de vidro. A pequena cruz de madeira entalhada em acácia não era maior que um DVD. A cruz que, segundo a lenda, Jesus tinha entalhado quando menino para Aretas, rei de Petra, havia mais de dois mil anos, quando Aretas ajudara a sagrada família em sua fuga do Egito.

A cruz que, segundo a lenda, possuía estranhos poderes mágicos.

A cruz do Hebreu.

A porta se fechou com um baque alto e abafado. Nick piscou algumas vezes. O arsenal de sofisticados aparatos de segurança empregados pela família real jordaniana para proteger suas iluminuras, manuscritos e antiguidades era o mais moderno possível. Impenetrável.

Mas o silêncio era total. Nenhum alarme.

Ficou imóvel por um longo minuto e começou a se dirigir lentamente para a redoma de vidro.

Estudou de novo a sala. Estava absolutamente sozinho.

Era agora ou nunca.

Deixando de lado a cautela, pegou a redoma pela aba, com as duas mãos, e a levantou.

Prendeu a respiração. Incrédulo. Nenhum alarme tinha disparado.

Os sensores infravermelhos e ultrassônicos deviam estar desligados.

Tirou com cuidado a cruz de madeira de sua vitrine.

Jotapa dissera que, durante séculos, ela havia emanado um estranho poder. Um poder de cura. Como no caso de Lourdes.

Apertou com força a cruz de madeira entre as mãos e esperou.

Nada. Virou a cruz na palma da mão.

Um pedaço de madeira antiga, sem nenhum poder. Exatamente como sabia que seria.

Era uma lenda. Uma farsa. Nick fitou com dissabor o artefato simples, ardendo com uma fúria repentina, inexplicável.

Ficou zonzo e se dobrou, sob um acesso de tosse intenso e dolorido, sentindo-se desesperadamente enfraquecido.

– Você está num lugar sagrado, Nicholas De Vere.

Nick ficou paralisado. A voz vinha de algum lugar atrás dele. Mas como? A porta de segurança tinha se fechado e não tornara a se abrir.

Fosse quem fosse, sabia seu nome.

– Segundo a lenda, nosso Senhor entalhou essa cruz quando era menino...

Nick se virou.

O estranho ergueu a cabeça. Suas feições estavam ocultas pelo capuz do traje de uma ordem monástica.

– Bem aqui, neste lugar – prosseguiu o estranho com serenidade –, ele costumava cantar para Seu Pai... cantigas infantis. – Com muita suavidade, o homem estranho e alto estendeu a mão. – O poder não está na cruz que você tem em mãos, Nicholas De Vere. Ele está Naquele *que entalhou* a cruz.

Um formigamento repentino e inexplicável percorreu o corpo de Nick.

– Você *não* acha que são só lendas, acha? – perguntou ele com firmeza, aproximando-se do estranho, tomado por uma súbita e estranha fúria. Seu tom estava anormalmente seco.

– Não – murmurou o estranho com voz mansa. – Neste lugar não há lendas, Nicholas De Vere.

O manto do estranho se abriu.

Subitamente, Nick se sentiu confuso ao ver o traje de seda índigo revelado sob o manto religioso de linho simples. Olhou incrédulo para os pés do estranho, que emitiam um brilho sobrenatural. O olhar de Nick subiu, indo da barra do traje de seda índigo até o cinto de ouro que envolvia sua cintura, chegando finalmente à sua cabeça.

– Existe apenas graça... Nicholas. – O estranho levantou a cabeça para Nick, as feições ainda escondidas pelo capuz. – E verdade.

O capuz do estranho deslizou para baixo, revelando seu rosto. Nick engoliu em seco. Protegeu os olhos, repentinamente ofuscados pelas ondas ardentes e brilhantes de luz que emanavam do semblante do estranho.

Tremendo de terror e de êxtase, Nick levantou a cabeça, hipnotizado pela luz que se abrandava. Pôde distinguir de modo débil a barba e os cabelos dele, que pareciam ser castanho-escuros, quase negros.

Sobre a cabeça, havia uma coroa de ouro com três rubis incrustados.

Mas foi o rosto do estranho que o deixou hipnotizado por completo. Foi como se Nick contemplasse o rosto de uma namorada do passado, ou do melhor amigo de infância, alguém que não via fazia muitos anos, mas que conhecera e amara desde sempre.

Olhou atônito para o semblante forte e imperial, as maçãs do rosto altas e bronzeadas, os olhos escuros e intensos que brilhavam como chamas de fogo vivo.

Vira o rosto daquele estranho milhares de vezes.

No retrato do Sagrado Coração de Jesus, na missa, quando era coroinha, aos dez anos de idade.

Em Michelangelo, Rafael, Fra Angelico, Leonardo da Vinci, Rembrandt, Botticelli.

No Natal e na Páscoa. Na capela particular de Lilian.

Na clausura monástica de Lawrence.

Era o rosto mais familiar do mundo. No entanto, não havia nada de familiar nele.

Olhava para o rosto de um rei. Imperial. Corajoso.

O estranho estendeu a mão para Nick e tocou seu peito.

O corpo de Nick estremeceu com violência, e ele se esforçou para continuar respirando.

Foi como se arcos de fogo flamejante passassem por suas veias, como um brutal choque elétrico. Ele caiu contra o domo de vidro, agarrando o manto índigo do estranho.

E continuou olhando para ele.

Ondas de luz, que a tudo consumiam, envolviam-no. Banhavam-no. Lavavam-no.

Sentiu-se imerso em um inconcebível dilúvio de luz que percorria todas as células de seu corpo. Como se estivesse vivo. Vivo pela primeira vez em toda a sua existência.

Imagens de sua vida passaram com rapidez diante dele. A noite do acidente de Lily. A briga com Jason. Nick injetando heroína em Amsterdã. Em Roma. Em Monte Carlo. Cheirando cocaína em Miami. No Soho.

Mil noites. Com uma centena de parceiros sexuais, sem nome nem rosto. Homens. E mulheres.

Ainda assim, ficou olhando hipnotizado para o rosto do estranho.

A tarde em que Nick e seu pai haviam discutido violentamente. A manhã em que James De Vere morrera. O dia em que Nick recebera sua sentença de morte. Aids.

E continuou a fitar o rosto do estranho. Plenamente aceito. Plenamente acolhido.

Sem condenação a nenhum pecado. Embora totalmente identificado com ele. Todas as fraquezas expostas. Toda a vulnerabilidade aparente. Mesmo assim, o estranho o olhava em adoração.

Nick se lembrou dos dias remotos da inocência.

– Perdoe-me – balbuciou. Lágrimas escorreram por seu rosto. Ele caiu prostrado ao chão, tremendo com violência. Desesperado, esforçou-se para abrir as pálpebras pesadas, a fim de ter um último vislumbre do rosto que, segundo dizia seu instinto, nunca mais tornaria a ver deste lado da eternidade. Um último vislumbre...

Estendeu a mão trêmula para o estranho. As pálpebras foram ficando pesadas... muito pesadas.

O estranho buscou sua mão.

E, enquanto ele sucumbia à escuridão do abandono, de súbito tudo ficou claro como cristal para Nick De Vere.

Não estivera olhando para o rosto de um estranho.

Olhara, sim, para o rosto de Jesus Cristo.

☆ ☆ ☆

AREIAS MOVEDIÇAS

Gabriel ficou em silêncio, observando Jether, que se reclinava sobre Nick De Vere.

As feridas purulentas e feias do corpo de Nick estavam desaparecendo. O tronco fino voltava ao normal diante de seus olhos.

Gabriel olhou para a marca alva e luminosa na testa de Nick.

– Ele tem o Selo – sussurrou o arcanjo.

– O que tem o homem para que Ele se preocupe tanto com ele? – indagou Jether com serenidade. Estendeu a mão e afastou com gentileza uma mecha úmida de cabelo da testa de Nick. Todos os sinais de estresse e da dor que sentia haviam desaparecido. Agora, o rosto de Nick fora envolvido por uma tranquilidade profunda. Mesmo em seu sono profundo, ele sorria. – Ele precisa descansar. – Jether se levantou. – Depois, ele vai entrar na noite escura de sua alma.

Abaixando-se, pegou Nicholas De Vere em seus braços com facilidade, como se carregasse uma criança, e o conduziu como um bebê pelos antigos e sinuosos corredores, até o quarto de Nick, do outro lado do mosteiro.

Justamente quando o dia despontava no céu egípcio.

☆ ☆ ☆

– Nicholas! *Nicholas!* – Lawrence St. Cartier agitou o corpo de Nick com suavidade para acordá-lo.

Nick ainda estava deitado, em um profundo estupor. Abriu os olhos, ainda zonzo.

– Nick, acorde.

Ele abriu os olhos e se sentou.

Lawrence abriu as cortinas atrás da cama de Nick. A luz do dia invadiu o quarto. Nick escondeu o rosto da luminosidade.

– Por quanto tempo eu dormi?

– Dois dias.

– Dois dias? – Nick franziu a testa. – Estive doente? Tive sonhos tão estranhos, Lawre... – Ele se interrompeu no meio da frase. Olhou, atônito, para os próprios braços. Os ferimentos avermelhados e purulentos dos antebraços tinham desaparecido. No lugar deles, via-se uma pele nova em folha, macia como a de um bebê. Fitou Lawrence, os olhos arregalados, uma apreensão perturbadora e estranha percorrendo todo o seu corpo.

Trêmulo, levantou a camiseta. As costelas, que já eram parcialmente visíveis sob a pele do peito, não podiam mais ser distinguidas. Seu tronco voltara ao normal da noite para o dia.

Mexeu as pernas, nervoso, e olhou para Lawrence.

– Meus quadris – Nick gaguejou. Em seguida, caminhou até o espelho. Olhou mais uma vez, incrédulo, para Lawrence. – As articulações dos quadris... não doem mais.

Ao ver seu reflexo no espelho, ficou boquiaberto. As úlceras e a candidíase tinham desaparecido. A área esbranquiçada da língua também.

Arrancou a camiseta, a respiração rasa. As manchas arroxeadas e avermelhadas que infestavam seus membros e seu peito tinham sumido. Olhou para Lawrence, desorientado, o êxtase estampado no rosto.

Todas as marcas devastadoras da aids haviam sumido. Lágrimas agulharam seus olhos.

– Lawrence... – ele murmurou.

Lawrence St. Cartier tocou o ombro de Nick. E este enterrou o rosto no peito do velho amigo.

– Ele esteve...? – As lágrimas de Nick ensoparam a camisa de linho imaculadamente passada do professor.

– Ele esteve aqui, Nicholas – sussurrou Lawrence. – Ele esteve aqui.

Quinze minutos depois, St. Cartier se desvencilhou do abraço de Nick, tentando se recompor.

– Venha, Nicholas, meu rapaz. – Segurou-o à distância de um braço, uma lágrima solitária escorrendo por seu rosto enrugado, idoso. – É hora de conversar sobre muitas coisas.

☆ ☆ ☆

Nick e Lawrence St. Cartier caminharam lado a lado pelas alamedas de palmeiras. Lawrence se deteve, observando a vastidão do deserto diante deles.

– Há muitas outras coisas que eu gostaria de lhe passar, Nicholas. – Deteve-se. – Mas não posso. Os fundamentos da lei eterna proíbem que nós, os angelicais, interfiramos pessoalmente nos assuntos da raça dos homens. Até mesmo os decaídos precisam obedecer aos fundamentos da lei eterna. Eles obrigam legalmente a todos. Só posso orientá-lo na direção certa; guiá-lo, mas não posso atuar de maneira direta.

– E Jotapa? – perguntou Nick, a voz suave, mas o rosto pálido.

Lawrence o fitou com gentileza.

– Jotapa tem fé. A fé brilha mais quando está diante da adversidade. Sua fé é mais poderosa do que o mais forte dos males. A Casa Real da Jordânia foi escolhida. Jibril foi escolhido para ser um grande rei no final dos tempos, como seu ancestral Aretas foi antes dele. A missão de Jotapa é prepará-lo, e ela sabe muito bem disso. A fé dela vencerá. – Lawrence fechou os olhos. – E ela não estará sozinha. Sua família foi escolhida, Nicholas. Escolhida para repercussões de um grande bem ou de um mal terrível. O grande bem precisa triunfar. Se fracassar, as consequências serão inconcebíveis.

A expressão de Lawrence se suavizou.

– Sua mãe vive cada dia sabendo que a própria vida corre perigo – falou ele com serenidade. – Ela compreende muitas dessas coisas, Nicholas. Minha tarefa foi a de protegê-la até que chegasse sua hora final na raça dos homens. Seu tempo está chegando ao fim. Pela própria vontade, ela vai revelar algumas verdades assustadoras. – Ele hesitou. – A um preço terrível. – Lawrence revirou o bolso da jaqueta e tirou de lá uma foto antiga. Entregou-a a Nick. – Seu avô.

Nick estudou a foto de Julius De Vere ao lado de outros quatro homens. Xavier Chessler, Piers Aspinall, Kester von Slagel e Lorcan De Molay.

Virou a foto.

No verso, estava escrito com a letra precisa de James De Vere. *Os mantos estão sob os ternos*. Depois, uma única palavra: *Aveline*.

Nick devolveu a foto.

– É a letra do papai.

St. Cartier pegou o retrato e, devagar, desenhou um círculo em torno de De Molay com uma caneta.

– Lorcan De Molay, sacerdote jesuíta, membro dos Mantos Negros. Seu pai sabia que estive no rastro dele durante décadas.

Nick o olhou, intrigado

– No rastro dele?

– Seu pai sabia que seria morto, Nicholas. Ele mandou a foto com aquela carta. Estava me dando uma pista.

St. Cartier pegou uma foto amarelada da carteira e fez um círculo em torno do mesmo rosto. Entregou-a a Nick.

Nick observou o retrato. Era De Molay com mais sete homens, todos em trajes jesuítas. Nick olhou-a mais de perto. A legenda na parte de baixo dizia: *Turma de 1874*.

– Mil oitocentos e setenta e quatro! – Arregalou os olhos para St. Cartier. – Uma falsificação muito comum.

St. Cartier olhou calmamente para Nick.

– *Você* é o especialista em arqueologia e fotografia. Pode distinguir uma coisa da outra. Vamos, faça os seus testes.

Nick tirou uma pequena lupa da jaqueta de couro e estudou a foto.

Ampliado, o texto dizia: "Empresa Estereoscópica e Fotográfica de Londres, 108 & 110, rua Regent e 54 Cheapside [Londres] [Inglaterra] [R.U.] Fotógrafos de S.A.R., O Príncipe de Gales... 1874".

Os sacerdotes estavam em duas fileiras, trajando mantos negros. No centro, De Molay.

Nick olhou fixamente para a foto, atônito. Virou-a.

– Não pode ser... isso lhe daria mais de cento e trinta anos de idade.

– Mais de duzentos anos – corrigiu St. Cartier em voz baixa. – De Molay foi excomungado e expulso da Ordem Jesuíta em 1776. Segundo a lenda, foi ele a figura encapuzada que entregou os grandes selos da América para Thomas Jefferson numa noite nebulosa de 1782, na Virginia. Em 1825, ele desapareceu sem deixar vestígios; todos os registros foram apagados. Rumores que circularam entre os jesuítas afirmam que em 1776 ele vendeu a alma para o diabo e recebeu a imortalidade, tornando-se o guardião da Nova Ordem Mundial.

O professor relanceou o olhar mais uma vez para a imagem de Lorcan De Molay em pé, ao lado de James De Vere.

– Algumas lendas dizem que ele *é* a encarnação do diabo.

Lawrence fitou Nick com atenção. Nick estremeceu.

– E...?

– Eu saí da Ordem em 1986. Os jesuítas tornaram-se "intocáveis" ao longo dos anos. Os membros que dirigem a Ordem são muito, muito ricos e poderosos... – Lawrence entregou a foto para Nick. – Pegue. É sua.

Nick o observou, questionando o gesto.

– Os homens nesta foto têm respostas para a morte de seu pai. – Lawrence fez uma pausa. – E para a sua tentativa de assassinato. Não posso lhe dizer mais do que isso.

Nick guardou a foto com cuidado no bolso interno da jaqueta.

– Venha comigo, Lawrence – pediu ele.

– Tenho um compromisso, Nicholas – Lawrence respondeu com serenidade. – Não posso.

Tomaram o elevador de madeira, que se deteve no chão com uma sacudidela.

Nick e St. Cartier saíram e caminharam para o jipe de Nick, ainda estacionado próximo aos muros do mosteiro.

– Faça com que o mal seja detido. Proteja os inocentes, Nick. Encontre a verdade. – Lawrence olhou com firmeza para o rosto dele. – Você está adentrando um período de grave perigo, Nicholas. Nada é o que parece ser. O maior dos males adota agora a fachada dos mais nobres.

Aquele em quem você confia implicitamente vai iludi-lo e enganá-lo a sangue-frio. Aquele que você hoje trata com indiferença se tornará seu maior benfeitor. Não confie de imediato na aparência de ninguém. – Os olhos de St. Cartier piscaram com fervor. – Nem em amigos... Nem em irmãos. – Lawrence hesitou. Estudou as feições de Nick com atenção. – Nem mesmo em Adrian, Nick – murmurou.

– Não vá por esse caminho, Lawrence – advertiu Nick. – Adrian foi quem me manteve vivo. – Ele abriu a porta do jipe e jogou a mochila no banco de trás, acomodando seu corpo magro e alto no jipe. Em seguida, fechou a porta com força.

– Lembre-se: os mantos estão sob os ternos – declarou St. Cartier com firmeza.

Nick engatou a ré do veículo e se inclinou para fora da janela.

– Está muito enganado quanto a Adrian, Lawrence – gritou, sorrindo e acenando.

St. Cartier observou com apreensão o jipe prateado ganhando a estrada sob a poeira do deserto, rumando para o Cairo.

Talvez Nick De Vere ainda conseguisse pegar o último voo para Paris.

CAPÍTULO 18

NUVENS SOMBRIAS NO HORIZONTE

21 DE DEZEMBRO DE 2021
COSTA OESTE DA NORMANDIA
FRANÇA

O Sikorsky S-76 Shadow de Adrian De Vere voou em direção à fortaleza da Abadia do Monte São Miguel, construída perto da baía do rio Couesnon. Adrian ficou olhando, hipnotizado, para o castelo gótico, como o de um conto de fadas, que se erguia dramaticamente a mais de oitenta metros acima do oceano. Por mais vezes que já tivesse voltado para casa, a visão nunca deixava de emocioná-lo.

– Está preparado?

Adrian olhou para o homem em quem confiava desde a adolescência em Gordonstoun. O homem que, ao longo de sua formação, tornara-se seu conselheiro espiritual mais próximo.

– A vida toda estive preparado.

– Quando o Sétimo Selo for rompido, todos serão descartáveis.

Adrian assentiu.

– Meus irmãos não suspeitam de nada. A prostituta judia que foi escolhida para ser minha mãe será eliminada – disse sem um único sinal de emoção.

Kester von Slagel sorriu.

– Seu pai espera por você.

Adrian olhou para baixo e admirou a vasta fortaleza medieval. Na extremidade dos penhascos, tocando violino, os trajes jesuítas escuros tremulando com violência sob os ventos que sopravam do Atlântico Norte naquele inverno, o rosto erguido em êxtase para o céu da Normandia ao cair da tarde...

... encontrava-se Lorcan De Molay.

☆ ☆ ☆

22 DE DEZEMBRO DE 2021
ESTRADA NA NORMANDIA
FRANÇA

Nick afundou o pé no acelerador. O Aston Martin alugado, vermelho metálico, correu pela estrada A84, passando pelos vastos trigais normandos. Ditou um telefone para o sistema de reconhecimento de voz do carro. Assim como todos os veículos ligados aos satélites da União Europeia, aquele estava conectado a bancos de dados de potentes computadores em Bruxelas, que tinham acesso universal a todos os servidores de internet, registros particulares e redes globais de satélites na União Europeia.

Os dados pessoais de quinhentos milhões de cidadãos, acessíveis ao toque de um botão. A "nuvem" também registrava todas as transações pessoais em caixas eletrônicos e cartões de débito no prazo de 57 segundos.

A refinada voz robótica respondeu primeiro em francês, depois em inglês.

– Julia St. Cartier. Atual localização do GPS: New Chelsea, Londres. King's Road. Última compra: Starbucks. Item: vanilla latte. *Desnatado. Fatia de bolo de limão. Uma. Compra realizada há dois minutos. Sujeito móvel. A pé. Discando.*

Nick sorriu. Típico de Julia. Estudou seu histórico de compras, sorrindo com deleite. Eram apenas dez horas da manhã em Londres e, segundo os registros, ela já tinha ido duas vezes à Starbucks naquele dia.

O telefone de Julia começou a tocar.

☆ ☆ ☆

KING'S ROAD
NEW CHELSEA, LONDRES

– Oi, Nick – disse Julia ao telefone, bolsa e fatia de bolo de limão na mão direita, envolvida numa luva de couro, copo de café na esquerda. Olhou para a tela do celular, que indicava, pelo GPS, que Nick estava na Normandia.

– Oi, Nick. Já saiu de Alexandria? Está indo visitar Adrian?

O rosto de Nick apareceu na tela.

– Estou, mana. Faltam uns setenta quilômetros. O café está bom?

Julia fez uma careta. As botas caras de verniz preto açoitavam a calçada. Usava um casaco de lã cor de carvão justo, que acentuava sua silhueta esguia, um chapéu de pele falsa de raposa e grandes óculos escuros Chanel, que diminuíam seu rosto. Caminhava a passos largos pela King's Road, os cabelos loiros tingidos esvoaçantes.

– Bolo de limão não é bom para o regime.

Julia franziu o cenho, frustrada, e sorveu um gole do café.

– Diga a Adrian, por mim, que esse Big Brother de última geração que ele introduziu antes de sair da Downing Street viola os direitos de privacidade na Grã-Bretanha. – Julia deu uma mordida voraz na fatia de bolo.

Nick observou-a saboreando cada bocado.

Sorriu, intrigado. Durante todos aqueles anos em que se conheciam, Julia sempre estivera de regime. Sua força de vontade era lendária, e ela colhera a recompensa com uma silhueta esbelta, mas Nick se lembrava de ver Julia ingerindo frituras com ele e com Jason nas férias de verão, que geralmente passava com eles em Cape Cod. Na verdade, ele sabia bem que Julia St. Cartier adorava comer. A abstinência era o alto preço que ela pagava por uma próspera carreira num setor da indústria de comunicações na qual bolo e carboidratos eram ilícitos. Alface e água Perrier eram a dieta padrão de milhares de ícones dessa indústria, sempre famintos, e Julia St. Cartier era um deles.

Ele a flagrara naquela manhã.

– Quando você não consegue comer um pedaço de bolo de limão sossegada, de fato é uma violação, mana. Embora seja muito informativo. – Mudou de tom. – Olha, Ju, deixando as piadas de lado, preciso de informações. – Hesitou. – Sobre Lawrence St. Cartier.

– Sobre o tio Lawrence? – Julia caminhou a passos firmes pelas elegantes lojas Jaeger e Habitat. – Que tipo de informação?

– Ele cresceu com sua mãe?

Julia franziu a testa.

– Que pergunta esquisita. – Sorveu outro longo gole do café.

– Não; eles eram gêmeos. Minha avó morreu no parto deles; vovô tinha morrido na guerra. Os gêmeos foram levados à assistência social de Londres, mas se separaram no ataque aéreo, durante a evacuação. Minha mãe foi para Kent, e Lawrence foi para Ayr, na Escócia. Mamãe só tornou a ver Lawrence quando eu estava com dezessete anos; ele já era um sacerdote jesuíta. E morava em Nova York.

– Quantos anos você tinha quando o viu pela primeira vez, Julia?

– Eu o conheci a vida toda, mas só via Lawrence em aniversários, no Natal... Sabe como é, só em certas ocasiões. Ele era sacerdote em Roma quando eu nasci, e depois entrou para a CIA. Estava sempre viajando. Por quê?

– Olha, Ju, preciso que descubra a certidão de nascimento de Lawrence.

– Nick, os registros dele se perderam durante a guerra.

– Julia, ouça. É muito importante. Você *precisa* conseguir a certidão de nascimento de Lawrence ou alguma prova fiel do nascimento dele.

– Tentei conseguir isso há alguns anos, antes de me casar, e ele me contou: NÃO EXISTEM registros de Lawrence St. Cartier.

☆ ☆ ☆

ESTRADA DA NORMANDIA
FRANÇA

– É impossível! – Nick suspirou. – Olha, deve haver alguma coisa: um registro do orfanato, de escola – insistiu. – Talvez registros das autoridades locais.

– A explicação mais plausível é que os registros foram eliminados dos órgãos públicos quando ele entrou para a CIA. Faz sentido. Mas diga, Nicky: por que toda essa confusão com a certidão de nascimento dele?

Nick olhou para a câmera do celular.

– Preciso que me responda uma coisa, Julia.

Fez-se um longo silêncio.

– É uma coisa pessoal. – Nick hesitou e respirou fundo. – Você acredita em Cristo?

Julia ficou olhando para a câmera do telefone. Muda. Fez-se um longo silêncio.

– Se eu acredito *no quê*?

Nick viu quando ela entrou pela porta da loja Designers Guild. Tirou o fone de ouvido e falou diretamente no aparelho. Seu rosto desapareceu momentaneamente da tela de Nick.

– Nick – ela perguntou, o tom de voz ansioso –, está tomando algum remédio novo?

– Não são os remédios, mana – respondeu Nick, a voz suave. Sorriu gentilmente para ela na câmera. E deu de ombros. – Ju, veja o que consegue para mim. Nós nos vemos na mansão, no sábado, com a Lily, na festinha de Natal da mamãe.

– Tem certeza de que está bem? – perguntou ela, ainda preocupada. Afastou a tela do rosto, os olhos estudando o rosto de Nick. – Você está com boa aparência. Para falar a verdade, parece ótimo. Então os remédios *estão* funcionando.

– Nunca me senti tão bem em toda a minha vida, mana. – Sorriu para Julia pela câmera. – E estou limpo. Sem remédios – falou. – Vamos lá, Ju, veja o que descobre. Mande um e-mail sobre o que encontrar a respeito do Lawrence. Além disso, queria uma relação atualizada dos membros da diretoria de Jason: da diretoria da VOX. Vou precisar da sua ajuda quando voltar para Londres.

– Claro, Nicky. O que precisar. A hora que for.

– Você é minha estrela-guia, Julia. – Sorriu.

Julia retribuiu o sorriso.

– Certo, irmãozinho. *Ciao*.

– Mande um beijo para Lily. Diga a Jason... – a voz de Nick sumiu. Ele mandou um beijo pela tela, encerrou a ligação e pisou fundo no acelerador.

CAPÍTULO 19

O SELO DE RUBI

As Grandes Planícies Brancas com seus álamos-brancos irradiavam uma luz suave, que se apegava às brumas ardentes dos imensos e exuberantes jardins do Éden, com seus lírios-brancos e dedaleiras se estendendo até onde a vista podia alcançar.

Bem no centro da planície, os supremos anciões angelicais do Primeiro Céu encontravam-se sentados diante de vinte e quatro tronos entalhados em prata, sob um grande toldo feito da mais fina musselina bordada. Gabriel caminhava sozinho de um lado para outro das exuberantes Planícies Brancas. Inquieto.

Os elegantes álamos-brancos rodeavam o toldo, os galhos repletos de flores brancas reluzentes, com estames de diamante repletos de nardo. Uma fragrância exótica permeava o Primeiro Céu. Os anciões estavam sentados em silêncio. Enfim, Jether levantou a cabeça:

– Ele foi avistado – murmurou.

Miguel apeou do lado de dentro dos portões e se dirigiu a Jether. Todas as cabeças se voltaram para os magníficos e translúcidos portões de pérolas. A entrada do Éden.

– Está cavalgando pelo arco dos Ventos Ocidentais com sua guarda real. – Miguel removeu as luvas de prata enquanto caminhava.

Jether franziu a testa.

– Quantos?

Miguel se sentou em um trono entalhado de pérolas à direita de Jether, tirou o capacete e o colocou sobre a enorme mesa de pérolas diante dele.

– Um *grande* contingente da guarda real.

Xacheriel fez uma careta.

– Os capangas dele.

– Vão permanecer do lado de fora dos portões – disse Gabriel. – Ele tem direito a apenas uma testemunha, segundo a lei eterna.

O olhar de Jether endureceu.

– Será Charsoc – sussurrou.

Miguel franziu a testa.

– Charsoc, o Sinistro violou os fundamentos ao entrar na Babilônia pelo Portal de Sinar. Ele está confinado à Terra. Mas está cavalgando com Lúcifer.

Jether suspirou.

– Charsoc é mestre na interpretação da lei eterna. Hoje estão vindo para cá, saindo da Terra. Ele sabe muito bem que a pena relativa à sua violação de Sinar só se aplica à readmissão no Segundo Céu. Não é aplicável quando ele é chamado ao Primeiro Céu. Ele não sofrerá efeitos negativos enquanto estiver aqui.

O clamor de cem carros interrompeu a tranquilidade. O monstruoso carro negro de Lúcifer desceu pelas brumas índigo do Éden e se dirigiu aos portões de pérolas, puxado por oito de seus garanhões de asas escuras.

O carro atravessou os portões com suas colossais rodas de prata, sulcando as Planícies Brancas, as lâminas de guerra estraçalhando com selvageria os exuberantes jardins de lírios-brancos e dedaleiras que cresciam sob os álamos.

Deteve-se a poucos metros da mesa do Supremo Conselho. Lúcifer estava em pé no carro, mãos nos quadris, observando os irmãos. E Jether.

– Sua entrada foi adequada para você, meu irmão – comentou Miguel, caminhando até o carro com o semblante irritado. – Aqui, no Primeiro Céu, você *não* vai deixar marca alguma.

Lúcifer acompanhou o olhar de Miguel até os lírios e dedaleiras que brotavam das marcas irregulares deixadas por seu carro.

– Ah. – Lúcifer sorriu reluzentemente. – Os *encantos* do Primeiro Céu. – Saltou com agilidade do carro e caminhou pelas Grandes Planícies. – Aqui não deixo marcas, meu irmão. – Andou até se postar bem na frente de Miguel. – Mas, creia-me, na terra da raça dos homens, vou arrasar, cortar, corromper... até ter aniquilado por completo aquele pequeno orbe lamacento.

Gabriel o fitou em silêncio, num discreto desdém.

– Muito bem colocado, Lúcifer – falou. – Que eloquência. Um início auspicioso para nosso procedimento. Você está em um humor repleto de *sutilezas*, pelo que vejo.

Lúcifer levantou a mão, discordando.

– Meu humor está excelente, Gabriel. O Primeiro Selo está prestes a ser rompido. Meu filho se destaca no mundo dos homens.

Miguel fez um gesto na direção do portão.

– Eles permanecem lá fora.

Moloch o provocou do interior do carro.

– Miguel, meu caro – berrou –, temos assuntos para resolver. – Desembainhando a monstruosa espada, tirou sangue da própria coxa e o lambeu. Abriu então um sorriso monstruoso. – Mestre – grunhiu –, por favor...

Lúcifer levantou a mão. No mesmo instante, Moloch se calou.

– Pelo que vejo, seus modos *ainda* são impecáveis – comentou Miguel.

– Ele tem outras aptidões – tornou Lúcifer, sorrindo com ironia. – Vão esperar por mim aqui. Mas exijo minha testemunha. Até o presidente do Tribunal concordaria com isso.

Gabriel assentiu.

Lúcifer passou por Miguel e se dirigiu à mesa onde Jether o aguardava. Em silêncio.

Charsoc levantou-se de sua liteira.

– Minha testemunha. – Lúcifer curvou-se teatralmente para Jether.

– Mostrem-lhes os respectivos assentos – falou Jether com extrema frieza.

– Vou me sentar com meus irmãos – declarou Lúcifer.

Jether assentiu.

– Como quiser.

Miguel indicou para Lúcifer um assento ao lado do dele, e Gabriel contornou a mesa e se sentou à direita do irmão decaído. Taciturno.

– Gabriel – murmurou Lúcifer. Beijou-o nas duas faces com determinação. – Minha presença o perturba – disse, saboreando o desconforto do irmão.

Charsoc se sentou diante de Jether, colocando sua bolsa de pano diante dele na mesa.

– Voltou da Terra? – Estudava Jether com atenção.

O ancião o ignorou.

Charsoc abriu um sorriso repleto de cinismo e inspirou a brisa.

– Nardo. – Os olhos dele estavam fechados, o rosto em êxtase. – *Sei* que você mora naquele pequeno orbe lamacento, Jether. – Abriu os olhos, observando Jether fixamente. – Vou descobrir sua morada, e teremos... – hesitou, tirando as luvas dedo por dedo – ... um pequeno *tête-à-tête*.

– Não tomamos chá com assassinos a sangue-frio, Charsoc – retrucou Jether com frieza.

Os olhos de Charsoc se desviaram para Issachar.

– Ah, Issachar, que satisfação vê-lo em circunstâncias tão... – fez uma pausa – ... *auspiciosas*. – Charsoc abriu a bolsa e tirou dela um pequeno objeto de prata. – Uma lembrança de nosso breve... encontro. – Deslizou-o pela mesa.

Issachar olhou com fúria para a cruz de prata, lembrando-se de Klaus von Hausen e dos outros arqueólogos executados.

– Issachar conheceu, digamos, o lado *cortante* da lâmina. – Charsoc sorriu abertamente para Jether. – Seus intendentes precisam ficar mais *vigilantes*, Jether. Nada de amenidades. Nada de aperitivos. Nem biscoitos? – Charsoc estudou as fisionomias ao redor da mesa com um sorriso malévolo nos lábios finos. – Fico me perguntando: *quem* mais nesta mesa moraria na Terra? – Seu olhar recaiu sobre Xacheriel.

Lúcifer brincava distraidamente com sua pena de escrever. O olhar se desviou até a cruz de Issachar. Por fim, ergueu os olhos e fitou Jether.

– Você fica *irritado* com os meus métodos. Considera-me um bárbaro. – Deu um sorriso alucinado para o ancião. – Mas trata-se de *guerra*, Jether. Issachar estava do lado errado.

– Seus escravos das sombras cometem assassinatos incontáveis na raça dos homens, Lúcifer. Você transgride os fundamentos da lei eterna. Mas não está acima da Lei. Vai responder por todas essas violações no Juízo Final.

– Ah – retrucou Lúcifer –, tenho passado tempo demais entre a raça dos homens. Os prazeres fugazes deles são muito mais agradáveis, não acha? Sem consequências, fazem o que lhes agrada. – Hesitou. – Até chegarem ao Lago de Fogo – rosnou. – Perceberão sua loucura tarde demais.

– Sua preocupação com o bem-estar da raça dos homens é inspirador, Lúcifer. – Gabriel o fitou com frieza. O irmão decaído sustentou seu olhar.

Jether abriu o códice e analisou os presentes à mesa.

– Vamos tratar do assunto em pauta. A semana de Daniel chegou, enfim. Em três luas, os Sete Selos da Revelação estarão rompidos. Em três luas, os Quatro Cavaleiros do Apocalipse vão se revelar.

– Eles serão removidos? – Os olhos de Lúcifer se estreitaram. – Aqueles que portam o Selo do Nazareno?

– Vou especificar as condições – esclareceu Jether friamente. – Quando o Cavaleiro Pálido atravessar a Linha de Kármán, todos aqueles que tiverem o Selo de Christos serão conduzidos ao Primeiro Céu. – Fitou as profundezas do olhar de Lúcifer. – Retirados da terra da raça dos homens.

– Cada um dos portadores do Selo? – insistiu Lúcifer.

– Seus súditos. *Todos* eles.

O olhar de Lúcifer se tornou sombrio.

– Eles prejudicam meu reinado na raça dos homens. Preciso me livrar deles. É o acordo.

– Os seguidores do Nazareno serão removidos – falou Jether lentamente. – São súditos Dele. Ele é o rei desses seguidores. Ele os ama, e não permitirá, de modo algum, que passem pela tormenta, pelos problemas que virão quando você causar a destruição na raça dos homens e os justos julgamentos de Jeová que se seguirão.

– Ele é brando *demais* – ironizou Lúcifer. Levantou-se, contornando a mesa. – Tem *predisposição* a eles. Cuida de seus serezinhos de *estimação* chorões, mas me descarta, Seu Serafim, o segundo em Sua linha do trono.

Miguel deu um soco na mesa.

– Esses dias já se foram há muito tempo, Lúcifer. Contenha-se. Você perdeu sua condição para sempre.

Lúcifer se inclinou sobre Miguel, os olhos reluzentes com o brilho da vingança.

– Estão destruindo meu reino. – Ficou com o rosto a um fio de cabelo de distância do de Miguel. – Suas preces impedem minhas estratégias no mundo da raça dos homens – sibilou, acenando para Charsoc, que tirou um maço de papéis selados da bolsa de pano.

– Missivas dos Senhores Sombrios das Profundezas – prosseguiu o arcanjo decaído –, dos membros do Conselho Sombrio do Inferno, Poderes, Principados, Tronos, príncipes satânicos, Reis Xamãs, feiticeiros, bruxas. Evidências legais anexas mostram que os progressos na raça dos homens são, em grande parte, impedidos pelos portadores do Selo – silvou. – Os Conselhos de Terror do Inferno exigem garantias invioláveis.

– Você tem o Selo de Rubi – murmurou Gabriel.

Lúcifer o fitou com espanto.

– O Selo da porta de rubi?

Jether assentiu para Lamaliel, que apresentou uma missiva dourada do Códice da Lei Eterna.

Os olhos de Lúcifer reluziram.

– O Selo de Jeová.

– Então é fato – falou Charsoc, passando a missiva para Lúcifer.

– Assim, Ele *salva* Seus miseráveis súditos – ironizou Lúcifer. – É muita consideração, porém é auspicioso para mim. E promissor.

– Se eles são miseráveis e ineficientes, por que sua pressa em se livrar deles, meu irmão? – perguntou Gabriel, a voz suave.

Lúcifer o olhou com irritação. Charsoc franziu o cenho.

– Eles vão para o Primeiro Céu, Vossa Excelência. Mas voltam para lutar no Armagedom.

Lúcifer cerrou os punhos.

– O Retorno. Quero as condições explícitas de que trata a lei eterna. *Explícitas*. Nada de cláusulas ocultas.

– Ao romper do Primeiro Selo, terá início a Tribulação da raça dos homens. A lei eterna afirma que você, Lúcifer, tentador, adversário da raça dos homens, receberá sete anos. A raça dos homens tem vivido sob os fundamentos da proteção do Primeiro Céu nestes últimos dois mil anos. Agora, haverá sete: sete anos sem a intervenção de Jeová. Sem a arbitragem do Primeiro Céu. Sete anos nos quais você e seus discípulos sombrios terão a liberdade de causar o caos na raça dos homens. Sete anos nos quais, segundo os fundamentos da lei eterna, a presença de Jeová será removida da raça dos homens. – Jether fez uma pausa. – *A menos* que Ele seja chamado.

– E quanto ao Nazareno? – rosnou Lúcifer. – Ele não vai mais visitar a raça dos homens?

Jether olhou fixamente para Lúcifer.

– Ele só visita os que são Seus súditos. Aqueles que procuram Sua causa.

– Não vai sobrar ninguém. – Lúcifer olhou, triunfante, ao redor. – Ninguém! – declarou. – Estarão ocupados demais culpando-O pela angústia e pelos tormentos que estou prestes a despejar sobre eles. Mesmo as sete taças, a execução do julgamento de meu reinado por Jeová. Vão *depositá-las* diante da porta Dele. Um ato de Deus! – gritou, com um brilho alucinado no olhar. – E, se alguém *tentar* – silvou –, se alguém procurá-Lo como seu rei, vou forçá-lo a receber minha marca sob ameaça de morte.

Sorriu.

– Vocês conhecem a raça dos homens – prosseguiu Lúcifer, dando de ombros. – Eles se ajustam com facilidade às conveniências. Meus discípulos já estão preparando os campos de extermínio. Vou prender todos os que resistirem. Eles não vão sacrificar tão facilmente a própria vida por Ele. Você respondeu à minha pergunta. Estou satisfeito.

– E o Armagedom? – perguntou Charsoc.

– Ao final dos sete anos, será travada a Grande Batalha – falou Jether.

– E minha condição, se eu vencer? – inquiriu Lúcifer.

– Se você vencer, reinará como rei eterno da raça dos homens. Sua prisão no poço sem fundo e sua ruína no Lago de Fogo serão apenas lembranças distantes, esquecidas com rapidez.

– Um pesadelo – murmurou Charsoc, tossindo em seu lenço.

– E se eu for derrotado?

– Ficará retido nas Criptas da Conflagração até Miguel levá-lo ao abismo, onde ficará encarcerado por mil anos. Depois de mil anos, segundo os fundamentos da lei eterna, será libertado por um breve período. Depois, vai encontrar seu destino na Garganta Branca do Inferno, nas margens orientais do Lago de Fogo. – Jether virou-se para Charsoc, os olhos frios como aço. – Quanto a você, após sua derrota no Armagedom, será levado diretamente ao Lago de Fogo.

– Se eu conseguir... – Charsoc abriu a bolsa e ficou brincando com um pequeno caderno dourado e uma caneta de pena – ... receberei duzentos? – perguntou, despreocupado.

Ele e Jether trocaram um longo olhar gélido.

– Só mais uma coisinha. – Charsoc pigarreou. – No caso de nossa efetiva derrota, quais *são* os meus direitos de visitas no Lago de Fogo? – Charsoc sorriu ironicamente para Jether, que se recusou a fitá-lo nos olhos. – E também – prosseguiu Charsoc, saboreando o desconforto do ancião – queria saber sobre várias... – fez uma pausa – ... *indulgências* da raça dos homens com as quais me acostumei. Pequenos confortos. – Esfregou o rosto pálido com um lenço estampado com arlequins. – Chá Earl Grey... Sushi...

– O que você *quer*, Charsoc? – Xacheriel olhou irritado para ele sob a coroa. – Uma cesta de piquenique da Harvey Nichols? Cobertores Barefoot Dreams? – Lançou um olhar sombrio para a onipresente bolsa de pano de Charsoc. – Ou isso que você leva para os seus chás com os bruxos?

Charsoc respondeu a Xacheriel com desprezo mal disfarçado:

– Você parece bem a par das comodidades terrenas, Xacheriel. Por acaso *você* não teria montado residência lá, teria? – sibilou. – Se é para pôr as cartas na mesa, eu lhe mandarei uma escova de cabelos Mason Pearson. – Charsoc olhou com desdém para o chumaço desgrenhado de cabelos brancos que se destacavam sob a coroa de Xacheriel. – E com postagem de encomenda urgente.

Jether suspirou, frustrado.

– Por favor. Por favor, compatriotas. Estamos falando de assuntos sérios. Não é hora para distrações frívolas.

Jether acompanhou o olhar de Miguel, que observava Lúcifer. O arcanjo decaído, por sua vez, olhava, aterrorizado, para o sangue que escorria da palma de sua mão direita sobre a mesa diante dele. O sangue passou a manchar os trajes cerimoniais de seda branca, deixando Lúcifer apavorado com a mancha vermelha.

– Christos – murmurou. Levantou-se da mesa, o suor escorrendo pela testa, e começou a andar com impaciência de um lado para o outro. Voltou-se para Miguel, depois caminhou rumo às planícies, para além do bosque dos Grandes Álamos Brancos. Postou-se a um ponto, uma figura solitária banhada pela suave luz branca que emanava das alvas névoas ardentes, o olhar fixo nos portões orientais do Éden.

Jether observou Lúcifer, o semblante grave.

– Sua alma ainda procura aquilo que nunca poderá ter – sussurrou para Miguel. – Está indo ao jardim de Christos.

– Não! – Miguel se levantou, a mão na espada. – Basta! – gritou. – Vou acabar já com essa loucura!

Jether pôs a mão sobre a de Miguel com suavidade.

– Não – falou, meneando a cabeça. – É o próprio Christos quem o está atraindo.

Miguel dirigiu-se à extremidade das Grandes Planícies, vigiando Lúcifer. Este se virou, olhando distraidamente para Miguel, e atravessou os portões orientais.

Seguiu um caminho familiar, serpenteante ao Jardim das Fragrâncias, que cresciam bem abaixo das planícies. Caminhou sob o estreito braço de pérolas coberto por romãzeiras carregadas com exuberantes frutos prateados, a respiração rasa, percorrendo em um frenesi os jardins de gladíolos e de plumérias, os gramados com juncos e ranúnculos repletos de finos estames de cristal, rumando para os intensos feixes de luz avermelhada e cegante que irradiavam à distância. Atravessando o vale, chegou a uma discreta gruta na extremidade dos Penhascos do Éden, cercada por oito oliveiras ancestrais.

Ele estava lá, e Lúcifer sabia que estaria.

Com os dedos trêmulos, o arcanjo decaído empurrou o simples portão de madeira.

No centro de Seu jardim, as costas ligeiramente visíveis em meio às brumas que ascendiam, encontrava-se Christos.

Lúcifer se apoiou no portão, sentindo-se subitamente enfraquecido. Esforçou-se para respirar.

Christos se virou lentamente. Lúcifer caiu de joelhos, o braço protegendo o rosto da gloriosa luz branca que emanava de Seu semblante.

– Foi aqui que você me deu um beijo, muitas eras atrás – falou Christos com suavidade –, antes de sua traição.

As mãos de Lúcifer tremiam em descontrole.

– Foi aqui que sua traição começou. – Christos caminhou em sua direção em meio às brumas ondulantes. Lúcifer O fitou, pálido. – Quando soube do advento da raça dos homens.

Christos observou aquilo que os raios ardentes, já mais brandos, revelaram: a trinta metros dali, após um imenso despenhadeiro, a magnífica porta de rubi, radiante de luz, encravada nas paredes de jacinto da torre – a entrada para a Sala do Trono de Jeová.

Lúcifer acompanhou seu olhar até o arco-íris reluzente que se erguia sobre o Palácio de Cristal.

Enfim, Christos prosseguiu:

– Em meio à Tribulação, haverá uma guerra entre Lúcifer e Miguel no céu. Pois certamente você será expulso do céu. Para nunca mais voltar.

Christos contemplou a grande porta de rubi.

Ela se abriu devagar, e com isso os raios e os trovões aumentaram de intensidade, e um vento tempestuoso soprou.

– Grave bem as cenas e os sons do Primeiro Céu, filho da manhã. Será sua última vez.

Lúcifer olhou assustado quando Christos desapareceu nas brumas brancas e oscilantes. Depois, tornou a aparecer do outro lado do abismo, caminhando para a porta de rubi e deixando Lúcifer a soluçar miseravelmente sob as oito oliveiras do jardim de Christos.

CAPÍTULO 20

MONTE SÃO MIGUEL

22 DE DEZEMBRO DE 2021

O carro de Nick prescreveu uma curva na estrada. A torre do sino do Monte São Miguel ficou visível, a estátua dourada do Arcanjo Miguel na torre erguendo-se a mais de 180 metros acima do Canal da Mancha.

Construída acima dos trigais da Normandia, a fortaleza da abadia do Monte São Miguel lembrava uma aparição gótica em meio às brumas fugazes da manhã.

Nick contemplou, hipnotizado, o grande complexo de granito com mil metros de circunferência. O novo Superestado Europeu havia desapropriado a ilha da Unesco para uso exclusivo do presidente europeu. Agora, Adrian dividia seu tempo igualmente entre os palácios na Normandia, em Roma e, mais recentemente, na Babilônia.

A maré estava baixa. O dique de contenção do início da década de 2000, com mais de um quilômetro e meio, fora derrubado e substituído por outro menos longo e por uma ponte baixa com uns 730 metros. E a represa na foz do rio Couesnon tinha sido substituída havia pouco por uma represa hidráulica com o dobro de seu tamanho. Um feito de engenharia hídrica pela bagatela de 164 milhões de euros. Nick meneou a cabeça, admirado. Mas, pelo menos, a obra impedira que a ilha literalmente afundasse na areia.

O Aston Martin atravessou o portal de entrada com duas pistas, parando na frente de um grande portão de ferro escuro com o timbre do Monte São Miguel postado no alto, em ouro.

Nick observou as seis câmeras remotas posicionadas sobre o portão. Virou-se para o escâner de íris cujo diâmetro se ajustou de modo automático ao nível de seu olho, do lado esquerdo do carro. Olhou fixamente para a lente da câmera.

Seis segundos depois, os portões se abriram eletronicamente, e ele foi guiando devagar pela guarita recém-construída, com suas janelas à prova de balas dotadas de camadas de policarbonato.

Sabia muito bem que, nos dez segundos em que ficara aguardando do lado de fora do portão, cada detalhe intricado, tanto de sua vida particular como pública, fora transmitido ao "Núcleo" – a base de operações secretas do presidente da União Europeia –, uma vasta cidade subterrânea situada sob o Monte São Miguel, a mais de um quilômetro e meio sob o Atlântico, onde o notório Gruber, o autocrático diretor de operações de segurança de Adrian, era o líder supremo.

Nick foi dirigindo pelas ruas sinuosas de paralelepípedos da antiga aldeia medieval, reconstruídas de acordo com os precisos procedimentos de segurança presidencial de Gruber. A aldeia abrigava mais de duzentos membros da equipe executiva de Adrian, inclusive o chefe da Agência de Segurança Europeia e seus principais conselheiros econômicos e legais. A fachada medieval era exatamente isto: uma fachada. Câmeras de vigilância e sensores projetavam-se de todos os telhados, janelas e corredores. Equipes e mais equipes de policiais militares e cães de guarda patrulhavam os perímetros da cerca de malha dupla.

Enfim, Nick parou o carro do lado de fora dos estábulos.

Saiu, bateu a porta do veículo e jogou as chaves para um homem um tanto encorpado trajando uniforme de motorista, que as pegou com precisão.

Quando James De Vere era vivo, Pierre era seu mordomo pessoal, e a afeição por ele só ficava aquém da predileção por Maxim.

– Seja camarada, Pierre – pediu Nick. – Pode estacionar para mim?

Pierre curvou-se levemente.

– Claro, senhor – disse, sorrindo com afeto para Nick. – É muito bom vê-lo, senhor Nicholas. – Ele abriu a porta do Aston Martin, sentou-se e ajustou o assento.

– Como vai Beatrice? – perguntou Nick.

– Teimosa, como sempre. – Pierre franziu o cenho, mas os olhos tinham um brilho afetuoso. – Ela acordou ao nascer do sol para fazer pão doce. – Baixou o tom de voz. – Passe pela cozinha antes de partir, ou minha vida não merecerá mais ser vivida.

Nick sorriu, lembrando-se da mansão da família em Rhode Island e dos Natais de sua infância, quando se esgueirava pela cozinha onde Beatrice, a formidável governanta francesa dos De Vere, preparava pão doce com especiarias, sendo expulso sumariamente por ela com um rolo de macarrão.

– Eram bons tempos, senhor Nicholas, aqueles com seus pais. – Ele girou a chave de ignição. – Bons tempos – repetiu.

Nick observou o Aston Martin vermelho desaparecendo em direção à quinta garagem dos estábulos. Encheu os pulmões com o ar úmido e ameno do Atlântico e percorreu a curta distância até uma das altas entradas góticas do Monte São Miguel.

Postou-se ao pé das grandes muralhas, cobertas de hera, na frente do sistema de reconhecimento facial, e aguardou até que um dos quatro agentes de segurança liberasse seu acesso.

Devagar, as imensas portas de ferro da abadia se abriram. Um homem idoso de fraque fez uma rápida mesura para Nick.

– Olá, Anton – disse Nick, saudando-o com descontração.

– Seu irmão o aguarda, senhor De Vere. – O inglês de Anton era artificial e gutural. Olhou de forma desaprovadora para os jeans rasgados e a jaqueta de couro envelhecido de Nick. – Acompanhe-me.

Nick seguiu Anton pelo vestíbulo, desceu pelos enormes corredores em arco gótico do Monte São Miguel, percorrendo uma série de longos corredores de pedra forrados com obras inestimáveis de mestres da pintura, até chegarem diante de duas grandes portas de aço.

Posicionou-se na frente de um segundo computador de reconhecimento facial. Segundos depois, as portas de aço se abriram, revelando portas de mogno com seis metros de altura.

Dois membros das Forças Especiais de Guber materializaram-se ao lado dele.

– Conheço a rotina – murmurou Nick, tirando a mochila e entregando a câmera. Aguardou enquanto os homens de Guber passavam os objetos sob um escâner de alta tecnologia e depois os devolviam a ele.

Anton abriu as portas que davam para o enorme e magnificamente decorado saguão do presidente europeu.

O principal assistente de Adrian, Laurent Chastenay, aproximou-se de Nick. Era um sujeito alto e eloquente. Trazia um fino laptop na mão.

– Acompanhe-me, por favor, senhor De Vere – falou com uma pronúncia clara. – Seu irmão o aguarda na sala de visitas.

Chastenay olhou para o relógio e o acompanhou por outro corredor, fazendo uma curva abrupta para a esquerda. Segurando a porta, fez um gesto para que Nick entrasse em um magnífico recinto.

Nick analisou as valiosíssimas tapeçarias do salão, bordadas com lã da Picardia, seda italiana e fios de prata, os tapetes Savonnerie e Aubusson em tons claros. Sofás de couro Chesterfield. Estudou uma enorme tela do emblemático artista Francis Bacon.

Sorriu. Típico de Adrian. Uma justaposição completa.

Em sua última visita, a sala de visitas estava sendo reformada como parte dos preparativos para a posse de Adrian. Era magnífica. Um reflexo de seu estilo impecável.

Adrian estava em pé, as mãos às costas, olhando pelas enormes portas em cerejeira abertas para a monumental vista da baía e do alto-mar. Helicópteros de combate sobrevoavam o local.

– Senhor presidente, permita que lhe anuncie seu irmão, senhor Nicholas De Vere.

– Muito obrigado, Laurent. – Adrian se virou e Chastenay fez uma reverência.

– Sua videoconferência com o primeiro-ministro russo será em quinze minutos, senhor presidente. – Curvou-se de leve mais uma vez e deixou a sala.

– Nicky – cumprimentou Adrian, sorrindo com deleite. Fez um gesto na direção da baía. – A maravilha do Ocidente – murmurou. *À la vitesse d'un cheval au galop*, segundo Victor Hugo: "as marés se movem tão rápido quanto um cavalo a galope". – Virou-se de novo, ficando de frente para Nick. – Um metro por segundo, as mais perigosas marés do mundo – declarou. – Em profundidade e velocidade.

Nick estudou Adrian. Imaculado, como de costume. Na verdade, dava a impressão de ser algum membro de uma moderna família real. Desde os sapatos em couro de avestruz, feitos sob medida por Oliver Sweeney, até o terno Alexander Amosu, obscenamente caro e elaborado com fios de ouro e *pashmina* do Himalaia, com nove botões de ouro de dezoito quilates e diamantes incrustados.

A queda de Adrian por roupas de grife e arte moderna eram sua única concessão à indulgência em uma rotina habitualmente espartana. Enquanto Nick fora um perdulário contumaz, Adrian guardara dinheiro desde pequeno – tendência que se arraigara com o passar do tempo.

Nick atribuía essa tendência ao rigoroso treinamento de Adrian em análise econômica, aos títulos em filosofia, política e economia em Oxford, com altas notas, aos dois anos em Princeton e um ano de especialização em estudos árabes em Georgetown, antes de permanecer quatro anos na diretoria da De Vere Gestão de Ativos.

Nick franziu a testa, as revelações de Lawrence sobre os negócios da família ainda ecoando em seus ouvidos. Política era a paixão de

Adrian, mas economia era sua aptidão de fato, aquilo para o que possuía genialidade.

Adrian tornara-se ministro da Economia britânico dois anos após a crise de 2008 e revolucionara sozinho a economia do país. Depois, vieram os dois mandatos como primeiro-ministro britânico. Até o mandato como presidente da União Europeia, Adrian não tinha iate, casa principesca, mansão na praia ou coleção de carros clássicos. Morara na Downing Street com Melissa, tendo como segundo lar uma casa funcional, semigeminada, em Oxford.

Em vez de viver num luxo evidente, doara milhões para o hospital Marie Curie, instituições infantis de caridade no Sudeste Asiático, para as universidades Georgetown e Oxford, para o Museu Memorial do Holocausto dos Estados Unidos, além de financiar a restauração dos afrescos de Michelangelo na Capela Paulina do Vaticano.

Adrian aproximou-se de Nick. Segurou-o à distância de um braço e estudou o irmão. Como sempre, de jeans e camiseta. Jaqueta de couro, mochila, cabelos aloirados pelo sol. A câmera sempre à mão. Ainda o belo garoto das colunas de celebridades, embora a aids houvesse exercido um efeito devastador sobre ele. Na verdade, sua aparência estava melhor do que nos últimos meses.

– Que bom ver você, Nicky – falou.

Nick sorriu e olhou para as Levis rasgadas.

– Acho que seu mordomo não aprovou os meus trajes.

Adrian sorriu.

– Disseram que o tratamento antirretroviral tinha parado de fazer efeito, mas você parece bem, Nicky. Até ganhou peso.

Nick hesitou. Virou-se para observar as três pinturas sobre a escrivaninha de Adrian, sentindo-se pouco à vontade. Era a primeira vez na vida em que decidira não confiar no irmão.

– Novos? – perguntou, mudando de assunto.

Adrian sorriu com timidez.

– Permiti a mim mesmo no meu quadragésimo aniversário. São autorretratos de Warhol.

Nick franziu a testa.

– Não são exatamente o que eu chamaria de bonitos.

– Essa é boa, vindo de alguém que pendurou *O Vampiro* de Edvard Munch no lugar de honra de sua cobertura – Adrian retrucou com um sorriso.

– Era uma provocação, Adrian. E, por falar nisso, é uma gravura numerada. – Nick devolveu o sorriso. – Para esconder um cofre.

Adrian olhou novamente para o Warhol.

– Jason disse que são monstruosidades – comentou com ironia. – Naturalmente, o que ele *não* considera arte poderia lotar o Louvre inteiro. – Olhou mais uma vez para os três retratos. – Um investimento incrível. Valem quarenta milhões de dólares. – Foi até o armário de bebidas e pegou uma garrafa gelada de cidra. – Todas as obras irão para instituições de caridade do terceiro mundo quando eu morrer. Isso alivia minha consciência. Quer cidra? É daqui; muito boa.

Nick meneou a cabeça.

– Não, vou de Perrier, obrigado. Estou me desintoxicando. Por falar nisso, feliz aniversário...

– Obrigado, Nicky. Pena que você não pode ficar mais; devia ter avisado. Teremos dignitários e representantes de alguns países dos seis continentes. – Ele encheu o copo de Nick com Perrier. – Tudo confidencial; preparativos para o Acordo Ishtar. – Ele entregou o copo ao irmão. – As coisas vão acontecer em menos de três semanas. *Caso* não haja nenhum imprevisto – murmurou em tom quase distraído.

Dirigiu-se à sua escrivaninha e começou a revirar uma pilha de papéis.

– Você disse que era urgente. – Adrian ergueu o olhar e encarou Nick. – Precisa de dinheiro? – Abriu uma gaveta e tirou um talão de cheques.

Nick fez que não.

– Adrian, ouça, estou bem. Fui mais do que bem pago pelos jordanianos. Voltei a ser independente.

Adrian franziu a testa.

– Então o que é, Nicky? Você disse que era importante.

Nick se aproximou da janela.

– Olha, Adrian, diz respeito ao papai... à morte dele.

Adrian o encarou, perplexo.

– Papai morreu há mais de quatro anos. Não quero parecer rude, mas não dava para esperar?

– Bom, Adrian, vou direto ao ponto. Lawrence St. Cartier acredita que papai foi morto... – Nick hesitou – ... por um grupo de elitistas. Globalistas. Gente extremamente poderosa. Você pode estar em perigo.

Adrian tirou os olhos dos papéis.

– Morto... – Franziu o cenho. – Como assim, assassinado? – Olhou, incrédulo, para Nick. – Isso é ridículo. Ele teve um ataque cardíaco. Fizeram autópsia. – Balançou a cabeça. – O velho professor andou compartilhando com você suas teorias da conspiração – falou com gentileza. – Papai costumava ironizá-lo pelas costas sem misericórdia.

– Sim, eu sei que dava essa impressão, Adrian, mas...

– Olha, Nicky, agradeço a sua preocupação. – Guiou Nick até outra janela e apontou para um navio no Canal da Mancha, à distância.

– Está vendo aquele navio? É um dos oito que patrulham a baía, dia e noite, auxiliados por vigilância aérea permanente, quatro helicópteros, quatro caças-bombardeiro, dezenas de lanchas e veleiros, 121 portas magnéticas, 60 máquinas de raios X, 132 detectores de metal, 18 detectores de explosivos, 196 câmeras de circuito fechado e 62 sistemas de rastreamento de veículos. Guber monitora o sistema C41: rede de comunicações digitais por meio de rádio com sistemas de TI que fornece imagem, som e dados para 36 oficiais de segurança a qualquer momento. Tudo para proteger o presidente europeu. – Deteve-se no meio da frase ao reconhecer a assinatura no papel que estava na mão de Nick. – O que é *isto*, Nicky?

– Uma carta do papai para St. Cartier e um documento que ele encaminhou junto. Enviados no dia anterior ao de sua morte – explicou Nick. – O documento anexo é a evidência de que o vírus da aids foi propositalmente colocado em agulhas usadas naquela noite em Amsterdã. Olhe. Requisição do Forte Dietrich. Valores pagos a criminosos de baixo escalão em Amsterdã.

Adrian pegou a carta e estudou o documento. Virou-o e franziu a testa. Nick apontou para uma parte específica do documento.

– Vírus vivo entregue em 4 de abril de 2017. Injetado à zero hora e sete minutos. Está assinado; é a garantia de minha execução. Eles me infectaram com aids.

– Quem, Nicky? – Os dedos de Adrian se estreitaram em torno do documento. – Pense nisto: *quem* iria querer fazer uma coisa dessas com você? – Durante uma fração de segundo, Adrian quase perdeu a compostura. – Perdoe-me, irmãozinho, mas isto não passa de uma falsificação comum. Para ser brutalmente sincero, Nick, você é inócuo. Ninguém se daria esse trabalho para eliminá-lo. Você conhece St. Cartier. Ex-integrante da CIA, sacerdote jesuíta. Ora, ele tem mais de oitenta. Quando eles saem da agência, têm dificuldade para distinguir entre a fantasia e a realidade. Ele deve estar no primeiro estágio de demência. E usou o nome de papai para dar credibilidade a isso. – Adrian meneou a cabeça. – O velho está com um parafuso a menos.

O intercomunicador de Adrian zumbiu na escrivaninha da outra extremidade da sala. Adrian decidiu ignorá-lo.

Nick procurou o envelope no bolso, e a foto com Julius De Vere, Lorcan De Molay e os outros três homens caiu de sua mão sobre o tapete Aubusson.

Adrian se agachou e a pegou cuidadosamente.

– Reconhece alguém?

– Ninguém. Tirando o vovô e Chessler, padrinho de Jason. Ninguém mais. – A voz de Adrian era suave. – Nunca vi nenhum deles antes em toda a minha vida.

– Tem o nome de uma mulher no verso da foto...

Adrian virou a foto devagar. Nick apontou:

– É a letra do papai.

Adrian estudou a palavra. Pálido.

– Aveline – murmurou. Balançou lentamente a cabeça. – Nome de mulher. É a letra do papai, sim. Mas não tenho ideia do que possa significar. – Lançou um olhar estranho para Nick. – Onde conseguiu isto, Nicholas?

– Em umas caixas velhas, na casa da mamãe – mentiu Nick. Sua consciência o aguilhoou no mesmo instante, mas eram circunstâncias atenuantes.

Observou Adrian com atenção. Ele nunca o chamava de Nicholas, a menos que estivesse irritado. Era agora ou nunca. Tinha de forçar a situação o máximo que conseguisse.

– Diga-me uma coisa, Adrian: é verdade que somos muito ricos? – Colocou o copo em um móvel, aproximou-se de Adrian e pegou a foto das mãos do irmão. – Quero dizer, absurdamente ricos?

– Você sabe quanto temos, Nicky. – Os olhos de Adrian se estreitaram.

Nick fez que não com um gesto de cabeça.

– Não. Não, acho que não, Adrian. Quanto nós temos?

Adrian acariciou a borda do copo de cidra.

– Por volta de quinhentos bilhões de dólares, segundo os padrões atuais. Metade de nossos bens foram dizimados na crise dos bancos em 2018. – Olhou com intensidade para Nick. – O que foi? Você *sabe* disso.

Nick fez uma pausa, depois decidiu lançar a cautela ao vento.

– Isso leva em conta o fato de termos mais de quarenta por cento do mercado mundial de ouro; de termos o monopólio efetivo da indústria de diamantes e parcelas não reveladas do petróleo da Rússia?

Adrian encarou Nick. A expressão indecifrável, como de costume.

O intercomunicador continuou a zumbir em um tom agudo. Adrian ergueu a mão para que Nick aguardasse e foi até a escrivaninha.

Apertou o botão com uma impaciência pouco característica.

– O que foi?

– Sua videoconferência das duas horas, senhor presidente. Os primeiros-ministros da Rússia e do Irã estão aguardando, senhor.

Laurent Chastenay passou pela porta. Adrian olhou para o relógio e suspirou.

– Pode passar. – Ele apertou a tecla *mudo* e ficou olhando para Nick, do outro lado da sala. Tornou a estudar o documento em sua mão. Dobrou-o e o colocou no bolso.

– Você comentou com o Jason sobre isto?

Nick deu de ombros.

– Você conhece o Jason. Faz anos que ele não me liga.

– Vá tomar um pouco de ar, Nicky. – Adrian fez um gesto apontando as portas do terraço. – Me dê trinta minutos.

O zumbido começou novamente. Adrian apertou o botão. Acionou um controle remoto, e doze enormes monitores de tela plana deslizaram para baixo junto à parede do outro lado. Dois níveis de terminais de computador de última geração, com assentos de couro, ergueram-se do chão.

No mesmo instante, entrou o chefe da Agência de Segurança Internacional, seguido pelo secretário de Defesa.

Adrian se acomodou em uma das poltronas de couro cinzento feitas sob encomenda.

Nick passou pelas portas de cerejeira no instante em que o rosto do primeiro-ministro iraniano se materializou nas grandes telas.

Caminhou até o grande terraço suspenso que cercava a abadia e observou o oceano cinzento, vasto e liso, andando devagar rumo à ala norte. Tirou os óculos escuros do bolso da jaqueta e os colocou. Olhou para baixo e avistou a clausura a quinze metros dali, com policiais militares espalhados pela área, exceto no pátio gramado e bem cuidado situado fora dos arcos da clausura.

No centro do pátio, havia um homem alto e magro, de feições severas e cabelos negros mal tingidos, cortados à maneira militar, usando um terno preto um mal-ajambrado. Reconheceria aquele corte de cabelo em qualquer lugar.

Era Kurt Guber.

Guber não gostava nada de Nick, e Nick sabia que ele tinha razões para tanto.

Quatro anos antes, com vinte e quatro anos, a principal ocupação do rico, belo e jovem *playboy* Nick De Vere fora dissipar a primeira parcela do imenso fundo fiduciário em todos os clubes privados ou exclusivos entre Londres e Monte Carlo. Infelizmente para Nick, ele não só era um De Vere, como também o irmão mais novo de Adrian, e suas atividades apareciam nas páginas de mexericos dos jornais ingleses graças aos incansáveis agentes de celebridades.

Não tardou para que as farras de Nick prejudicassem a carreira política de Adrian, que estava em rápida ascensão, e cabia a Guber, como chefe de segurança do político, limpar a sujeira de Nick. Durante meses, Guber manteve os *paparazzi* londrinos afastados, enterrou o vício em cocaína de Nick com uma série de mentiras e falsas testemunhas, e resgatou o pouco que restara da reputação do arqueólogo. Tudo em nome da reluzente carreira futura de Adrian como presidente da União Europeia.

Guber desprezava Nick quase tanto quanto Nick desprezava Guber e seus capangas.

Fazia anos que Guber estava com Adrian, primeiro como chefe de segurança no gabinete da Downing Street, e agora como diretor de Operações dos Serviços Especiais da União Europeia. Era especialista em armas exóticas. O avô de Guber fora o encarregado de um dos mais avançados programas nazistas de armas secretas. Quem sabia *o que* Guber idealizava na ampla cidade subterrânea que ficava exatamente sob o Monte São Miguel?

Nick fitou Guber com indolência através dos óculos escuros. Ele precisava sair para tomar um pouco de ar. Parecia pálido. Tempo demais no *bunker*. Nick abriu um sorriso.

Guber caminhou pelo gramado da clausura. E acabou olhando para cima. Nick acenou-lhe provocativamente.

A expressão de Guber endureceu ao reconhecê-lo. Continuou andando, entretido numa conversa com um segundo homem, cujo rosto estava oculto atrás da cabeça de Guber.

Nick continuou a olhar distraidamente para o Atlântico, depois voltou os olhos para Guber. O homem tinha sumido. Só seu companheiro estava lá, fitando o palácio. Nick olhou para o homem e tornou a olhar, para ter certeza. Trêmulo, procurou algo no bolso. Tirou a foto de Julius e seus quatro companheiros, e observou Adrian pela porta, sentado atrás de sua escrivaninha e falando sem parar. Nick moveu-se com rapidez rumo aos grandes degraus sob os arcos.

Desceu correndo uma parte da escadaria e depois outra, até se encontrar num balcão situado apenas três metros acima do homem. Pegou de novo a foto.

Não havia como se enganar. O homem tinha a testa alta e arredondada, cabelos grisalhos cortados meticulosamente a um centímetro do couro cabeludo, nariz aquilino, mas os olhos... eram tão opacos que pareciam quase sem cor.

O homem que estava em pé abaixo dele era o mesmo que estava à esquerda de Julius De Vere na foto que Nick segurava. E, de algum modo, estava relacionado a Guber.

Precisava contar isso a Adrian imediatamente.

Nick ficou alerta quando Guber voltou para onde Kester von Slagel se encontrava. Von Slagel inspecionava o heliporto.

– Os preparativos foram feitos?

Guber assentiu.

– As equipes diurnas foram dispensadas, Vossa Excelência. Por volta das dezoito horas, só nosso exército particular estará no local.

Von Slagel concordou.

– As ordens de meu mestre precisam ser seguidas à risca.

Guber tornou a assentir.

– Interdição do espaço aéreo a partir das dezesseis horas. Vigilância aérea. Os Hawks pousam às vinte horas. O Eagle vai pousar exatamente às vinte horas e vinte minutos. A entrega da arca a De Vere estará concluída por volta das vinte e uma horas.

Nick alinhou a câmera digital diretamente com o rosto de Von Slagel.

– As ordens de Vossa Excelência são os meus comandos. Como sempre.

– Ele está bem acomodado?

– A ala oeste está totalmente à sua disposição. Não lhe falta nada...

Von Slagel sorriu.

– Minha discussão com De Vere na noite anterior esclareceu os detalhes restantes.

Nick ficou boquiaberto. Adrian *conhecia* o estranho com rosto de águia e cabelos brancos à moda militar. Ele havia mentido sobre a foto. Não só já tinha *visto* Von Slagel antes como o *conhecia*. O coração de Nick se apertou. Levantou a câmera, olhou pela lente e clicou.

Von Slagel olhou para cima, ficando bem na linha dos olhos de Nick. Sua expressão se fechou. Guber acompanhou o olhar dele.

– Está perdido, senhor De Vere? – Guber encarou a câmera nas mãos de Nick com irritação. Sem sorrir.

– Bela vista, Guber – falou Nick, sorrindo deliberadamente. – Não acha? – gritou.

Guber manteve-se carrancudo, depois o ignorou.

– Acho que devia tomar mais sol, Guber – gritou Nick do balcão, o coração acelerado. – Está parecendo pálido. Sabe o que dizem, não é? Muito trabalho e pouca diversão...

Nick voltou para o andar superior, as mãos trêmulas.

Von Slagel virou-se para Guber, ainda com a expressão fechada.

– O que Nick De Vere está fazendo aqui? Não quero interferência enquanto nossos planos não estiverem concluídos.

– Uma decisão de última hora. Não estava nos planos. Ele é um reles parasita. Totalmente inofensivo.

– Livre-se dele – murmurou Von Slagel. – Quero que fique longe da propriedade. Agora.

Kester von Slagel foi mancando pelo gramado em direção aos arcos, desaparecendo em seguida.

Nick postara-se do lado de fora das portas de cerejeira. Com as mãos trêmulas, recolocou o envelope pardo na mochila e depois voltou para a sala de visitas.

Adrian ainda estava imerso numa conversa com o primeiro-ministro iraniano. Nick olhou ao redor, dirigindo-se ao banheiro masculino. No caminho, pegou um cartão de agradecimento em branco. Trancou-se no banheiro, em segurança, longe do alcance das câmeras de vigilância.

Virou-se, trêmulo. Havia alguém no banheiro com ele. Tinha certeza disso. Inquieto, olhou à sua volta. Ninguém. Nick hesitou, como se uma estranha e alucinante euforia invadisse seus sentidos. Identificou-a. Era a mesma presença que sentira na cripta inferior do mosteiro. Sorriu.

Alguém cuidava dele.

Com os dedos trêmulos, tirou a foto de De Molay, Von Slagel e Julius do envelope pardo e a substituiu pelo cartão de agradecimento do Monte São Miguel. Então, olhando com rapidez para a foto, guardou-a na mochila.

Lavou as mãos e hesitou, detestando a ideia de abandonar a presença misteriosa. Agitou a cabeça e voltou à sala de visitas no momento em que as telas de TV desapareciam no teto.

Adrian desligou os controles, sorriu para Nick e se levantou. Cansado.

– Desculpe, mano; péssimo dia para visitas sociais. – Sua voz ergueu-se acima do ensurdecedor lamento das turbinas dos helicópteros. – É meu compromisso do almoço chegando... o secretário do Exterior da Grã-Bretanha. – Pôs a mão sobre o ombro de Nick. – Deixe a foto comigo. Vou fazer algumas investigações discretas.

– Tem certeza de que nunca viu nenhum desses homens? – Nick estudou com atenção o rosto de Adrian.

– O quê... Ah, a foto... Não. Nunca os vi antes na vida. – Ele estendeu a mão. – Vou entregá-la a Guber; ele a passará para os funcionários de contato com a Interpol lá no Núcleo.

Nick deu-lhe o envelope contendo um cartão de agradecimento em branco.

Adrian o guardou no bolso interno do paletó.

– Sabe de uma coisa, Adrian? – disse Nick, baixando o tom da voz. – Acho que você acertou na mosca. Creio que Lawrence está meio senil. Percebi que ele parecia meio estranho quando estive com ele. – Forjou um sorriso. – Talvez ele tenha inventado a carta de papai. E os documentos.

Adrian relaxou, envolvendo Nick com o braço.

– Ele precisa de uma avaliação psiquiátrica. Temos unidades aqui que poderiam ajudá-lo.

Nick concordou.

– Vou conversar com mamãe neste fim de semana e lhe sugerir que o mande para uma avaliação. – Estendeu a mão para Adrian. – Gostaria de levar o documento. Para evitar confusões.

– Tarde demais, Nicky. Você estava muito preocupado, por isso já o enviei à Interpol. Achei que ficaria mais tranquilo.

Nick ficou tenso.

– Não se preocupe. Não há mal nenhum. Vou telefonar para eles e dizer que foi uma armação.

Nick assentiu.

– Faça isso, Adrian.

Chastenay materializou-se à porta, e Nick caminhou na direção dele. Virou-se.

– Ah, só mais uma coisa. Fundos de Continuidade De Vere AG: você me consegue os balancetes? E a auditoria mais recente?

Adrian ficou intrigado.

– Por quê, Nick? Você nunca mostrou interesse por nossas finanças.

– Agora estou interessado. Papai sempre disse que eu devia assumir minhas responsabilidades. Nunca é tarde, não é?

Adrian lançou-lhe um olhar estranho.

O intercomunicador zumbiu de novo. Adrian apertou o botão.

– O secretário do Exterior da Grã-Bretanha está no prédio, senhor presidente.

Nick sorriu e acenou.

– Tudo bem, Adrian.

Dois homens da segurança, trajando o uniforme azul-claro das forças de elite do Superestado Europeu, entraram e se aproximaram de Nick.

– Pode manter seus vigilantes a distância – Nick falou com um sorriso. – Eu encontro a saída.

Adrian fez um gesto de cabeça para os seguranças e Chastenay.

– Acompanhem meu irmão até o portão – ele falou. – Aston Martin vermelho.

– Ah, por acaso – disse Nick por cima do ombro, quase com indiferença –, já ouviu falar no Fundo Internacional de Investimentos?

Adrian fitou as costas de Nick, que desapareciam com rapidez, com o semblante sério. Apertou o controle remoto.

Nick caminhou o mais rápido que pôde pelos corredores, fazendo uma curva fechada à esquerda antes de chegar ao saguão, deixando Anton para trás e saindo por uma pequena porta lateral, que dava para uma horta.

– Idiota – murmurou para si, sabendo que havia ultrapassado o limite. Caminhou com firmeza rumo à antiga ala da cozinha, perto da estrebaria.

Ao passar pela copa, espiou pela janela e deu a volta, entrando pela porta aberta.

– Beatrice – sussurrou.

Uma mulher robusta, de rosto avermelhado e cabelos grisalhos presos em uma trança no alto da cabeça, voltou para Nick os olhos brilhantes e miúdos.

– Ora, senhor Nicholas! – Esfregou as mãos no avental, envolvendo-lhe a cintura com os braços rechonchudos, toda feliz, e deu uma boa olhada nele, ajeitando seus cabelos com os dedos carnudos.

Nick levou um dedo até os lábios finos dela.

– Não estive aqui. É nosso segredinho.

Beatrice riu e assentiu vigorosamente.

– Fiz um pão doce natalino com especiarias para você. – Ela se voltou para o forno e tirou de lá os pães trançados.

– Beatrice...

Ela meneou a cabeça com ansiedade.

– Pierre ainda está aqui?

– Ele e eu somos os últimos a sair. Como de costume.

– Pelo portão principal?

– Nossos homens saem à uma. As forças especiais fazem este turno. – Beatrice esboçou uma expressão de curiosidade.

– Isso é bom. O carro já estará liberado para passar pelo portão. Pierre está com a chave; diga-lhe que feche o teto e fique de cabeça baixa. Depois que passar pelo portão, peça para ele estacionar no abrigo das antigas docas. Gruber não pode saber do nosso segredinho. Entendeu?

Beatrice fez que sim.

– O que vai acontecer hoje à noite, Beatrice?

– Algum evento confidencial. Procedimentos de costume. Fornecedores de comida e bebida contratados. O exército particular de Guber e seus batalhões é que tomam conta. – Fez uma cara feia. – Tão diferente da época do seu pai. – Mordeu os lábios.

Nick olhou pela janela, procurando com inquietação algum sinal do Serviço Secreto europeu.

– Preciso de um envelope – pediu.

Beatrice foi até uma cômoda antiga de mogno e, destrancando uma gaveta, pegou numa pilha um envelope de linho com o timbre de Monte São Miguel no verso.

Agitado, Nick pegou na mochila a foto com De Vere e De Molay e a enfiou no envelope.

– Papel.

Beatrice lhe deu outro cartão de agradecimento, novamente com o timbre. Nick escreveu num rabisco apressado:

Querida Ju,

Papai estava atrás de alguma coisa. Era uma coisa grande, e o mataram por conta dela. Eles me infectaram com aids, Ju. Propositalmente. Acho que sabem que estou atrás deles. É um grupo de elite formado por poderosos. Estou fazendo uma investigação por conta própria. Caso não consiga sair daqui, você precisa entregar isto ao Jason. Ele é a única pessoa em quem confio.

O som de vozes estava mais próximo.

– Senhor Nick. Apresse-se.

Nick continuou a escrever com afobação.

Diga a Lily que sempre lamentarei. Seja minha estrela-guia, mana.
Seu sempre, Nicky
P.S.: não tenho certeza se Adrian...

O som de vozes estava na porta.

Com rapidez, Nick fechou o envelope, virou-o e rabiscou o nome de Julia e seu endereço em New Chelsea, enquanto um rapaz baixo e de rosto avermelhado adentrava a copa.

Beatrice suspirou com alívio.

– Tudo bem. É Jaques, o cavalariço.

– A que horas passa o carro dos correios?

– A correspondência da casa grande foi recolhida às dez horas. A sacola dos funcionários é recolhida às catorze horas e trinta e cinco minutos, na estrebaria, senhor Nick. – Beatrice olhou para o relógio de pedestal da cozinha. – Faltam dez minutos. Ainda não saiu.

Nick pôs a carta na mão de Beatrice, apertando os dedos rechonchudos e calejados da mulher. Fitou-a nos olhos, dirigindo-se a ela como se fosse uma criança:

– Beatrice, é muito importante o que vou dizer – falou. – Ponha esta carta na sacola do correio antes de passar pelo portão principal. Você PRECISA colocá-la na sacola do correio antes de sair. Preciso que faça isso por mim. Por meu pai.

Beatrice concordou enfaticamente.

– Prometo, senhor Nick.

Nick deu um beijo estalado no rosto redondo de Beatrice.

– A suíte da ala leste está vaga?

Ela assentiu.

– Ninguém vai ficar nela hoje.

Nick enfiou a mão no bolso e puxou uma caixinha de plástico, da qual tirou dois comprimidos brancos, lançando-os garganta abaixo.

Inclinou a cabeça sobre a grande mesa de carvalho da cozinha, num paroxismo de tosse forçada e falsa. Sentia-se perfeitamente bem desde que deixara o mosteiro em Alexandria, na verdade estava em excelentes condições, mas tinha certeza de que seria perdoado por esse melodrama ensaiado. Era essencial para seu plano.

– Beatrice – pegou a mão dela –, você sabe que estou doente.

Ela assentiu vigorosamente.

– Não tenho condições de passar pelas complexas medidas de segurança de Guber.

Beatrice o fitou, o semblante sério.

– Senhor Nick, o que posso fazer para ajudá-lo?

Nick olhou para cima, entre um e outro acesso de tosse.

– Leve-me para a ala leste. Será nosso segredo. Guber não pode saber que estou aqui.

Beatrice fez uma careta.

– Aquele presunçoso do Guber. – Ficou com a cara amarrada.

– Tem certeza absoluta de que está vaga, Beatrice? – insistiu Nick. – Achei que chefes de Estado estivessem vindo para cá.

– Ontem, lá pela meia-noite, chegou um príncipe real muito poderoso. Foi emitida uma ordem presidencial. Ninguém deverá ocupar a casa principal enquanto ele estiver na residência, exceto o senhor Adrian. Todos os visitantes vão sair logo após o jantar. O príncipe especial está na ala oeste. E os capangas de Guber, por toda a parte. – Ela foi até um canto da cozinha e pegou um cartão magnético com o selo dourado do Monte São Miguel gravado nele. – Mas a ala leste estará vazia até o final da semana – declarou, afastando uma mecha de cabelos grisalhos dos olhos. – Às quinze horas, todas as autorizações de segurança da equipe serão retiradas.

Beatrice digitou a senha de segurança do cartão eletrônico no sistema. Ele emitiu uma luz verde.

– Preciso que o sistema de vigilância da ala leste fique desativado – pediu Nick. – Guber, como falei, não pode saber que estou aqui.

– Não posso fazer isso. – Beatrice levantou o rosto, ficando olho a olho com Nick. – Não sei como.

– Mas eu sei. – Ambos se viraram e depararam com Pierre postado à porta, observando-os.

Pierre conhecia Nicholas De Vere desde que ele tinha três anos e um rosto inocente, e sempre o havia adorado. Ele pegou o cartão de Beatrice, passou-o novamente pelo escâner e digitou o número 666. Uma luz roxa se sobrepôs à verde.

– O código de segurança de hoje – sussurrou Pierre. – As câmeras de vigilância foram desativadas em toda a ala leste. Você ficará invisível para o Núcleo, a menos que haja falta de energia. – Entregou o cartão-chave para Nick. – Nesse caso, estará por sua conta. – Fez o sinal da cruz. – Que Deus o proteja, Nicholas De Vere.

☆ ☆ ☆

Nick, com todos os sinais de palidez e enfermidade desaparecidos, abriu as venezianas e ficou olhando pela janela do sótão da ala leste. Daquela posição, tinha uma vista panorâmica que ia desde a estrebaria até o portão principal. Olhou para o local onde se situava a cozinha e viu Beatrice saindo pela porta da copa, adentrando a estrebaria e colocando a carta na sacola de correspondência dos funcionários do Monte São Miguel. Ela subiu em sua bicicleta e foi pedalando rumo ao portão principal. Alguns minutos depois, o Aston Martin vermelho, com o teto fechado, acelerou pela sinuosa estrada da abadia.

Nick viu Pierre passar pelo portão principal e disparar na direção das docas.

Ficou andando de um lado para outro do cômodo, voltando à janela quando um discreto veículo do correio francês se aproximou da estrebaria.

Um funcionário uniformizado colocou a sacola de correspondência na parte de trás do carro, manobrou pela estrada, saindo depois pelo portão principal do Monte São Miguel, rumo a Pontorson.

Suspirou, aliviado.

A foto estava em segurança, indo ao encontro de Julia, na Inglaterra. Nick desceu pela escada em espiral, passou pela sala de banho principal com suas banheiras feitas sob encomenda, pelo suntuoso quarto principal e pela sala de visitas, e verificou que as portas da suíte da ala leste encontravam-se bem trancadas.

Esperou.

De algum modo, sabia que corria perigo. Um sério perigo.

Naquela noite, descobriria por quê.

CAPÍTULO 21

Questões em Aberto

Jotapa estava sentada no confortável sofá de couro da área de estar, no Gulfstream da Casa Real, o olhar fixo em algum ponto distante à frente. O único sinal de seu desconforto era o fato de conferir constantemente o horário. Olhou para Jibril, que jogava *video game* no centro de mídia do jato.

Seu olhar cruzou com o da irmã. Levando em conta seu banimento, ele tinha as emoções sob controle. Estava calmo. Como seu pai teria estado. Os olhos de Jotapa cintilaram de fúria. Jibril meneou a cabeça e levou o dedo aos lábios. Ela suspirou.

– Faisal.

Ela sabia que o pai tinha feito o máximo para ser equânime em seu afeto pelos filhos, mas os problemas de caráter de Faisal não podiam ser deixados de lado tão facilmente.

Com vinte e poucos anos, para desgosto do pai, Faisal partia durante meses com os príncipes sauditas mais jovens em sua frota de Boeings de luxo. O pai tinha recebido relatórios constantes de farras em clubes, orgias e consumo de drogas. Assim como o pai de Nick. A expressão de Jotapa se suavizou.

Mas, diferentemente de Nick, Faisal era ardiloso e cruel. Além de tolo. E, com o tempo, o nobre e idoso rei passou a desprezar o filho mais velho. Jotapa nascera quando Faisal tinha onze anos, e, sete anos mais tarde, nascera Jibril. Faisal, com dezoito anos, detestava o calmo e alegre bebê, a joia dos últimos anos de vida do rei da Jordânia.

Estudou Jibril enquanto ele se concentrava no jogo. Era muito parecido com o pai. Um rosto anguloso, fartos cabelos negros e lisos, olhos castanhos penetrantes. Tinha apenas dezesseis anos, mas sua sabedoria era superior à idade. E bem maior que a do irmão mais velho.

– Vossa Alteza... – Uma comissária se inclinou. – Estamos nos preparando para a aterrissagem.

Jotapa olhou pela janela do Gulfstream. A centenas de metros abaixo deles, as pistas do Aeroporto Internacional Rei Fahd, treze quilômetros a noroeste de Dammam, ficaram visíveis em meio à névoa do início da manhã.

Jotapa olhou mais uma vez para Jibril, ainda entretido com seu jogo, e depois para o jeans que usava – um item proibido na Casa Real dos príncipes da Arábia Saudita. Cerrou os olhos, tentando se isolar do terrível prenúncio de que o século XXI, e tudo que lhe era seguro e familiar, estava prestes a ser arrancado para sempre dela.

E do terrível prenúncio de que Jotapa, princesa da Casa Real da Jordânia, estava prestes a deixar de existir.

☆ ☆ ☆

Adrian e o secretário do Exterior da Grã-Bretanha relaxavam na pérgula sob o cálido sol de inverno. Dois mordomos tiravam a louça do almoço e um terceiro despejava chá Earl Grey em xícaras de porcelana monogramada com as iniciais de Adrian. Guber e Chastenay conversavam, os semblantes sérios, do lado de fora da pérgula.

– Ainda não consegui convencê-lo a pensar em se tornar membro da Zona Euro? – perguntou Adrian em seu habitual tom tranquilo, convincente.

– Você conhece nossa posição sobre o assunto, Adrian – respondeu o secretário do Exterior da Grã-Bretanha. – Nada mudou desde que você deixou o cargo. As pessoas nos linchariam caso abríssemos mão da libra. O Tratado de Lisboa foi o máximo a que pudemos chegar. – Sorriu. – Desculpe, Adrian. Seu Pacto de Londres está juntando poeira em algum arquivo da Downing Street...

– Algum dia, George – comentou Adrian, sorrindo.

– Posso apostar que não será durante a *minha* existência. – O secretário do Exterior reclinou-se na cadeira, relaxado. Bebeu o chá. Seu assessor deu um passo à frente e sussurrou algo furtivo em seu ouvido.

Assentindo para o assessor, o ministro disse:

– Um telefonema urgente. O primeiro-ministro.

Adrian sorriu graciosamente.

– Chastenay, acompanhe o senhor Hayes até a área segura.

O secretário do Exterior saiu às pressas do local, com o assessor a tiracolo, acompanhando Chastenay por uma série de cabines envidraçadas do lado de fora da pérgula.

Adrian apertou um botão numa escrivaninha próxima.

– Guber.

Ele tirou o envelope do bolso interno e colocou-o na mesa da pérgula. Guber apareceu a seu lado quase no mesmo instante.

Adrian falou, sem olhar para ele:

– Uma pequena inconveniência. – Fez um gesto para o envelope.

Guber o abriu e ficou olhando, intrigado, para o cartão de agradecimento em branco. Franziu a testa, virou-o e o entregou a Adrian.

O presidente agarrou o envelope. A foto tinha desaparecido.

– Quando meu irmão saiu?

Guber apertou o botão do intercomunicador e conversou com a vigilância do portão principal.

– Quando Delfim deixou o prédio?

– Faz quarenta minutos, senhor. O Aston Martin vermelho do Delfim saiu pelo portão da frente.

– Algum problema, senhor presidente?

– Meu irmão estava de posse de uma fotografia – falou em voz baixa. – Que teria sido de nosso pai, James De Vere. – Voltou-se para Guber. – Uma foto de meu avô com nossos atuais convidados. – Deu um tempo para que as palavras fossem absorvidas. – E isto...

Guber estudou o documento da execução e ficou pálido.

– James De Vere o enviou a St. Cartier. Aparentemente, seus bandidos deixaram pistas para trás.

– Vou lidar com a situação.

– É melhor fazê-lo. – Adrian levantou a mão e Guber agarrou a própria garganta, tentando respirar.

Adrian observou-o por alguns instantes, o semblante impassível. Depois, caminhou até as orquídeas próximas da pérgula e pegou com displicência um borrifador manual. Começou a aspergir água sobre as flores enquanto Guber sufocava violentamente.

Por fim, Adrian deixou o borrifador de lado e se aproximou de Guber. Colocou a mão sobre seu ombro. No mesmo instante, ele recuperou o fôlego.

A voz de Guber estava trêmula:

– Não tornará a acontecer, Vossa Excelência.

– Que bom – sussurrou Adrian. – Estamos entendidos.

O secretário do Exterior da Grã-Bretanha voltou ao terraço, seguido por dois garçons que traziam chá e um Camembert produzido na região.

– Informe-me quando meu irmão chegar a Londres. – Adrian sorriu amigavelmente para Guber e fez um gesto para que o secretário do Exterior se sentasse. – E acerte aquelas pendências no Egito. Tenho quase certeza de que nosso professor passa o inverno no Cairo.

– Sim, senhor presidente – respondeu Guber, caminhando às pressas para fora da pérgula.

Os dois garçons recolheram com eficiência a louça usada, ajeitaram a mesa e serviram em xícaras limpas o chá recém-preparado.

– Earl Grey? Fico feliz ao ver que ainda apoia produtos de exportação ingleses, senhor presidente – gracejou o secretário do Exterior da Grã-Bretanha.

Adrian abriu um leve sorriso e mexeu o chá com a colher. Estava longe, imerso em pensamentos.

Aveline, o nome da fundação de biogenética de Hamish MacKenzie, fora rabiscado por James De Vere no verso da foto.

Nick tinha pedido os balancetes da Fundos de Continuidade De Vere AG.

E sabia da existência do Fundo Internacional de Investimentos.

Nicholas De Vere havia se transformado em detetive particular. *Que diabos* seu irmão estaria tramando?

☆ ☆ ☆

Nick observou, pelas vastas janelas góticas, o heliporto iluminado por holofotes bem abaixo dele, do lado de fora dos arcos da clausura.

O ruído dos motores do helicóptero militar flutuando sobre a mansão era quase tão ensurdecedor quanto a violenta tempestade do Atlântico que caía sobre a propriedade. Viu o grande helicóptero negro pousar. O quarto naquela noite, até aquele momento.

Também identificou sete dignitários: príncipes de três estados europeus e a rainha de um quarto. O príncipe herdeiro da Arábia Saudita. Estudou a quinta figura que saía do helicóptero. Assad, príncipe herdeiro da Síria, seguido do chefe da agência russa FSB, sucessora da KGB.

Nick franziu a testa. Identificou o presidente do Federal Reserve, seguido do diretor do Fundo Monetário Internacional. Estranho.

Ergueu os olhos e viu outros três helicópteros militares pairando sobre o Atlântico, escuro e tempestuoso.

Sorveu um gole de água mineral.

Adrian fora mais do que econômico com a verdade. Mentira para ele. Mas por quê?

☆ ☆ ☆

Jotapa desceu da primeira limusine preta de um comboio de dezoito veículos iguais, todos negros. Olhou para os pés. As ruas do céu eram pavimentadas com ouro, mas as ruas do palácio real de Mansoor eram pavimentadas com mármore italiano maciço. Observou Jibril saindo do carro. Foram cercados de imediato por uma dúzia de homens de pele olivácea armados, trajando turbantes e uniformes pretos – o brutal exército pessoal de Mansoor.

Jotapa observou o conjunto de muros altos e com mais de um quilômetro e meio de comprimento de edifícios monolíticos, semelhantes a Versalhes, cercados por centenas de palmeiras. Conteve-se e alisou a *abaya* de crepe-georgete negra que lhe exigiram usar ao chegar ao terminal real, traje que o príncipe herdeiro Mansoor impunha a todas as suas quatrocentas esposas.

Jotapa e Jibril seguiram os guardas uniformizados pela alameda de mármore sob palmeiras ondulantes, passando por piscinas magníficas e adentrando uma maciça porta dourada de doze metros de altura que dava no saguão do palácio.

Um soldado fez um gesto com a metralhadora para que ela entrasse no saguão. Jotapa observou o teto de vidro com doze metros de altura, pintado com moldura em *art déco*. Passaram por pilares de mármore dourado, por candelabros de cristal e por faixas de folha de ouro. "Estilo islâmico do século XXI", pensou, ao ver os versos emoldurados do Alcorão que falavam a respeito da glória de Deus.

Marcharam por corredores sem fim, pelo harém de Mansoor com centenas de mulheres, e continuaram até chegar a uma seção menor de palácios, parando diante de uma grande porta prateada. O soldado fez um gesto para que Jotapa retirasse as joias. Lentamente, ela tirou as pulseiras e um anel de ouro simples, e esvaziou o conteúdo da bolsa num recipiente de vidro. Um segundo soldado empurrou Jibril rudemente porta adentro. Os olhos de Jibril relampejaram. Jotapa observou a cena com uma fúria sinistra envolvendo seu coração.

Passaram por um escâner. Jotapa se virou para pegar o telefone.

– Não – falou um soldado moreno em um sotaque árabe entrecortado. – Nada de telefone.

Jotapa olhou para ele, enfurecida.

– Meu telefone – disse com frieza.

Ele sorriu lenta e maliciosamente, e estendeu a mão abrutalhada, acariciando o pescoço de Jotapa. Ela olhou atônita para ele, os olhos tomados pelo asco.

– Nada de telefone, princesa.

Jibril se adiantou quando dois outros soldados o agarraram. Um deles o segurou enquanto o segundo deu-lhe um soco no plexo solar. Ele foi ao chão.

Então, ouviu-se o som de mãos batendo palmas. Hadid soltou o pescoço de Jotapa no mesmo instante.

Ela se virou e viu uma figura alta e corpulenta observando a cena da balaustrada. O homem abriu um sorriso lento.

– Hadid – disse o estranho em um tom suave e sedutor –, dê o telefone para a princesa.

Com as mãos trêmulas, Hadid pegou o celular prateado no recipiente de vidro. Jotapa o agarrou e o escondeu num dos bolsos da *abaya*.

Observou o sujeito estranho e alto aproximando-se dela. Identificou-o por causa das fotos do jornal *Al-Hayat* do ano anterior, que havia mostrado seu descrédito público. Era Mansoor. As feições escuras eram rudes e semelhantes às de um felino. Sua barba era farta, e o nariz, fino e aquilino. Os olhos escuros pareciam cruéis. Ele caminhou como uma pantera na direção dela.

– Minha princesa. – Virou-se para Hadid e, com um golpe perverso, deixou-o inconsciente. Sua cabeça bateu com violência no chão.

Mansoor cuspiu no chão de mármore e sorriu para Jotapa. Estendeu a grande palma da mão e acariciou seus cabelos longos e escuros. A princesa se afastou dele abruptamente.

O olhar de Mansoor endureceu.

– Tragam-me o garoto – ordenou.

Os soldados levantaram Jibril do chão e o empurraram até Mansoor.

– Uma informação importante, Vossa Alteza. – Mansoor apertou Jibril numa chave de pescoço. – Caso não colabore... não sou avesso a jogos com garotos.

– Não era à toa que seu pai tinha aversão a você – sibilou Jotapa.

Mansoor olhou-a com desprezo. Lambeu os dedos e, depois, acariciou o rosto de Jibril.

– Tome-me – rosnou Jotapa –, mas nunca... – seu corpo tremia com um ódio fervilhante – ... jamais toque em Jibril.

Despreocupadamente, Mansoor desferiu um golpe selvagem no rosto dela. O sangue passou a escorrer de sua boca.

Depois, Mansoor desapareceu salão adentro.

Capítulo 22

Os Mantos Estão sob os Ternos

Nick observava a tudo pela lente da câmera, sem poder ser visto à janela devido à escuridão, os olhos grudados num brilho azul pulsante que se movia com rapidez sobre o mar. Deteve-se a trinta metros acima da clausura, flutuando sobre o Monte São Miguel.

O enorme e silencioso objeto em forma de domo ficou suspenso no ar durante cerca de um minuto. O silêncio era absoluto, exceto pelos rápidos disparos da câmera de Nick.

☆ ☆ ☆

Adrian caminhou ao longo das colunas do refeitório, seguido por Laurent Chastenay e Guber.

– Nossos convidados estão sendo bem atendidos? – Adrian continuou a andar a passos firmes.

– Sim, senhor presidente – respondeu Chastenay. – Estão reunidos na Sala dos Cavaleiros. O jantar está sendo servido enquanto conversamos.

– Não podemos sofrer interrupções enquanto a entrega não for concluída. – Deteve-se de súbito, virando-se para Guber. – Tudo está saindo conforme os planos?

Guber assentiu com um gesto de cabeça.

– Como um relógio. A Fênix pousou. O pacote será descarregado precisamente em três minutos e vinte segundos.

Adrian assentiu.

– Voltem a suas posições.

Os três homens desapareceram, cada um em uma direção.

Adrian avançou sozinho pelos corredores desertos, até as enormes portas do terraço da sala de visitas, escancarando-as.

Um alarido ensurdecedor de latidos de rottweilers e dobermans que guardavam a área irrompeu pelo ambiente. Os poderosos feixes dos holofotes do Monte São Miguel se apagaram.

Um instante depois, todas as luzes da mansão foram desligadas.

Adrian dirigiu-se ao balcão iluminado pela lua e olhou para o jardim suspenso, entre o mar e o céu – e depois mirou a luz azul pulsante que flutuava sobre o oceano, encoberta por uma névoa baixa.

Ficou olhando para o Atlântico, hipnotizado pelo objeto que descia.

Em seguida, sorriu. Indecifrável.

☆ ☆ ☆

Nick esgueirou-se pelo quarto principal, pela biblioteca e pelo salão de jogos, onde tinha visão da ala oeste e do Oceano Atlântico.

Parou em frente às fileiras de prateleiras de teixo maciço e passou a mão sobre a vasta coleção de primeiras edições do palácio no momento exato em que toda a ala mergulhou em absoluta escuridão.

Caminhou até a janela e observou a magnífica ala oeste em estilo gótico, agora envolvida pela escuridão.

Quem seria o convidado especial de Adrian? Beatrice havia dito que ele estava hospedado na ala oeste. Seria um príncipe? Adrian não dissera nada a respeito. Nick franziu a testa.

À sua direita, no terraço da ala oeste, que se projetava sobre o oceano enfurecido, Nick percebeu a silhueta de um homem.

Pegou a câmera e apertou o rosto contra a vidraça.

Em pé, na extremidade do balcão principal da ala, erguia-se uma figura alta e magra trajando um manto negro. "Um príncipe? Não. Parece mais um sacerdote."

Acionou o *zoom* da câmera digital e focalizou a figura.

Sim. Definitivamente, era de uma ordem religiosa. Talvez jesuíta.

O rosto do homem estava voltado para o céu, em êxtase, o manto negro sendo açoitado com violência pelo vento do Atlântico. Os cabelos negros estavam soltos e caíam-lhe abaixo dos ombros, varrendo-lhe o rosto sob a intensa tempestade.

Nick continuou a olhar, fascinado, através da lente da câmera.

O sacerdote tirou acordes longos e passionais das cordas de um violino com um arco entalhado em chifre. Virando-se, Nick correu até a outra extremidade da biblioteca e abriu as grandes janelas. O terraço da ala oeste estava agora bem diante dele. A chuva lambia as janelas, ensopando seus cabelos e sua camiseta.

Nick observava, alheio à chuva, perdidamente encantado.

O som daquele violino ecoava em meio aos ventos oceânicos.

Assustador. Encantador. Pungente. Quase melancólico.

Viu, hipnotizado, os longos dedos do sacerdote movendo-se com agilidade pelo braço do instrumento. Os olhos dele estavam cerrados, revelando extremo enlevo, a boca movendo-se suavemente com a primorosa melodia.

Nick ficou ali, sob a chuva intensa. Era como se a música atraísse sua alma. Era hipnótica. Magnética. Então, de súbito, o sacerdote parou de tocar e se virou ligeiramente, a luz dos helicópteros militares iluminando suas feições.

Nick cravou os olhos naquele vulto, que lhe pareceu curiosamente familiar, mas de uma maneira indefinível. Embora a face tivesse cicatrizes estranhas, as feições eram quase belas. A chuva açoitava as maçãs do rosto fortemente cinzeladas, os lábios grossos, passionais.

De Molay abaixou o violino e se virou, como se sentisse alguma coisa. Alguém.

Nick ficou paralisado. Percebeu que estava diretamente na linha de visão do sacerdote.

De repente, De Molay largou o violino e agarrou a cabeça, como se estivesse em agonia. Então, olhou para Nick, e as feições passaram de um tormento extremo para uma raiva feroz.

Era o sacerdote que estava na foto de St. Cartier.

Nick fechou a janela com força e se amparou na parede da sala escura, a respiração ofegante, a mente acelerada. Pela primeira vez em toda a vida, sentira a presença avassaladora do mal. "Os mantos estão sob os ternos." As palavras do velho professor ainda ecoavam inequivocamente em seus ouvidos. "Algumas lendas dizem que ele *é* a encarnação do diabo."

Não havia dúvidas. Ali, no terraço da ala oeste, a menos de quinze metros dele, estava Lorcan De Molay.

☆ ☆ ☆

Adrian passou pela sala de visitas, dirigindo-se a seu elevador particular. Um minuto depois, caminhava ao longo das colunas rumo à clausura. Protegeu os olhos das luzes e do vento.

O grande objeto voador em forma de domo, com cerca de sessenta metros de diâmetro, flutuava a uns vinte metros do jardim. Adrian observou, encantado, a imensa porta de metal do objeto se abrir. Um arco de luz brilhante irradiou-se sobre a abadia.

☆ ☆ ☆

O balcão da ala leste se iluminou como se estivesse em plena luz do dia.

Nick protegeu os olhos da intensa luminosidade. Sua cabeça latejava intensamente devido aos raios eletromagnéticos que a luz emitia. Um zumbido fantasmagórico de baixa frequência preencheu o ar.

Procurou uma lente na mochila, ajustou-a e levantou a câmera para se alinhar com a nave não identificada, que começava a descer perto da clausura.

Olhou através da lente, fascinado. Nunca tinha visto nada como aquilo em toda a vida.

Percebeu o perfil de uma figura que mal era visível sob o brilho, postada ao centro das portas abertas. Com o *zoom* da lente, notou que era o homem com testa arredondada que Guber tratava de Von Slagel. Tirou fotos e mais fotos enquanto uma caixa metálica surgia. Clique.

Ela foi baixada por cabos de aço até o gramado da clausura. Clique.

Nove homens uniformizados e com metralhadoras saíram da parte de baixo da clausura, manobrando a caixa até a extremidade do gramado. Clique.

O selo do lado de fora da caixa ficou plenamente visível sob os holofotes. O timbre do Monte São Miguel. Clique.

Nick observou, estupefato, quando as portas do veículo se fecharam e a nave em forma de domo subiu de novo ao céu, desaparecendo. Ficou olhando, desconcertado. Devia estar voando a mais de cinco mil quilômetros por hora.

No mesmo instante, a energia voltou em toda a ala leste.

Nick olhou para a câmera de vigilância posicionada bem acima dele e saiu de sua linha de visão.

O tempo se esgotava.

☆ ☆ ☆

Guber deixou a clausura e aproximou-se da caixa.

– Preparem-se para descarregar a mercadoria – ordenou aos soldados.

As forças especiais abriram a caixa com uma alavanca e, uma a uma, as laterais metálicas caíram ao chão.

☆ ☆ ☆

Nick observava, incrédulo, a arca ornamentada, que ficou plenamente visível. Não podia ser. Esfregou os olhos, transtornado. No mesmo instante, seus instintos, aguçados por anos de treinamento como arqueólogo, começaram a funcionar.

Lista de conferência.

Comprimento: um metro e vinte. Confere. Altura: oitenta centímetros. Confere. Confeccionada com madeira folheada a ouro. Confere. Aro de ouro decorado ao redor da tampa. Confere. Anéis nos quatro cantos para a passagem de varas de sustentação. Confere.

Nick estremeceu. Passou os dedos pelos cabelos, quase com medo de avaliar o último e inquestionável fator. Respirou fundo, exalou e olhou pela lente da câmera.

Lá estavam eles. Na tampa, um de frente para o outro, as asas estendidas, havia duas figuras de anjos – querubins – em ouro batido. "Confere duplamente."

– A Arca da Aliança – murmurou. Atônito.

E segurou com ainda mais firmeza a câmera digital.

☆ ☆ ☆

Adrian entrou novamente no elevador, no momento em que um dos soldados dos Serviços Especiais de Guber estendia a mão sobre a arca.

Guber ergueu a mão para detê-lo, mas era tarde.

O homem caiu prostrado no chão, como que petrificado. Eletrocutado.

Adrian abriu um leve sorriso.

Guber fez um gesto para um grupo de soldados que estava de prontidão.

– Usem o guincho – instruiu.

Uma segunda caixa foi baixada das portas abertas. No selo, lia-se: *Mossad*.

☆ ☆ ☆

Nick, as mãos trêmulas, encontrava-se sentado sobre o tapete, as pernas cruzadas. Tentou, pela quinta vez, enviar o conteúdo da memória da câmera para Dylan Weaver.

– Ocupado – murmurou, frustrado, antes de tentar novamente.

☆ ☆ ☆

Enquanto o corpo eletrocutado do oficial dos Serviços Especiais era enfiado em um saco de estopa à direita de Guber, seu *walkie-talkie* emitiu um aviso.

– Que foi, Von Slagel? – perguntou Guber secamente.

– Parece que temos um visitante não autorizado na ala leste.

– Impossível.

– Ele está enviando informações não autorizadas daqui do complexo. Aparentemente, o reles parasita é mais astuto do que você havia imaginado.

O rosto de Guber se contorceu em uma carranca de irritação. Virou-se para Travis.

– Corte os circuitos – falou, tirando a pistola semiautomática Sig Sauer P225 do coldre. – Vou cuidar dele pessoalmente.

– É bom mesmo. Sua Excelência não gostou nem um pouco disso. – Houve um instante de hesitação do outro lado da linha. – De Vere tem o Selo do Nazareno.

☆ ☆ ☆

Nick estava paralisado. O som de passos abafados aumentava pelos corredores da ala leste.

Freneticamente, alimentou o laptop com o filme digital e digitou o endereço criptografado de e-mail de Weaver pela nona vez. Ouviram-se batidas ruidosas à entrada da ala leste.

Clicou em *enviar*.

– De Vere, sei que está aí – gritou Guber.

As batidas tornaram-se mais violentas.

– Usem os explosivos. – A voz de Guber chegou filtrada até Nick.

O e-mail começou a ser enviado no momento em que Nick ouviu Guber berrando instruções em alemão. Notou que, daquela vez, o arquivo fora transferido com sucesso ao ciberespaço.

Depois, apertou *deletar*.

Deletar. Deletar. Deletar.

Deletava pacientemente cada foto do disco rígido quando a porta explodiu.

☆ ☆ ☆

Guber avançou pela entrada dos fundos da igreja da abadia e empurrou Nick, agora algemado, pela nave até chegar a Adrian, que andava de um lado para outro atrás do altar.

Adrian fitou o irmão caçula, que se debatia com violência, e depois para Guber. Percebeu as algemas nos pulsos de Nick.

– Solte meu irmão, Guber – determinou Adrian, a voz serena.

Guber demonstrou no semblante todo o seu desagrado. Resmungando, destravou as pulseiras de aço de elos duplos.

Nick se desvencilhou delas, lançando um olhar irado para Guber.

– Nicky – Adrian falou em voz baixa –, achei que já tivesse deixado o Monte São Miguel. – Fez uma pausa. – Nesta tarde. Seu carro passou pelos portões. Foi confirmado.

– Quer dizer que você *conferiu* a informação? – Nick olhou irritado para ele.

– Estava escondido na ala leste – relatou Guber, a expressão sombria. – Observando, ou melhor, *filmando* os procedimentos. – Ergueu a câmera de Nick.

O arqueólogo fitou o irmão fixamente.

– Você é um ladrão, Adrian! – murmurou entredentes, perdendo de repente o medo ao se sentir tão ultrajado. – Um ladrão ordinário. – A voz de Nick se alterou com sua fúria. – Pelo amor de Deus, é a Arca da Aliança! – gritou, com lágrimas de raiva escorrendo pelos olhos. Investiu cegamente contra Adrian, enfurecido, atingindo-o no peito.

Adrian olhou para Nick, incrédulo, e até paralisado, quando um violento choque elétrico percorreu seu corpo. Lorcan De Molay tinha razão. Seu irmão caçula tinha o selo. Afrouxou a gravata, o suor brotando em sua testa.

Era inegável. Havia sentido o poder do Nazareno nas mãos de Nick. Mas o irmão não tinha consciência da força que possuía, disso Adrian tinha certeza. Era preciso que as coisas continuassem daquela maneira.

Adrian encarou Nick, sem que um único músculo de seu rosto se movesse.

– A arca é uma relíquia sagrada, Adrian – gritou Nick. – Ela pertence ao patrimônio mundial. Meu Deus... você não pode ser o dono de uma coisa dessas.

Adrian agarrou o braço de Nick com força, como se fosse um torno.

– *Acalme-se*, Nick – advertiu. – Está fazendo papel de idiota.

– Quer que *eu* me acalme? – berrou Nick. Desvencilhou-se do braço de Adrian. – O poder acabou subindo à sua cabeça. – Permitindo que a emoção viesse à tona, olhou com desprezo para o irmão. – Você acaba de roubar a mais cobiçada antiguidade arqueológica do mundo, e quer que *eu* me acalme? Ela não pode ser sua, quer esteja pegando, comprando ou roubando.

– Abaixe esse tom de voz, Nick. – Adrian lhe lançou um olhar de advertência.

Nick se virou para o irmão.

– O lugar dela é num museu de antiguidades! – berrou Nick, em descontrole completo, sem se importar com as consequências.

Adrian parou bem diante dele, encarando-o. Com firmeza.

– Ela pertence... – Adrian respirou fundo – ... aos *judeus*. – Fez um gesto para a direita, e Nick se virou lentamente.

Luzes se acenderam. Nick contou cerca de cinquenta homens e mulheres com trajes elegantes, sentados diante de mesas ricamente decoradas ao longo do transepto do templo, todos olhando-o em silêncio.

Confuso, olhou novamente para Adrian. O irmão colocou o braço direito paternalmente em torno dos ombros de Nick.

– Meu irmão – fez uma pausa – é arqueólogo. – Apoiou o polegar esquerdo na parte inferior das costas de Nick e o empurrou para a frente. – Um arqueólogo *brilhante*. Dedicou a vida toda à busca de antiguidades como esta que agora está entre nós. – Adrian levantou o copo de Porto com a mão livre. – Peço-lhes a gentileza de um pouco de compreensão nesta noite, senhoras e senhores.

Adrian largou o braço de Nick, bebericou o Porto e se afastou do irmão, enquanto os dignitários murmuravam entre eles.

Nick encarava o irmão, extremamente desconcertado.

Adrian suspirou.

– Bem, Nicky, vamos nos acalmar agora, que tal? – Fez um gesto na direção dos convidados. – Levin.

Uma figura idosa com aparência de estadista e fartos cabelos brancos se levantou, seguida de um homem de pele olivácea, vestindo um terno da moda, com quarenta e poucos anos, que também se levantou e estendeu a mão para Nick. O arqueólogo olhou intrigado para ele, reconhecendo-o no mesmo instante.

Adrian assentiu.

– Daniel Rabin, embaixador de Israel nas Nações Unidas.

Rabin cumprimentou Nick com um aperto de mão.

– Moishe Levin, presidente de Israel.

O velho patriarca com olhos de águia curvou-se ligeiramente.

Nick esfregou a testa com a palma da mão, sentindo-se subitamente exausto. Reconheceu Levin, respeitável general israelense reformado, do *Jerusalem Post*. Devagar, estudou os rostos presentes ali. Um por um.

Identificou três generais graduados do Pentágono, o primeiro-ministro britânico, o secretário-geral da ONU, o diretor da CIA e o presidente do Conselho de Relações Exteriores.

Adrian fez um gesto na direção de outra mesa. Ao redor dela, sentavam-se os três filhos mais velhos de Raffaele Lombardi, da dinastia bancária Lombardi; Naotake Yoshido, presidente do Conselho da dinastia bancária Yoshido, do Japão, e Xavier Chessler, agora presidente do Conselho do Banco Mundial – amigo mais íntimo de James De Vere e padrinho de Jason.

Nick suspirou. Observou os semblantes espalhados pelo recinto, metade deles amigos e associados de longa data de seu pai, James De Vere.

Adrian conduziu Nick a uma das maiores mesas, próximo à janela.

– Cavalheiros, gostaria de lhes apresentar meu irmão, Nicholas De Vere. O rei Faisal da Jordânia. – Nick olhou através dele. – Irmão mais velho de Jotapa. – Adrian prosseguiu. – O presidente russo, o príncipe herdeiro do Irã, o presidente da Síria. Os principais signatários do Acordo Ishtar são nossos convidados nesta noite.

Levin tocou o ombro de Nick.

– A segunda fase do acordo do Oriente Médio exige que Israel se desnuclearize num período de sete anos – informou o velho num sotaque israelense gutural e abafado. – Exigimos um preço igualmente alto por nossa participação nas negociações com os terroristas.

Adrian acenou para que Levin prosseguisse.

– A devolução da mais sagrada relíquia de nossa nação – os olhos de Levin reluziram com fervor –, que antes pertenceu a nosso monarca, o rei Davi: a Arca da Aliança.

Rabin deu um passo à frente.

– Nosso governo esteve procurando por ela durante gerações, empregando centenas de milhões de dólares... em Axum, no Monte do Templo. Ela foi descoberta há dez dias no Monte do Templo, sendo roubada depois por mercenários pagos por terroristas que visavam destruir nossa nação.

Levin tocou o braço de Nick.

– Sua mãe, Lilian, foi uma boa amiga de Israel, Nicholas. Ela nunca se esqueceu de suas raízes. – Fitou Nick profundamente. – Nem seu irmão.

– Dificultamos ao máximo a vida de seu irmão – comentou Rabin, sorrindo gentilmente para Nick. – Exigimos dele nada menos que a devolução do Monte do Templo, o território mais controvertido que o mundo já conheceu, além da devolução da arca. – Rabin olhou para Adrian, que assentiu com um gesto de cabeça. – A arca será transportada de volta a Jerusalém sob a proteção do Mossad esta noite. Seu irmão conseguiu operar um milagre!

Levin agitou o indicador direito diante do rosto de Nick.

– Em troca da concordância, por parte de Israel, em se desnuclearizar, há seis semanas, numa reunião não divulgada e altamente secreta, seu irmão criou o Pacto do Rei Salomão – exclamou com seu forte sotaque gutural –, que terá início no dia 7 de janeiro de 2022.

Daniel Rabin, embaixador de Israel, prosseguiu:

– O pacto foi inspirado no Tratado de Latrão, que deu fim a uma intensa disputa que começou em 1871, quando o então reino da Itália, recém-constituído, assumiu Roma, após séculos de domínio papal. – Rabin, com sua fala serena, hesitou. – Seu irmão, com a genialidade costumeira, idealizou um pacto similar. Um acordo segundo o qual Israel vai declarar unilateralmente, em virtude de sua soberania, que concede uma situação especial à mesquita Al-Aqsa e ao Santuário do Domo da Rocha, no Monte do Templo.

Adrian sorriu com modéstia.

– Cada uma das três grandes religiões monoteístas vai se governar sozinha e controlar, de forma autônoma, os templos que lhes são sagrados – explicou. – Israel vai conceder um “direito de livre passagem aos lugares sagrados, independentemente de religião, sexo ou raça”.

– É um passo que, segundo acreditamos, será aceito unanimemente pela comunidade internacional – esclareceu Levin –, e Israel voltará a seus limites de 1967: sem divisão em Jerusalém. – Fez um gesto na direção dos presidentes da Síria e do Irã. – Em troca da solene garantia de Israel no sentido de se dedicar ao primeiro estágio de desnuclearização ao longo de um período de sete anos, nossos irmãos árabes concordaram em aceitar uma força de paz da ONU dentro do Monte do Templo e nas fronteiras de Israel.

– E concordaram com a reconstrução do Templo de Salomão no Quadrante Norte – acrescentou Rabin.

Adrian virou-se para Nick.

– Anunciaremos o primeiro estágio do desarmamento nuclear de Israel no dia 7 de janeiro, com a assinatura do tratado na Babilônia.

Nick olhou para Adrian e depois seu olhar passou, um a um, pelos homens e mulheres reunidos no local.

– Como vê, Nicholas – falou Adrian com serenidade –, eu sou o mocinho...

Levin deu de ombros e levantou as mãos.

– Desnuclearização: será um preço tão alto para a Arca da Aliança?

A um sinal de Adrian, Chastenay apertou um botão do controle remoto e uma enorme tela de plasma desceu sobre o altar, mostrando uma animação em 360 graus dos desenhos arquitetônicos do novo Templo de Salomão.

– Mas... e quanto ao massacre no Monte do Templo? – Nick olhou perplexo para Adrian.

Adrian tirou um charuto de um estojo de prata.

– Terroristas que queriam prejudicar nosso plano e destruir o processo de paz. – Deslizou o charuto entre os dedos com unhas bem cuidadas. – Tivemos meios para recuperá-la.

– Não conseguiram suportar a ideia de ver Israel com sua relíquia mais sagrada novamente em mãos – explicou Levin, meneando a cabeça. – Este é um dia do qual devemos nos orgulhar. Seu irmão é um *grande* amigo de nossa nação.

Adrian pôs um braço ao redor de Nick e o encaminhou até a porta.

– Mas... o óvni... – disse Nick.

Adrian sorriu enquanto guiava Nick corredor afora.

– Os nazistas trabalhavam nessa forma sofisticada de tecnologia já em 1941, Nick. – Adrian sorriu. – Depois da Segunda Guerra Mundial, a Operação Clipe de Papel levou centenas de físicos nucleares, cientistas especializados em foguetes e projetistas navais para os Estados Unidos. Isso culminou na criação da Nasa. Gerlach, Debus, Werner von Braun... todos deram continuidade às pesquisas. Propulsão antigravitacional, física quântica, pesquisas atômicas secretas... a questão é que tudo é *perfeitamente racional*, Nicholas. – A expressão de Adrian se alterou. – Agora que sabe que esta é uma reunião de cúpula secreta, para quem enviou o e-mail, Nick?

Nick esfregou a testa. Cansado. Perplexo.

– Estou exausto.

Adrian mudou de tom suavemente, tornando-se empático.

– Puxa, Nick, sabemos que está doente. Fique na ala leste durante o final de semana e depois vá se encontrar com mamãe. Podemos jogar tênis na quadra coberta. Nadar. Como antigamente.

Nick fez que não.

– Obrigado. Mas preciso sair.

– E seu carro?

– Está estacionado nas docas.

– Chastenay, mande alguém trazer o carro até a entrada principal. Os pertences de meu irmão. – Adrian fez um gesto para Guber, que jogou a mochila de Nick e o conteúdo de seus bolsos na mesa da entrada.

Não havia sinal da foto com Julius De Vere nem alguma outra com seus atuais convidados.

Guber pegou a câmera de Nick.

– Como vê, Nicholas, não temos alternativa senão confiscar sua câmera – falou Adrian. – É uma reunião de cúpula confidencial. – Notou a cruz de prata sobre a mesa de mogno e observou enquanto Nick a agarrava com dedos trêmulos.

Passou a mão pelo queixo, imerso em pensamentos.

– Acompanhem o senhor De Vere por segurança. Nick – acrescentou –, me telefone quando chegar a Londres.

Nick se afastou de Adrian com a mochila nos ombros, acompanhado por Anton. Não olhou para trás.

☆ ☆ ☆

Guber observava a cena pela janela do segundo andar, e viu quando o Aston Martin vermelho saiu em velocidade pelos portões, pela segunda vez naquele dia. Adrian se aproximou por trás dele.

– Ele sabe demais – disse Guber, a expressão grave.

Adrian apagou lenta e deliberadamente o charuto num cinzeiro de prata.

– Ao que parece, meu irmão caçula tem o selo. Use as armas de frequência neuroeletromagnética. Não é possível detectá-las. Você conhece o procedimento. O voo dele vai sair de Dinard. Espere até chegar ao despenhadeiro. – Adrian se espreguiçou e soltou um bocejo. – Diga a meu Pai que nosso pequeno problema foi resolvido.

☆ ☆ ☆

Nick acelerou pelos portões do Monte São Miguel com o motor do Aston Martin rugindo. Procurou logo o telefone de Lawrence St. Cartier no Mosteiro de Alexandria e completou a ligação.

Ouviu-se um som alto e insistente de linha ocupada. Desligou o telefone e apertou de novo o botão de chamada. O mesmo sinal reverberou pelo carro.

– Que droga! – gritou. – Que sistema primitivo – murmurou, engatando a próxima marcha. Digitou outro número. O som de chamada tocou três vezes.

– Aqui é Jotapa. Desculpe se...

☆ ☆ ☆

Jotapa estava sentada, agarrada aos joelhos, balançando de um lado para outro na beirada da cama com dossel dourado. Olhou para a luz que piscava em seu telefone e o pegou.

Leu as letras negras pela quinta vez durante aquela hora.

Chamada bloqueada. Jogou o telefone na cama, frustrada.

☆ ☆ ☆

Os tetos altos da Cripta do Vento Norte sob o Monte São Miguel erguiam-se trinta metros acima, decorados com espetaculares pinturas realistas, que lembravam os tons índigo, lilás e heliotrópio de que Lúcifer tanto gostava no Palácio dos Arcanjos no Primeiro Céu.

Na extremidade da nave da cripta, erguia-se um colossal altar de granada, a superfície de ônix coberta por velas negras, emanando seu aroma intenso de olíbano, que permeava o ambiente.

A Arca da Aliança reluzia sobre o altar de ônix.

Adrian encontrava-se em silêncio na penumbra, observando Lorcan De Molay fascinado pelos querubins e serafins. Estendeu a mão, quase hipnotizado, para os querubins de ouro batido, depois afastou-a lentamente.

Adrian aproximou-se de De Molay.

– A Arca será levada para Jerusalém pelos homens da Sayeret Matkal. Será mantida nos cofres arqueológicos sob Jerusalém.

– Até o templo ser concluído – murmurou De Molay. – Então, ela será devolvida ao Santo dos Santos. – Contornou a arca vagarosamente. – E Ele fará um pacto firme com muitos por uma semana; e na metade da semana fará cessar o sacrifício e a oblação; e sobre a asa das *abominações virá o assolador...*

Ajoelhou-se diante da arca, a cabeça apoiada contra a granada escura, murmurando em uma língua estranha e gutural, nem de anjos, nem de homens.

– Então, eu me coroarei rei. No Santo dos Santos. – Levantou a cabeça para Adrian e sorriu. – Em Jerusalém.

☆ ☆ ☆

Nick dirigia já havia uma hora. Estava desesperado para parar, mas não podia se dar o luxo de diminuir a velocidade. Sabia que sua vida estava em perigo.

Dois pares de faróis apareceram no espelho retrovisor do Aston Martin. Ele digitou freneticamente o número do celular de Jason mais uma vez. E esperou.

– *Aqui é Jason De Vere.*

– Vamos, atenda, Jason!

– *Não posso atender no momento...*

☆ ☆ ☆

Jason estava sentado diante da mesa de mármore, o paletó do *smoking* pendurado nas costas de uma cadeira, as mangas da camisa enroladas. Tomou um gole de uísque e se recostou na cadeira, ouvindo a falsa loira insípida que fazia os agradecimentos monossilábicos do discurso na cerimônia de entrega dos prêmios VOX de música.

Bocejou, batendo palmas sem muito entusiasmo.

Seu telefone vibrou e depois uma luz azul-cobalto se acendeu. Ele o pegou.

O número do celular de Nick estava no visor.

Jason deu uma longa baforada no charuto.

E desligou.

☆ ☆ ☆

Nick olhou pelo retrovisor. Os dois pares de faróis aproximavam-se dele. Um helicóptero negro sobrevoava seu carro.

O PABX do mosteiro tocou.

Uma voz atendeu em um árabe enrolado.

– Preciso falar com Lawrence St. Cartier – gritou Nick em árabe. – St. Cartier. *Yallah!*

Outras duas vozes falando um árabe quase incompreensível apareceram na linha, seguidas da voz de Lawrence, límpida como o soar de um sino.

– Nicholas, é Lawrence. Olá, meu rapaz.

– Lawrence... Lawrence, estou com um proble... – Nick interrompeu a frase no meio. Teve a sensação de que sua cabeça explodiria em um milhão de pedaços. O coração batia com tanta violência quanto uma britadeira quando ele entrou na ponte que levava à continuação da estrada.

Seus pensamentos estavam totalmente desordenados. Nick teve a impressão de que perdia o controle físico dos membros. Era uma loucura... O que estava acontecendo com ele?

Imagens de Lawrence, Jotapa, Adrian, a Arca da Aliança, James De Vere e Lorcan De Molay competiam umas com as outras.

Quis vomitar, tomado por um repentino enjoo. Conseguia ouvir Lawrence chamando seu nome, mas, por mais que desejasse, não conseguia responder.

Jason... Jotapa...

Tentou reduzir a marcha do carro, mas todo o lado esquerdo de seu corpo parecia estranhamente paralisado. Suor irrompeu na testa. Ao ver a cruz de Jotapa pendurada no retrovisor, agarrou-a com os dedos trêmulos e soltou a direção, apertando a cabeça para tentar diminuir a dor agonizante nos olhos. A intensa luz ardente que tomou conta do Aston Martin o cegou.

Ainda pôde ouvir vagamente a voz de Lawrence ao fundo, recitando o pai-nosso. Fechou os olhos. Sabia que estava morrendo. No entanto, sentiu-se estranhamente calmo.

– Venha a nós o Vosso reino...

Só mais um vislumbre daquele rosto glorioso...

Sorriu levemente quando o Aston Martin vermelho chocou-se contra a cerca de aço.

– Seja feita a Vossa vontade...

Só mais um vislumbre...

Sorriu quando o carro esporte mergulhou despenhadeiro abaixo. Caindo.

– Perdoai nossas ofensas... – ele e Lawrence falavam ao mesmo tempo.

Caindo... Caindo... em direção à torrente escura e furiosa.

– Livrai-nos do mal...

Caindo... rumo às rochas pontiagudas.

Só mais um vislumbre...

Caindo na mais plena escuridão.

Nick estendeu a mão direita para Christos...

– Pois Vosso é o reino...

... E não houve mais luz.

Capítulo 23

Onda de Choque

23 de dezembro de 2021
Nova York

Jason estava esparramado sobre a cama, o rosto esmagado contra o travesseiro. O telefone tocava incessantemente. Ele se mexeu, abrindo um olho, e fez uma careta, procurando o aparelho com a mão direita. Bateu com força na tecla *mudo* e puxou o travesseiro sobre a cabeça.

O telefone tocou de novo, desta vez no corredor. Tocou e tocou. Depois, uma mensagem.

Ele abriu um dos olhos. O telefone, mais uma vez. A mimada e rechonchuda cadela *rhodesian ridgeback* pulou perto dele e lambeu com insistência seu rosto com a barba por fazer.

Jason franziu a testa.

– Sai, Lulu! – Levantou-se, zonzo, e olhou para o relógio. Ainda não eram seis da manhã.

Saiu trôpego do quarto e foi ao corredor, seguido pela saltitante Lulu. Suspirando, acionou as mensagens, apertando a tecla *reproduzir*.

– *Domingo, dezenove horas e quatro minutos* – informou a voz eletrônica.

– *Estou com problemas...* – A voz de Nick ecoou pela casa. – *Problemas graves, Jas...* – Houve um instante de hesitação. – Nós *estamos com problemas; tio Lawrence tinha razão. Eles mataram papai, Jason.*

Jason suspirou e abriu a geladeira, ouvindo a voz de Nick aumentar de intensidade.

– *Estamos envolvidos nisso, Jason,* toda *a nossa família, você e eu... Você não vai acreditar...*

Jason pegou o suco de laranja. Meneou a cabeça e encheu o copo.

– *Olha, Jason, você precisa me ouvir: tenho tudo na câmera. Mandei por e-mail para o Weaver. Eles conseguiram a Arca da Aliança. Ele tramou uma barganha alucinante com os israelenses.*

Jason abaixou o copo.

– *Jas, ouça. A agulha foi plantada. Eles queriam me matar. Infectaram-me com aids. Adrian está envolvido nisso.*

Ouviu-se um estranho som de estática, e a mensagem foi interrompida.

– Pelo amor de Deus, Nick, pare com isso. – Jason sorveu um grande gole de suco de laranja e colocou uma frigideira no fogão. Lulu inclinou a cabeça para ele.

Jason franziu o semblante para ela, cortou metade de uma fatia de pão de forma e passou manteiga nela.

– Senta – ordenou. Ela ficou olhando para ele, os olhos marrons e úmidos cravados no pão, a cauda abanando vigorosamente. Depois, pegou-o com gentileza da palma da mão estendida.

Jason acariciou as orelhas dela distraidamente, jogou dois ovos na frigideira e apertou de novo a tecla *reproduzir*. Sentou-se pesadamente numa cadeira da cozinha e pegou o *New York Times* do dia anterior.

– *Segunda-feira, seis da manhã.*

– *Jason, é a mamãe. Por favor, me telefone imediatamente.*

Jason estranhou. Era Lilian. Ela parecia muito nervosa.

– *Segunda-feira, seis e três da manhã.*

Era Lilian de novo.

– *Jason* – dizia a voz trêmula –, *preciso que me telefone imediatamente.*

– *Segunda-feira, seis e dez da manhã.*

Jason foi até o fogão e virou os ovos na frigideira.

– O mundo está enlouquecendo – murmurou.

– *Jason, é a mamãe.* – Fez-se um longo silêncio. A voz de Lilian parecia estranha, como se tivesse chorado. Estava tão fraca, que Jason teve dificuldade para entender as palavras. – *Houve um acidente terrível.* – Outro longo silêncio. – *O Nick... Jason, o carro dele caiu de uma ponte na Normandia. Houve um incêndio.*

Ouviu, paralisado.

– *Jason... Nick morreu...*

O peito de Jason apertou com tanta violência, que ele teve de se esforçar para respirar.

A espátula escorregou de sua mão e caiu com estardalhaço no chão.

Ele fechou os olhos, mas só conseguia ver Nick. Nick aos seis anos, fitando-o com olhos cinzentos e límpidos de um passadiço no porto de Nova York. Nick no ensino médio. Nick com dezesseis anos, com ele e Julia, na casa de Cape Cod. O primeiro dia de aula de Nick em Oxford. Nick e ele brigando violentamente depois do acidente de Lily.

Depois, não havia mais Nick. Jason o cortara de sua existência.

Passou em câmera lenta pelo fogão, as lágrimas escorrendo por seu rosto com a barba por fazer e gotejando no chão de mármore da cozinha, alheio à nova empregada enviada pela agência, que o observava, alarmada. E a Lulu, que gania de preocupação.

Então, pela primeira vez em toda a sua vida adulta, Jason De Vere perdeu todo o autocontrole. Fechando os olhos, agarrou a cabeça com as mãos.

E chorou, soluçando como um bebê.

☆ ☆ ☆

CAIRO, EGITO
23 DE DEZEMBRO DE 2021

Lawrence St. Cartier estava sentado diante da mesa imaculada do café da manhã, os ovos intocados no prato diante dele, olhando para a bruma da aurora no Cairo. Waseem, seu assistente, colocou com cuidado o *Middle East Times* ao lado do prato.

– O jornal de hoje, do Egito – informou Waseem. – Abriu o *Daily Telegraph* sobre o primeiro jornal. – O jornal de ontem, Londres. – Por fim, colocou um exemplar do *News of the World* sobre o *Telegraph*. – O sensacionalista de ontem, Londres.

St. Cartier ajustou o monóculo. A manchete dizia: *O mais jovem dos magnatas De Vere em acidente fatal.*

Pegou o jornal.

Waseem observou St. Cartier com atenção.

– Você precisa comer, Malik. Você insulta Waseem.

St. Cartier abriu um leve sorriso.

– Seu estômago está fraco hoje, Malik. É o Nick, Malik?

St. Cartier dobrou o jornal e suspirou. Waseem prosseguiu. Implacável.

– Malik, você o insulta fazendo disso uma tragédia. Hoje, ele está com os anjos.

St. Cartier observou a bruma do Cairo com uma estranha satisfação no olhar.

– Sim, Waseem. Hoje, ele está com os anjos.

☆ ☆ ☆

HOTEL PRÍNCIPE DI SAVOIA
MILÃO, ITÁLIA

Julia saiu do luxuoso banheiro de mármore branco, logo após uma ducha para se refrescar do voo matinal de Londres a Milão. Vestia um macio roupão de lã cor-de-rosa. Observou com ar de aprovação o belo adamascado de seda da suíte luxuosamente decorada. Adorava Milão. E adorava o hotel Príncipe di Savoia, com sua imponente fachada neoclássica.

Uma das muitas vantagens de ter conseguido a conta da seleção inglesa de futebol era que, em dias como aquele, ela se instalava na suíte Príncipe à custa da equipe, e ficava a uma curta distância do elegante distrito de compras de Milão.

Ótimo para compras de Natal de última hora.

Sentou-se diante da mesa de toucador italiana em madeira entalhada, secou os cabelos úmidos e loiros com uma toalha e ligou o alisador de cabelos, seu acessório mais indispensável depois do Blackberry 2022 de última geração. Dirigiu-se à escrivaninha da sala de estar e conferiu o Blackberry. Ainda carregando.

Pegou um *croissant* da cesta do café da manhã, apanhou distraidamente o controle remoto e ligou a televisão.

Julia viu o rosto de Nick na tela plana. Franziu a testa. O que Nick teria aprontado para merecer as manchetes desta vez?

A apresentadora falava em um italiano rápido e fluido. Julia não conseguiu entender nada.

Então, levou a mão à boca, horrorizada. Um Aston Martin vermelho estava sendo içado por barcos da polícia na Normandia. Pegou o controle e ficou mudando os canais, até chegar ao VOX GB 24.

Olhou, paralisada, para a eficiente apresentadora morena falando com um sotaque britânico bem modulado. Desta vez, não havia como se enganar.

– Os restos carbonizados de um Aston Martin vermelho foram descobertos na Normandia nas primeiras horas desta manhã, após uma busca pela polícia francesa que durou a noite toda. O carro tinha sido alugado pelo mais jovem dos magnatas De Vere: Nicholas De Vere.

O controle remoto caiu da mão de Julia.

Lágrimas escorreram por seu rosto enquanto ela se afundava devagar no sofá, e o polido sotaque britânico da apresentadora tornava-se um ruído de fundo.

Nick estava morto.

Precisava contar a Lily.

☆ ☆ ☆

PALÁCIO REAL
DAMMAM, ARÁBIA SAUDITA

Jotapa estava deitada, a cabeça enterrada na colcha de seda dourada, braços e coxas com marcas arroxeadas recentes. O Alcorão estava perto dela na cama, fechado.

– Pai Nosso – murmurou –, que estais no céu...

Jibril inclinou-se sobre ela, afagando os cabelos em desalinho.

– Santificado seja o Vosso nome... – ele sussurrou.

Devagar, Jotapa abriu os olhos e virou a cabeça. Olhou atônita para Jibril.

Ele sorriu gentilmente para ela.

– Venha a nós o Vosso Reino...

– Você conhece? – sussurrou Jotapa.

Jibril assentiu. Pegou a mão dela. Lágrimas escorriam pelo rosto da princesa.

– Seja feita a Vossa vontade... – murmurou.

A porta abriu com violência. Jotapa se sentou, ereta, olhando para Mansoor em uma mescla de temor e ódio. Ele se inclinou sobre Jotapa com um sorriso maligno no rosto. Viu o telefone no chão.

– Esperando que o príncipe encantado *playboy* venha salvá-la, princesa?

– Você está bloqueando meus telefonemas – acusou Jotapa.

Ele tinha um jornal árabe na mão direita. Sorriu e o jogou na cama. Depois saiu, batendo a porta com força.

Jotapa estendeu a mão, um estranho calor percorrendo-lhe os membros. Trêmula, ela pegou o jornal, olhou a manchete e viu a foto de Nick.

O jornal escorregou de suas mãos e caiu no chão.

Ficou sentada, gritando sem emitir um único som, o corpo balançando de um lado para o outro.

Nick De Vere estava morto.

Agora ela tinha certeza. Havia desembarcado no inferno.

Capítulo 24

A Luz Fria do Dia

Aeroporto La Guardia
Cidade de Nova York

Jason De Vere saiu do helicóptero e caminhou pela pista rumo ao jato executivo Bombardier Global Express, recém-adquirido, com óculos escuros no rosto e fone de ouvido a postos, disparando instruções num microfone prateado. Jontil Purvis marchava a seu lado, filtrando com calma três ligações simultâneas.

Alguns passos atrás dele, iam Liam Keynes, principal conselheiro da VOX, e Levine e Mitchell, seus assessores.

– Quero que a oferta fique acima de 1,6 bilhão – gritou Jason, para ser ouvido apesar das turbinas dos aviões. – Diga a Simons, por minha conta, que não podemos nos dar o luxo de perder. Vou à reunião em Pequim, mas *não* vou mudar minha posição.

Seu olhar revelou irritação, dessa vez com Jontil Purvis, que ainda falava ao telefone. Fez um gesto impaciente para que ela se apressasse, depois suspirou em voz alta, ainda falando no microfone.

– Não – Jason declarou. – Nem para o primeiro-ministro chinês. – Estava a todo vapor novamente, esforçando-se para vencer o gélido vento do inverno nova-iorquino, caminhando rumo à escada do solitário e reluzente Global Express pousado em uma pista isolada do Aeroporto La Guardia. – Não dou *a mínima* para o protocolo; estou no meio de uma crise familiar.

Jason fez um gesto para Keynes.

– Diga a Geffen para mandar hoje mesmo os advogados para Pequim – prosseguiu. – Consiga a conta do acordo da plataforma de Pequim a qualquer custo, Keynes. Entendeu bem?

– Sim, senhor. – Keynes se afastou um pouco. – Entendi, senhor.

Jontil Purvis mostrou o celular dela.

– Telefonema de Londres. Vou transferir para o seu.

– Quem *é*?

– Tia Rosemary.

Jason fez uma expressão de descontentamento. Rosemary era a prima inglesa de segundo grau de James De Vere, e agora amiga íntima de Lilian. Estava morando com Lilian desde a morte de James e conhecia Jason desde que ele tinha três anos – e o tratava, aliás, como se ainda tivesse essa idade. Uma luz azulada se acendeu em seu fone de ouvido.

– Tia Rosemary... Sim... É um pesadelo... Não quero atividade *nenhuma* da imprensa quando chegar a Londres. Ficou claro como cristal? – Jason continuou a caminhar no mesmo ritmo. – Sim... Diga à mamãe que estou a caminho. Vou passar para a Purvis.

O pequeno grupo chegou aos degraus do jato. Jontil Purvis tirou seus fones de ouvido.

– Tia Rosemary vai nos pegar com um carro no aeroporto de Londres.

– Bem, esse é o sonho de qualquer pessoa – disse Jason secamente, enquanto subiam as escadas do jato. Jontil Purvis continuou com as discretas e eficientes orientações. – Vocês vão diretamente para a casa de Knightsbridge. O enterro será na terça-feira, às onze horas, Igreja das Almas, em Langham Place. O almoço de Natal está previsto para amanhã, sábado. Com sua mãe e Lily.

O celular de Jason tocou de novo. Ele o desligou.

Um homem de aparência distinta e trajando uniforme de piloto encontrava-se à entrada do Global Express. Ele fez um gesto de cabeça em deferência a Jason.

– O vento estará a nosso favor, senhor De Vere – falou com um leve sotaque escocês na voz. – Levando em conta todos os fatores, devemos estar em Londres por volta das vinte horas.

– Muito bem, Mac – murmurou Jason. – Que o tempo nos seja favorável.

O piloto assentiu.

– Tenha um bom voo, senhor De Vere.

Jason tirou os óculos escuros. Seus olhos estavam injetados e tinham círculos escuros ao redor.

– Sinto muito por seu irmão – o piloto acrescentou.

☆ ☆ ☆

Jason passou pela área de reuniões e dirigiu-se ao centro do Global Express. Olhou com cansaço para os oito monitores especiais de televisão que transmitiam a VOXDIGITAL e entregou sua pasta executiva para um jovem de gravata larga com tons vivos.

– Levine, assegure-se de que Phillips cobre o Jenkins em Tóquio.

Levine encaminhou-se para a área de reuniões com a pasta.

– Onde você comprou essa gravata? – perguntou Jason com uma careta.

Levine sorriu. Jason meneou a cabeça ligeiramente. Fez um gesto para que ele fosse em frente e esfregou os olhos. Estava bebendo desde a manhã do dia anterior, com o estômago vazio.

Uma comissária deixou duas garrafas de água mineral e um copo diante dele, saindo em seguida.

– Ah, Levine, pegue um uísque do estoque de MacDonald lá atrás, chame o Mitchell e depois volte aqui.

Jason afundou na poltrona.

Pegou um exemplar do *Wall Street Journal* e o jogou para o lado. Inquieto.

Um jovem magro e de óculos apareceu ao lado dele.

– Mitchell, quero uma explicação muito boa para o fato de o Canal Jurídico ainda estar na nossa plataforma. – Jason apontou um dos canais da VOX na televisão acima dele. – Ligue para o Keynes *agora*.

Mitchell saiu correndo rumo à área de reuniões, projetada especialmente para Jason. Este suspirou fundo, dobrou as mangas da camisa e ficou olhando para a televisão.

– *Adrian De Vere, presidente da emergente superpotência europeia...* – Jason aumentou o volume – *... interrompeu esta noite as conversações com o presidente Oleinik da Rússia e com o presidente Assad da Síria, na Babilônia, após a morte trágica do irmão no norte da França na manhã de hoje. A polícia está investi...*

Jason desligou o aparelho, os olhos úmidos. Suspirou fundo e passou a mão sobre os curtos cabelos escuros, quase grisalhos por completo, depois colocou os óculos de leitura e pegou um maço de papéis.

Levine apareceu no corredor com uma grossa pasta de arquivo e o uísque de Jason. Estava acompanhado de Jontil Purvis. Entregou o copo a Jason, que no mesmo instante engoliu a bebida. Jontil Purvis acomodou-se na frente de Jason. Olhou para o copo de uísque vazio e franziu as sobrancelhas.

Jason entregou o copo para Levine.

– Outro. – Olhou provocativamente para Purvis. As turbinas começaram a zunir.

– Senhor De Vere – disse a comissária, estendendo um cardápio.

Jason fez um gesto com a mão.

– Entregue-o para Purvis – falou, a voz pastosa.

– Jason – disse Jontil com serenidade –, você só ingeriu uísque nas últimas quarenta e oito horas. Precisa comer.

– Estou sem apetite, Purvis – falou, a voz enrolada. – Pare de bancar a minha mãe.

Ela suspirou, guardou a bolsa, tirou o elegante cardigã de lã cor de pêssego do tronco robusto e afivelou o cinto. Jason abaixou os óculos do nariz e a estudou. Ela nunca deixava de intrigá-lo.

Jontil Purvis voava com ele havia quinze anos, e em todos os voos ela fazia a mesma coisa. Observou enquanto ela colocava os óculos de leitura, ajeitava os cabelos loiros imaculadamente presos num coque, abria as páginas de uma pequena e desgastada Bíblia de bolso encadernada em couro e mergulhava em suas páginas.

– Devia ter atendido aos telefonemas dele... – resmungou, revirando o maço de papéis.

Jontil tirou os óculos de leitura. Estudou com atenção o rosto abatido. Ela o conhecia bem demais. A morte de Nick atingira-o como uma marreta. Em todos os vinte e dois anos de amizade com Jason De Vere, nunca o tinha visto tão desorientado. Tão abalado. Ou tão bêbado.

Agarrando a pequena Bíblia de couro, fechou os olhos e abaixou a cabeça quando o jato decolou rumo ao céu azul brilhante de Nova York.

– Purvis – ela acompanhou o olhar de Jason até o livro fino e desgastado em sua mão –, *você* acredita em redenção. – Os olhos avermelhados estudaram o rosto dela. A voz de Jason era tão baixa que mal podia ser ouvida. – Faça uma oração por mim.

☆ ☆ ☆

REDE DE COMUNICAÇÕES
LONDRES

Os dedos rechonchudos de Dylan Weaver voaram sem esforço pelo teclado do laptop. Ele olhou a foto do carro esporte destroçado e a história da morte de Nick na página cinco do *The Sun*, depois abriu a caixa de entrada provavelmente pela décima vez durante a última hora, buscando o e-mail enviado por Nick De Vere às 21h19 da noite anterior. Apertou *desvincular* e *iniciar*.

– Vamos, meu bem – murmurou.

O ícone criptografado piscou na tela do laptop. Weaver fechou o computador com força, frustrado. Procurou um número em seu telefone e fez a ligação.

CAPÍTULO 25

LILIAN

AEROPORTO DE NEW LONDON
LONDRES

Jason postara-se no alto da escada do Global Express, olhando com tristeza para a neve fina que caía do céu carregado e cinzento de Londres sobre a pista. Era véspera de Natal, e sua cabeça dava a impressão de que explodiria a qualquer momento, tamanha a ressaca.

– Droga de clima inglês – murmurou, descendo as escadas entre um resmungo e outro. Caminhou pela pista, seguido por Levine, que fazia caretas para proteger a cabeça da neve com a pasta de Jason, e por Jontil Purvis, que vinha logo atrás.

Uma mulher alta, esquelética e sem nenhuma elegância, aparentando sessenta e poucos anos, com uma capa de chuva de plástico e casaco de *tweed* espinha de peixe, correu até eles com dois guarda-chuvas.

– Jason, Jontil... – disse, agitada, num sotaque inglês refinado e entrecortado –, acompanhem-me; o Bentley nos aguarda. – Ela abraçou Jontil e estendeu um guarda-chuva para Jason. – Depressa! – ordenou.

– Também estou contente por vê-la, tia Rosemary – resmungou Jason, e então uma horda de fotógrafos correu na direção deles. – Caramba, Rosemary! – disse, irritado. – Falei que não queria a imprensa.

Rosemary virou-se na direção dele com um olhar sombrio.

– É o *Nicholas*, Jason – ela respondeu em tom áspero. – Ele era assunto para as colunas de fofocas de Londres quando vivo, e continua sendo, mesmo morto. É irmão do ex-primeiro-ministro da Grã-Bretanha, pelo amor de Deus. – Jason ainda encarava o guarda-chuva. – Ora, não fique aí parado – vociferou ela. – Precisa de tudo isso: três assessores? – Ela olhou ao redor, constatando a presença de Levine, Mitchell e Purvis. – Devia ter imaginado.

Rosemary mordeu o lábio.

– Norte-americanos... – prosseguiu. – Não conseguem fazer nada sem uma equipe. – Ao se virar, quase furou o olho de Jason com seu guarda-chuva. – Bem, agora você está na Velha Albion. Aqui, todos põem a mão na massa. Tome. – Ela jogou o guarda-chuva para ele. – Não acha que estou parada aqui porque é bom para a minha saúde, acha?

Timidamente, Jason pegou o guarda-chuva.

– E não fique pensando que vai melhorar no enterro – advertiu ela, afastando-se de Jason. – A presença de Adrian vai atrair todos os jornalistas da Europa.

Jason olhou para Jontil Purvis, revelando sua irritação. Ele sabia muito bem quanto a divertia vê-lo sendo comandado pela prima do pai. Lilian sempre dizia que ambos eram teimosos. Farinha do mesmo saco.

– Cooper. Grayson. – Tia Rosemary orientou os guarda-costas de Lilian. Fez um gesto na direção dos jornalistas que se aproximavam com rapidez.

Os dois ex-SAS mantiveram a feroz imprensa britânica a distância enquanto um terceiro abria caminho em meio aos *paparazzi*, que empurravam e se digladiavam na direção do Bentley, parado a seis metros dali.

– De Vere, o *Mirror*. – Um jornalista magricela com jeito de novato enfiou suas credenciais na cara de Jason. – Fazia tempo que sabia que seu irmão era gay?

Um *flash* explodiu bem na frente do rosto de Jason.

– Malditos *paparazzi* britânicos.

– Acha que seu irmão foi assassinado? – gritou um fotógrafo calvo e magro. – Que foi um crime passional?

A raiva se espalhou em forma de vermelhidão, que tomou todo o rosto de Jason, indo até o pescoço.

– Pelo amor de Deus, ele sofreu um acidente.

O repórter do *Mirror* sorriu.

– É verdade que você e seu irmão estavam brigados?

Jason afastou o repórter do *Mirror* do caminho de maneira rude, enquanto vários *flashes* fotográficos eram disparados.

– Agressivo como sempre, senhor De Vere – falou polidamente o jovem de jeans rasgados e camiseta, num refinado sotaque britânico. – Ótima foto de capa para a edição de domingo. *Obrigado*.

– Sabia que seu irmão estava nas últimas, morrendo de aids?

Jason deteve-se no meio do caminho, a fúria aumentando. Jontil colocou a mão com gentileza em seu braço. Ele continuou olhando, irado, para os *paparazzi*. Ela aumentou a pressão em seu braço.

– Jason... – falou. Ele se voltou para ela, lendo a expressão em seus olhos. Outro *flash* disparou.

– Vamos dar o fora daqui! – Jason baixou a cabeça, e o terceiro guarda-costas afastou os repórteres. Jason seguiu-o às cegas até a porta do Bentley e entrou, afundando no assento de couro macio.

Tia Rosemary assumira as rédeas do lado de fora.

– Saia daqui – ordenou. – Eu disse *saia*! – Ela apontou o guarda-chuva para um jovem cinegrafista. – Deixe meu sobrinho em paz – falou em tom ameaçador.

Levine passou a pasta executiva pela porta e correu pela neve para se juntar a Jontil num segundo carro estacionado, enquanto tia Rosemary entrava no Bentley.

Um repórter bateu na janela do veículo.

– Droga de imprensa marrom britânica – rosnou Jason.

– Você cai *direitinho* no jogo deles, Jason. – Tia Rosemary franziu o cenho em desaprovação. – Você sempre fez isso.

Mais repórteres ficaram batendo nas janelas escuras do Bentley.

– Não me venha com *sermões*, Rosemary. – Jason olhou feio para ela e bateu com impaciência na divisória de vidro escuro.

O Bentley avançou. Jason permaneceu olhando vagamente para a porta divisória enquanto Rosemary lhe entregava um copo de água mineral. Resmungando, bebeu a água enquanto o Bentley se sacudia. Ao ouvir um grito em voz alta atrás deles, Jason virou-se e viu um motorista de táxi londrino, a cabeça do lado de fora do carro, encarando-os com o semblante fechado e gesticulando agressivamente.

– Sai da frente, cidadão – berrou o motorista.

Jason arqueou as sobrancelhas, incrédulo. Rosemary assentiu.

– Ele insistiu em vir recebê-lo. Ninguém conseguiu demovê-lo.

Pela primeira vez em dois dias, um lampejo de sorriso se espalhou pelo rosto de Jason.

– Mas ele não dirige desde a guerra.

A divisória escura do compartimento do motorista se abriu devagar, e Maxim, agora com oitenta e poucos anos, cofiou o bigode encerado. Fez uma reverência respeitosa.

– Desde a Guerra das Malvinas, senhor Jason. Você estava, se minha memória serve para alguma coisa, estudando em Yale.

Jason sorriu com afeto.

– É bom vê-lo, Maxim. Tem certeza de que consegue dirigir esta fera?

Passaram por Westminster e pelas Casas do Parlamento.

Maxim olhou para Jason pelo retrovisor do Bentley.

– Sem problemas, senhor Jason – respondeu, quase batendo em um dos ônibus vermelhos de Londres. – É bom vê-lo também. Minhas mais profundas condolências pelo nosso Nick, senhor.

No mesmo instante, Jason tornou a ficar sério.

– Obrigado, Maxim. Como vai minha mãe?

– Ela é o retrato da boa compostura, senhor Jason, mas... devo confessar que tenho me dedicado a uma pequena operação de espionagem, da qual, evidentemente, ela não tem a menor suspeita. Todas as noites, após o drinque da hora de dormir, confesso que a tenho ouvido soluçar. Isso me preocupa muito, senhor Jason.

O Bentley oscilou com violência, depois mais uma vez, e em seguida ouviu-se uma freada brusca. Carros buzinavam ao redor deles.

Jason e Rosemary se entreolharam quando um motorista de táxi abaixou o vidro da janela e cerrou o punho para o Bentley. Olhou feio para Maxim.

– Volte para o seu maldito asilo!

Maxim abaixou o vidro com indignação, no momento em que o motorista de táxi fez um gesto obsceno para ele.

– Que petulância! – balbuciou Maxim, cerrando o punho e balançando-o para o motorista, que já ia longe.

– Calma, calma, Maxim – sorriu Jason.

Enquanto avançavam pelo caminho, tia Rosemary abriu sua pasta.

– O enterro é na Igreja das Almas, em Langham Place. Na extremidade norte da Regent Street, perto da BBC. O único local central disponível num prazo tão exíguo. – Tirou uma pilha de anotações feitas numa velha máquina de escrever. – O de sempre. Sua mãe está apavorada. A segurança vai ser um pesadelo com Adrian presente. – Pegou um pequeno caderno preto. – A lista de sua mãe: sete membros do Partido Trabalhista e quatro do Conservador. O primeiro-ministro. O orador da Casa. Sete membros secundários da família real. Nove lordes. Sabe como é, o de costume.

Jason olhou para a frente, incrédulo, enquanto atravessavam diversos semáforos vermelhos em meio a gritos e ofensas.

Sem se abalar, tia Rosemary prosseguiu:

– A nobreza: um ou dois membros de casas reais europeias, sete senadores e congressistas norte-americanos, os presidentes dos conselhos do Banco da Inglaterra e da North Sea Oil. – Tirou um segundo maço de papéis da pasta. – Sua lista, cortesia de Jontil Purvis. A lista de

Adrian: enorme. E, é claro, os amigos *pessoais* de Nick. – Ela sorriu. – Nem preciso dizer que eles *não* estarão de traje a rigor. Ah, e Julia...

Jason ficou perceptivelmente imóvel.

– Pensei que ela estivesse em Roma.

– E está. Ela chega hoje à noite em Heathrow. Alex, Lily e sua amiga vão encontrá-la lá e seguirão para New Chelsea. – Tia Rosemary conferiu o relógio. – Acabamos de nos desencontrar dela. Lily vai à casa de sua mãe amanhã, pontualmente às catorze horas, para o almoço de Natal. Ela vai ficar com vocês até as dezenove. Adrian teve de ficar na Babilônia. Ele vai chegar a Londres na manhã do enterro.

– Que será...

– Terça-feira, dia 28.

O Bentley se agitou, freou e deteve-se com alarido do lado de fora de uma grande mansão na Belgrave Square. Jason agarrou sua água mineral no instante em que ela voava da mesa do Bentley. Saiu do carro, enquanto Maxim ainda se esforçava para desvencilhar os sapatos tamanho quarenta e oito, presos sob o pedal do freio.

– Foi um prazer, senhor Jason.

– Maxim – falou Jason, solene –, creio que faria bem em realizar um curso de atualização.

Maxim retirou seu metro e noventa e três do carro e estudou Jason em sinal de aprovação.

– Senhor Jason, permita-me dizer que está *muito* elegante.

Jason sorriu e contemplou a velha mansão londrina de seis andares, com fachada de estuque branco em estilo georgiano, e percorreu a curta distância até o imponente pórtico. Maxim o acompanhou com sua pasta executiva.

Rosemary virou a chave na fechadura.

A porta se abriu, revelando um enorme saguão de mármore com pé-direito de seis metros, adornado com imponentes abóbadas georgianas. Havia um arranjo com quarenta e oito rosas cor de marfim sobre a mesa antiga do saguão.

Uma jovem uniformizada apresentou-se.

– Ceci – instruiu tia Rosemary –, ajude Maxim com as malas do senhor De Vere, por favor.

Jason tirou as luvas, o semblante vivo devido às lembranças.

– Maxim – falou –, achei que em sua carta mais recente mamãe tinha dito que você iria se aposentar.

As sobrancelhas de Maxim se cerraram em sinal de reprovação.

– *Aposentadoria* é uma palavra que só a senhora Lilian usaria, creio eu.

– Não, Maxim – falou tia Rosemary, encarando-o com firmeza –, ela não mencionou nada sobre aposentadoria. Apenas sugeriu que você tirasse merecidas férias!

Maxim olhou para Jason com resignação.

– Disse à senhora Lilian – declarou, queixando-se – que, se ela achar que meus serviços não são mais necessários, vou presumir que meu trabalho não esteja sendo bem realizado. Estou com a família há mais de trinta e cinco anos...

– Calma, calma, Maxim. – Jason disfarçou um sorriso. – Você faz parte da mobília. Como mamãe viveria sem você?

– Bem, eu vou indo – disse tia Rosemary, levando o guarda-chuva de Jason. – Vou ficar com minha sobrinha – declarou. – Achei que seria bom dar um pouco de privacidade a você e à sua mãe. – Rosemary esfregou as mãos, inclinou-se, depositou um beijo no rosto de Jason e desapareceu pela porta da frente.

– Perdoe-me pela impertinência, senhor Jason – disse Maxim, tirando um lenço branco imaculadamente passado do bolso. Enxugou os olhos e assoou o nariz num volume de mil decibéis. – É o senhor Nick. A morte dele. – Assoou novamente o nariz. – Isso me deixou abalado.

Jason apoiou a mão no ombro de Maxim.

– Deixou todos nós abalados, Maxim.

O mordomo tirou uma foto desgastada da carteira preta de couro surrado.

– O senhor Nicholas aos quatro anos. Depois de ter explodido o depósito de lenha.

Jason pegou a velha foto, na qual se via um Nicholas muito chamuscado, da mão trêmula de Maxim.

– Papai ficou pálido – lembrou-se Jason com um leve sorriso.

– E esta é a minha favorita do senhor Nicholas – murmurou Maxim.

Jason olhou, hipnotizado, para a foto onde estavam ele, Adrian e Nick no passadiço em Nova York.

– Você ainda a tem... – constatou, atônito.

Maxim sorriu, lacrimejante.

– É do meu álbum.

– Meus irmãos – murmurou Jason. Relanceou o olhar para as duas grandes portas de mogno fechadas do primeiro andar.

Maxim assentiu.

– A senhora Lilian não saiu de seus aposentos desde o momento em que recebeu a notícia da morte do senhor Nicholas.

Jason suspirou.

– Como de costume, a ala sul foi preparada para você, senhor Jason. Meu quarto ainda fica no sexto andar. É aquele mais à direita. Se precisar de mim, toque a campainha de seu quarto. O café da manhã será servido na sala de jantar da senhora Lilian às oito em ponto.

– Nada de café da manhã, Maxim.

O mordomo o olhou com severidade.

– Vou preparar uma bandeja especial de desjejum precisamente às sete horas, senhor Jason. Três ovos, entre ao ponto e duros. Suco de laranja. E aquela torrada esbranquiçada e nada nutritiva que você insiste em comer. – Deu de ombros. – E mingau, com creme. E, se me permite a ousadia, senhor Jason, tendo cuidado de você desde o segundo ano primário, recomendo-lhe que não consuma bebidas alcoólicas antes do enterro.

Jason o encarou, o olhar emotivo.

– Permito-lhe a ousadia, Maxim, meu velho amigo – disse em voz baixa.

Maxim enxugou os olhos novamente.

– Vou pegar os calmantes da senhora – falou. – Boa noite, senhor Jason.

Jason subiu devagar as escadas que levavam ao primeiro andar.

– Mamãe – sussurrou. Abriu o par de portas de mogno e espiou a grande sala de visitas, elegantemente decorada com antiguidades, tapeçarias e mantas.

Lilian De Vere estava sentada no escuro, sozinha, assistindo a vídeos de Nick na época escolar. Nick em Cape Cod com Adrian e Jason, Nick na última festa da família De Vere, com James De Vere ainda vivo.

Suavemente, Jason inclinou-se sobre ela e tirou o controle remoto de suas mãos.

– Mamãe – repetiu com gentileza.

Lilian se assustou e se virou para Jason, os olhos úmidos, e tomou as mãos dele entre as suas.

– Jason, meu querido. – A mão ossuda estava trêmula enquanto acendia um abajur.

Jason olhou-a com ternura e respirou fundo. Ela envelhecera da noite para o dia. Se antes a magreza lhe era elegante, agora lhe dava a impressão de estar esquelética. Os cabelos prateados encontravam-se impecavelmente penteados e presos num coque, e ela trajava um vestido preto bem cortado com um broche de diamante na lapela. Mas naquela noite parecia muito vulnerável. Muito frágil.

Lilian o abraçou com força e, por um breve instante, Jason teve de se esforçar para manter a compostura. Depois de um tempo, ela o soltou.

– Você sempre foi como seu pai... Forte, teimoso, focado... – a voz sumiu. – Mas Nicholas... – Ela pegou na mesinha ao lado uma foto em que estavam Jason, Adrian e Nick. Seu olhar tornou-se distante. – Nicholas era um espírito livre... – Ela pegou a mão de Jason e a apertou. – Primeiro seu pai... – Trouxe Jason mais para perto. – Agora Nick...

Ouviu-se uma batida suave à porta. Maxim curvou-se levemente e empurrou recinto adentro um carrinho de prata com canapés.

– Petiscos, senhora Lilian. – Trocou um olhar com Jason, buscando sua aprovação. – E seus calmantes. – Olhou feio para ela e depois para Jason. – Ela se recusa a tomá-los, senhor.

Jason estendeu a mão.

– Pode deixar. Ela vai tomá-los. – Colocou com gentileza os dois comprimidos na palma da mão de Lilian e lhe deu um copo com água. – Beba, mamãe – instruiu. – Com toda essa situação, os próximos dias serão bem estressantes.

Lilian abriu um leve sorriso.

– Lily vai ficar conosco no almoço de Natal.

– Eu sei. Agora, beba. – Sorriu com suavidade para ela. Lilian ingeriu o calmante. – Boa menina.

– Senhora Lilian, estarei do outro lado da campainha, caso precise de mim durante a noite – falou Maxim, curvando-se e desaparecendo pela porta da sala de visitas.

Jason levantou-se.

– É tarde, mamãe. Amanhã será um longo dia. Você precisa repousar. – Ajudou Lilian a ficar em pé, e depois permaneceram juntos no escuro por um longo momento. Enfim, Jason sussurrou: – Tenho saudades de Nick.

Lilian segurou o rosto dele entre as mãos, fitando-o profundamente.

– Quando Nick era muito jovem, Jason – o tom de voz dela era manso –, você era o herói dele. Durante a vida toda, até depois do acidente, ele dependeu da sua força... da força que ele sabia não ter. – Ela o atraiu para junto de si. – Ele o amava, Jason. – Deu-lhe um beijo na cabeça com ternura, tal como fazia quando ele era um menino.

– Ele era muito mole – Jason murmurou. – Um tolo... – Lágrimas escorriam pelo rosto dele. – Mas eu o amava, mamãe.

Jason se afastou dela e saiu, e Lilian ficou sozinha, fitando a escuridão.

CAPÍTULO 26

O FUNERAL

TRÊS DIAS DEPOIS
IGREJA DAS ALMAS
LANGHAM PLACE, LONDRES

Jason encontrava-se no saguão da igreja, em segurança e fora do alcance do circo da imprensa. A caravana de carros negros de Adrian estacionou do lado de fora das colunas do pórtico circular da Igreja das Almas em Langham Place. Jason semicerrou os olhos quando as luzes das câmeras dos *paparazzi*, sempre presentes, brilharam, iluminando o lúgubre e cinzento céu londrino.

Adrian De Vere havia chegado.

Jason se virou e caminhou pela nave rumo à entrada da igreja. Ela estava lotada, tomada pelo mais alto escalão da política e da sociedade empresarial inglesa e norte-americana. Uma combinação de influências, fosse pelo império bancário dos De Vere, fosse pelo fato de Adrian ser o líder político de ascensão mais rápida em todo o mundo ocidental.

Jason foi fazendo anotações mentais enquanto andava. Do lado direito da nave, identificou quatro membros do Parlamento inglês, o ministro da Fazenda, o primeiro-ministro da Grã-Bretanha, um conservador recém-eleito, o presidente da França, a rainha da Holanda e quatro membros pouco conhecidos da família real inglesa. Do lado esquerdo estavam os presidentes dos conselhos do Banco da Inglaterra e da North Sea Oil, ao lado de quatro congressistas e três senadores dos Estados Unidos, que identificou do noticiário, inclusive um de Nova York, com quem jogava golfe todos os meses.

Sua expressão se suavizou. Reconheceu as feições elegantes de Xavier Chessler, presidente do Banco Mundial, seu padrinho.

Deteve-se por um instante, inclinando-se sobre o ombro de Xavier Chessler.

– Tio Xavier – cumprimentou. Chessler olhou para cima.

– Jason. – Ele se levantou e o abraçou. – Sinto muito, meu rapaz, foi devastador. Nick era tão jovem.

Jason assentiu.

– Tomei café com sua mãe hoje de manhã – disse Chessler. – Sabe que cuidaremos dela.

Jason sorriu.

– Você tem sido uma fortaleza, tio Xavier. Não sei o que ela faria sem você.

– Seu pai era meu amigo de mais longa data.

Jason se virou para observar Lily, que, em sua cadeira de rodas, acenava para ele. Virou-se para Xavier Chessler. Seu velho e elegante tio parecia cansado.

– Estou à sua disposição, Jason – informou ele. – Para o que precisar. Por que não nos encontramos em Nova York nesta semana?

– Volto na quinta-feira. Como de costume. Duas e meia, na Quinta Avenida?

– Que tal aquele bar eclético, o favorito de Nick?

Jason fez que sim.

– No Gramercy – disse em voz baixa. – O Rose Bar.

Chessler sorriu.

– Eu e Marina nos encontramos com ele lá. No verão. – Olhou para a data no relógio de pulso. – Quinta à noite. Nove e meia. Rose Bar. Faremos um brinde ao Nick.

– Um brinde ao Nick – ecoou Jason. Despediu-se de Chessler e caminhou pelas duas fileiras de bancos restantes. Enfim, os amigos de Nick. Jason identificou duas modelos internacionais, um dos principais cantores ingleses do momento, três atores famosos de Hollywood, celebridades de um *reality show* inglês e... Deteve-se. Reconheceria aquele perfil em qualquer lugar, mesmo coberto por um véu negro.

Julia.

Afastou-se bruscamente e passou pelos assistentes, chegando ao banco da frente, onde Lilian estava sentada, o olhar fixo em um ponto à frente, o rosto coberto por um véu preto, esfregando os olhos com um lenço de renda. Lily estava sentada à sua direita. Alex e Polly, à sua esquerda.

– Papai. – Lily puxou Jason para perto de si, os olhos vermelhos de tanto chorar. Pegou a mão dele. – Estou preocupada com o Alex. Ele se fechou para todos nós.

Jason franziu a testa. Inclinou-se para Alex.

– Sinto muito, amigão... – Tocou o braço dele. – Sei como vocês eram chegados.

Alex fez uma cara feia para Jason e depois voltou a olhar vagamente para seu hinário.

Adrian se sentou no banco, sua equipe do Serviço Secreto ocupando o banco de trás. Parecia abatido, exausto.

Aproximando-se de Lilian, abraçou-a durante um longo momento. Deu-lhe um beijo terno na testa, ajudou-a a se sentar e se curvou perto de Lily. Deu-lhe um beijo em cada face e depois se acomodou ao lado de Jason. Logo atrás de Adrian, estavam Guber e Travis.

– Papai, não se sentiu péssimo por não ter atendido aos telefonemas de Nick? – sussurrou Lily.

Lilian fez um gesto de advertência com a cabeça para a neta.

– É claro que se sentiu – ela sussurrou.

Adrian pegou a mão de Lily.

– Ele só não admite isso. Conhece seu pai. Teimoso como sempre.

Lilian sorriu ligeiramente.

– Como o pai dele.

Jason franziu a testa, mas sua expressão logo se suavizou.

– Pobre Nick. – Adrian suspirou profundamente. – A última vez em que o vi foi na ceia de aniversário da mamãe em Roma, e ele estava pele e osso.

Jason franziu a testa.

– Ele não esteve com você na noite do acidente?

Adrian meneou a cabeça.

– Ele estava a caminho da abadia quando sofreu o acidente. Sequer chegou lá.

Jason ficou intrigado.

– Estava indo para lá bem tarde, então.

Adrian abriu o livro de oração comunitária dos anglicanos.

– Conhece o Nick. – Deu de ombros. – Nada com ele tinha muita lógica. Era para ter chegado ao meio-dia. Me ligou, disse que tinha se atrasado, que ia chegar tarde e passar a noite. – Olhou para Jason. – Ele não chegou à abadia.

Jason assentiu.

– Só achei estranho. – Pegou um hinário. – Ele me deixou uma mensagem. Parecia ter acabado de encontrá-lo. Disse alguma coisa incoerente sobre uma trama sua, uma barganha alucinante com os israelenses. E a Arca da Aliança. Na verdade, foram essas suas palavras exatas.

– Ele falou mais alguma coisa? – Adrian folheava o livro de oração.

– Só isso. – Jason olhou para trás, na direção de Julia. Ela olhava diretamente para ele. Mergulhou o olhar de imediato no hinário.

– Quem é aquele sujeito com sua mãe? – sussurrou para Lily.

A filha abriu um sorriso suave para Jason.

– É o Callum. Callum Vickers. Bonitão, não é? – Fez uma pausa para causar maior efeito. – E jovem.

Jason virou-se mais uma vez, sob o pretexto de chamar a atenção de Xavier Chessler.

Agora, Julia estava entretida numa conversa com o homem que, segundo presumia, era Callum Vickers. Fechou a cara. "Esse sujeito deve ser pelo menos uns dez anos mais novo que Julia. Cabelos loiros compridos, bronzeado. Trinta, no máximo trinta e dois." Deteve-se e o observou com mais atenção. "Provavelmente ator, modelo. Típico. Uma dessas celebridades que a Julia atende como assessora de imprensa."

Lily o encarava. Sabia ler o pai como se fosse um livro.

– Na verdade, ele é um dos mais famosos cirurgiões de Londres, pai – falou.

– Aposto que é cirurgião plástico.

Lily suspirou.

– Não, é neuro.

Jason olhou timidamente para Lily. Ela meneou a cabeça e se aconchegou a Lilian.

Ele se virou para dar mais uma olhada em Callum Vickers, levantando-se em seguida para rezar pela alma do irmão caçula – Nicholas De Vere.

☆ ☆ ☆

Maxim estava inclinado sobre o capô do Bentley, polindo cuidadosamente a insígnia alada.

– Um mordomo. – O familiar tom adocicado vinha de algum ponto bem atrás dele. Maxim ficou paralisado. – Que apropriado. – Charsoc entrelaçou e depois desvencilhou os dedos longos, estalando as juntas deliberadamente, com alarido. – Quem diria, Xacheriel. Deixar de ocupar meu trono à direita de Jether, o Justo, para lustrar ornamentos de automóveis dos homens.

Charsoc contornou o Bentley.

– Oh, como caíste.

Maxim continuou a polir a insígnia, provocativo.

Charsoc arqueou as sobrancelhas e abriu a bolsa de pano. Estudou os indomáveis e emaranhados cabelos de Maxim por um momento e tirou dela uma escova de cabelos Mason Pearson.

– Conforme lhe prometi. – Entregou-a para Maxim.

Nesse momento, Jason dobrou a esquina com Lily em sua cadeira de rodas, ambos seguidos por Jontil Purvis.

Jason estranhou a cena.

– Von Slagel – cumprimentou ele.

Charsoc curvou-se de leve.

– Senhor Jason De Vere.

Jason olhou para a escova de cabelos. Arqueou uma das sobrancelhas.

– *Conhece* Von Slagel, Maxim?

Maxim se afastou do capô do Bentley e se endireitou, alongando-se por completo. Virou-se e ficou diante de Charsoc.

– Tive o desprazer de conhecê-lo em minha vida anterior. – Olhou fixamente para a escova de cabelos. – *Antes* de começar a trabalhar para a família, senhor Jason. – Maxim abriu a porta do carro para Lily e a acomodou no Bentley, enquanto Jason dobrava a cadeira de rodas. Jason meneou a cabeça, intrigado.

– Maxim trabalhou para você, Von Slagel?

Charsoc abriu um leve sorriso.

– Há muitos anos. E me serviu muito bem.

Charsoc tocou a ponta do chapéu e olhou para Jason.

– Senhor De Vere.

Jason relanceou o olhar para a escova mais uma vez, depois para os cabelos de Maxim. Então sorriu e entrou no carro, sentando-se ao lado de Lily.

Maxim fechou a porta e se virou para Charsoc.

– Não há lugar para você aqui.

– Sabe de uma coisa, Xacheriel? Há, sim. A eliminação de Jason De Vere depois que o Sétimo Selo for aberto é essencial para nossa estratégia. – Encarou Maxim, os olhos apertados. – Sei que Jether está morando em algum lugar deste orbezinho lamacento. – A expressão de Maxim permaneceu impassível. – Vou encontrá-lo.

Maxim entrou no banco da frente e partiu com o carro, deixando Charsoc em pé sob a chuva.

☆ ☆ ☆

HOTEL LANESBOROUGH
LONDRES

Jason estava do outro lado da estufa, sob o alto teto de vidro, vendo Adrian conversar informalmente com lorde Kitchener, ex-presidente do conselho da British Petroleum, um homem alto de rosto corado e bigode encerado. Atrás dele, via-se a habitual aglomeração de políticos, magnatas da indústria e barões do petróleo, todos bajulando o recém-empossado presidente do novo superestado europeu.

Jason compreendeu o irmão com um único olhar. Quem quer que visse o jovem e animado político concluiria que estava vitalmente dedicado à conversa, mas Jason sabia que ele se sentia mortalmente entediado. Os dedos da mão esquerda tamborilavam de modo cadenciado na mesa antiga ao lado dele. Adrian fazia isso, sem se dar conta, toda vez que seu nível de interesse caía. Desde os doze anos. Jason ocultou um sorriso e foi caminhando em sua direção, contornando os homens do Serviço Secreto, discretamente posicionados sob o olhar vigilante de Guber.

– Amigão – sussurrou –, está precisando de uma bebida? – Passou o braço pelas costas bem protegidas de Adrian. Guber fez uma careta. Jason retribuiu. Adrian e Jason se entreolharam.

O irmão mais velho inspecionou a rota de fuga até o bar. Adrian ocultou um sorriso, apertou a mão do efusivo lorde Kitchener e fez um gesto de cabeça para Guber, que relaxou, enquanto Jason guiava o irmão mais novo sob os elegantes candelabros e ao longo das diversas palmeiras em vasos grandes, rumo ao bar bem abastecido.

– Sir James Fulmore – murmurou Jason, indicando um cavalheiro robusto de gravata-borboleta. – Ele vai querer seu apoio.

– E Owen Seymour, ex-diretor da BBC. Ele também vai querer meu apoio.

– Babilônia? – perguntou Jason, ao entrarem no bar.

Adrian assentiu.

– Após a assinatura do acordo em 7 de janeiro, o petróleo vai começar a fluir novamente, como as Cataratas do Niágara... Todos querem uma parcela da Babilônia.

Jason virou-se para o *barman*.

– Uísque. – Olhou inquisitivamente para Adrian.

– Perrier.

Jason deu de ombros.

– Água Perrier para o presidente da União Europeia.

O *barman* assentiu, olhando, atônito, para Adrian.

Jason inclinou-se sobre o balcão.

– Levine me disse que as bolsas de valores de Nova York e Moscou vão mudar permanentemente em julho.

Adrian concordou.

– E a de Bombaim. Todas as bolsas da área do Pacífico asiático se mudaram no mês passado. Xangai, Hong Kong, Tóquio, Milão, Frankfurt e Londres. São parte integrante do novo Edifício Internacional das Bolsas de Valores desde janeiro.

– Tem de admitir – prosseguiu Jason – que o catalisador da "Babilônia" foi a ida das Nações Unidas de Nova York para a Babilônia, em julho.

Adrian concordou.

– Isso, e também o fato de a União Europeia e o Banco Mundial terem injetado mais de dois trilhões de dólares para reconstruir a cidade. – Sorveu um gole de sua água Perrier. – Além da demolição da mancha pré-histórica de Saddam Hussein naquele cenário – acrescentou Jason –, como Nick a costumava chamar!

Ambos ficaram em silêncio à menção do nome do irmão.

– Falando sério agora: você está bem, meu caro? – perguntou Jason. – Quero dizer, o funeral. Deve ter lhe trazido recordações.

Adrian ficou olhando para a vista do Hyde Park.

– Quer dizer... Melissa e o bebê?

Jason assentiu.

Adrian continuou olhando fixamente para o horizonte, o semblante impassível.

– Vai levar anos, Jason... – hesitou – ... para superar tudo. As mortes.

Jason estudou Adrian com atenção. Ele enxugou os olhos com o dorso da mão.

– Desculpe-me, meu irmão. Não tive a intenção de perturbá-lo.

Adrian segurou o ombro de Jason, recuperando instantaneamente a compostura.

– Tudo bem, Jason. Tenho de conviver com meus próprios fantasmas.

Jason deu um gole no uísque e depositou o copo no balcão polido com um gesto vigoroso. Analisou o ambiente.

– Detesto essas coisas. Minha habilidade social desapareceu por completo.

Um leve sorriso brotou nos lábios de Adrian. Ele pôs a mão no braço de Jason.

– Ora, vamos. Você nunca teve habilidade social, Jas.

Jason sorriu no mesmo instante em que Lilian os avistou. Ela atravessou a estufa, seguida por um grupo de "ternos" de alto calibre.

– Jason, Adrian... lorde e dama Kirkpatrick. John, Margaret, estes são meus filhos. Este é Jason. – Ele fez um aceno educado com a cabeça. – E Adrian. – Ele também os cumprimentou.

Owen Seymour se apressou na direção deles.

– Jason, por favor, aceite minhas mais sinceras condolências. – Ele se curvou levemente. – Senhora De Vere – cumprimentou Owen, e estendeu a mão para Adrian. – Senhor presidente.

Jason franziu a testa.

– Bem, mamãe – falou, puxando Lilian para junto de si e inclinando-se perto do ouvido dela –, parece que, entre mim e Adrian, juntamos tanto o cenário político quanto a mídia.

Lilian lançou-lhe um olhar enviesado.

Jason prosseguiu. Implacável.

– Todos querem alguma coisa, mamãe... – Engoliu o uísque. – E não é Nick.

Lilian tirou o copo da mão de Jason e o devolveu com firmeza ao balcão do bar. Fez um gesto para Jontil Purvis, postada discretamente atrás de Levine, dando alguns telefonemas.

Adrian apoiou a mão afetuosamente no ombro do irmão.

– É a política, Jason. Todos nós estamos nesse jogo. – Sorriu. – Você também. Ah, eis a rainha da manipulação... como você a chama tão apropriadamente. – Olhou para o irmão com malícia nos olhos. – Julia.

Jason empalideceu, respirando fundo, o corpo se enrijecendo.

– Levine, outro uísque... – Olhou para Julia, vindo em sua direção com Lily a tiracolo. – Caprichado.

Lilian afastou-se do círculo de convidados, comentando:

– É o terceiro, Jason – sussurrou. – E você recusou o café da manhã.

– Acredite, mamãe – murmurou, vendo Julia deslizando em sua direção com seus saltos Chloe de doze centímetros e um terno Chanel preto e justo –, não é hora para ficar sóbrio.

Lilian estendeu a mão para Julia.

– Julia, esta é Margaret. Margaret, a filha que nunca tive: Julia St. Cartier.

Jason fervilhou de raiva ao perceber o olhar encantado de lorde Kirkpatrick e da esposa. Os longos cabelos loiro-claros estavam presos sob um clássico chapéu preto com um longo véu negro de tule.

Ele bateu no ombro de Levine.

– Melhor, um duplo.

Julia virou-se para Adrian. Levantou o véu do rosto, revelando olhos vermelhos e inchados.

– Olá, mana. – Adrian pegou as mãos dela e a beijou com gentileza nas duas faces.

– Sinto muito, Adrian. – Sorriu timidamente para ele. Voltou-se para Jason, cujos lábios estavam cerrados em uma linha firme, os olhos perdendo de imediato o calor. – Jason.

Ele a encarou com frieza.

– Julia.

– Sinto muito pelo Nicky, Jason.

Ele a olhou, impassível.

O cirurgião alto e loiro do funeral apareceu atrás de Julia e envolveu sua cintura com o braço.

– Adrian, este é Callum – ela apresentou. – Callum Vickers. Callum, este é Adrian De Vere. Nem preciso apresentá-lo. – Callum estendeu a mão para Adrian, que o cumprimentou com firmeza. – E este é Jason – acrescentou secamente.

Callum estendeu a mão para Jason, que o olhou fixamente, cumprimentando-o em seguida, sem muito entusiasmo.

– Sinto muito por seu irmão – Callum falou, a voz baixa.

– Obrigado – respondeu Jason de modo monossilábico.

– Como vai o império da mídia?

– Muito bem, obrigado. – Jason se virou e deparou com os olhos estreitados da ex-esposa. – Tenho certeza de que Julia lhe disse que sou um escravo da indústria.

– Não – disse Callum em seu tom calmo –, Julia não comentou nada sobre você.

Jason resmungou algo incompreensível, e Levine tornou a aparecer com o copo cheio de uísque.

– Lily me contou que você é cirurgião. – Ele sorveu um gole.

Callum assentiu com a cabeça e sorriu para Jason, descontraída e serenamente.

– Trabalho no St. Thomas.

Jason olhou para Julia por cima do copo com um sorriso mordaz nos lábios.

– Com certeza, isso vai agradar o papai.

Julia lançou um olhar furioso para ele.

– Está bebendo demais – respondeu ela, a voz fria. – Callum, precisamos ir.

O *pager* no cinto de Callum emitia um ruído alto e insistente.

– Desculpem-me, tenho uma cirurgia... perdoem-me. – Foi até a janela com um fone de ouvido. Jason tomou outro gole de uísque, encarando Julia com firmeza. Ela o olhou com irritação, puxou novamente o véu sobre o rosto e se afastou dele, indo até Callum, próximo à janela.

– Papai – sibilou Lily –, comporte-se. Não pode ser civilizado com a mamãe, pelo menos hoje?

Jason lançou um olhar lúgubre para um ponto distante à frente.

– Em poucas palavras, não.

– De Vere. – Uma voz grave interrompeu seu devaneio. Virou-se e deparou com um homem robusto e de rosto macilento no bar. Teria vinte e tantos anos, no máximo trinta e poucos, e trajava um terno preto que já vira dias melhores, coberto por uma capa de chuva amarela amarfanhada.

Os olhos de Jason se estreitaram e ele foi, lentamente, reconhecendo de quem se tratava.

Weaver. Claro, Dylan Weaver, colega de escola de Nick em Gordonstoun. Agora um dos maiores especialistas europeus em TI.

Jason estendeu a mão. Weaver a ignorou. Lançou um olhar ao redor, visivelmente pouco à vontade, os olhos cravados em Guber.

– Você não gosta de mim, não é? – disse Jason.

Ele olhou para Jason, impassível.

– Não, De Vere, creio que não. – Lançou outro olhar furtivo pela sala, como se procurasse alguém. – Encontre-me no The Singing Waitress, Shaftesbury Avenue, Soho, em três horas. – Pegou um punhado de tira-gostos do balcão. – Vinte e duas horas. Sozinho. Até logo.

Jason viu, atônito, Weaver enfiando os salgadinhos do coquetel nos bolsos da capa de chuva. Incrédulo.

Weaver afastou-se de Jason. Depois se virou.

– É sobre o Nick.

☆ ☆ ☆

Julia destrancou a porta da excêntrica casa londrina, situada naquela que antes era conhecida como Colônia dos Artistas do New Chelsea Studios.

Desativou o alarme, tirou o chapéu e pendurou o casaco em imitação de pele de raposa. Agachando-se, recolheu a pequena pilha de cartas do tapete da entrada, olhou-a com rapidez e ficou paralisada. Viu um envelope de linho cor de creme endereçado a ela. A letra no envelope era familiar. Extremamente familiar. Era a letra de Nick. Julia a reconheceria em qualquer lugar.

Trêmula, jogou o resto da correspondência sobre a mesa da entrada e se dirigiu à sala de estar. Virou o envelope, estudou o familiar timbre do

Monte São Miguel e observou o carimbo no envelope. Identificou a palavra *Pontorson*, nome de uma cidadezinha próxima ao Monte São Miguel.

Havia ido ao mercado de Pontorson na última visita à abadia, antes de pegar o avião com Adrian para a conferência de imprensa de Aqaba. Estranhou. O carimbo indicava o dia 22. Dia da morte de Nick.

Pegando um abridor de cartas de prata, abriu o envelope e sentou-se devagar no sofá marfim forrado por uma manta. Uma foto caiu sobre o piso de tábuas largas. Pegou-a e a colocou na mesa lateral, tirando de dentro o bilhete de Nick. Fora escrito às pressas. Quase com garranchos. Mas os garranchos eram, definitivamente, *de Nick*.

Querida Ju,

Papai estava atrás de alguma coisa. Era uma coisa grande, e o mataram por conta dela. Eles me infectaram com aids, Ju. Propositalmente. Acho que sabem que estou atrás deles. É um grupo de elite formado por poderosos. Estou fazendo uma investigação por conta própria. Caso não consiga sair daqui, você precisa entregar isto ao Jason. Ele é a única pessoa em quem confio.

Diga a Lily que sempre lamentarei. Seja minha estrela-guia, mana.

Seu sempre, Nicky

P.S.: não tenho certeza se Adrian...

A frase ficara inacabada. Julia virou o bilhete e viu que não havia nada no verso. Lágrimas escorreram por seu rosto. Pegou a foto.

Havia quatro homens. Reconheceu um deles como sendo o avô de Jason, Julius De Vere. Outro era Xavier Chessler, padrinho de Jason. Virou a foto e leu o texto. *Os mantos estão sob os ternos*. E havia também o nome *Aveline*.

Julia guardou a foto no envelope, foi até as portas que davam para o jardim com muros italianos, os pensamentos desencontrados.

Tirou de novo o bilhete do envelope e o estudou.

Em seguida, procurou o telefone.

☆ ☆ ☆

Jason estava sentado no luxuoso bar sob o pátio da sala de fumantes do Lanesborough. Um garçom aproximou-se dele com discrição.

– Lagavulin 1991 – murmurou Jason. O garçom sorriu em sinal de aprovação.

Jason recostou-se na cadeira de couro, dando baforadas num charuto caro e observando o teto de lona.

– Muito bem, ficou tudo resolvido. A vovó está cansada. Ela foi embora com o tio Xavier. Alex vai me deixar com a Polly em New Chelsea e depois vai passar a noite no apartamento do Nick.

– Por que não fica comigo? – perguntou.

Lily meneou a cabeça.

– A mamãe está me esperando, papai. Fica para a próxima. – O olhar dela deslizou pelo ambiente. – Onde foi parar o tio Adrian?

Jason respondeu, fitando seu charuto:

– Uma conferência por telefone... Babilônia – murmurou.

Polly aproximou-se deles, ajeitando os cabelos loiros e lisos num rabo de cavalo.

– Olá, querida. – Jason sorriu. Polly enfiou o celular na bolsa, inclinou-se para ele e lhe deu um abraço. Confiava em Polly. Ela era objetiva. Prática. Sem artimanhas. Algo raro naqueles dias. Sempre fora uma boa amiga para Lily. A melhor delas.

– Mantendo a Lily na linha, Polly? – Jason arqueou as sobrancelhas.

– Bem que eu tento. – Polly retribuiu o sorriso de Jason. – Ela é igualzinha ao pai, senhor D.

Alex viu o grupo e foi caminhando até eles em meio à fumaça dos charutos. Jason franziu a testa.

– Ele ainda está nos seus planos? – perguntou.

– Alex quer que fiquemos noivos quando eu completar dezoito anos.

– Espero que saiba o que está fazendo – murmurou Jason. – Deus sabe que eu sequer tinha ideia do que fazia nessa idade.

– Sabe que eu o conheço desde que ele tinha oito semanas de idade, senhor D. – Polly abriu um belo sorriso para ele.

– Justamente. – Jason arqueou de novo as sobrancelhas.

– Sempre sei o que estou fazendo, senhor D.

– Como ele está? Parecia péssimo no enterro.

Polly pegou a mão de Jason.

– Sabe, senhor D., sei que ele ficou louco com você por ter cortado o contato com Nick. Mas você é o único pai de verdade que ele já teve. Não seja duro demais com Alex.

Jason virou-se para observar o rapaz alto e magro de vinte anos que se aproximava em um terno preto, laptop pendurado no ombro, carregando cinco latas de Coca com ambas as mãos.

– Vou tentar não exagerar – respondeu Jason com ironia.

Enfim, Alex chegou aonde estavam.

Jason o observou enquanto enfiava as cinco latas de Coca no fundo da mochila.

– Fazendo testes de nível de flúor? – indagou Jason com ceticismo. Deu uma piscadela para Polly e tirou com firmeza as latas da mochila de Alex, colocando-as sobre o balcão de granito. – *Deixe-me* pagar por elas... O jornalismo investigativo não está remunerando bem?

Alex olhou com raiva para ele e se sentou devagar na cadeira ao lado de Polly.

Jason deu baforadas no charuto e encarou Alex, que ainda exibia uma expressão de desagrado.

– Olha, Alex – falou, enquanto apagava o toco do charuto no cinzeiro –, o Nick morreu. Deveria tê-lo ajudado. Não o fiz. Vai me cobrar por isso pelo resto da vida?

– Talvez. – Alex franziu a testa.

– Como quiser. – Jason deu de ombros.

– Alex está investigando uma coisa, senhor D – mencionou Polly, tentando desesperadamente aliviar a tensão. – Uma coisa *grande*.

Jason bocejou.

Lily lançou um olhar enviesado para o pai. Polly cutucou o namorado.

– Alex...

– A elite global: Bilderberg, os bancos centrais, o Banco Mundial, as Nações Unidas... todos eles estão arquitetando o colapso econômico mundial. A crise de 2008 vai parecer um passeio no parque em comparação com o que vem por aí – murmurou ele. – Fome, apagões contínuos, saques, rebeliões. O Katrina de 2005 não foi nada se comparado ao que vai acontecer – acrescentou profeticamente.

– Certo, Alex. – Jason se preparou. – Diga-me o que vai acontecer...

Alex pegou uma lata de Coca, abriu-a e sorveu um grande gole.

– A lei marcial. É como tudo vai começar. Militares patrulhando as ruas, toque de recolher, vão pegar você e levá-lo para a cadeia... – A entonação de Alex ganhava impulso. – Se ao menos as pessoas conhecessem a verdade.

Jason revirou os olhos.

– Não é a *verdade*, Alex. As pessoas já *conhecem* a verdade. Eu sou a mídia. Esse é o meu trabalho: *informar* a verdade para as pessoas. Não acha que, se houvesse alguma coisa verdadeira nisso que está me contando, pelo menos um, em cada dez mil de nossos correspondentes, já não a teria descoberto? – resmungou, exasperado.

– Quando tudo já estiver em um estado caótico – prosseguiu Alex impetuosamente –, vão encenar uma operação de bandeira falsa. Uma operação secreta na qual as forças governamentais fingirão que são uma espécie de inimigo e atacarão as próprias forças, ou o próprio povo.

Jason percebeu que Adrian vinha caminhando em meio às mesas de granito e tampo de vidro, aproximando-se deles.

– Sei o que significa uma operação de bandeira falsa, Alex Lane-Fox – respondeu Jason em tom gélido.

– Sabe qual é o seu problema, tio?

Jason o encarou com ar grave, o rosto bem próximo do de Alex.

– Não, Alex. Por que *não me diz* qual é o meu problema? – Lily e Polly se entreolharam, inquietas.

– *Seu* problema, tio Jas – continuou Alex, sem medir as palavras –, é que você é uma marionete nas mãos da Nova Ordem Mundial.

Lily revirou os olhos, desesperada.

– E o *seu* problema, Alex Lane-Fox, é... – Lily lançou um olhar enfurecido para o pai. Jason se conteve no momento em que o garçom voltou com sua dose de Lagavulin. – Olha, Alex... – suspirou, a expressão mais amena. Pôs a mão no ombro do rapaz. – Por mais que investigue um governo paralelo, nada vai trazer sua mãe de volta, filho.

Pegou o copo, saboreando o intenso aroma defumado do uísque *single malt* de trinta anos.

– Produzido na ilha de Islay, Lily. – Sorveu-o devagar. – A Rainha das Hébridas.

– Eu o ouvi falar em operação de bandeira falsa, Alex? – indagou Adrian com um sorriso.

Jason fez um gesto para o garçom, que abriu um umidor de mogno com os melhores charutos do hotel e o apresentou a Adrian.

– Na década de 1960, o Estado-maior elaborou um plano cujo codinome era Operação Northwoods – disse Adrian, sentando-se entre Alex e Jason. – Um plano para explodir aviões norte-americanos usando um complexo esquema que envolvia troca de aeronaves, para cometer uma onda de violentos atentados terroristas em solo norte-americano, em Washington, D.C. e Miami, para depois jogar a culpa nos cubanos e justificar uma invasão a Cuba.

Adrian hesitou, os dedos percorrendo os charutos. Escolheu um Havana pré-Castro.

– A Northwoods jamais entrou em ação. – O garçom apresentou uma guilhotina e cortou a ponta do charuto. – Kennedy se recusou a implementar os planos do Pentágono.

Adrian fez uma pausa para criar um efeito dramático, enquanto colocava o charuto na boca. O garçom o acendeu, e Adrian soltou algumas baforadas.

– Mas *poderia* tê-lo feito.

Alex olhou para Jason, triunfante. Jason sustentou seu olhar.

– Tio Ad, quero dizer, senhor presidente – Alex aproximou sua cadeira da de Adrian –, para consolidar o poder em suas mãos, a elite global precisa armar um incidente falso, seja ele um incidente nuclear em Los Angeles, em Chicago ou na Costa Leste, ou liberar um agente de bioterrorismo convertido em arma, produzido em seus laboratórios, digamos, varíola, ebola, gripe aviária, tudo isso para obter o controle da população.

Alex tirou o laptop da mochila e o colocou na mesa de tampo de vidro diante de Adrian.

Seus dedos voaram pelo teclado.

– Veja o caso de um falso ataque bioterrorista. Gripe aviária. Milhões de mortes. As pessoas ficam tão desmoralizadas que imploram para que o governo paralelo as salve. – Alex fez uma pausa dramática. – Então, a coisa começa: a lei marcial é introduzida para valer. Uma moeda única para o mundo todo. Corpos se amontoando, vacinação obrigatória. – A voz de Alex se tornou mais vigorosa. – Olhe para o passado. Em 2009, trinta e dois estados norte-americanos aprovaram leis que tornam crime a resistência à inoculação ordenada pelo governador; a quarentena ilimitada é obrigatória para qualquer um que resistir.

Adrian deu uma longa baforada no charuto, antes de se manifestar:

– As vacinas contêm o chip RFID. As pessoas ficam frenéticas, mas depois as aceitam de boa vontade... – Adrian olhou ao redor. – Tornam-se propriedade localizável dessa Nova Ordem Mundial. E por vontade própria.

Lily olhou espantada para Adrian.

– Não creio que esteja dizendo que o *governo* saberia. *Você* não saberia, tio Ad.

Adrian sorriu.

– A premissa de Alex é que os governos são meros peões do sistema. Que suas cordas de marionetes estão sendo manipuladas veladamente por um governo paralelo. Banqueiros. Barões do petróleo. O complexo industrial-militar. Segundo essa mesma premissa, os dissidentes, aqueles que se recusarem a receber a vacinação, serão reunidos pela polícia militar em campos de concentração da Agência Federal de Gestão de Emergências como uma ameaça à saúde da comunidade. Serão colocados em quarentena.

Adrian deixou o olhar correr pelo rosto dos presentes.

– É perfeitamente plausível. Com milhões de pessoas mortas e a lei marcial decretada, bem como o controle total da imprensa, ninguém vai ligar.

– Exatamente! – disse Adrian. – Em 2008, eram mais de seiscentos os campos de concentração da Agência Federal de Gestão de Emergências nos Estados Unidos – declarou, cada vez mais entusiasmado. – Diversas fontes confirmaram rumores de vagões de prisioneiros da China: contêineres de carga de doze metros, com algemas e uma guilhotina moderna na frente de cada um. Sem janelas. Guilhotinas na Geórgia. No Texas. Rumores não comprovados de que foram encomendados graças a um contrato secreto intermediado por um congressista a serviço da elite, que se reuniu com funcionários do governo chinês.

Jason levantou as mãos.

– Rumores não comprovados! Vagões... guilhotinas! – Bateu o Lagavulin no tampo da mesa. – Alex Fox-Lane, isso é demais, mesmo vindo de *você*. Campos de concentração... Que bobagem, pura *baboseira*. Os teóricos da conspiração enlouqueceram de vez! – Olhou, incrédulo, para Alex. – E *quem* a elite global pretende enfiar nesses vagões? Tia Betty, da Geórgia, com sua torta de pêssegos? – Jason, mesmo querendo se controlar, fitou o fundo do copo de uísque e ocultou um sorriso, embora pudesse sentir Lily lançando-lhe fagulhas com o olhar.

– Constitucionalistas – declarou Alex impetuosamente. – Patriotas, donos de armas que se recusarem a abrir mão dos direitos da Segunda Emenda, qualquer um que rejeitar o conceito de controle por parte do governo mundial. – Voltou-se para Polly. – E cristãos. – Franziu a testa e lançou um olhar enviesado para Jason. – Naturalmente, *você* não precisa se preocupar com *isso*.

Revirou a mochila e pegou uma pilha fina de papéis com o timbre do FBI, depositando-a sobre a mesa.

– Desculpe, Pol. Lá se vão você e seu pai. Leia isto. Projeto Megiddo: avaliação estratégica do FBI para o potencial de terrorismo doméstico nos Estados Unidos na virada do milênio. Enviado para vinte mil chefes de polícia. Inconcebível, mas real.

Polly pegou os papéis e estudou a primeira página, enquanto Alex separava um segundo arquivo.

– Segunda fase. O governo emite a Ordem Executiva 10.990, permitindo-lhe tomar todos os meios de transporte e controlar estradas e portos marítimos. Ordem Executiva 10.995: eles assumem e controlam os meios de comunicação. Ordem Executiva 10.998: eles assumem todos os recursos e pontos de venda de alimentos, públicos e particulares, *inclusive* fazendas e equipamentos. Olhe, tio Jas.

Deslizou os documentos pela mesa.

– Está tudo aí. Em preto e branco. A Ordem Executiva 11.000 permite que o governo mobilize civis norte-americanos em brigadas de trabalho sob a supervisão do Estado; permite até que o governo separe famílias, caso julgue necessário. – Alex folheou os papéis. – Ordem 11.001: o governo assume todas as funções de saúde, educação e assistência social. Ordem 11.002: registro nacional de todas as pessoas. Ordem 11.003: o governo assume todos os aeroportos e aeronaves.

Jason virou-se para Adrian.

– Bem, nos Estados Unidos, existem ordens executivas. Elas têm equivalentes na Europa e no Reino Unido – disse Adrian sem demonstrar nenhuma emoção. – Pensem em termos estratégicos. O cartel bancário internacional atinge seus objetivos. Elimina toda a oposição. Reduz e depois coloca *chips* em toda a população. Obtém vigilância e controle livres. Centraliza ainda mais o esquema da pirâmide financeira na forma de dívida. A destruição completa dos Estados Unidos.

Alex olhou triunfante para Adrian.

– Está *absolutamente* correto, senhor presidente.

Adrian fitou Alex com um olhar gentil.

– Esse material tem circulado há décadas, Alex – falou em tom paternal. – Chama-se desinformação, filho. Você e um milhão de outros absorveram uma quantidade propositalmente dosada de desinformação. As agências de segurança têm investigado todas essas atividades desde a década de 1950. Majestic-12. O suposto suicídio de James Forrestal. As teorias da conspiração de JFK. Bases subterrâneas. Roswell. Área 51. Teorias da conspiração do 11 de Setembro. Tecnologia HAARP. Trilhas químicas. Helicópteros negros... lei marcial. Tudo isso é clara desinformação, Alex. Material para roteiristas de Hollywood e histórias em quadrinhos de segunda classe. Sinto muito, amigo. Mesmo. Ouça de quem sabe das coisas. Não existe *nada* disso.

Um rubor repentino espalhou-se do rosto de Alex para seu pescoço.

– E quanto às ordens executivas? – murmurou.

– São um último recurso. Uma proteção para o povo norte-americano. O mesmo na Europa. Nunca serão usadas, Alex. Não haverá lei marcial. Confie em mim.

Envergonhado, Alex fechou o laptop.

– Ele vai ser um ótimo jornalista, Jas. – Adrian piscou para Alex. – Eu o contrataria e o poria na sala de imprensa da VOX, se fosse você.

– Mas você já *ouviu* falar da marca da besta, senhor presidente – Polly sussurrou.

Adrian lançou a ela um olhar estranho.

– *Faz também com que todos, pequenos e grandes, ricos e pobres, livres e escravos recebam uma marca na mão direita ou na fronte, para que ninguém possa comprar ou vender, se não tiver a marca, ou o nome da besta ou o número do seu nome* – recitou ela, a voz suave, mas firme como aço.

Jason, Alex e Lily olharam com espanto para Polly, sempre tão doce.

– *Aqui é preciso discernimento* – ela continuou. – *Quem é inteligente calcule o número da besta, pois é um número de homem: seu número é 666.*

– Polly! – Alex a encarou, a expressão dura.

– Apocalipse, capítulo 13 – informou Polly com um tom gélido na voz, algo que Jason nunca tinha ouvido antes.

Adrian afrouxou o colarinho.

– *E no fim do seu reinado* – prosseguiu Polly –, *levantar-se-á um rei de olhar arrogante, capaz de penetrar os enigmas... e opor-se-á mesmo ao Príncipe dos príncipes.*

Seis homens do Serviço Secreto saíram da penumbra da sala e rodearam Adrian.

– Seu carro chegou, senhor presidente.

Adrian se levantou, estranhamente pálido.

Polly prosseguiu, as feições etéreas, mas o tom implacável:

– *... mas, sem que mão humana interfira, será esmagado.*

– Tudo bem com você, meu irmão? – Jason franziu o cenho. Adrian estava lívido, ainda encarando Polly fixamente.

– Bem, Lily – disse ele, virando-se para a sobrinha e lhe dando um beijo rápido em cada face –, visite-me, como prometeu.

Lily assentiu.

Adrian desviou o olhar de Polly, que o fitava sem sorrir.

– E leve a Polly também – acrescentou com voz suave.

O celular de Jason tocou. Ele o pegou, viu o número de Julia e o depositou de novo na mesa. Depois, suspirando, pegou-o novamente.

– Sim, é Jason. Um instante, Julia; Adrian está de saída. – Ele entregou o telefone para Lily. – Veja o que sua mãe quer – grunhiu.

Jason apertou a mão de Adrian.

– Nós nos vemos em Nova York, meu amigo.

– Certo, mamãe – dizia Lily. – Alex vai nos deixar em New Chelsea antes de voltar para o apartamento do Nick. Certo. Ele não vai gostar disso, mas vou dizer a ele. – Lily entregou o telefone para Jason, enquanto Adrian e seu grupo se dirigiam para a porta. – Mamãe disse que é urgente. E que só quer falar com você.

– Ah, ela fica completamente calada durante os dois anos do divórcio e *agora* quer falar comigo.

Jason pegou o telefone da mão de Lily.

– Sim. Sou eu, Julia – falou, a voz áspera. – O que você quer? Impossível! Repita, por favor. Da França? – Franziu a testa. – Enviou alguma coisa para você da França? Tem certeza do que está falando?

Já ao lado das portas de vidro e douradas, Adrian se virou e acenou. Em seguida, desapareceu no Lanesborough.

– Nesta noite, não. – Jason olhou para seu relógio. – Preciso estar num lugar em meia hora. Não pode deixar isso lá em casa?

Lily olhou feio para ele. Jason suspirou.

– Certo. Sim, *está bem*. Sei que é tarde. Olhe, vou até o campo prestar homenagens ao papai amanhã de manhã, antes do voo. Pegue-me às nove da manhã. Na casa da mamãe. Belgrave Square. Tenho de voltar antes do meio-dia, por isso não se atrase. – Desligou o celular e ficou olhando para o teto em silêncio, lançando em seguida um olhar estranho para Lily. – Parece que havia uma carta – falou. – Com informações para mim.

Levantou-se, e o garçom ajeitou seu paletó sobre os ombros.

– Do Nick.

☆ ☆ ☆

Adrian passou pela porta de vidro e dourada do Lanesborough, encaminhando-se para o Mercedes.

– Ela tem o Selo – falou. O suor brotou de sua testa. Ele enxugou a fronte com um lenço e o nó em sua garganta foi diminuindo. – É forte nela. O poder do Nazareno. – Devagar, tornou a abotoar o colarinho. – Quero uma avaliação estratégica de Guber. Campos de internamento. Câmaras de extermínio a gás no Reino Unido. A Agência Federal de Gestão de Emergências nos Estados Unidos. Assim que a lei marcial for declarada, as primeiras listas serão ativadas.

– E a garota? Vermelha ou Azul?

Adrian sorriu lentamente.

– Negra. A lista Negra.

Capítulo 27

Mensagem Criptografada

Jason estava sentado diante da mesa de fórmica arranhada, com duas xícaras de café já empilhadas à frente. Lembrava-se de Dylan Weaver da época em que passavam o verão em Cape Cod. Pragmático. Prático. Um *nerd*. Dylan Weaver insistira para que se encontrassem. Mas por quê?

Olhou para o relógio e espiou pela janela, e através da neve que caía viu o muro do outro lado da rua coberto por velhos cartazes.

– Detesto este clima.

Uma jovem e empertigada garçonete do interior, com uma minissaia de couro vermelho que não escondia muita coisa, parou ao lado dele com um bloco de pedidos, mascando um chiclete.

– E então, moço?

– Estou esperando uma pessoa.

Ela riu e lhe deu uma piscadela, como se conhecesse algum segredo.

– Sei como é, moço. Estão *sempre* esperando alguém.

Jason olhou novamente para o relógio, depois a olhou com irritação.

– Traga-me outro café.

– Não tem muitos amigos, não é? – A garçonete o fitou por alguns instantes. – Você é da TV? Porque me lembra alguém.

Jason meneou a cabeça, vendo-a se afastar sem levar as xícaras usadas. Tossiu. A garçonete se virou.

Ele apontou para as xícaras. Ela estalou o chiclete e inclinou-se sobre ele.

– Está pedindo muito, não acha? Americanos folgados.

A decrépita porta do local se abriu, e Dylan Weaver, desgrenhado e com a barba por fazer, adentrou-o, ensopado. Havia tirado o terno preto, mas ainda usava a capa amarela que mal cobria a barriga saliente.

– De Vere?

Jason acenou com a cabeça em cumprimento.

Weaver sentou-se pesadamente na frágil cadeira de madeira e se inclinou sobre a mesa, as feições pálidas desconfortavelmente próximas do rosto de Jason, respirando com dificuldade.

Jason estendeu a mão. Weaver ignorou o gesto. Analisou Jason de alto a baixo, impassível.

– Achava que irmãos deveriam cuidar um do outro. – Weaver tirou um laptop um tanto desgastado de dentro da capa de chuva amarela, levantou a tampa com os dedos gordurentos e rechonchudos, e o ligou.

Olhou furtivamente ao redor.

– Estão à minha procura. Não posso ficar muito tempo.

– Quem? *Quem* está à sua procura? – perguntou Jason.

Weaver hesitou.

– Não sei. Estou sendo seguido.

– O que Nick lhe disse?

– Esse é o problema. Ele não me disse nada.

– Olha, amigo – falou Jason –, se me fez vir até aqui para desperdiçar o meu tempo...

Weaver o encarou, irritado.

– De Vere, se dependesse de mim, jamais tornaria a vê-lo. O problema é o seguinte: Nick me mandou um e-mail na noite em que morreu. Estava tentando me enviar alguma coisa. Um... arquivo. Algo que teria filmado. Lily me contou que ele deixou uma mensagem na sua secretária eletrônica na mesma noite em que morreu. Preciso saber: ele mencionou alguma coisa sobre o que teria filmado?

Jason suspirou.

– Olha, Weaver, meu irmão morreu. E não me disse nada; foi só uma alucinação causada pelos medicamentos, algo sobre a Arca da Aliança. E ele parecia apavorado. De verdade. Parecia uma das viagens dele.

Weaver tirou um disco rígido da mochila e o depositou sobre a mesa.

– Bom, então não posso ajudá-lo.

Jason franziu a testa.

– Mas e o arquivo que ele enviou?

– Está em branco. Apliquei todos os sistemas de criptografia nele. Conheço o código particular de Nick; teoricamente, deveria ser moleza, mas não consegui nada. Usei dez milhões de combinações; é uma criptografia que nunca vi antes. Um beco sem saída.

– Tem *certeza*?

– É o meu trabalho, De Vere. Os clientes me pagam muito bem para que eu tenha certeza.

– Deve haver alguma coisa aí. Obviamente, ele imaginou que você decifraria o código.

– Sabe – falou Weaver, reunindo suas coisas –, seja lá o que Nick tenha filmado, sumiu. Não temos nada. É um tipo de criptografia de alto nível; alguma agência deve ter rastreado o e-mail até o meu endereço, usado um programa de ação velada, uma aplicação de criptografia com armadilhas, e codificado o e-mail de Nick. É algo que gente da Inteligência de alto nível faz, De Vere. Esses *hackers* matam pessoas. – Levantou-se, encaminhando-se para a porta. – E estão me rastreando. Só precisava ter certeza do que você sabia. Ou seja, nada.

– Weaver, você não pode deixar por isso mesmo.

Dylan sussurrou, sem se virar:

– Nossa folha de pagamentos na China inclui *hackers* de altíssimo nível. Deveriam ter sido despedidos anos atrás, mas eles nos dão as informações de que precisamos. Vou ver o que eles têm a dizer.

– Não terminamos ainda – falou Jason, levantando-se.

– Acabou o tempo, De Vere. Entro em contato. – Dylan desapareceu na chuva pela Shaftesbury Avenue.

A porta bateu com força atrás dele.

☆ ☆ ☆

Alex estacionou o velho Mini Cooper de Polly na garagem subterrânea. Conseguiu desvencilhar o corpo alto para fora do carro, vendo o aviso que indicava se tratar de vaga para deficientes. Suspirou, agarrou a mochila, bateu a porta do carro e foi andando rumo ao elevador.

Um Range Rover preto saiu acelerado do nada e passou com rapidez por ele.

– Olhe por onde anda! – Alex gritou para o veículo, que se afastava depressa. Recompôs-se. – Idiota – acrescentou, caminhando para o elevador.

Um minuto depois, saiu no *hall* do bloco de apartamentos do prédio londrino.

– Olá, Harry – Alex saudou o porteiro calvo de meia-idade.

– Você chegou assim que eles saíram, amigão. – Harry fez um gesto para o elevador.

Alex estranhou.

– Eles quem?

– Seus amigos da faculdade. Não o viam fazia meses. Mandaram os pêsames por Nick.

– Você os deixou entrar?

– Não. Nem precisei. Eles tinham a chave deles, meu caro. Ficaram cerca de meia hora e se cansaram de esperar. – Olhou para o relógio. – Saíram faz cinco minutos.

– Não deixaram recado?

Harry fez que não. Alex olhou perplexo para o porteiro. Entrou no elevador da cobertura. Um minuto depois, saiu no saguão da enorme bolha hedonista que era a cobertura londrina de Nick. As luzes se acenderam automaticamente. Assim como a música, que começou a tocar no mesmo instante. Saiu do elevador para o terraço circular, com vista para a roda-gigante London Eye e para o Canary Wharf, que brilhavam pelas paredes de vidro e continuavam para além da banheira de hidromassagem, até o quarto de Nick.

Parou na metade do caminho. As elegantes gavetas pretas do quarto de vestir de Nick tinham sido arrancadas do armário, sua ampla coleção de Levis e de camisetas estava toda espalhada pelo quarto. Alex dirigiu-se à ampla área aberta da sala de estar, o coração batendo com violência.

Olhou para o cenário no enorme espelho que cobria toda a parede da sala de visitas.

O bar de laca chinesa encontrava-se de ponta-cabeça, e a parede almofadada em couro cor de cobalto da sala de jantar fora cortada em tiras. Todas as gavetas estavam abertas.

Parecia que um tornado havia passado pela cobertura.

Alex olhou para o cofre digital, normalmente escondido sob a gravura numerada de *O Vampiro*, de Edvard Munch. O quadro fora arrancado da parede, e a porta de aço do cofre ainda encontrava-se aberta, em movimento.

O cofre estava vazio.

Alex procurou o telefone.

☆ ☆ ☆

– Que droga – murmurou Jason, olhando para o relógio pela terceira vez em cinco minutos. Deveria ter tomado um táxi. Sua agenda estava apertada, e Julia, atrasada. Seu maxilar se enrijeceu. – Como sempre.

Uma buzina alta e incessante rompeu o silêncio do tranquilo bairro de Knightsbridge. Jason olhou pela enorme janela georgiana da sala de visitas.

Claro, era ela. Estava sentada presunçosamente no banco do motorista do elegante Jaguar, estacionado ao lado da calçada, um lenço envolvendo-lhe a cabeça e usando óculos escuros. Jason caminhou pelo corredor, bateu as portas de carvalho e saiu portão afora, dirigindo-se para onde Julia tinha parado o carro. Inclinou-se sobre a porta do passageiro e olhou feio para ela.

– Isto é Belgrave Square, não New Chelsea – sibilou. – Não precisa acordar toda a vizinhança. – Seus olhos se estreitaram ao ver a mão enluvada de Julia tamborilando com impaciência sobre a buzina. Lançou-lhe outro olhar enviesado e, de má vontade, abriu a porta baixa e enfiou com dificuldade seu corpanzil de um metro e oitenta no banco do passageiro. – Não dava para ter encontrado algo mais funcional? – perguntou. – E você está *atrasada*.

Os lábios de Julia se apertaram, formando uma linha fina. Ela puxou os óculos escuros para a ponta do nariz com um movimento brusco.

– Se não gostou, chame um táxi. – Reajustou os óculos.

Jason franziu a testa, mexendo desajeitadamente no cinto de segurança. Julia virou a chave na ignição e partiu com rapidez. Ele ainda ajustava o cinto de segurança quando o Jaguar branco avançou pelo centro de Londres, rumo aos subúrbios.

Jason protegeu a cabeça nua, os ventos de inverno açoitando-o, gélidos. Julia, graças a seu lenço, estava imune ao vento.

– Pelo amor de Deus, estamos no final de dezembro! Por que abaixou o teto?

Julia fez uma curva acentuada à esquerda e saiu da estrada principal, entrando numa via secundária enquanto ultrapassava uma carreta que avançava, morosa.

– Quem escolheu seu barbeiro recentemente? – perguntou ela. – Tia Rosemary?

O rosto de Jason parecia uma tempestade em formação.

– *Suponho* que seja eu o implacável magnata da imprensa que atacou com brutalidade tudo aquilo que era puro e correto em seu último livro – ele falou.

Julia levantou o queixo. Irritada. Quase bateram num carro que vinha em sentido contrário pela estreita estrada do interior.

– Meu Deus! – Jason balbuciou. – O que pretende fazer, me matar?

Julia fez uma curva em alta velocidade, e Jason se agarrou ao painel do carro enquanto passavam por casas com telhado de palha e roseiras na entrada.

– Se tivesse lido o livro, saberia que eu já o matei, e de modo violento, numa explosão com um carro. Foi muito terapêutico; economizou-me uma fortuna em terapia.

Fez outra curva acentuada à esquerda e freou com alarido diante de uma pequena igreja do interior, cercada por campos com ovelhas pastando. Tirou o lenço. Os cabelos loiros e reluzentes caíram-lhe sobre os ombros. Ela se virou para Jason.

– Passei a noite numa delegacia de Southbank com Alex, só para você saber. Estou exausta. A cobertura de Nick foi saqueada.

– Saqueada? – Jason olhou-a com ceticismo. – Na definição de Alex ou da polícia? – acrescentou com sarcasmo.

– Na verdade, de ambos – respondeu ela com frieza.

– E como *você* sabe que o apartamento de Nick foi saqueado?

Ela abriu a porta do carro, desceu com elegância e olhou irritada para Jason sobre os brancos óculos escuros Chanel, que combinavam com os jeans brancos e a jaqueta de couro.

– Porque estive lá com a polícia e com Alex à uma da manhã. Foi como eu soube, Jason. – Fechou a porta do carro com força.

– Provavelmente algum dos amigos dele do submundo – murmurou Jason –, procurando cocaína. – Apertou os lábios. Parecia estar tendo tanta dificuldade para tirar o cinto de segurança quanto tivera para colocá-lo.

– Nunca deu valor *nenhum* ao Nicky, não é, Jason? Nenhum. Você o deixou ir para o túmulo sem conversar com ele. *Como* pôde fazer isso?

Julia se inclinou e colheu algumas tulipas que estavam ao lado de sua bota.

– *Agora* eu entendi – falou Jason, a expressão séria. – Você me trouxe até o túmulo do meu pai para me passar um sermão, dizendo como eu fui um idiota frio e desalmado por não ter perdoado Nick.

O cinto de segurança ficou preso na porta.

Julia passou a andar pelo sinuoso caminho de pedras do pátio da igreja.

– Você o afastou, Jason – ela declarou. – Não falou mais com ele desde aquele dia.

Por fim, Jason conseguiu se desvencilhar do cinto e saiu andando atrás dela, ajeitando os cabelos numa inútil tentativa de melhorar a aparência.

– Ele era um arqueólogo brilhante – Jason berrou. – Que jogou a carreira fora com a heroína, a cocaína, ou que quer que fosse, *e* desonrou o nome da família. Papai *jamais* superou isso.

Um vigário com aparência inegavelmente inglesa apareceu por trás de uma lápide. Olhou com evidente reprovação para Jason, que gritava.

– Bom dia – cumprimentou o sacerdote.

Jason acenou timidamente e continuou, os passos apressados, no encalço de Julia. Ofegante, alcançou-a num canto discreto do pátio da igreja. Ela estava diante de um mausoléu grande e bem preservado. O vigário os observou, o olhar evidenciando suspeita.

Julia se ajoelhou e colocou as tulipas no túmulo.

– O que está pensando? – sibilou. – Acha realmente que eu *gosto* de estar perto de você?

Jason a fitou com irritação.

– Morar sozinha está deixando você *paranoica*. – Ele agarrou seu braço. – E tire esses malditos óculos.

– *Não* estou morando sozinha – replicou Julia, fervilhando de raiva. – E *não* me chame de paranoica. Você sempre foi um cretino presunçoso. Veja o que fez com Nick.

Jason revirou os olhos e apontou para o túmulo de James.

– Shhhhh. *Não* na frente do túmulo do meu pai. E deixe meu irmão fora disso.

Julia endireitou-se, alongando todo o seu metro e sessenta e dois. Furiosa, tirou os óculos e revelou os olhos avermelhados, soterrados em maquiagem em uma tentativa de ocultar os efeitos do choro.

– Seu irmão; *seu* irmão. Quanto tempo passou com ele nos últimos sete anos, Jason De Vere? Entre suas fusões, plataformas digitais e o lançamento daqueles malditos satélites?

O sacerdote os olhava de longe com ar de reprovação.

– Nick estava tentando lhe *dizer* alguma coisa – Julia prosseguiu. – Não me pergunte por que o escolheu. Mas ele o fez. Ele suspeitava que seu pai tinha sido assassinado. Aparentemente, estava metido em alguma encrenca.

Jason baixou a voz num tom ameaçador.

– Droga, Julia, isto não é mais um dos seus livros. Pessoas não *matam* outras pessoas à toa.

– Lily contou que ele deixou uma mensagem cifrada na sua secretária eletrônica.

– Ele me telefonou, só isso. Típico subterfúgio do Nick. Acho que ele estava drogado. Agora, por favor, me dê o tal bilhete e um pouco de privacidade.

Julia olhou com raiva para ele e abriu a bolsa branca de couro.

– Foi enviado da França na noite em que ele morreu. – Entregou-lhe o elegante envelope de linho cor de creme. – E, na verdade, o bilhete foi endereçado a *mim* – completou.

Jason franziu a testa. Pegou o envelope da mão dela e ficou olhando para o brasão do Monte São Miguel, perplexo. Virou-o devagar.

– É do Monte São Miguel.

– Claro que é do Monte São Miguel – retrucou Julia. – Ele passou o dia com o Adrian.

– Não, não passou! – declarou Jason, furioso.

– Como assim, não passou? Ele me telefonou quando estava a apenas uns sessenta quilômetros da abadia. Na manhã em que morreu.

– A que horas ele lhe telefonou, Julia? – perguntou Jason com frieza.

– Por volta de dez, dez e meia, no horário inglês. Ou seja: onze e meia no horário de lá.

– Está enganada. – Jason virou novamente o envelope.

– É *mesmo*? – Julia apoiou uma das mãos no quadril, o sangue fervilhando. – Bem, acontece que não estou enganada, Jason De Vere. – Revirou a bolsa à procura do telefone, ligou-o e percorreu uma lista de ligações. Furiosa, passou o aparelho para Jason. – Está aí. Na leitura do GPS no satélite da União Europeia. Chamada recebida de um ponto a sessenta quilômetros do Monte São Miguel, exatamente às dez e trinta e sete. Identificação da chamada: Nicholas De Vere.

– Bem, ele deve ter mudado de ideia, então – admitiu Jason, resmungando. – Adrian disse que ele tinha telefonado, mas que iria se atrasar. E que não chegou ao Monte São Miguel.

– Ora, vamos, Jason. Ele estava a apenas sessenta quilômetros quando me telefonou. Estava indo direto para lá.

– Você *conhece* o Nick – disse Jason, dando de ombros.

– É, *conheço* o Nick – retrucou ela. – Ele estava indo direto para lá. E, se não esteve lá, como conseguiu o envelope?

Jason olhou para o timbre do Monte São Miguel.

– Devo imaginar que ele guardava esses envelopes na mochila dele? – Julia perguntou em tom sarcástico.

– O que mais ele falou?

Julia ergueu as mãos, sem um gesto definido.

– Ele estava um pouco... – franziu a testa – ... sei lá. Sério. Muito sério. Estava pedindo informações. A certidão de nascimento do tio Lawrence. O nome das pessoas na diretoria da VOX.

– Na *diretoria* da VOX? – Jason a encarou, estupefato. – Meu Deus, Julia. Nick nunca viu um balanço patrimonial em toda a sua vida. E agora queria uma lista dos *meus* diretores? Devia estar numa das viagens dele.

– Está bem. – Julia levantou as mãos de novo, deixando-as pender em seguida. – Como quiser. O bilhete está aqui. Leia e tire as próprias conclusões. E eu o quero de volta.

Jason deu as costas a ela, tirou o bilhete do envelope e o estudou durante alguns minutos.

– Ele falou que o infectaram com aids – murmurou. – Disse a mesma coisa na minha secretária eletrônica... – Sua voz se suavizou. – Olha, Julia, sei como vocês dois eram chegados – falou, devolvendo desajeitadamente o bilhete. Em seguida, pegou a foto.

Julia apontou para Julius De Vere.

– Não reconheci ninguém, exceto seu avô e o tio Xavier.

O fone de ouvido do celular de Jason se acendeu.

– Sim, Purvis – ele falou. Virou-se. Um motorista percorria o caminho de blocos de pedra até ele, trazendo uma coroa de flores brancas. Jason pegou a coroa e colocou-a no túmulo de James. – Sim, estou indo. Diga a Mac para ir aquecendo os motores.

Olhou para o relógio e começou a caminhar entre as lápides.

– Diga a Levine para não se esquecer da minha pasta. E faça reserva para duas pessoas no Rose Bar. Não se esqueça dessa reserva. É para depois das nove da noite.

Desligou o celular e foi até o Bentley, estacionado bem na frente do Jaguar de Julia. O motorista abriu a porta de trás para ele.

Jason hesitou. Virou-se e acenou com o envelope para a pequena figura de branco que o olhava. Sorriu, um tanto desconcertado.

– Obrigado.

CAPÍTULO 28

O PADRINHO

29 DE DEZEMBRO DE 2021

Jason estava sob o candelabro de vidro veneziano, feito sob encomenda para o luxuoso hotel de Nova York. O desgaste emocional da semana anterior, combinado com o *jet lag* atual, começava a mostrar seus efeitos. Passou os dedos pelos cabelos e olhou ao redor, detendo-se na imensa lareira italiana entalhada à mão e no fogo que ardia nela. Nas luxuosas cortinas de veludo vermelho. Nas telas épicas. Na jaqueta de um toureiro.

A grandiosidade do Velho Mundo, combinada com aquilo que Nick chamaria indubitavelmente de estética moderna.

Uma das três coberturas do hotel fora o lar distante de Nick sempre que ia para Nova York. Ele a chamava de "Alta Boemia", e a adorava.

Jason se levantou, paralisado. Tudo, literalmente tudo, passou, de repente, a fazê-lo se recordar de Nick.

Conferiu o relógio. Pontualmente, 21h30. Xavier Chessler estaria esperando por ele no Rose Bar. Ele era meticuloso com seus horários e administrava a vida pessoal com o mesmo rigor com que geria seus bancos.

Entrou no elevador e depois saiu no amplo salão.

Lá, sentado diante da parede de veludo verde, sob uma tela de Warhol, encontrava-se Xavier Chessler. Jason afundou numa confortável poltrona antiga de veludo exatamente à frente dele.

Estudou seu padrinho.

A idade fora generosa com Xavier Chessler. Os cabelos prateados, fartos e lisos, emolduravam-lhe as feições distintas. Xavier Chessler tinha acabado de completar 84 anos, mas parecia vinte anos mais jovem. Porém, Jason alimentava em segredo a suspeita de que, graças às sugestões de sua esposa extravagante, ex-designer de moda, o Botox tivesse alguma influência sobre o banqueiro de investimentos parcialmente aposentado e de aparência jovial.

Xavier bebericava um coquetel com delicadeza.

Estranho. Jason ergueu deliberadamente as sobrancelhas para o elegante ancião. *Seu padrinho era cuidadoso com os hábitos alimentares e raramente tocava em álcool.*

Chessler olhou em provocação para Jason sob as sobrancelhas.

– É só um suco de abacaxi com gengibre, batido com hortelã, limão e um pouco de Bitter Angostura. – Chessler meneou a cabeça para Jason. – Para dizer a verdade, é bem refrescante. Mas suponho que vá querer seu Lagavulin.

– É incomum para Nova York.

– Este é o lugar mais que adequado, jovem Jason. – Fez um gesto na direção dos jovens elegantes reunidos em torno do bar. Celebridades. Jovens banqueiros de investimentos. Todos muito ricos. – Nick sempre se sentiu em casa aqui.

Chessler fez um gesto para a garçonete mais próxima.

– Um Lagavulin. – Apontou para o cardápio. – E o mesmo de antes. – A garçonete saiu. – Nick e eu comemoramos o último aniversário de Marina aqui – comentou Chessler. – Você estava em Pequim. Adrian e sua mãe pagaram para que ele passasse o verão aqui.

– Não sabia que ele tinha estado aqui em julho. – Jason hesitou. – Devia ter atendido aos telefonemas dele, Xavier.

– Não é hora para recriminações, meu jovem. A vida é curta demais para remorsos. Especialmente quando se chega à minha idade.

A garçonete voltou com o uísque e um segundo coquetel.

– Você disse que Nick lhe mandou um bilhete.

Jason ficou olhando para o copo.

– Não foi bem um bilhete. Bem, digamos que ele tenha mandado um bilhete para Julia. Com uma foto. – Jason tirou o envelope do Monte São Miguel do bolso do paletó e o deslizou na mesa em direção a Xavier. – Você está nela.

Chessler tirou um par de óculos de aro de prata de uma caixa, acomodou-os sobre o nariz e estudou a foto. Levantou a cabeça e fitou Jason.

– Bem... – franziu a testa – Claro, reconheço seu avô. E Piers Aspinall. Ex-diretor do MI6. Morreu no ano passado. O coitado tinha mal de Parkinson, se bem me recordo. – Observou a foto com mais atenção. – É antiga. Bem antiga. Seu pai e eu devíamos estar com quarenta e poucos anos. – Suspirou. – Ah, os estragos que o tempo faz, Jason.

– Não tem ideia de quem seriam os outros homens? – perguntou Jason.

Chessler meneou a cabeça.

– Sabe, meu caro rapaz, seu pai e eu fizemos parte de muitos conselhos de administração juntos. Organizações de caridade. Empresas. Neste momento, sou diretor, embora não executivo, de vinte e seis delas. Sinto, Jason, mas não consigo identificar esses homens.

– Tem um nome – Jason apontou para a foto – com a letra do papai. No verso.

Chessler virou a foto.

– Aveline – murmurou. – Sim, é mesmo a letra de seu pai. Eu a reconheceria em qualquer lugar. Olhe, Jason, estou vendo que isto é algo importante para você, e que aparentemente foi importante para seu pai. Por isso, se não se incomodar, vou ficar com ela para fazer uma pequena investigação por minha conta.

– Claro – disse Jason. – Gostaria muito.

– Você disse que havia um bilhete?

– Para Julia. Uma coisa meio enigmática. Uma divagação. Típico do Nick. Só peguei a foto. Mas vou lhe dizer o que achei *estranho*. – Jason apontou para o envelope. – O timbre é do Monte São Miguel. Embora Adrian tenha dito que Nick não esteve no Monte São Miguel no dia em que morreu. – Deu de ombros.

– As coisas às vezes se tornam confusas, meu rapaz. – Chessler tirou os óculos e os colocou de volta no estojo. – Todos ficaram abalados com a morte do Nick. – Enfiou o estojo no bolso do paletó. – Mas tenho certeza de que há uma explicação bem objetiva para isso tudo.

Jason ergueu um dos ombros.

– Creio que nunca saberemos. – Levantou o copo e olhou de novo para aquele lugar eclético, iluminado por velas. – Um brinde ao Nick.

Xavier Chessler levantou o copo de coquetel.

– Ao Nick. Arqueólogo brilhante. Filho leal.

– E irmão. – Jason bebeu o resto do uísque. Franziu o cenho. – Xavier, me desculpe. Tenho uma reunião amanhã às sete. Um dos fundos de investimentos da VOX. Podemos conversar novamente num almoço, digamos, no domingo?

Chessler tocou o ombro de Jason.

– Claro, meu caro rapaz. Marina e eu passaremos o fim de semana nos Hamptons. Você sabe como ela adora acompanhar todas as intrigas da imprensa nova-iorquina. A aposentadoria a está enlouquecendo. Sua presença seria uma dádiva divina.

Jason se levantou.

– Voarei para lá na sexta-feira à noite.

– Você é meu único afilhado, Jason. Três filhas. Nenhum filho. Sempre o considerei um filho. – Fitou Jason profundamente. – Sabe que não há nada, *nada*, que eu não faria por você.

– Sei disso, tio Xavier. – Jason abraçou o velho.

Xavier Chessler ficou olhando enquanto Jason percorria o bar. Já à porta, ele se virou e acenou.

Xavier sorriu afetuosamente. Colocou a foto com cuidado no bolso interno do paletó e agarrou o pulso esquerdo, agoniado. Abriu o botão do punho da camisa e olhou a Marca do Rei Feiticeiro, horrorizado. Ela literalmente fervilhava em sua pele.

Julius De Vere o torturava de seu túmulo; do próprio inferno. Estava certo disso.

Pegou o celular e percorreu a agenda com os números. Fez uma chamada.

– Talvez tenhamos um problema. – Sorriu para a garçonete. – A conta, por favor. – Baixou a voz. – Não... nada que eu não possa controlar. Só queria que ficasse ciente. Sim. Parece que Nicholas mandou um bilhete antes de morrer. Enviado num envelope do Monte São Miguel. Sim, estou com ele. *Claro* que vou me livrar das provas. Ele vai aos Hamptons passar o fim de semana. Vou descobrir o que ele sabe. Fique de olho nele. Informe-me através de nossa conexão londrina quando aquele verme intrometido de TI, Weaver, tiver sido eliminado.

Desligou o telefone e seu olhar se fixou em um ponto a distância, lúgubre.

O afilhado seria um adversário incrível caso suas suspeitas fossem despertadas. Mas, com o tratamento correto, isso não deveria acontecer.

O assassinato de Jason De Vere após o rompimento do Sétimo Selo seria imperativo. Até então, ele serviria aos propósitos da Fraternidade.

☆ ☆ ☆

Chovia a cântaros.

Dylan Weaver saiu da linha de visão da rua, à porta da Iceland. Olhou inquieto para o relógio e depois novamente através das portas de vidro da loja de pratos congelados, antes de se aventurar na High Street, quase deserta.

A uns cem metros dali, ainda conseguiu enxergar os dois Range Rovers pretos estacionados do lado de fora de seu apartamento no segundo andar, desde as onze horas daquela manhã.

Puxou o capuz da capa amarela sobre a cabeça e enfiou o resto do conteúdo de um saco de batatas fritas na boca.

Com um último olhar furtivo para seu apartamento, antes uma fábrica de pianos, caminhou com rapidez rumo à estação do metrô de Kentish Town. Seguiria pela Linha Norte até King's Cross e pela Linha Circular até Paddington, a tempo de pegar o último Expresso para Heathrow.

Apertou o bilhete aéreo todo amarfanhado pela quinta vez na última hora, os dedos suarentos. Os *hackers* de alto nível de Hangzhou tinham recebido o disco rígido fazia mais de uma hora.

Pegaria o Airbus da Virgin Atlantic para Xangai no Terminal 3 no dia seguinte, na hora do almoço. Chegaria em segurança ao Aeroporto de Pudong ao cair da noite.

Capítulo 29

Apocalipse

Miguel estava diante do quarto de Gabriel, observando-o da porta.

– Sua alma está preparada? – perguntou.

– Os sonhos... – Gabriel olhou para Miguel, abatido, as feições marcadas pelo pesar. – Reinos se levantam, caem... A raça dos homens, a revelação do Apocalipse de São João. Vejo em primeira mão as coisas que estão prestes a cair sobre o mundo da raça dos homens... como Revelador. – Gabriel estremeceu. – Como vidente...

Miguel olhou em silêncio para o irmão.

– Havia diante de mim um Cavalo Pálido – Gabriel murmurou. – Seu cavaleiro se chamava Morte. – Caminhou até o terraço e ficou observando a porta de rubi. – Espada... fome... peste – sussurrou. – Granizo e fogo misturados com sangue. – Baixou a cabeça. – Que bom seria se não tivesse chegado a esse ponto.

– Ele lhes deu uma oportunidade atrás da outra para que se arrependessem. – A voz de Miguel estava tomada pela emoção. – Eles rejeitaram Christos. Rejeitaram o grande sacrifício. Preferiram seguir Lúcifer. Ele esperou durante *eras*, Gabriel, contendo os Julgamentos. – Aproximou-se do irmão.

– Mesmo assim – sussurrou Gabriel – Ele os ama.

– Não é mais possível deter os Julgamentos. – Miguel apoiou a mão na espada. – As balanças da iniquidade no mundo dos homens estão repletas. Nosso irmão Lúcifer devastou a alma deles. O Julgamento precisa seguir seu curso.

– Mesmo assim, Ele os *ama*, Miguel. – Gabriel virou-se e ficou diante de Miguel, as feições tomadas pelo pesar. – Não como nós, os angelicais. Ele nasceu como um deles. Caminhou como um deles. – A voz de Gabriel tornou-se mais intensa. – *Viveu* como um deles.

– E morreu como um deles. – Ouviram uma voz atrás deles. Ambos os arcanjos se viraram e depararam com Jether do lado de fora do aposento. – Ele se comove ao sentir suas enfermidades, suas fraquezas. – O ancião sorriu gentilmente. – Ele compreende todas as coisas perturbadoras que afetam a alma dos homens.

Gabriel olhou para Jether. Pálido.

– Vi coisas terríveis demais para serem pronunciadas, Jether. Os Sete Selos serão abertos. Os Cavaleiros...

– Amado Revelador – Jether cerrou os olhos –, você fala a verdade. Passou muitas noites como vidente. Os Quatro Cavaleiros do Apocalipse irão, em breve, cavalgar os Ventos do Oeste da raça dos homens para liberar sua fúria.

– A raça dos homens... o mundo deles ruirá. – Gabriel baixou a cabeça.

Jether aproximou-se dele.

– É estranho, Gabriel. – Jether pôs a mão sobre o braço de Gabriel. – Vivi entre eles como um dos *angelicais disfarçados* por mais de quatro décadas. Vi o mal e a perversão na raça dos homens, coisas inimagináveis. – Cerrou os olhos. – E indefensáveis – acrescentou em um murmúrio. – Estupros. Abortos. Assassinatos a sangue-frio. As ações mais iníquas.

Jether abriu os olhos.

– E, no entanto – um ar de encantamento iluminou as feições vincadas de Jether. – E, no entanto... – repetiu – ... vi um amor no mundo da raça dos homens que desafia até mesmo nossa compreensão angelical. – Fez uma pausa, profundamente comovido. – Vi uma mãe sacrificar a vida para salvar seu filho. Vi adultos na guerra dando a própria vida pelos irmãos. Testemunhei, em primeira mão, os gestos mais baixos e egoístas da raça dos homens. E, no entanto – Jether ergueu a face coberta por lágrimas para Miguel, encantado –, vi... Sua *glória*. Vi a imagem Dele, Sua marca neles. Ah, o que tem o homem para que Ele se preocupe tanto com ele? – sussurrou o ancião.

– E, o pior de tudo – acrescentou Gabriel, de costas para Jether e Miguel –, vi Jeová chorando...

Miguel prendeu a respiração. Horrorizado.

– Jeová chora por aquilo que virá. – Jether assentiu, compreendendo. – Pela Grande Tribulação sobre o mundo da raça dos homens...

Miguel baixou a cabeça.

– Exatamente daqui a nove luas, Jeová vai entregar a execução dos Sete Selos para Christos. Eles são Seus súditos. E Ele é o rei deles.

Jether olhou para além das doze luas azul-claras do Primeiro Céu, além das estrelas cadentes e raios ao redor da porta de rubi, e ergueu a palma da mão, até o perfil do planeta Terra ficar ligeiramente visível em meio aos tons lilases que ondulavam no horizonte.

– No final da história humana – sussurrou Jether –, Jeová enfim passará da graça ao Julgamento. Ele convidou de modo compassivo e terno a raça dos homens; cada um de seus membros, década após década, era após era, para Lhe fazer companhia. O final de todas as eras está diante de nós. Ele foi enamorado deles. – O ancião fitou os dois arcanjos, os olhos ardendo intensa e fortemente – Agora, Ele se tornará o Juiz.

Capítulo 30

Absolutamente Surpreendente

Sete dias depois
5 de janeiro de 2022

O motorista de Jason fechou a porta da limusine, e Jason saiu correndo sob a chuva intensa, abrigando-se embaixo do toldo branco e dourado da entrada da Quinta Avenida da nova cobertura no Central Park. A outra cobertura de Manhattan, que ele e Julia tinham compartilhado nos dezessete anos de casamento, enfim fora vendida. Para alegria de Julia, pois garantira-lhe liquidez financeira pelo resto da vida, sem dúvida. Franziu o cenho.

Quanto a Jason, para espanto da família e de associados, gastara imprevisivelmente setenta milhões de dólares do fundo fiduciário pessoal numa propriedade de primeira grandeza. Agora, sua principal residência era em Nova York, com a escritura em nome de Lily De Vere.

Caminhou pelo saguão, acenando para o *concierge*, e foi direto ao elevador. Quarenta segundos e quarenta e dois andares depois, numa viagem de acelerar os batimentos cardíacos, as portas douradas se abriram para a sala do elevador particular da cobertura triplex, que se estendia pelos três últimos andares do palaciano castelo em pleno ar. Lulu, sua *ridgeback*, correu em sua direção a toda velocidade, abanando o rabo. Ele se agachou e esfregou afetuosamente sua cabeça, encaminhando-se em seguida ao grandioso bar salão de 230 metros quadrados. Sorriu.

"Lindo de morrer", como diria Lilian. Décadas atrás, fora o centro de diversões da elite das costas Leste e Oeste. Os Roosevelt, os Kennedy, os Reagan, Frank Sinatra e Ava Gardner, Marilyn Monroe, e até mesmo Laurence Olivier e Vivien Leigh, tinham passado dias e noites sob o teto que agora era de Jason.

Nos últimos quarenta anos, o local havia pertencido a um magnata absurdamente rico de Wall Street que era um completo recluso social. Jason jogou o paletó sobre um dos sofás e se serviu de uísque. Satisfeito.

O ciclo continuaria. Ali, só receberia a si mesmo, Lily nas férias e Lulu, com certeza a cadela mais mimada de Manhattan.

Bocejou. Precisava desesperadamente dormir um pouco.

Caminhou até as imensas portas duplas de seis metros de altura, indo ao terraço. A lua exibia-se no céu. Apreciou a vista panorâmica do Central Park, o rinque de patinação e as cintilantes luzes da cidade. Nova York à noite. Imbatível. Suspirou. "Amanhã o dia será cansativo."

Saída às seis da manhã para Babilônia. Preparação para uma reunião no início da manhã no dia 7. Almoço com o primeiro-ministro iraquiano e drinques à noite com Adrian antes do grande dia. Seis da manhã do dia seguinte – café com o ministro das Telecomunicações. Às oito – ratificação do Pacto do Rei Salomão, e, às cinco da tarde, horário da Babilônia – assinatura final do Acordo Ishtar.

A maior cobertura exclusiva da imprensa mundial. E, graças a seu irmão, esse privilégio era da VOX. Jason terminou de beber o uísque e voltou para dentro do apartamento, indo até uma escrivaninha de mármore sob as enormes janelas paladianas.

Passou os olhos pela correspondência levada pela governanta. O de sempre. Propaganda. Contas. Nenhuma correspondência pessoal. Hesitou e pegou um envelope azul barato, escrito à mão, no topo da pilha. Estudou o carimbo. "Curioso."

Fora enviado de Hangzhou, China.

Abrindo-o com um estilete, virou-o de cabeça para baixo. Um disco minúsculo, não maior que a unha de um dedo, caiu dele, seguido por um pedaço de papel amarfanhado.

Jason o desdobrou. A escrita era um rabisco, mas um rabisco legível.

Um a se seguir. Weaver.

Jason amassou o papel na mão, pegou o disco e caminhou sobre o piso aquecido de mármore até a nova biblioteca de mogno. Ligou o laptop e inseriu o disco, afundando na poltrona de couro diante da lareira, uísque na mão. Estudou a tela.

O primeiro documento era uma carta com a assinatura de seu pai na parte inferior – James De Vere. Reconheceria aqueles garranchos vigorosos em qualquer lugar.

Suspirou. Sentia falta do pai. Mal o vira no ano anterior à sua morte.

Havia um segundo documento assinado com tinta verde.

Subindo, leu a carta de James De Vere para Lawrence St. Cartier, depois reclinou-se na poltrona, mirando vagamente a lareira por vários minutos.

Abriu o segundo documento e o analisou.

Requisição para um agente biológico vivo do Forte Dietrich.

Um recibo do valor pago a bandidos de baixo nível em Amsterdã.

O olhar se dirigiu para um terceiro arquivo.

Vírus vivo entregue em 4 de abril de 2017. Injetado à zero hora e sete minutos.

Autorização assinada para a execução de Nicholas De Vere.

Jason ficou olhando, estupefato, para a tela.

O que Nick tinha escrito no último bilhete para Julia? *Eles me infectaram com aids.*

Jason passou os dedos pelos cabelos, perplexo, bebeu o resto do uísque e pegou o telefone. Percorreu os nomes até chegar a Xavier Chessler. Aguardou um instante e continuou a observar a lista, passando por Smythe, Stephens e St. Blair. Deteve-se em St. Cartier.

Jason sempre havia gostado do velho. Sua mãe confiava nele de modo implícito. Aparentemente, seu pai também.

Estudou os três números de telefone de St. Cartier.

Londres. Cairo. Alexandria.

Hesitou. Lilian tinha dito que o velho tio ia passar o inverno no apartamento do Cairo. Ele o encontraria lá.

Capítulo 31

O Primeiro Selo

Devagar, as colossais portas de rubi da Sala do Trono de Jeová foram se abrindo.

Em meio às brumas que subiam, os Vinte e Quatro Reis Anciões do Céu ficaram visíveis. Eram os Vinte e Quatro Intendentes Supremos do Céu – vinte e quatro dos mais sábios e poderosos membros da hoste angelical do Primeiro Céu, que, em função de sua fidedignidade, haviam sido incumbidos de guardar os Sete Selos da Sabedoria de Jeová. Vinte e quatro anciões angelicais da maior humildade que, mostrando-se leais ao longo de um milhão de eras, foram alçados à governança da presente era dos tempos finais da raça dos homens.

Caminharam majestosamente pela nave da Sala do Trono, trajando vestes brancas reluzentes, que significavam a recusa em se unir à rebelião de Lúcifer, e portando coroas de ouro, que representavam a vitória em combate contra os decaídos. As joias das coroas de cada ancião representavam amor, alegria, benevolência, serenidade, resistência, humildade, indulgência, fidelidade, cavalheirismo e temperança.

Liderando-os ia Jether, o Justo – o mais poderoso dos reis anciões angelicais do Primeiro Céu.

– Jether, o Justo! – proclamou um arauto angelical. – Intendente dos mistérios ancestrais de Jeová.

Detiveram-se diante dos vinte e quatro tronos de ouro que se alinhavam num semicírculo a cada lado do radiante altar de sárdio.

Jether ergueu seu cetro de ouro diante da hoste angelical, e todos se curvaram como se fossem um só.

Depois, sentou-se em seu trono, seguido por Xacheriel, que havia ocupado o lugar de Charsoc, à direita de Jether, muitas eras antes, e em seguida os demais vinte e dois anciões os seguiram.

– Gabriel, o Revelador, principal juiz, príncipe dos arcanjos – proclamou um segundo arauto angelical. – Longo seja o seu reinado, com sabedoria e justiça.

Gabriel acompanhou solenemente os Reis Anciões pelos portões e pela Sala do Trono, com Miguel ao seu lado.

– Miguel, o Valente, comandante dos exércitos do Primeiro Céu – proclamou o arauto angelical. – Longo seja o seu reinado, com justiça e valor.

Miguel caminhou ao lado de Gabriel, portando a Espada do Estado. Juntos, seguiram pela nave da Sala do Trono rumo à Sede dos Reis. Os cavaleiros iam na mesma cadência atrás deles, portando com solenidade as bandeiras da Casa Real de Jeová.

Como se fossem um só, os irmãos se ajoelharam em meio às ardentes brumas carmim que se erguiam do altar de sárdio.

Um grande tremor e rumores surgiram quando raios e trovões emanaram das paredes da Sala do Trono, afetando toda a câmara. O local foi banhado pelas cores mais brilhantes e luminosas. As paredes irradiaram um tom reluzente de sárdio escuro, transformando-se quase ao mesmo tempo num azul suave e salpicado por um milhão de safiras ardentes. Ametistas cintilantes brilharam do imenso arco-íris circular que descia, juntamente com o trono de Jeová.

Miguel se prostrou, o rosto contra o piso de cristal, trêmulo.

Jether também, a boca movendo-se em súplicas e adoração enquanto Jeová descia pelo domo aberto. Toda a hoste angelical caiu prostrada quando o grande e terrível rumor do Ancião dos Dias preencheu a câmara.

Milhares de sóis e miríades de luas de milhões e milhões de galáxias entremeavam-se, como uma tapeçaria viva e pulsante do universo que, como uma capa, envolvia Jeová. E Jeová descia. De cada lua e planeta e dos milhões de estrelas que irradiavam da capa translúcida de Seu brilho, ressoavam ondas de luz, oscilando através de universos e universos – um inexorável tsunami de som.

E o Ancião dos Dias descia.

A luminosa luz branca da câmara transformou-se num estonteante brilho de ametista, que depois se tornou um tom reluzente de esmeralda e, em seguida, um matiz marcante de safira – o espectro de luz refletido no manto de Jeová. E, enquanto Jeová descia, o arco-íris o acompanhava, parecendo se estender por todo o universo.

Diante do trono de Jeová, sete tochas ardentes queimavam até trinta metros de altura, como sete colunas do intenso fogo alvo da santidade, no meio de cada tocha havendo as brasas incandescentes do Espírito de Jeová – Seus olhos.

E o trono de Sua glória descia com Ele. Enquanto o fazia, o piso da Sala do Trono ficou como se fosse de mercúrio, transformando-se do metal fluido num mar que era como uma safira viva, que respirava. Transparente e sem nenhuma mácula. Trovões ensurdecedores abalaram a câmara, e era como se os átomos das paredes pulsassem.

E, quando os trovões amainaram, raios azulados, lançados com fogo branco, percorreram a capa do Ancião dos Dias, iluminando o universo à sua passagem. O semblante de Jeová estava oculto, velado por nuvens ardentes, mas acima de Seus trajes, no lugar onde estaria Seu rosto, uma luz ardia como os orbes de mil sóis brilhantes.

Jeová – Aquele perante o qual todos os firmamentos e galáxias se evadiam devido à Sua majestade e em Seu temor. Aquele cujos cabelos e cabeça eram alvos como a neve pelo brilho de Sua glória, cujos olhos relampejavam como chamas de fogo vivo com a luminosidade de Sua multidão de discernimentos e Sua grande e infinitamente terna compaixão.

Pois Sua beleza era indescritível. Sua terna misericórdia e compaixão, insondáveis.

E assim, como Um, Ele se instalou na Sala do Trono. E como Três.

Pois eram indivisíveis. Indissolúveis.

E, quando o trono e Aquele que se sentava nele desceram, as mãos de Jeová tornaram-se visíveis pelas espessas e luminosas brumas suspensas da Glória.

Em Sua mão direita, Ele segurava um enorme rolo de pergaminho de linho, que emitia uma ardente luminosidade branca.

Gabriel observava o rolo, encantado.

– É o rolo da Arca da Raça dos Homens – sussurrou, observando a caligrafia dourada, viva e reluzente, que cobria a frente e o verso do pergaminho.

As arcaicas letras angelicais emitiam feixes de luz, pulsando do hebraico para o grego, e deste para o árabe e ainda para dez mil línguas, tanto as angelicais arcaicas quanto as da raça dos homens. O rolo estava lacrado por sete vastos selos dourados, confeccionados por ouro fino, todos com um enorme diamante bruto no centro.

Exceto pelo Primeiro Selo. Este não tinha nenhum diamante. Em seu lugar, havia uma pedra de sárdio.

Miguel levantou-se do piso de cristal, trêmulo. Olhou para Gabriel.

– São os Documentos de Propriedade da Terra.

Gabriel assentiu.

– E as crônicas de todo o universo. Jeová traz em Sua mão o único registro das crônicas da raça dos homens. Passado. Presente. E de tudo aquilo que está por vir. A consumação de toda a história. Os Documentos de Propriedade têm ficado na arca. O Rolo de Sete Selos tem ficado escondido sob os doze grandes códices da arca nos labirintos ocidentais mais baixos das Sete Espiras, por mais de dois mil anos. – Ergueu o olhar em adoração ao trono.

– Desde o grande sacrifício do Cordeiro – murmurou Miguel.

Gabriel anuiu com um gesto de cabeça.

– Esperando pelo fim dos dias, quando deverá ser aberto. Se nenhum membro da raça dos homens for elegível para reclamar o Documento de Propriedade, a alegação se perderá, e o reino de Lúcifer nunca terá fim.

Miguel avançou. Seus olhos verde-esmeralda ardiam com o senso da justiça. Ergueu a Espada do Estado.

– Quem, na raça dos homens, é digno de abrir o livro e de romper seus selos? – gritou.

– Quem é digno? – gritaram os arautos angelicais.

Jether e os anciões caíram prostrados.

– Nós não nascemos da raça dos homens. Não somos dignos! – gritaram.

– Quem é digno de abrir o livro? – gritaram os arautos angelicais pela segunda vez, agora para os dez vezes dez mil membros da hoste angelical.

– Não nascemos da raça dos homens. Não somos dignos – ressoou o rumor da hoste angelical pela Sala do Trono.

– Quem, na raça dos homens, é digno de abrir o livro? – gritaram os arautos angelicais pela terceira vez, agora para milhões de membros da raça dos homens reunidos na Sala do Trono, tanto entre os mortos justos quanto aqueles que tinham aceitado o terrível sacrifício no Gólgota eras antes.

Jether levantou a cabeça.

Estudou Adão, depois João Batista, em seguida Moisés e Elias.

Enfim, João Batista se levantou, os olhos ardendo em luminosidade. Caiu prostrado.

– Eu nasci da raça dos homens. Mas não sou digno – murmurou, lágrimas escorrendo pelo rosto.

Adão caiu prostrado a seu lado.

– Eu nasci da raça dos homens. Mas não sou digno.

Centenas, depois milhões de mortos justos caíram prostrados pela Sala do Trono, cada um deles gritando:

– Eu não sou digno... eu não sou digno.

Jether observou o rei Aretas de Petra e sua filha, a princesa Jotapa, caindo prostrados, lágrimas escorrendo pelo rosto de ambos.

– Eu não sou digno – anunciou o nobre rei.

– Eu não sou digna – soluçou Jotapa.

– Jether, o Justo – declarou Gabriel –, leia as consequências, segundo a lei eterna, caso o selo se mantenha intacto.

Jether se levantou.

– Se o selo não for rompido, o reinado de Lúcifer ficará selado na Terra para sempre. Seu reinado virá. Para sempre, sem fim. Decadência. Maldição. A miséria extrema que ele causou ao mundo da raça dos homens, sua marca de dor e sofrimento sobre todas as coisas vivas, tudo isso vai permanecer eternamente na Terra. Não haverá redenção. Ele reinará para sempre como soberano da raça dos homens caso o selo não seja rompido. – Fez uma pausa. – Se for encontrado um membro digno da raça dos homens, no entanto, a Terra enfim poderá ser resgatada de Lúcifer, o decaído, e dos homens que usurparam a propriedade de Deus.

Miguel avançou e ergueu os braços em direção ao trono, o rosto voltado para o domo.

– Quem tem um escalão tão elevado e um poder autorizado para ser digno de abrir o livro e romper com isso seus selos? Quem, na raça dos homens, tem a sanção para retirar o planeta Terra de seu usurpador, Lúcifer? – Miguel olhou ao redor, os olhos brilhando. – Quem é considerado digno de vencer o intruso? De se livrar para todo o sempre de Lúcifer e de suas legiões de decaídos? Quem tem a sanção para abrir o Rolo de Sete Selos?

– Só um – sussurrou uma voz.

O céu quase silenciou.

João, o Revelador, levantou-se com lágrimas escorrendo pelo rosto. Ergueu os braços para o trono.

– Só existe um – repetiu, sussurrante, em meio a fortes soluços.

Olhava com firmeza. Voltado em completa adoração para o trono situado à direita de Jeová. Prostrou-se, o rosto ao chão, como se estivesse morto.

Gabriel observou a cena como que hipnotizado.

– Ele estava lá – murmurou. – O apóstolo João, que Christos amava profundamente.

Jether caminhou até o altar.

– Não chore. – Pôs as mãos sobre a cabeça de João e depois levantou as próprias mãos para o trono, os olhos fechados em êxtase. – Não chore – repetiu, gritando. – Pois veja, o Leão da tribo de Judá, a raiz de Davi, apareceu para abrir o livro e para romper seus Sete Selos.

E, de repente, por trás das colunas de fogo branco de trinta metros de altura, em meio ao trono e suas bestas, e em meio aos anciões, ergueu-se um Cordeiro, como se houvesse sido assassinado. Ele tinha sete chifres e sete olhos.

Gabriel pôs-se de joelhos, os membros trêmulos.

– Tu és digno de pegar o livro e de abrir seus selos – gritou. Viu então, como num transe, a imagem de um Cordeiro em pé, como se houvesse sido assassinado, com sete chifres e sete olhos, que eram os sete Espíritos de Deus, enviados para toda a Terra.

– O Leão que é da tribo de Judá, a raiz de Davi, apareceu para abrir o livro e romper seus Sete Selos – falou Gabriel, ecoando as palavras de Jether.

E o Cordeiro metamorfoseou-se em Christos. Gabriel contemplou em transe os olhos que ardiam como chamas de fogo. A forte e imperial face do Cordeiro morto – Jesus Cristo.

Christos caminhou, lágrimas escorrendo pelo rosto, e pegou o rolo da mão direita de Jeová.

As quatro bestas diante do trono e os Vinte e Quatro Anciões Angelicais prostraram-se diante de Christos. Lágrimas escorreram pelas faces vincadas de Jether.

– Digno és tu de tomar o livro e de romper seus selos – disseram em uníssono os Vinte e Quatro Anciões.

Gabriel voltou-se para Xacheriel. O olhar dele estava fixo em Christos, os olhos iluminados pela adoração, a voz ressoando como a de seus vinte e três compatriotas pela Sala do Trono:

– Porque foste morto, e com o teu sangue compraste para Deus *homens* de toda a tribo, e língua, e povo, e nação, e para o nosso Deus os *fizeste* reis e sacerdotes; e eles reinarão sobre a Terra – prosseguiram.

Um tonitruante rugido estentório irrompeu dos dez mil vezes dez mil membros da hoste angelical.

– Digno é o Cordeiro, que foi morto, de receber o poder, e riquezas, e sabedoria, e força, e honra, e glória, e bênçãos – continuaram.

E o som de muitas vozes ressoou do mundo da raça dos homens. Christos removeu as chaves do inferno e da morte – as chaves dos Documentos de Propriedade da Raça dos Homens.

Gabriel observou-o, trêmulo.

Jether esperou.

Os Vinte e Quatro Anciões esperaram.

Dez mil vezes dez mil membros da hoste angelical esperaram.

Jeová esperou.

Christos olhou diretamente para o rosto de Jeová. Imperial, os olhos ardentes.

E o Rei dos reis do universo e da raça dos homens rompeu o Primeiro Selo.

☆ ☆ ☆

Lúcifer encontrava-se na extremidade do penhasco do Monte São Miguel, as mãos erguidas para o céu escuro da Normandia, as seis asas de serafim estendidas.

– Olhei quando o Cordeiro abriu o primeiro dos Sete Selos – sussurrou, os cabelos negros lambendo-lhe as feições desfiguradas. – E ouvi uma das quatro criaturas vivas dizendo com voz de trovão: *Venha!*

Lúcifer viu a imagem do Cavaleiro Branco, agora plenamente visível sobre a abadia do Monte São Miguel. Ficou imóvel por um momento, o rosto voltado em êxtase para os intensos ventos do Atlântico.

– Olhei... – A voz de Lúcifer ganhou força. – E eis um cavalo branco! Seu cavaleiro tinha um arco; e foi-lhe dada uma coroa, e saiu vitorioso, e para vencer. – Virou-se. Adrian ajoelhou-se diante dele, a lua reluzindo em seu rosto, iluminando a beleza de suas feições, sempre notáveis.

– O Primeiro Selo foi aberto – sussurrou Adrian. – Meu reinado como Filho de Perdição tem início...

Lúcifer pôs as mãos sobre a cabeça de Adrian.

– Sete anos até nossa vitória no Armagedom. Sete anos, e este planeta será meu pela eternidade! – Um elixir espesso e escuro, semelhante a alcatrão, fluiu das mãos de Lúcifer sobre as têmporas de Adrian. – Porque amei tanto o mundo... – gritou Lúcifer, um fogo insano reluzindo em seu olhar – ... que enviei meu filho unigênito. Que aquele que tiver a marca e o seguir pereça e perca a vida eterna. – Voltou-se para o mar furioso. – Pois meu é o reino – gritou –, o poder e a glória...

Olhou fixamente para a estátua do arcanjo Miguel na torre da igreja, a cento e setenta metros acima dele. E sorriu – um sorriso iníquo de triunfo.

– Para todo o sempre... Amém.

O Primeiro Selo havia sido rompido.

O Cavaleiro Branco fora libertado.

A ascensão do filho de Lúcifer estava assegurada no mundo da raça dos homens.

Mas meu irmão mais velho, uma vez mais, tinha a visão enevoada.

Pois o rompimento do Primeiro Selo do Apocalipse de São João anunciaria um reinado que abalaria os reinados dos condenados.

Era um reinado que anunciaria o final do iníquo reinado de Lúcifer sobre a Terra.

O mundo da raça dos homens, pelo qual nós, os angelicais, tínhamos chorado quando se tornara o Paraíso Perdido, iria se tornar novamente o Paraíso Reconquistado.

Mas não sem a maior batalha que os céus e o mundo da raça dos homens já haviam presenciado.

Uma batalha que se estenderia por sete anos.

Uma batalha que culminaria na planície do Vale de Jezreel.

A batalha que na raça dos homens seria chamada...

Armagedom.

Três anos e meio depois

Junho de 2025

Capítulo 32

Os Cavaleiros do Apocalipse

Quartel-General do Superestado Europeu
Babilônia, Iraque

A caravana de treze limusines Mercedes negras avançava pela nova e vasta rede de estradas reluzentes da Babilônia.

Adrian se afundou no luxuoso banco de couro do Mercedes. Olhou através das janelas de vidro escuro, observando a massa que gritava em adulação, na esperança de conseguir um vislumbre da caravana que levava o arquiteto supremo do novo Estado iraquiano – o ascendente gênio em economia do Superestado Europeu: Adrian De Vere.

Adrian olhou para o relógio. Sexta-feira. Uma longa distância da sexta-feira de quase quarenta e dois meses atrás. O dia 7 de janeiro de 2022.

O dia com que sonhava desde que vencera a primeira disputa eleitoral em Oxford, na Inglaterra, quase duas décadas antes.

O dia em que bem ali, na Babilônia, o Pacto do Rei Salomão fora ratificado. E o primeiro componente do Acordo Ishtar, que duraria quarenta anos, entre Israel, a União Pan-Árabe, a Rússia, a União Europeia e as Nações Unidas, fora assinado. Com garantia de sete anos da União Europeia e das Nações Unidas para defender Israel, como protetorado, endossada por leis internacionais. Segundo o Acordo Ishtar, Israel, em troca da desnuclearização imediata, ficaria protegido diplomática e militarmente pelo Superestado da União Europeia e pelas Nações Unidas contra a Rússia, os Estados Árabes vizinhos e quaisquer inimigos que surgissem. Israel conservaria, no entanto, sua soberania, mantendo-se um Estado, segundo a lei internacional.

As coisas haviam progredido com bem mais suavidade do que Adrian poderia esperar.

Israel estava em paz com todas as nações árabes fronteiriças desde o acordo, e já contava quarenta e um meses de implementação de sua estratégia de sete anos de desnuclearização.

Uma força de paz da ONU ocupava agora o Monte do Templo, monitorando as fronteiras de Israel, que tinham voltado aos limites de 1967.

Jerusalém não tinha divisões, e muçulmanos, cristãos e judeus possuíam agora o "direito de livre passagem aos lugares sagrados de Jerusalém, independentemente de religião, gênero ou raça".

E a obra do novo Templo de Salomão – o terceiro templo de Jerusalém –, que estava sendo erigido no Quadrante Norte, encontrava-se a poucos dias da conclusão.

Adrian daria a Israel mais alguns meses de satisfação em seu *status* como protetorado... antes de transgredir o acordo.

Até lá, o programa de desnuclearização seria irreversível. Israel ficaria desmilitarizado pela primeira vez desde 1948. Sem nenhuma defesa. Adrian abriu um sorriso.

Fitou o vasto horizonte de aço e vidro que se erguia a uma altura de quatrocentos metros, com oitenta quilômetros de largura – cortesia do investimento de dois trilhões de dólares do Superestado Europeu e do Banco Mundial.

Os três primeiros Cavaleiros do Apocalipse haviam sido liberados, lançando o planeta numa maciça convulsão social e econômica. E, naqueles dias, dez dos mais poderosos reis e presidentes do mundo se reuniriam na recém-inaugurada Sede do Superestado da União Europeia na Babilônia, para uma conferência mundial de cúpula sobre a fome global e a crise econômica.

Adrian De Vere fora eleito por unanimidade para atuar como presidente do conselho.

A caravana fez uma curva acentuada à direita rumo ao Bulevar do Ouro Negro.

Adrian estudou os arranha-céus – Saudi Aramco, Royal Dutch Shell, Gazprom, Exxon Mobil e a mais nova adição, a PetroChina.

Um grande avanço desde 2001, quando mais de noventa por cento do Iraque estava geologicamente inexplorado em função de guerras e sanções. Uma estimativa conservadora das atuais reservas de petróleo do Iraque calculava mais de quatrocentos bilhões de barris.

Tudo sob a jurisdição do Superestado da União Europeia... e de Adrian.

Em paralelo à florescente indústria petrolífera, havia ali o novo centro de mídia do planeta. Redes de televisão de todas as nações civilizadas da Terra transmitiam seus sinais das planícies da Babilônia. Sorriu, satisfeito.

A Babilônia e a Europa prosperavam, enquanto todo o mundo ocidental e oriental desmoronavam.

Os Cavaleiros do Apocalipse espalhavam sua fúria. Os primeiros Julgamentos encontravam-se em andamento.

Dezoito meses antes, naquele dia que agora era conhecido internacionalmente como a Sexta-Feira Negra Mundial, o colapso econômico e a fome haviam atacado a aorta das sociedades ocidentais e orientais.

Os saldos bancários tinham sido zerados da noite para o dia. Os mil bancos mais importantes, de Londres a Tóquio, passando por Nova York, estavam sendo liquidados ao amanhecer. Milionários haviam empobrecido em um único dia. De Tóquio a Detroit, de Los Angeles a Xangai, cidades inteiras foram saqueadas e incendiadas.

As filas do pão se estendiam por ruas e calçadas de todos os estados norte-americanos. Da Califórnia ao estado de Washington. E, em todos os condados ingleses, da Cornualha a Caithness, eram emitidos vários decretos. A lei marcial fora implementada no mundo todo.

Ordens Executivas tinham sido emitidas pelo presidente dos Estados Unidos em rápida sucessão. O governo norte-americano controlava todos os meios de transporte, inclusive estradas, portos marítimos, aeroportos e aeronaves. Havia tomado os meios de comunicação e agora administrava também a energia elétrica, gás, petróleo, combustíveis e minerais, tendo o controle direto de todos os suprimentos e recursos alimentares, tanto públicos quanto privados. Além de gerenciar agora um registro nacional de todas as pessoas.

No início de 2024, o Congresso dos Estados Unidos anulara a lei que dava proteção aos proprietários de armas de fogo, baixada em 1986. Nesse país, as armas foram apreendidas sob pena de morte. Depois, surgiu a pandemia da gripe aviária.

Ao contrário do resto do mundo, Adrian havia se preparado.

Decretara estado de emergência, que lhe conferia automaticamente poderes extraordinários como presidente do Superestado da União Europeia. A lei marcial e a lei de emergência da fome foram implementadas de imediato.

Com o pleno apoio de ricos e pobres por toda a Europa, Adrian tinha introduzido o estabelecimento de uma sociedade sem classes e sem Estados, baseada na propriedade comum.

Havia abolido o euro.

Então, diante do pânico de uma massa de milhões de pessoas, introduzira a forma europeia de comércio para o futuro – uma medida usada em toda a Europa, segundo a qual o número da Seguridade Social da União Europeia era embutido num *chip* no pulso direito.

Com ele, o portador tinha acesso a cupons de comida, ao conteúdo dos milhares de depósitos de grãos da Europa e de bancos de sementes subterrâneos que eram protegidos por batalhões de tropas da Otan.

E também ao vasto estoque de vacinas contra pandemia do Superestado Europeu.

Sem o *chip*, a vida deixava de existir.

A Fraternidade havia liberado de imediato vinte trilhões de dólares em ouro dos cofres do Fundo Internacional de Investimentos na Suíça para o Fundo de Solidariedade da União Europeia – um fundo formado para responder instantaneamente e auxiliar qualquer Estado-membro no caso de um desastre de proporções significativas.

Adrian sorriu. Os fundos fluíam com rapidez do Fundo de Solidariedade da União Europeia para todos os Estados que faziam parte da organização, estabilizando as respectivas economias. Aliviando a fome. Reconstruindo as funções de saúde e seguridade social. O projeto magistral de Julius De Vere atingia seus objetivos. Sem demora, Adrian vinha sendo saudado como o novo Alexandre.

O estágio inicial de seu plano de sete anos funcionava precisamente de acordo com o cronograma da Fraternidade. A atenção do mundo estava focada no Superestado da União Europeia... e em Adrian De Vere.

A Grã-Bretanha, economicamente falida e posta de joelhos pela pandemia da gripe aviária e pela fome, enfim entrara para o grupo.

A ratificação do Tratado de Lisboa de 2009, durante o mandato de Gordon Brown, fizera apenas metade do trabalho, e, enquanto Adrian estivera na Downing Street, ele e sua equipe jurídica haviam esboçado o Pacto de Londres.

O documento de setecentas páginas delineava a inclusão da Inglaterra, da Escócia e do País de Gales no Superestado Europeu. Garantia a perda permanente do assento da Grã-Bretanha na ONU – o controle total do Superestado Europeu sobre a política externa inglesa. Além da completa perda de controle da Grã-Bretanha sobre suas fronteiras.

Seis meses atrás, durante a pandemia da gripe aviária, o primeiro-ministro britânico, tendo implementado a lei marcial na Inglaterra, na Escócia e no País de Gales, e enfrentando uma insurreição sangrenta do público inglês, assinara com relutância o Pacto de Londres atrás de portas fechadas no Monte São Miguel, na Normandia.

Adrian tinha se preparado muito bem. A recompensa para a Grã-Bretanha fora a liberação de quatro trilhões de dólares em ouro e prata dos cofres suíços da União Europeia e de dez trilhões do Fundo Internacional de Investimentos, liberados de imediato à economia britânica.

No período de um ano, a Grã-Bretanha havia se estabilizado. Com determinação incansável, Adrian salvara sozinho a nação à beira de um desastre.

E, hoje, ele revelaria seu plano para socorrer os dez superblocos mundiais recém-criados, cuja infraestrutura fora cruelmente despedaçada pelos Cavaleiros – um plano de auxílio da ordem de cinquenta trilhões de dólares, além de empréstimos do Fundo Internacional de Investimentos. A abertura dos Sete Selos da Revelação movia-se diretamente a seu favor.

Suspirou de satisfação quando a caravana passou pelo portão de Ishtar – devolvido recentemente por Berlim em sinal de reconhecimento por seu serviço à Europa, agora a entrada para sua nova sede europeia.

O plano para o Superestado Mundial Único – a Nova Ordem Mundial – estava a caminho. O passo seguinte seria a introdução de uma única moeda mundial.

O plano do *chip* de identificação por meio de radiofrequência para o novo sistema de crédito superara as mais impetuosas expectativas, mas era apenas uma prévia de menor importância... enquanto Guber e sua *Intelligentsia* aperfeiçoavam a placa de identificação.

O verdadeiro golpe de Adrian seria uma tinta especial depositada num padrão de código de barras único para cada indivíduo, a ser injetada sob a superfície da pele. Como uma impressão digital. O protótipo era chamado de A Marca.

O rosto de Guber surgiu na tela da limusine.

– Os cientistas do Vaticano atualizaram as informações sobre o deslocamento dos polos, senhor presidente.

Adrian assentiu. Sentindo a vibração no celular, olhou para o aparelho. Era Jason.

– Deixe-o à minha espera na escrivaninha – falou, e atendeu à ligação.

O rosto de Jason apareceu na tela. Parecia abatido.

– Oi, Jas... Estou a caminho da conferência de cúpula. Não posso falar agora.

– É a mamãe, Adrian. Ela teve um ataque cardíaco. Venha para cá assim que puder.

– Vou logo após a conferência – disse ele em voz baixa.

O rosto de Jason desapareceu. Adrian virou-se para Chastenay.

– Diga a Khalid para preparar o Boeing. Vamos para Londres após a última sessão. – O olhar se fixou em um ponto indeterminado à frente. – Preciso resolver algumas pendências.

Capítulo 33

Visitante inesperado

Cairo

Lawrence St. Cartier estava sentado do lado de fora do café apinhado e pouco higiênico conhecido no bairro como Ahwa. Encontrava-se recurvado sobre uma velha mesa de ferro, imerso numa edição do *Islington Gazette* impressa nove dias antes e repleta de dobras nas pontas. "Um substituto inadequado para o *Telegraph*", pensou, mas, tendo em vista o atual cataclismo socioeconômico que abalava o Egito, sentiu-se grato por essas pequenas indulgências. Na seção internacional da banca local, naquela manhã, as escolhas haviam ficado entre *Gazette*, *Kashmir Observer* e *Socialist Worker*.

– Lawrence, Lawrence! – St. Cartier olhou para o balcão de bebidas e franziu a testa. Waseem gesticulava como um alucinado para ele, apontando para um copo de café turco e um copo de chá com hortelã.

Lawrence apontou para o café e fez gestos enfáticos com a cabeça.

Waseem ficou todo contente, abrindo caminho em meio à animada multidão que assistia à TV, braseiros com carvões quentes e narguilés espalhados pelo lugar, até chegar à mesa de Lawrence na calçada. Eram duas da manhã e, apesar das filas do pão e do tumulto social, o Cairo estava a todo vapor. Não havia lei marcial... ainda.

Waseem colocou o café turco na frente de Lawrence.

– Grãos iemenitas? – Lawrence arqueou as sobrancelhas. Waseem assentiu com vigor. O professor sorriu. Em meio a toda aquela devastação, encontrar café iemenita no Cairo naquela época era como descobrir ouro negro. Bebericou delicadamente o copo com café turco quente.

– Ah. – Fechou os olhos, absorvendo a intensa experiência cultural.

– Aromas do Império Otomano. – Waseem o observava, fascinado.

Um alarido de gritos de júbilo irrompeu da mesa atrás de Lawrence. Ele abriu os olhos. Virando-se para a mesa, fez um sinal de positivo para o animado vencedor atrás dele. A gritaria recomeçou. St. Cartier sorriu.

– Gamão – declarou.

Waseem colocou com agilidade um tabuleiro de gamão diante de Lawrence, que tirou as peças e os dados de um saquinho de algodão. O professor sorveu um grande gole do café e fez um gesto de cabeça para Waseem, que lançou os dados.

Lawrence fez o mesmo, mas parou. Paralisado. Levantou-se devagar da mesa e ficou olhando para algum ponto além dos poucos motoristas alucinados que usavam combustível do mercado negro. Dirigiu o olhar para a floresta de antenas parabólicas de satélite, em direção a seu apartamento no último andar de um prédio no centro da cidade, antes esplendoroso.

Enrolando o jornal, caminhou pela multidão, desviando de charretes, motocicletas e carros mal estacionados. Waseem corria atrás dele.

– Malik Lawrence... Malik! – Waseem arfava.

Lawrence fez uma curva brusca para a direita sob uma placa que dizia “Obedeça às regras de trânsito”, em seguida se encaminhando com agilidade em meio a quatro faixas de trânsito caótico, sendo quase atingido por uma charrete puxada a jumento. Deteve-se, preso entre as faixas sem marcações divisórias, meneando a cabeça para os motoristas alucinados que buzinavam, e correu pela rua, desaparecendo em meio à multidão.

☆ ☆ ☆

Lilian estava com tubos presos ao nariz, à boca e ao antebraço. Dormia. Uma enfermeira da UTI conferiu seu estado e depois saiu. Entrou uma outra enfermeira. Jason olhou fixamente para Lilian, depois soltou sua mão delicada. Voltou-se para Rosemary, que lia no outro canto do quarto. Ela levantou a cabeça.

– Você veio rápido.

– Estava passando o verão em Roma. Não dá para ficar nos Estados Unidos. A gente anda por Manhattan e é abordado por militares a cada esquina. A Agência Federal de Gestão de Emergências enlouqueceu. Passe-me os detalhes, Rosemary.

A tia de Jason franziu a testa.

– Ela caiu na calçada de uma casa na Wimpole Street por volta das dez da manhã. Tinha algum compromisso ali. Só sabemos isso. A ambulância chegou na mesma hora e a trouxe para cá. Ela estava em coma e acordou com alucinações. Depois, perguntou por você. Só dormiu quando teve certeza de que você estava a caminho.

A segunda enfermeira tornou a conferir o estado de Lilian e seus tubos, depois saiu.

Jason olhou para o relógio.

– Adrian deve chegar antes das dez. Procure descansar um pouco.

Rosemary sorriu.

– Vou cochilar por uma hora quando o Adrian chegar. Ele disse que vai defender o forte até eu estar mais descansada.

Os olhos de Lilian se abriram. Jason pegou sua mão.

– Sou eu, mamãe. Jason – falou, a voz amena. – Estou aqui.

Lilian se esforçou para se sentar. Jason e Rosemary olharam, alarmados, para ela.

– Levaram meu bebê... – Ela olhou como que através de Jason, os olhos arregalados e inquietos.

Jason e Rosemary se entreolharam.

– Mamãe, você está tendo alucinações – Jason sussurrou.

Lilian apertou a mão dele.

– Jason... você é meu filho?

Ele assentiu.

– Claro que sou seu filho.

Rosemary meneou a cabeça.

– São os remédios.

– Jason. – O monitor de batimentos cardíacos oscilou visivelmente. Ele trocou um olhar preocupado com Rosemary.

– O médico disse que você não deve ficar agitada, mamãe. Os medicamentos a estão deixando confusa. Procure não falar. Estou bem aqui do seu lado. – E, voltando-se para a tia, ordenou: – Rosemary, chame a enfermeira encarregada.

Lilian meneou a cabeça, o olhar tomado pelo temor.

– Tente descansar, mamãe – Jason murmurou.

– Filho, há coisas... coisas que seu pai e eu nunca lhes contamos. Você precisa saber. Precisa se proteger deles...

– Mamãe, por favor, você está confusa.

Lilian reuniu todas as suas forças e apertou tanto a mão de Jason, que ele se contorceu.

– Eles mataram Nicholas, Jason. Agora virão atrás de mim. E, depois, vão atrás de você. – Ela se esforçou para se erguer. – Você *precisa* se proteger. No meu cofre... – Lilian esforçou-se para respirar. – Seu pai... ontem chegou um envelope com documentos enviados pelos advogados dele.

Jason franziu a testa, encarando-a, completamente perplexo.

– Mamãe, meu pai morreu há quatro anos.

Ela apertou a mão de Jason.

– Uma pasta preta, com seu timbre dourado. Leve-a para Lawrence, Jason... Lawrence St. Cartier. Prometa-me... Pode confiar no Lawrence.

A enfermeira encarregada apareceu, seguida por Rosemary e um médico.

– Senhor De Vere – o médico olhou para Jason com ar grave –, sua mãe não pode se exaltar, sob *nenhuma* circunstância. Ela sofreu um sério infarto do miocárdio.

Puxaram as cortinas ao redor do leito. A enfermeira preparou o braço de Lilian e inseriu habilmente uma agulha em seu braço. O médico ficou na frente de Jason.

– Agora, por favor, deem-nos licença.

– Jason – gritou Lilian, agitada. – *Prometa*.

Jason se esforçou para controlar suas emoções.

– Prometo, mamãe. A pasta preta para Lawrence St. Cartier.

O pânico de Lilian começou a diminuir sob o efeito do sedativo. Seus olhos se fecharam.

– Amo você, Jason – ela sussurrou.

Então, valeu-se do sublime recurso do esquecimento.

☆ ☆ ☆

Lawrence se deteve diante do imponente edifício da virada do século, remanescente da Belle Époque do centro do Cairo, observando seu apartamento no décimo andar.

Waseem veio correndo até ele, já sem fôlego. Lawrence pôs um dedo na boca do rapaz.

– Ao que parece, Waseem, temos um visitante inesperado.

Lawrence balançou a cabeça, apontando-a para cima. Waseem franziu a testa, preocupado.

Passaram pelas grades de ferro decorativas e pelas cornijas de pedra do *hall* de entrada, abrindo as portas de ferro do elevador. Lawrence apertou um botão, e o elevador começou a subir com a velocidade de uma lesma.

Parou com um solavanco no décimo andar.

Lawrence saiu e, seguido por Waseem, caminhou pelo longo corredor. Hesitou diante de uma porta ricamente entalhada.

– Um visitante *muito* indesejável.

Lawrence ergueu levemente a mão. A porta se abriu devagar.

Na sacada, a mão erguida à guisa de saudação, encontrava-se Charsoc.

Lawrence entrou e fechou a porta com um gesto abrupto.

– Devia ter avisado que viria, Jether – comentou Charsoc languidamente. – Você poderia ter me preparado um chá.

Lawrence esquadrinhou Charsoc de alto a baixo. Ele ainda mantinha sua forma humana. Um metro e noventa e um. Nariz aquilino. Cabelos grisalhos bem curtos.

– Kester von Slagel, emissário de Lorcan De Molay, suponho.

– Prazer em conhecê-lo. – Charsoc se curvou. – Professor Lawrence St. Cartier, especialista em antiguidades. – Abriu um leve sorriso e tirou as luvas. Enquanto o fazia, observou Lawrence metamorfoseando-se para sua forma angelical, como Jether.

– Perdoe-me se não faço o mesmo – disse Charsoc. O adendo de Jeová à lei eterna sobre minha entrada pelo Portal de Sinar colocou, digamos assim, um freio nas coisas.

Jether fez um gesto para Waseem, que se transformou no aprendiz Obadiah.

Charsoc arqueou as sobrancelhas.

– Vejo que temos um aprendiz por aqui também. Ora, ora, Jether! Que circunspecto da sua parte. Um serviçal.

– Obadiah. – O aprendiz assentiu e desapareceu porta afora.

Jether olhou para a coleira no pescoço de Charsoc e franziu a testa.

– Elegante, não é? – Charsoc sorriu. – Mantos. Crucifixos. Sempre trajes negros. É um tanto macabro. Mas os anéis são magníficos. *Assustadoramente* decorativos. Bem do meu gosto. – Olhou com carinho para a enorme pedra bruta num anel no dedo mínimo. – Heliotrópio, uma variedade da calcedônia. Segundo a lenda, o heliotrópio, que também é chamado de jaspe-sanguíneo, foi formado pelo sangue de Cristo que pingou na terra verde e se solidificou. – Seus olhos se estreitaram.

– Tenho me aprimorado. Estou sendo educado... *treinado*, Jether. Como Grande Inquisidor do Corpo Governante do Congresso Global de Igrejas.

– O falso profeta do Apocalipse. Por que será que não estou surpreso? – perguntou Jether asperamente.

– Uma nova ordem. – Charsoc levantou os braços para o céu do Cairo. – A Inquisição renascerá.

Jether foi até a sacada.

– Você já abusou demais da minha hospitalidade.

– Tomei um micro-ônibus – comentou Charsoc, ignorando o comentário de Jether. Alisou o traje com atenção. – Lotado. Pneus carecas, assentos rasgados. Quinze piastras. – Meneou a cabeça, evidenciando seu descontentamento. – Você podia ao menos ter assentado sua residência num lugar mais civilizado.

Hesitou ao contemplar a vista do velho Cairo à noite.

– Londres... Milão... Ou você está aqui por conta de sentimentos? – prosseguiu, sibilante. – O Egito protegeu o Nazareno, e assim ficou repleto daquilo que o Senhor disse por meio do profeta: "Do Egito, chamei o Meu Filho".

– O que deseja, Charsoc? – indagou Jether, a voz gelada.

– Ora, ora, Jether. Que modos! Estou aqui para entregar uma mensagem.

– *Claro* que sim. – Jether o olhou com desdém. – De segundo no comando entre os Grandes Reis Anciões do Céu a menino de recados de Lúcifer. Uma mensagem de seu mestre.

Charsoc encarou Jether com um desprezo indisfarçável.

– Uma mensagem de meu mestre sobre a evacuação dos súditos do Nazareno, que se aproxima – contou. – Eles são mais do que irritantes, Jether. Obstruem muito nossos avanços no mundo dos homens.

Charsoc tirou uma missiva em pergaminho da bolsa de pano.

– Sabe que sempre fui adepto dos protocolos jurídicos – prosseguiu. – Tenho a garantia de Jeová: o Selo de Rubi. – Estendeu a missiva em pergaminho com um reluzente Selo de Rubi para Jether. – Meu mestre exige implementação imediata.

O ancião tirou lentamente a missiva da mão estendida de Charsoc.

– O Arrebatamento – silvou Charsoc. – Como é chamado no mundo da raça dos homens.

– É iminente – falou Jether, a voz serena.

– Iminente não é suficientemente rápido. Atormentam-nos com suas malditas súplicas. As incursões das hostes angelicais pelos portais para auxiliá-los precisam parar. – Charsoc se virou. – O Nazareno – disparou. – Visitas a este planeta miserável. Toda noite.

– Eles são Seus súditos. Ele é o rei deles. Aparece em resposta às súplicas dos homens.

– Justamente. A remoção *deles* assegura *Sua* remoção. E isso assegura nossa vitória. Desde o momento em que o Acordo Ishtar foi assinado, tivemos sete anos até a Batalha Final. Quarenta e dois meses já se passaram. Estamos ficando sem tempo.

– Mas *estamos* no ritmo justo, Charsoc. – A voz de Jether era bem suave. Ele fitou a missiva em sua mão.

– *Exigimos* a remoção – rosnou Charsoc. – Segundo os preceitos da lei eterna.

– Não pode fazer exigências. Precisa respeitar a jurisdição de Jeová.

– Então você não me deixa alternativas.

Charsoc tirou cuidadosamente um par de chinelos vermelhos do fundo da bolsa, depois uma sombra para os olhos e um *spray* nasal. Jether o viu pegar ainda um frasco de comprimidos para pressão.

– Matéria! – murmurou. – Inferior. Este corpo infernal está sempre precisando de retoques. Fiquei meticuloso nestas últimas quatro décadas.

Jether revirou os olhos.

– Você *sempre* foi meticuloso, Charsoc. – Olhou para o Selo de Rubi na missiva. – Você não me deixa escolha. A perspectiva de sua companhia é mais do que posso suportar.

Um estranho sorriso perpassou os lábios de Charsoc.

– Vejo que nos entendemos.

– Deixemos de lado as superficialidades – Jether ponderou com frieza. – Quando o Cavaleiro Pálido passar pela Linha de Kármán, o limite entre a atmosfera da Terra e o espaço exterior, a cem quilômetros acima do planeta, Seus súditos serão removidos.

– O Cavaleiro Pálido. – Charsoc sorriu, satisfeito. – Ah... *o Quarto Selo, o terrível precursor de Nisroc para o Sexto Selo.* – Recolocou os chinelos e a maquiagem na bolsa. – *Vi quando abriu o Sexto Selo, e houve um grande terremoto; e o sol tornou-se negro como saco de cilício, e a lua toda tornou-se como sangue.*

Charsoc desatarrachou a tampa do frasco de comprimidos para pressão e jogou dois no fundo da boca. Engoliu-os, sorrindo em seguida.

– *E as estrelas do céu caíram sobre a Terra... E o céu retirou-se como um livro que se enrola; e todos os montes e ilhas foram removidos dos seus lugares.* Emocionante. Vendo que estou preso nesta infernal forma humana, vou investir numa pequena cabana nas montanhas mais altas deste planeta assim que voltar à Normandia, como salvaguarda para garantir minha sobrevivência. – E, arrancando a missiva com o Selo de Rubi da mão de Jether, caminhou pela sala, passando pelo trêmulo Obadiah, e se dirigiu ao elevador aberto.

Jether ficou à porta, observando-o em silêncio.

Charsoc olhou para o ancião, depois estudou os próprios anéis e bocejou em provocação.

– Naturalmente, ninguém vai sequer perceber que o Arrebatamento chegou a acontecer – disse com descontração. As portas de ferro do elevador começaram a se fechar. – O desaparecimento dos "cristãos" vai se dar como um completo não evento. Menosprezado em meio a um desastre natural e à pandemia resultante que causa a morte de incontáveis milhões.

Abaixou a aba de seu chapéu.

– Como dizem em algumas partes deste planeta – acrescentou, áspero –, tenha um bom dia.

Jether observou enquanto o elevador sumia de vista. Hesitou, como se tivesse ouvido alguma coisa, e virou-se para o aprendiz.

– Obadiah, proteja o forte até a minha volta. – Fez o sinal da cruz. – Tenho assuntos urgentes para resolver.

CAPÍTULO 34

DOSSIERS SECRETS DU PROFESSEUR

Jason saiu da perua do exército e agradeceu ao tenente em voz alta, e a Adrian mentalmente, por terem providenciado um passe especial. Embora o Pacto de Londres tivesse sido assinado seis meses antes, os toques de recolher na Grã-Bretanha implementados em 2023 ainda estavam em vigor. Passavam cinco minutos das nove, e as ruas de Belgrávia encontravam-se desertas. Foi andando rumo à porta da frente. Maxim o esperava na varanda bem iluminada.

– Senhor Jason – disse ele, esfregando as mãos de preocupação –, como está a senhora Lilian?

– Estável – respondeu Jason, adentrando o saguão. – Na UTI, mas estável. – Tirou o paletó e o entregou a Maxim. – É um jogo de espera. – Abriu os botões do colarinho e dobrou as mangas.

– O senhor Adrian ligou da Babilônia na hora do almoço – informou Maxim.

– Conversei com ele lá do hospital – respondeu Jason. Olhou para o relógio. – Ele deve estar pousando a qualquer momento... Mamãe é durona, Maxim. Os médicos disseram que ela vai sair dessa.

– Durona como uma bota velha – acrescentou Maxim, tirando um lenço do bolso do paletó. Esfregou os olhos e depois assoou o nariz com alarido.

Jason abriu as portas da sala de visitas.

– Mamãe está estranha – sussurrou. – Está tendo alucinações. Vive dizendo que levaram o bebê dela. – Encarou o mordomo, pálido e abatido. – Maxim... – hesitou por um instante. – Depois da morte de Nick, Weaver, o antigo colega de escola do meu irmão, enviou-me um disco com informações que Nick lhe teria mandado por e-mail antes de morrer. Era uma cópia de uma carta do meu pai, e mais alguns documentos. Eu os enviei a St. Cartier para que ele os guardasse.

Observou Maxim com atenção.

– Você conheceu meu pai – prosseguiu. – Conheceu-o bem. Eu era jovem demais para perceber alguma coisa... ou para me importar. Alguma vez você percebeu alguma evidência de que papai estivesse envolvido em algo... *clandestino*?

Maxim fitou Jason profundamente durante um bom tempo. Enfim, falou:

– Chegou ao meu conhecimento que o senhor James havia sido, por um bom tempo, membro de uma sociedade secreta da elite, senhor Jason. Certa vez, testemunhei, a contragosto, uma briga entre o senhor James e a senhora Lilian. Infelizmente, ouvi mais do que deveria.

– E...?

– Dizia respeito a seu avô, Julius De Vere.

– Julius? Sei que ele era muito reservado.

– O pai era diferente do filho – falou Maxim. – Havia coisas que o senhor James precisava fazer, mas que em seu entender violavam seu código moral. Ele se odiou por ter feito parte daquilo. Apenas o fez para garantir que vocês, os garotos, não seriam prejudicados. E ficariam livres das garras dessas pessoas. É tudo o que sei.

– Obrigado, Maxim. – Jason ficou parado no saguão, imerso em pensamentos. Não era a resposta que desejava ter ouvido. – Ah, Maxim... Qual era o compromisso de mamãe na Wimpole Street?

– Ela foi até lá há dois dias, senhor Jason. Presumi que tivesse ido ao médico.

Jason franziu a testa.

– Isso explicaria muita coisa.

– Só sei que ela tomou um táxi ontem de manhã. Não quis motorista. Disse que era algo particular. Deveria ter lhe contado.

– Você agiu bem, não se preocupe. Agora, vá descansar. Vou ficar acordado para o caso de o hospital telefonar.

Maxim se curvou.

– Seu uísque está no bar. Servido.

– Ah, Maxim, mais uma coisa. Mamãe estava muito confusa. Ela mencionou um documento que chegou... – Fez uma pausa. – Um documento do meu pai.

– Do senhor James? – Maxim estranhou. – Mas o senhor James é falecido.

Jason assentiu.

– Sim, Maxim, sabemos disso – respondeu com paciência.

Maxim franziu o cenho.

– Um pacote *chegou* de fato via Fedex na terça-feira, em nome da senhora Lilian. Ela assinou o recibo. E, nessa mesma noite, recusou a ceia.

– Obrigado, Maxim.

Com uma reverência, o mordomo fechou as pesadas portas de mogno da sala de visitas.

Jason foi andando, acendeu um pequeno abajur sobre o bar e pegou o uísque que Maxim havia lhe servido. Olhou em silêncio pela grande janela em arco da sala de visitas, observando o céu noturno. Pegou o controle remoto e ligou a TV.

Passou da SKY para a CNN, e depois para a VOX USA. As imagens habituais de saques e de soldados patrulhando as ruas de Nova York após o toque de recolher ocupavam a tela. Viu as filas do pão em Los

Angeles e suspirou. Os Estados Unidos tinham entrado na anarquia. O país estava irreconhecível. Com efeito, seria dividido em trinta e três regiões naquele mesmo mês. O governo de cada região seria autônomo.

Graças a Deus, ele tinha transferido a sede da VOX para a Babilônia quando tudo acontecera – e graças a Adrian.

O relógio de pedestal badalou duas horas da manhã. Ele passou para a BBC News 24 e se sentou no sofá. Sob a luz difusa, viu o rosto de Adrian ocupando a tela.

– Adrian De Vere, presidente do Superstado Europeu, encerrou hoje a reunião de cúpula mundial com a revelação de um plano de auxílio da ordem de cinquenta trilhões de dólares...

Jason desligou o receptor da TV a cabo e acionou o controle remoto do vídeo. Imagens de Adrian, Nick e Jason quando jovens passaram pela tela. Suspirou, reclinando-se no sofá, os pés sobre a mesa de centro, enquanto observava uma jovem Lilian segurando Nick no colo enquanto ele soprava três velas num enorme bolo de aniversário. Jason e Adrian encontravam-se atrás dele, usando gravata-borboleta.

Jason lembrou-se de sua festa de dezessete anos. Fora na Mansão De Vere, em Narragansett. Nick tinha corrido pela propriedade com uma câmera tirando fotos de Jason, Adrian e de qualquer outra coisa que se movesse.

Nick. Jason suspirou. Mais de três anos haviam se passado desde a morte do irmão, e ele ainda desejava, todos os dias, poder ter tido apenas uma chance de acertar tudo.

Olhou para o celular. Uma nova mensagem de texto de tia Rosemary. Adrian havia acabado de chegar ao hospital. Lilian dormia. Estável. *Mamãe*.

Voltou-se para a tela de Annigoni pendurada sobre a escrivaninha de Lilian, levantou-se, atravessou a sala e tirou com cuidado a pintura da parede.

Diante dele, havia um pequeno cofre de ferro. Viu o retrato em preto e branco do pai e digitou uma combinação.

A porta do cofre se abriu. Jason enfiou a mão lá dentro e puxou uma pilha de pastas velhas e espessas. Com cuidado, estudou-as, uma a uma.

Certidões de casamento de James e Lilian. Atestado de óbito de James. Atestado de óbito de Nick. Deteve-se por um instante. Cópias da certidão de casamento de Julia e Jason e da certidão de nascimento de Lily.

Por que cargas-d'água ela guardava aquelas coisas? Deu de ombros.

Bem no fundo, exatamente como Lilian havia descrito, encontrou uma pasta preta com a gravação da insígnia dos De Vere que James usava.

Tirou a pasta e a colocou sobre a escrivaninha de Lilian, repondo as demais no cofre e tornando a trancá-lo.

Serviu-se de um segundo uísque, sentou-se no sofá e abriu a pasta, folheando os primeiros documentos. Três registros de depósitos, números de contas bancárias... nada de nomes. Mas havia um espesso envelope azul de aparência inócua. Olhou para o carimbo do correio e franziu a testa. Ilha de Arran, *Escócia?*

Abriu-o. Dentro, havia um maço de papel barato, do tipo que se compra em qualquer papelaria de esquina na Inglaterra. Estudou as dez páginas grampeadas que continham uma escrita trêmula em tinta preta, indo com rapidez ao fim. Ficou olhando para a assinatura.

Hamish MacKenzie. Asilo Gables.

Começou a ler...

Capítulo 35

Aveline

2017
Asilo Gables
Ilha de Arran, Escócia

O professor Hamish MacKenzie, agora com quase noventa e sete anos, estava sentado diante de uma escrivaninha sobre a cadeira de rodas. Olhava pela janela para o vasto lago escocês que reluzia sob a bruma do início da manhã, à beira do gramado imaculado do Asilo Gables.

Pegou a caneta com dedos trêmulos...

30 de dezembro de 2017
Para James De Vere

Por favor, não menospreze aquilo que estou prestes a lhe revelar como os devaneios senis de um ancião. No momento em que escrevo, estou com noventa e sete anos – e meu tempo nesta terra se esgotou. Agora, não podem mais me ferir.

Não sou um homem religioso. Meu Deus era o deus da ciência. Mas, antes de me encontrar com o Criador, sinto que é essencial me livrar do grande fardo de consciência que tenho carregado por mais de três décadas.

A prova desses incidentes esteve com meus advogados durante décadas, mas eles receberam grande importância em dinheiro para que ela fosse extraviada. O que você tem em mãos é a única prova real de que qualquer dos eventos que estou prestes a lhe revelar chegaram a ocorrer.

☆ ☆ ☆

Jason pegou o primeiro documento e o colocou a seu lado. Virou a página.

Quando eu era mais jovem, era como muitos cientistas genéticos da minha época: motivado e ambicioso, desejando descobrir a qualquer custo aquilo que me escapava. Colocava a ciência e a busca do conhecimento acima de considerações morais e éticas... para minha vergonha, era mestre nisso.

MacKenzie mergulhou a pena na tinta violeta e continuou a rabiscar meticulosamente o papel.

Em 1962, concluí com sucesso a transferência nuclear de uma célula diploide de uma rã para a célula de um óvulo não fertilizado da qual o núcleo materno fora removido.

A partir de então, meu trabalho chamou a atenção das agências de Inteligência global. E a atenção da diretoria de operações – o ramo da CIA que realiza operações sigilosas (projetos e testes com óvnis, tecnologia HAARP, pesquisas sobre propulsão antigravitacional e uma série de programas de macabras operações secretas, inclusive um altamente avançado e sigiloso, de eugenia e engenharia biogenética).

Por mais de duas décadas, realizei milhares de experimentos macabros em profundas bases subterrâneas militares – o centro das operações da diretoria e do complexo militar-industrial. Viajava entre Groom Lake, Dreamland, Área 51, Los Alamos, Dulce, para me limitar a algumas.

Realizamos experimentos terríveis em milhares de crianças que se supunham abduzidas ou perdidas. Usamos mulheres jovens como incubadoras para nossas aterradoras experiências híbridas. Realizamos pesquisas genéticas com alienígenas e humanos em nossos laboratórios secretos, bem abaixo da superfície da terra. Vou poupá-lo dos detalhes mórbidos, dizendo apenas que foi uma parte de minha vida da qual me arrependo muito. Lá por 1976, era considerado o melhor cientista genético do mundo.

Sem que o público em geral soubesse de nada, em 1974, já tínhamos clonado com sucesso cinco equivalentes à ovelha Dolly – e estávamos a poucas semanas de conseguir a primeira clonagem humana.

Hamish MacKenzie largou a caneta e deteve-se por um instante, observando um jardineiro que aparava os limites dos belos gramados.

Em fevereiro de 1981, meus orientadores das unidades secretas foram abordados por seus mestres, pessoas extremamente poderosas: uma organização sigilosa – um governo paralelo, se assim preferir, controlado por um misterioso sacerdote jesuíta.

Ofereceram-me pessoalmente muitos milhões para minhas pesquisas, para que eu inserisse um genoma fornecido por eles num óvulo não fertilizado, cujos genes seriam removidos. Houve quem falasse da Imaculada Concepção.

Eu não era um homem religioso. Nunca fiz perguntas.

Obedeci a meus senhores. Fiz o que me instruíram. Ao pé da letra.

Em dezembro de 1981, tinha uma ambição: largar o mundo da depravada biogenética secreta.

Com o dinheiro que recebi desse projeto, planejei criar minha própria fundação: a Fundação Aveline para Pesquisa Genética, e voltar para casa, para minha Escócia natal.

☆ ☆ ☆

2025
MANSÃO DE VERE
BELGRAVE SQUARE, LONDRES

Aveline. Jason revirou a gaveta da escrivaninha de Lilian à procura de um maço de cigarros.

Ela não fumava, mas ele sabia que ela ainda guardava um maço da marca predileta de James, mesmo anos depois de sua morte. Lá estava ele, tal como imaginara.

Aveline. O nome era familiar. Agitou o maço e tirou um cigarro. Julia sempre reprovara o fato de ele fumar. *C'est la vie.*

Pegou o isqueiro de James e acendeu o cigarro.

Claro... Aveline era o nome no verso da foto que Nick havia enviado para ele.

Jason olhou para o relógio, pegou o telefone e fez uma ligação.

☆ ☆ ☆

2025
HOSPITAL SÃO BERNADETE
HYDE PARK CORNER

Adrian encontrava-se ao lado de Lilian. O rosto dela estava coberto por uma máscara de oxigênio. O celular dele tocou.

– Sim, Jas – disse, sorrindo para Lilian. – Relaxe. Mamãe está bem. Sua condição é estável. Falei para a Rosemary ir dormir um pouco. Claro, fico aqui até ela acordar. Se houver alguma alteração eu lhe telefono. Até.

☆ ☆ ☆

2025
MANSÃO DE VERE
BELGRAVE SQUARE, LONDRES

Jason desligou o telefone e continuou a ler.

☆ ☆ ☆

2017
ASILO GABLES
ILHA DE ARRAN, ESCÓCIA

Nunca tinha visto um material genético como aquele. Nem mesmo em meus experimentos com DNA alienígena. Inequivocamente, o genoma não era de matéria humana. Sua constituição genética era diferente de tudo o que já havia visto.

Hamish MacKenzie contemplou a superfície imóvel e cinzenta do lago.

Lembro-me bem daquele dia. O dia em que ele apareceu no laboratório em Marazion. Trajava os mantos negros de um sacerdote jesuíta.

Nunca soube seu nome.

Mas jamais me esquecerei de seu rosto...

CAPÍTULO 36

SALÃO DOS PESADELOS

1981
PORTÃO NORTE,
MARAZION, CORNUALHA, INGLATERRA

A chuva forte caía sobre o esguio e antigo Rolls Royce Phantom Two negro enquanto passava pelos imponentes portões de ferro. Fez uma curva, tomando um estreito caminho de paralelepípedos, os faróis cegantes iluminando as frias e ameaçadoras paredes da mansão em estilo neogótico posicionada ao lado de uma grande mina de cobre abandonada.

Um raio ofuscante rasgou o céu enquanto o Rolls Royce se detinha sob o austero olhar dos monstruosos grifos de pedra empoleirados nas torres a cada um dos lados da entrada norte.

Dois guarda-costas bem barbeados saíram, trajando uniforme militar completo. O primeiro abriu a porta do passageiro do Rolls Royce. O segundo permaneceu de prontidão.

Dois pés num par de sapatos de verniz Tanino Crisci, de edição limitada, firmaram-se no cascalho, seguidos por uma bengala de prata em uma mão enluvada. Levantando-se, a figura alta e envolta em um manto percorreu o breve caminho até a entrada, as feições ocultas pela aba circular de seu *capello* romano preto.

Deteve-se por um instante, olhando sobre os grifos para o céu escuro da Cornualha, onde milhares de estranhos objetos esféricos brilharam com a velocidade de um relâmpago – para depois desaparecerem.

Lorcan De Molay sorriu lentamente em tom de aprovação. Alisou o manto negro da Ordem Jesuíta e ajustou o grande crucifixo que pendia de um cordão em torno do pescoço.

Aquela era a morada dos Escravos Sinistros da Raça dos Homens, que administravam mais de mil vastas cidades subterrâneas da Fraternidade, e também a morada dos decaídos. Acenou para seu guarda-costas, que bateu com força na monstruosa porta de madeira.

Devagar, a fachada de madeira deslizou e se abriu, revelando uma porta de aço de trinta centímetros de espessura. A porta também se abriu, e De Molay passou por Hamid, um dos guardas, chegando ao sonolento vestíbulo, no qual dez soldados em uniforme completo de combate postavam-se em prontidão.

Fez um gesto para o oficial sérvio.

– Coronel Vaclav. – Este bateu continência, estremecendo visivelmente.

De Molay tirou o chapéu. Acenou com a cabeça para um russo alto e de rosto achatado.

– General Vlad.

Uma sirene ensurdecedora soou. Vlad bateu continência com um gesto nervoso, enquanto duas espessas portas de aço deslizavam e se abriam do outro lado do vestíbulo. De Molay tirou as luvas pretas de pelica enquanto Moloch e outros sete decaídos se aproximavam.

Moloch postou-se diante do aterrorizado Vlad com um sorriso debochado, os cabelos longos, negros e emaranhados mascarando as feições distorcidas e arruinadas, e agarrou o pescoço do general com sua mão monstruosa, segurando-o a meio metro do chão. De Molay levantou a mão. Moloch franziu o cenho e, no mesmo instante, largou o russo que quase havia sufocado.

– Você estraga a minha diversão, mestre – grunhiu Moloch, a voz uma mescla de dissonâncias sinistras.

– Depois você vai se divertir. Onde está o Híbrido? – perguntou De Molay.

– O Híbrido o aguarda, meu senhor – rosnou Moloch.

Uma mulher robusta, de feições rudes e aparência germânica, trajando um macacão preto de laboratório, apareceu atrás dele.

– Sua comunicação sugere que a transferência nuclear foi bem-sucedida, *fraulein* Meeling? – De Molay perguntou com objetividade.

Frau Meeling saudou-o, olhando-o aterrorizada.

– *Jawohl*, Vossa Reverência. O professor MacKenzie teve sucesso.

De Molay assentiu, e Meeling conduziu-o pelo enorme corredor, fazendo uma curva acentuada à direita, onde um grupo de soldados em uniformes pretos, com boinas cor de areia e insígnia da SAS guardava uma imensa caverna – a entrada de um vasto complexo subterrâneo.

Bateram continência para De Molay ao mesmo tempo quando ele apareceu a certa distância. O grupo subiu num grande vagão prateado, e todos afivelaram os cintos. O vagão atingiu a velocidade Mach 2 ou 680 m/s, passando, numa fração de segundo, centenas de outros vagões, enquanto corria pelos túneis subterrâneos situados a onze quilômetros sob a superfície do dramático interior da Cornualha e do Atlântico, tendo como destino final Reykjavík, na Islândia.

Noventa minutos depois, o vagão parou diante de um portão de aço que dava para uma vasta cidade subterrânea.

Meeling conduziu o grupo até um elevador de aço, passando por guardas da Otan. Quando o operador acionou o elevador, centenas de cristais emitiram uma luz azul arroxeada, e o elevador mergulhou em alta velocidade pelos níveis dois e três, descendo mais ainda ao alcançar os níveis quatro e cinco. Deteve-se bruscamente no nível seis.

Lorcan De Molay e *frau* Meeling saíram do elevador e passaram por um segundo campo de energia. Nefilins armados, híbridos genéticos – parte humanos, parte angelicais –, cobriram o rosto enquanto ele passava por eles. Parou diante de uma grande tela pulsante onde se lia: NÍVEL SEIS – SALAS GENÉTICAS, HUMANAS-NÃO HUMANAS em inglês, islandês e numa língua com símbolos dos seres angelicais decaídos.

De Molay passou pela entrada NÃO HUMANA, por um segundo portão de aço e pelo saguão do nível seis.

Mil gritos de insanidade, de enregelar o sangue, ecoavam pelo labirinto de sinuosos corredores góticos.

– O Salão dos Pesadelos – murmurou De Molay. – Os gêmeos se excederam, não acha, *frau* Meeling?

Os corredores do Salão dos Pesadelos eram repletos de centenas de celas com pequenas janelas protegidas por barras de ferro. Os ocupantes gritaram de terror quando De Molay passou pelas celas, que abrigavam humanos com diversos braços e pernas, e criaturas humanoides semelhantes a morcegos, com dois metros e pouco de altura. Passaram por uma cela grande, ocupada por anões e crianças com membros amputados, com estranhos olhos azul-claros.

– Terminamos aqui a obra iniciada por nosso herói médico, Josef Mengele, o Anjo da Morte, Vossa Reverência – sussurrou Meeling, deslumbrada. Inseriu um cartão de passe no escâner e esperou até as portas se destravarem. Empurrou-as então, rumando para um segundo par de portas grandes e de aparência institucional aos fundos do laboratório de pesquisas, cuja placa dizia: "PSICOCIRURGIA – ACESSO RESTRITO", guardado por nefilins de dois metros e setenta de altura.

Um outro par de portas de aço se abriu, revelando um pequeno laboratório. Nos painéis de vidro, lia-se: "DEPARTAMENTO DE GENÉTICA" em grandes letras negras.

Frau Meeling fez uma reverência e girou sobre os calcanhares, deixando De Molay sozinho com o idoso recurvado sobre um equipamento de clonagem de última geração, observando algo, atento.

De Molay sorriu sutilmente.

– Nossa "tarefa especial" foi bem-sucedida?

O professor Hamish MacKenzie virou-se, ficando frente a frente com De Molay, que o estudou com certo dissabor. O cardigã velho e grande demais de MacKenzie estava abotoado em um alinhamento equivocado, e as calças desgastadas sobravam nos joelhos. Havia manchas de gema de ovo com mais de um dia na camisa dele. MacKenzie passou os dedos venosos pelos escassos cabelos brancos, uma estranha euforia iluminando os úmidos olhos azuis.

– Tivemos um sucesso maior do que poderíamos imaginar, Vossa Reverência – murmurou. Prosseguiu, eufórico, alheio ao olhar de reprovação de De Molay. – Há exatos cento e vinte dias, inseri o genoma de material alienígena num óvulo não fertilizado, cujos genes eu removi.

O olhar de De Molay passou do desalinhado MacKenzie para o laboratório com tecnologia de ponta, repleto de centrífugas, recicladores térmicos, aparelhos de fosfoimagem molecular, cilindros de clonagem, câmaras de hibridação e aparelhos para cultura celular.

MacKenzie encaminhou-se a uma segunda porta sem identificação, mantendo o olhar diante de uma pequena máquina de aço que, no mesmo instante, emitiu um laser roxo diretamente sobre sua íris. As portas de aço se abriram.

De Molay seguiu MacKenzie por um laboratório menor, imaculado, que dava para uma câmara dotada de um domo de vidro com cerca de seis metros de altura.

Quando De Molay entrou, o laboratório mergulhou na escuridão. A única luz provinha da solitária câmara incubadora de vidro, coberta por um pano fino.

MacKenzie tirou a capa do protótipo de útero artificial.

O feto de quatro meses estava suspenso num saco translúcido e repleto de fluido, o coração bombeando visivelmente, dormindo com tanta tranquilidade, como se estivesse no ventre da mãe.

– O óvulo fertilizado está crescendo e se desenvolvendo – informou MacKenzie. Seus olhos brilhavam de entusiasmo. – Só com o código genético nuclear do doador. De matéria alienígena, e, no entanto...

– E, no entanto, desenvolve-se como se fosse humano – murmurou De Molay. Deu um passo à frente, como se estivesse magnetizado, em direção à incubadora. O coração do feto começou a bater mais depressa.

MacKenzie o observou fixamente, confuso. As leituras do monitor fugiam ao controle. Trêmulo, conferiu as leituras. O coração do feto pulsava trezentas vezes por minuto.

De Molay colocou a mão sobre a redoma de vidro. MacKenzie olhou, horrorizado, os batimentos elevando-se a 340... 360... 400. Uma luz púrpura brilhante pulsou na cavidade torácica do feto. O cientista foi lançado ao chão, temporariamente cego, as mãos sobre os ouvidos, berrando devido à insuportável dor que percorria cada célula do seu corpo.

De Molay acariciou a redoma de vidro e os olhos do feto se abriram. Ele olhou, hipnotizado, para o feto e seu brilhante olhar violeta.

MacKenzie olhou para cima no momento em que os olhos do feto emitiram uma terrível corrente elétrica que atravessou a redoma de vidro da incubadora, atingindo a cúpula do laboratório.

– Meu filho unigênito... – murmurou De Molay. Então, afastou bruscamente a mão.

☆ ☆ ☆

2017
ASILO GABLES
ILHA DE ARRAN, ESCÓCIA

MacKenzie parou de escrever. Estremeceu e se recostou na cadeira de rodas, lutando contra uma onda de enjoo. Respirou fundo e pegou a caneta.

☆ ☆ ☆

1981
O LABORATÓRIO
REYKJAVÍK, ISLÂNDIA

No mesmo instante, as luzes e os aparelhos elétricos voltaram a funcionar. O batimento cardíaco do feto passou a oitenta por minuto. MacKenzie, paralisado de medo, ergueu o olhar do chão para o sacerdote jesuíta.

– Conforme nosso acordo, vai receber quinze milhões de dólares – informou De Molay, a voz serena. – Um terço será transferido para sua conta quando o clone nascer, e a parcela seguinte, quando ele fizer dezoito anos. Na eventualidade de sua morte, por causa natural ou não, quando ele fizer quarenta anos, a última parcela será transferida para sua fundação científica: o Instituto Aveline.

☆ ☆ ☆

2025
MANSÃO DE VERE
BELGRAVE SQUARE, LONDRES

Aquele nome novamente. *Aveline*.

Jason sorveu outro gole de uísque e virou a página.

☆ ☆ ☆

1981
O LABORATÓRIO
REYKJAVÍK, ISLÂNDIA

MacKenzie se levantou, tremendo a olhos vistos.

Olhou para De Molay, que ainda fitava, encantado, o clone.

– Quarenta milhões de dólares – falou MacKenzie. O tom de voz dele era muito suave. – Guardei cópias de todas as nossas correspondências

– prosseguiu. – Nossos acordos, meus procedimentos com advogados em Londres.

Olhou para o feto e depois para De Molay.

– Todas as conversas que qualquer membro de sua organização teve comigo meses antes de minha tarefa aqui ter começado – continuou – foram gravadas. Cada um dos projetos foi copiado e transferido para fontes externas. – Observou De Molay com firmeza. – Estou convencido de que você e seus asseclas da elite tomarão medidas extremas para assegurar o sigilo deste projeto. – Hesitou por um instante. – O nome de sua organização é mencionado, bem como o chefe do MI6, Piers Aspinall, além dos outros sete. Creio que os mais nobres elementos restantes dos governos inglês e norte-americano, mesmo que poucos, vão perceber que as evidências incriminadoras são exatamente aquilo que procuravam, levando-os a Los Alamos.

O professor abriu um leve sorriso.

– Talvez até a Dulce... – prosseguiu. – Como vê, Vossa Reverência, sou muitas coisas... – Calou-se por um instante. – Talvez um covarde. – Olhou dentro dos olhos pálidos e opacos de De Molay. – Mas tolo, não. O microponto é uma cópia. No caso de minha morte prematura ou de meu desaparecimento, o conteúdo será divulgado a todos os oponentes de seu governo paralelo nos hemisférios ocidental e oriental. Sua operação será prejudicada permanentemente.

– Não sabe com quem está lidando – avisou De Molay, sem alterar a voz.

MacKenzie enfiou a mão no bolso, pegou um lenço grande e enxugou a testa.

– Não tenho parentes para ser chantageado ou forçado a me submeter. Minha vida é dedicada apenas à ciência.

De Molay estudou MacKenzie com atenção. Por fim, falou:

– Quarenta milhões... – Fez uma pausa. – De fato, você não é nenhum tolo, professor.

– E você – observou MacKenzie, fitando De Molay profundamente – também não é nenhum sacerdote.

O cientista virou-se para o feto. No instante seguinte, ao voltar-se novamente, De Molay havia desaparecido.

☆ ☆ ☆

2025
MANSÃO DE VER E
BELGR AVE SQUAR E, LONDR ES

Jason apagou lentamente o cigarro pela metade num cinzeiro. Virou a página.

Agora, estou envergonhado, tantos anos depois, por ter sido tão ganancioso. Mas eu era um homem muito ambicioso. E o dinheiro fez minha fundação funcionar por toda a minha vida. E também perdurará pela próxima.

Trinta segundos após o parto bem-sucedido do clone, fui acompanhado por agentes de segurança até o Aeroporto Stansted, em Londres. Voei até a Área 51 num jato sem identificação.

No dia seguinte, houve um incêndio misterioso no refúgio de Reykjavík. O laboratório da Islândia e anos de documentos de pesquisa foram destruídos. Toda a minha equipe de pesquisa morreu sufocada pela fumaça.

Cinco dias depois, os primeiros dez milhões de dólares foram transferidos para a minha conta.

Jason procurou os papéis com números de contas bancárias. Lá estavam, preto no branco. Uma transferência de dez milhões de dólares em 26 de dezembro de 1981. Ficou intrigado. Ainda não havia compreendido. O que isso tinha a ver com seu pai?

... e, sem que o mundo soubesse, às catorze horas de 21 de dezembro de 1981, o primeiro clone genético-nuclear do mundo nasceu com vida.

Aposentei-me de minhas atividades junto à Inteligência dois meses depois e me mudei para a Escócia, montando minhas instalações de pesquisa em Edimburgo.

Capítulo 37

Morte na família

2025

HOSPITAL SANTA BERNADETE
HYDE PARK CORNER

Adrian olhou o número no celular. Era Jason.

Virou-se para a enfermeira.

– Telefonema particular. – Fez um gesto para o telefone. – Dê-me dois minutos. Sem interrupções.

A enfermeira assentiu.

– Sim, é claro, senhor presidente.

– Jason, mamãe está sob fortes sedativos – falou –, mas estável. Dormiu depressa. Não se preocupe em vir aqui. Durma um pouco também. Vou ficar com ela até a Rosemary voltar. Ótimo. Se alguma coisa mudar, eu telefono.

Adrian desligou. As pálpebras de Lilian tremeram, e ela acordou.

– A conexão com os Rothschild tem sido muito vantajosa, mamãe – falou Adrian, sorrindo para Lilian. – Especialmente com os israelenses. No final das contas, o acordo foi assinado e estabelecido por três anos.

Ficou andando pelo quarto do hospital.

– James? – prosseguiu. – Ele sabia demais. E estava prestes a falar. Não tive opção, Lilian... tive de matá-lo. Quanto a Melissa – Adrian comentou, sem nenhum traço de emoção –, ela e seu pai estavam se tornando um problema. E quanto ao Nick? – Deu de ombros. – Eu gostava do Nick.

Lilian esforçou-se para pegar a máscara de oxigênio.

– Ele era inofensivo. Aquilo não estava nos planos.

Ela arrancou a máscara com a força que lhe restava.

– Você... – Pálida, olhou fixamente para Adrian. Suas mãos tremiam com violência. – Eles chegaram até você. Prometeram que iam deixá-lo em paz...

– Mamãe – Adrian falou com um sorriso –, eu *sou* eles...

Lilian olhou para Adrian, os olhos arregalados de horror e raiva.

Ele caminhou até o medidor de fluxo de oxigênio.

– Mas sabe, Lilian... – seus dedos se moveram quase distraidamente pelos tubos que levavam à cânula de respiração de Lilian – ... você estava ficando esperta demais. E você *está* nos planos. Perceba, Lilian, que assinou a própria sentença de morte. A informação que você localizou tão habilmente na Biblioteca Médica da Wimpole Street é incriminadora *demais* para permitir que continue viva.

Desesperada, Lilian tentou se sentar.

– Jason. – Ela fitou Adrian, o olhar suplicante.

– Ah, Jason é seu primogênito, sem dúvida. Um galho da velha árvore, como dizem. Seu segundo filho foi estrangulado ao nascer, e os bebês foram trocados, por ordem do Grande Conselho Druida. Os documentos de execução foram assinados por Julius De Vere. E agora, mamãe, sua intromissão selou também o destino de Jason.

Lilian fechou os olhos. Uma única lágrima escorreu por seu rosto.

Adrian sorriu.

– Quer implorar pela vida de seu filho mais velho?

Um enfermeiro entrou em silêncio, e Lilian lhe estendeu a mão.

– Ajude-me, por favor – soluçou ela.

O enfermeiro acenou para Adrian e Lilian observou, aterrorizada, ele se metamorfosear em um Feiticeiro diante de seus olhos.

Pegou um terço, a voz trêmula, mal se fazendo ouvir.

– Miguel, o arcanjo, proteja-nos nos combates – sussurrou. – Cubra--nos com seu escudo protetor e livre-nos das emboscadas e das ciladas do demônio. – Olhou com firmeza para Adrian, sem temor. – Que Deus o esmague, humildemente rogamos, e que você, ó príncipe da milícia celeste – Lilian apertou o terço com força contra o peito –, pelo poder de Deus, precipite Satã ao inferno... – esforçou-se para respirar – ... e também todos os espíritos malignos que vagam por este mundo, buscando a ruína das almas.

Adrian a fitou, notando que seu rosto se tornava azulado.

– Não vão ouvir o alarme, mamãe – murmurou. – Eu o desliguei há dez minutos. – Afagou os cabelos de Lilian. – Foi bom enquanto durou.

– Lawrence – murmurou Lilian.

Os olhos de Adrian se estreitaram. Ele havia sentido.

A Presença. Adrian acompanhou o olhar dela até a porta, mas não havia ninguém ali.

– Sabia que viria, Lawrence – Lilian sussurrou com enlevo.

O Feiticeiro sofreu um acesso violento. Adrian agarrou o terço dos dedos de Lilian e acenou para o Feiticeiro, os olhos sombrios e maliciosos.

O Feiticeiro passou um algodão na pele de Lilian, erguendo a seringa de injeção em seguida.

– O fato de você ser judia era inevitável – murmurou Adrian, enquanto o Feiticeiro injetava no braço de Lilian uma ampola de cloreto de potássio concentrado. – Mas isto vai compensar esse fato.

Exatos noventa segundos depois, Lilian De Vere estava morta.

☆ ☆ ☆

2025
MANSÃO DE VERE
BELGRAVE SQUARE, LONDRES

Jason caminhou pela cozinha com a carta na mão. Deixou-a na mesa, pegou uma cafeteira que estava em cima do forno Aga, um pacote do café colombiano preferido de Lilian e ligou o bule elétrico. Estudou com tranquilidade as instruções no pacote de café – um produto popular, comprado na mercearia do bairro. Meneou a cabeça.

Jamais iria entender aquilo. Por mais que viajasse, Lilian sempre jurava que nada se comparava ao café que agora estava em sua mão.

Colocou duas conchas de pó no bule, sem saber que naquele exato momento Lilian estava sendo assassinada pelo seu irmão.

Desligou o bule, despejou a água na cafeteira e apertou o botão.

☆ ☆ ☆

– Agora, ela está bem além do seu alcance – murmurou Jether.

Adrian se apoiou na parede do banheiro do quarto de hospital de Lilian, suor escorrendo pela fronte, enquanto evitava o olhar de Jether. Ele deslizou até o chão e ficou de joelhos, acometido por uma violenta náusea.

– O Nazareno – murmurou. – Você esteve com Ele. – Olhou para Jether com desprezo. Seus olhos tinham um brilho estranho, como brasas ardendo intensamente.

– Sua presença o atormenta – constatou Jether. Baixou a cabeça.

– Chegou tarde demais – falou Adrian, a voz rouca – para salvá-la.

– Não – rebateu Jether. – Era a hora dela.

Devagar, Adrian passou a respirar com mais facilidade.

– Não pense que seu isolado portal em Alexandria vai ficar intacto sem luta, Jether, o Justo – disparou Adrian. – O Mosteiro dos Arcanjos é um alvo militar. No topo da lista dos decaídos. – Levantou-se, ainda cambaleante, mas recuperando-se com rapidez. – Eu vencerei.

O terço de Lilian, ainda na mão esquerda de Adrian, começou a esquentar. Abrindo a mão, ele viu, horrorizado, o sinal de cruz gravando-se na palma de sua mão esquerda.

– O Nazareno – disse Jether com serenidade. – Ele vai derrotá-lo nas planícies de Megiddo.

E, em seguida, desapareceu diante dos olhos de Adrian.

☆ ☆ ☆

2025
MANSÃO DE VERE
BELGRAVE SQUARE, LONDRES

Jason se serviu de café, puxou a cadeira da cozinha e se sentou. Sorveu um gole, pegando a embalagem de novo.

– Nada mal, mamãe – murmurou. Depois, pegou a carta de Hamish MacKenzie e continuou a ler.

☆ ☆ ☆

1998
FUNDAÇÃO AVELINE
EDIMBURGO, ESCÓCIA

MacKenzie estava sentado diante de sua escrivaninha quando um auxiliar entrou com a sacola do correio. Ele a esvaziou sobre a mesa, e MacKenzie viu os envelopes e papéis caindo diante de si.

– Observadores de óvnis, estudiosos de cultos, ameaças... Doutor, agora o estão chamando de satanista.

MacKenzie meneou a cabeça e estudou alguns dos papéis. O auxiliar se inclinou.

– O velho está aí de novo – falou. – Está fazendo muito barulho, Hamish; isso é ruim para o Instituto.

MacKenzie tirou os óculos e suspirou. Esfregou os olhos, cansado.

– Bom, vou recebê-lo. Resgate-me daqui a dois minutos.

– Ele está na porta.

O auxiliar abriu a porta e pediu que um senhor de idade, maltrapilho, entrasse. O homem postou-se diante de MacKenzie, nervoso, segurando algumas sacolas de plástico.

MacKenzie fez um gesto para a cadeira diante dele.

– Sente-se, por favor.

O velho meneou a cabeça. Olhou ao redor, obviamente petrificado.

– Não posso demorar. Preciso ficar sempre em movimento. Eles estão por toda a parte.

MacKenzie franziu a testa, confuso diante da eloquente declaração do sujeito. O velho fez um papel deslizar pela escrivaninha, até MacKenzie.

– Minhas credenciais.

– Professor-associado do Real Colégio de Obstetras – falou MacKenzie, lendo o papel em voz alta. – Membro da Associação de Medicina Fetal Britânica, especializado em medicina perinatal. – MacKenzie observou o velho, reconhecendo-o vagamente. – Ora, você é Rupert Percival. – Olhou chocado para o homem sujo e decadente que se encontrava diante dele. – Você foi o obstetra do caso do São Gabriel?

O velho assentiu, agora um pouco mais calmo.

– Formei-me no Trinity College, em Dublim, e fui residente em obstetrícia no Guys. Era muito respeitado na minha área. Bem, meu tempo é curto. Eles vão me encontrar. Mais cedo ou mais tarde, acabam sempre encontrando todo mundo. – Olhou de relance pela janela e depois para a porta. – Houve um incidente. Eu era muito procurado; tinha consultório na Harley Street. Minhas pacientes eram escolhidas em meio à elite. O diagnóstico genético pré-natal de uma das mães de quem cuidei foi oligo-hidrâmnio.

– Pouco fluido amniótico?

Percival concordou.

– Não havia dúvida de que o crescimento fetal fora insuficiente. Um atraso na medida de mais de três centímetros. Essa família em particular tinha *status* e riqueza: ele tinha um alto cargo na Casa Branca, era muito rico na área de bancos, petróleo. Foram passar o verão em

Londres, e não foram poupadas medidas. Amostras de DNA, ultrassons semanais, medições da cabeça do bebê, osso da coxa, circunferência abdominal. Nos últimos dois terços da gestação, o fluido amniótico vem da urina fetal, e, como a formação do pulmão depende de se respirar no fluido amniótico, os pulmões desses bebês com displasia muito acentuada são pouco desenvolvidos. Marquei, então, a cesariana para o dia 20 de dezembro de 1981.

– Algumas pessoas muito poderosas fizeram o que podiam para me tirar do caso e me substituir por um titular do Instituto Monash – prosseguiu o velho –, mas a mãe não quis saber disso. Insistiu para que eu, e apenas eu, cuidasse dela. Fiz o parto na data marcada, na Maternidade São Gabriel, em Knightsbridge. Como esperava, o bebê teve uma displasia muito severa e nenhuma função renal, por isso foi posto de imediato na Unidade de Terapia Intensiva. Não esperava que ele fosse sobreviver por mais do que algumas horas após o parto, devido à função respiratória deficiente. Bem, na manhã seguinte, cheguei ao nascer do sol para a minha visita de rotina. As funções do bebê estavam perfeitas. Era um bebê *completamente diferente*.

– Tem certeza de que não se enganou? – perguntou MacKenzie.

– Sou um especialista, MacKenzie. Não houve engano algum. Disparei o alarme. Mas todos os detalhes no arquivo foram mudados para coincidir com a substituição. Os membros da equipe de enfermagem com quem eu tinha trabalhado nos turnos anteriores não foram localizados, e a mãe, que naturalmente não tinha visto o bebê antes, afirmou se tratar de um milagre. Os poderosos que orquestraram isso eram muito ricos e muito, muito poderosos. Em vinte e quatro horas, transformaram-me num maluco. Quando cheguei ao meu consultório na Harley Street, encontrei-o revirado; tinham levado todas as pastas. Segundo me informaram, fora o MI6. Fui suspenso imediatamente e meu nome foi jogado na lama pela imprensa britânica.

– Erro médico grosseiro – sussurrou MacKenzie, lembrando-se. – Disseram que você havia bebido antes da cirurgia; que tinha um problema antigo com o álcool.

– Um xerez seco no Natal, isso era tudo o que eu bebia. Isolaram-me e me calaram, MacKenzie. Tiraram minha credibilidade. Perdi minha família, minha carreira, minha vida. Transformaram-me nisto.

Percival revirou uma de suas sacolas de compras.

– Sem que soubessem – continuou –, eu tinha feito duas baterias de testes: um logo após o parto, outro na madrugada seguinte. Mandei arquivar esses documentos imediatamente na Biblioteca Médica Redgrave, na Wimpole Street, sob um nome de caso fictício. Eles ficaram lá guardados por mais de dezessete anos. Vão ser a sua prova.

☆ ☆ ☆

2025
MANSÃO DE VERE
BELGRAVE SQUARE, LONDRES

Jason deixou a carta de MacKenzie sobre a mesa e folheou a pasta. No verso da última página, estava escrito: *Biblioteca Médica Redgrave, 64 Wimpole Street.*

“Wimpole Street”, disse Jason para si mesmo. “Era isso que mamãe estava procurando.”

☆ ☆ ☆

1998
FUNDAÇÃO AVELINE
EDIMBURGO, ESCÓCIA

– Eu tinha tirado uma amostra do DNA do recém-nascido no início daquela manhã, logo que cheguei. E ainda tinha uma amostra do DNA original do feto.

Percival pegou um pequeno frasco de aço da sacola plástica.

– Estou morrendo, MacKenzie. Restam-me seis semanas, no máximo. Eles não podem mais me pegar. Precisava de um especialista na área; alguém a quem eu pudesse dar isto. – Abrindo o frasco de aço, colocou duas lâminas de laboratório sobre a mesa, bem diante de MacKenzie. – É o DNA do substituto. Jamais tinha visto uma constituição genética como esta em toda a minha vida. – Percival encarou MacKenzie. Seu lábio estremeceu. – Não é humano.

O cientista dirigiu-se a um grande microscópio na antessala do escritório. As mãos de Percival tremiam quando ele passou a primeira lâmina para Mackenzie.

– O DNA do bebê original.

Percival passou a segunda lâmina.

– O DNA do substituto.

☆ ☆ ☆

2017
ASILO GABLES
ILHA DE ARRAN, ESCÓCIA

MacKenzie ficou olhando para o lago, a mente distante.

Essa foi a primeira vez em que soube...

☆ ☆ ☆

2025
MANSÃO DE VERE
BELGRAVE SQUARE, LONDRES

Jason continuou a ler...

A estrutura genética do "bebê substituto" de Percival era uma réplica exata do clone genético nuclear que eu tinha produzido anos antes em meu laboratório. Não havia dúvida disso.

Podia ver os marcadores genéticos do clone até em meus sonhos.

Era o DNA que pertencia ao clone.

Nascido doze horas após a cesariana do bebê de Percival.

"Eles" tinham removido o bebê original, substituindo-o pelo clone genético, sem que os pais soubessem, para algum plano velado e malévolo.

O corpo de Percival foi descoberto uma semana depois com um tiro no peito. Numa caçamba de lixo.

☆ ☆ ☆

2017
ASILO GABLES
ILHA DE ARRAN, ESCÓCIA

Uma senhora de rosto avermelhado, os cabelos ocultos por um xale roxo, empurrou o carrinho do chá na sala e sorriu generosamente para MacKenzie.

– O de sempre, professor? – perguntou.

MacKenzie assentiu.

– Obrigado, Bridget.

Enquanto ela lhe servia uma xícara fumegante de chá, MacKenzie dobrou a carta e a enfiou num envelope azul-claro. Lambeu-o e o selou, e, com a mão trêmula, escreveu:

James De Vere – Pessoal
a/c Thomas Nunn
Adler, Nunn e Greenstreet Advogados
Vestry Hall, Chancery Street
Londres WC2A.

Bridget pôs a xícara de chá na escrivaninha, perto dele.

– Três colheres, professor?

MacKenzie assentiu.

– Bridget – ele tocou a mão enrugada e colocou nela o envelope azul. – Leve isto para a última remessa do correio de hoje. – Revirando o bolso do roupão, tirou uma velha carteira e contou meticulosamente três moedas de uma libra e duas de vinte pence. – Registrada, Bridget, e me traga o recibo.

– Claro, professor. – Ela sorriu alegremente. – A gente se vê mais tarde.

A porta se fechou, e MacKenzie pegou a xícara com o alívio estampado no rosto. Cerrou os olhos.

Capítulo 38

Esqueletos no Armário

2025

Mansão de Vere
Belgrave Square, Londres

Jason ergueu o rosto, pálido. Maxim estava à porta da cozinha, o avental amarfanhado.

– Eu... sinto muito por trazer péssimas notícias, senhor Jason. É do hospital.

Jason se levantou e apalpou o bolso à procura do celular.

– Droga. – Ele o deixara aquele tempo todo na sala de visitas.

– É a senhora Lilian, meu senhor. – Jason se preparou. – Ela faleceu há dez minutos.

Jason desmoronou na cadeira da cozinha. Ficou olhando para Maxim, sem dizer nada.

O mordomo caminhou até a despensa e reapareceu um minuto depois, segurando uma garrafa de uísque na mão direita. Colocou a garrafa e um copo diante de Jason.

– Você não gosta que eu beba, Maxim – falou Jason, estranhando aquele gesto.

– Foram as instruções da senhora Lilian antes de morrer, senhor Jason. – A voz de Maxim estava trêmula de emoção.

Jason segurou a garrafa e a observou com cuidado.

– Tem mais de setenta anos – sussurrou, lendo a etiqueta. – Macallan Fine and Rare Collection... Essas garrafas não estão mais à venda.

– Tem setenta e dois anos, para ser exato, senhor Jason. A senhora Lilian a adquiriu por trinta e oito mil libras em 2008.

Jason meneou a cabeça, atônito. Olhou para a fita azul em torno do gargalo da garrafa e abriu o cartão. Era a caligrafia de Lilian, datada do dia anterior ao de seu desmaio na Wimpole Street.

Ao meu amado filho mais velho.

Mantive esta garrafa como presente por mais de quinze anos.

Sim, você sabe muito bem que eu não gosto do seu hábito de beber. Nunca gostei.

Mas, se há um momento para um brinde, certamente é agora.

Perdi seu pai. Perdi Nick.

E agora sei que Adrian nunca foi meu, para que eu o considerasse perdido.

Você, meu filho amado, é tudo o que me restou.

Cuide da Lily por mim. E da Julia. Ela o ama, Jason.

Seja forte, meu filho. Seja corajoso.

E lute pela verdade, não importa aonde ela possa levá-lo.

Não se preocupe comigo, pois estou num lugar muito melhor.

Desejo-lhe amor. Desejo-lhe paz.

Mas, sobretudo, desejo-lhe fé, Jason.

Sempre vou amá-lo,

Mamãe.

Jason olhou para Maxim, enxugando as lágrimas do rosto.

– Ela sabia... – sua voz estava entrecortada – ... ela sabia que ia morrer.

Maxim fez que sim, sem conseguir falar. Serviu uma dose de uísque no copo de Jason e ergueu seu próprio copo com licor de sabugueiro.

O telefone tocou no salão. Maxim foi atender.

Jason pegou o cartão e tornou a lê-lo.

– O senhor Adrian acabou de sair do hospital. Ele está vindo direto para cá.

☆ ☆ ☆

Jason estava sentado à mesa da cozinha com o copo de *single malt* pela metade à sua frente. Virou a última página da carta de MacKenzie.

Acompanhei a ascensão do clone genético desde aquele dia de 1998.

Em dezembro desse mesmo ano, ele se formou com cinco notas A em Gordonstoun.

Em 2002, graduou-se com mérito em filosofia, política e economia em Oxford.

Em 2005, após dois anos em Princeton, passou um ano especializando-se em estudos árabes em Georgetown.

Entre 2006 e 2010, foi diretor de uma empresa da família. Administração de bens.

Tornou-se ministro da Fazenda em 2010.

Em 2012, tornou-se primeiro-ministro britânico.

Este é o segredo que mantive por mais de três décadas.

Seu pai se chamava James. Sua mãe, Lilian.

Estupefato, Jason leu a última frase.

O clone incubado no laboratório do jesuíta tantas décadas atrás é ninguém menos que o atual primeiro-ministro da Grã-Bretanha – seu filho –, Adrian De Vere.

O copo de uísque escorregou dos dedos de Jason e se espatifou no chão.

Ficou olhando para os estilhaços de vidro por alguns instantes. Levantou-se lentamente, caminhou até a porta da cozinha e a destrancou, o envelope azul ainda na mão. Caminhou de um lado para outro entre as roseiras, jogou fora o quarto cigarro da noite e o apagou com o calcanhar. Em seguida, tirou outro do maço e o acendeu imediatamente, os dedos trêmulos.

Deu uma tragada e se virou, ouvindo um som bem atrás dele.

O cigarro escorregou de sua mão e caiu sobre o cascalho.

Encontrava-se diante do intenso olhar cinzento de seu irmão.

Nick...

www.chroniclesofbrothers.com
email: SOP@chroniclesofbrothers.com
www.facebook.com